KB210531

서브 남주가
파업하면 생기는 일
1

숙임 장편소설

서브 남주가
파업하면 생기는 일

DEA SPES NOSTRA

EMPIRE DE RIESTER

WHEN THE THIRD WHEEL STRIKES BACK

문학수첩

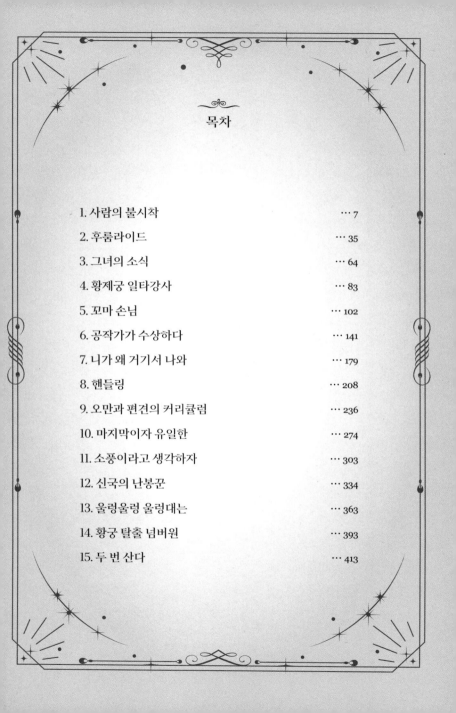

목차

✦ 사람의 불시착

"정은서!"

나는 그렇게 소리치며 벌떡 일어났다. 평소 잠꼬대도 없이 숙면
하곤 했는데 왜 대뜸 동생 이름을 불렀는지는 모르겠다. 요란하게
깼지만 몸은 개운했다. 가위에 눌렸거나 불편한 자세로 잤던 것 같
지도 않았다.

"왕자님."

미친, 깜짝이야. 어깨가 절로 움찔했다. 소리를 쫓아 눈을 돌린
곳에는 낯선 사람이 있었다.

"누구신데 저희 집에…"

"푹 주무셨습니까."

"네?"

한 명이 아니었다. 각양각색의 피부색과 머리색과 눈동자 색을
자랑하는 낯모르는 자들이, 나를 보고 서있었다. 누군가는 번쩍이
는 대야 같은 걸 들고, 누군가는 그 옆에 하얀 수건을 들고, 또 누군

가는…

"한 시간 뒤 아침 식사를 하셔야 합니다. 먼저 세안과 양치부터 하시지요."

"네?"

사람이 진심으로 당황하면, 입 밖으로 나오는 말이 '네?'밖에 없다. 머릿속에 떠오르는 문장도 '네?'밖에 없다. 딱 지금의 내가 그렇다. 몰래카메라인가? 은서가 어디 방송국에 사연 신청이라도 한 건가? 이제 막 깨어난 머리가 최적의 답을 찾아 삐거덕거렸다.

"아직 잠에서 덜 깨셨나 봅니다."

"그렇기는 한데요…"

"여독이 풀리지 않은 것이겠지요. 먼 길을 오셨으니 당연한 일입니다."

여독? 이건 또 무슨 소리지? 요즘 예능에서는 몰래카메라를 이렇게까지 하나? 회사와 집만 오가는 내게 주입하기엔 너무 디테일한 설정이다. 은서는 어디 있지. 상황실 같은 데서 날 지켜보고 있는 건가?

"그, 여기가 어딘가요?"

나는 최대한 침착하게 입을 열었다. 질문의 선택지도 별로 없었다. 휘휘 둘러본 실내는 내 방도, 거실도 아니었으니까. 그냥 우리 집만 한 크기의 공간에, 친구 원룸만 한 크기의 침대가 있었고, 그 주변으로는 누가 봐도 비싸 보이는 가구들이 배치되어 있었다. 벽지에 저게 뭐야. 설마 진짜 금은 아니겠지?

"많이 피곤하신 모양입니다."

서브 남주가 파업하면 생기는 일 1

내게 처음으로 말을 걸었던 중년의 남성이 사무적인 목소리로 대답했다. 그가 옆에 서있던 사람 중 하나에게 눈짓을 하니, 한 소년이 재깍 알아듣고 투명한 유리잔에 물을 따라 건넨다.

"일단 속부터 차리시는 게 좋겠습니다."

"어, 고맙습니다."

나는 얼결에 잔을 받아 절반을 비웠다. 그리고 나서야 내가 얼마나 맹한 짓을 했는지 깨달았다. 물이 아니면 어쩌려고 납죽 받아 마셨지. 이거 그냥 납치인가?

* * *

결론부터 말하자면, 그건 평범한 물이었다. 그리고 이건 납치나 TV 프로그램 출연이 아니었다. 빙의였다.

"아."

세숫물에 비친 내 얼굴은 완전히 다른 사람이었고, 내가 '아' 한마디로 그 상황을 넘긴 건 기적에 가까웠다. 속으로는 팔짝 뛰고 비명을 지르고 난리도 아니었다. 손바닥에 식은땀이 배어 나왔다.

"이제 환복하실까요?"

"…네."

세안과 양치를 마친 내가 순순히 대답했다. 여기서 이상하게 굴어 의심을 사거나, 집에 가겠다고 떼를 쓰는 건 초등학생도 하지 않을 행동이었다. 아까는 잠이 덜 깼다는 말로 변명할 수 있었지만 지금은 아니니까. 일단은 내 처지를 정확히 파악하고 대책을 세우는 게 중요했다.

"실례하겠습니다, 왕자님."

어려 보이는 시종 두어 명이 곁으로 와서 내 옷을 갈아입히기 시작했다. 평소 같았으면 낯선 사람이 몸에 손을 대는 걸 가만두지 않았을 텐데, 하도 황당하니 그저 묵묵히 시중을 받게 됐다. 빙의한 주인공이 나오는 소설들을 보면, '꿈이라기에는 현실감이 넘쳤다'라는 묘사가 등장하곤 한다.

그런데 정말로 그랬다. 나는 굳이 살을 꼬집어 보지 않아도 이게 진짜라는 걸 알 수 있었다. 피부에 닿는 천의 질감과 옷깃이 스치는 소리 모두 지나치게 생생했다.

"불편하신 데는 없는지요. 황실 재단사들이 신국 왕실의 평복을 참고하여 만든 옷입니다."

"꼭 맞네요. 괜찮아요."

나는 신기하게 들어맞는 어깨와 품을 한 번씩 만져보며, 머릿속으로 힌트를 긁어모았다. 건물 내부의 꾸밈새와 사람들의 복장을 보면 소위 '근세 판타지'풍의 세계관인 게 분명하다. 나는 어제 집에서 읽은 웹소설 《죽은 줄 알았는데 정복 군주》를 후보군에서 제외했다. 그건 주인공이 고대 로마 황제의 몸에 빙의하는 내용이었다.

"여기 거울입니다."

새로운 옷을 입은 내가 전체적인 매무새를 확인할 수 있도록, 중년인이 시종들을 시켜 커다란 전신거울을 가져왔다. 나는 살짝 숨을 들이켰다. 수면에 비친 모습으로는 이 몸이 내가 아니라는 것만 확신할 수 있었을 뿐이었다. 구체적으로 어떻게 생겼는지 확인하면, 곧바로 내가 어디에 떨어진 건지도 알 수 있을까?

"…음."

"마음에 드십니까?"

훤칠한 몸, 환한 금발에 보랏빛 눈동자. 슬쩍 웃어보니 시원하게 올라가는 입꼬리. 누가 봐도 미남이라고 말할만한 청년이 거울 속에서 나를 응시하고 있었다. 아니, 이게 무슨 일이냐…

"네, 고맙습니다."

나는 아무렇게나 중얼거렸다. 맵시가 마음에 들고 자시고, 이 정도로 생긴 인간이면 아예 주인공일 가능성이 크다. 하지만 내가 읽은 작품 주인공 중 금발은 없었고, 대세는 검은 머리였다. 그렇다면 '나'는 주인공의 절친, 동료, 맞수 내지는 중간 보스 따위의 주연급 조연일 확률이 높았다. 귀가 플랜도 불확실한데 중요한 역할을 해야 하는 상황이 올까 싶어 심경이 복잡해진다.

"그럼 이제 식사를 하러 가시지요. 제가 앞장서겠습니다."

나는 조용히 고개를 끄덕였다. 그리고 발길을 옮기기 전 마지막으로 거울 속의 나를 힐끗 쳐다보았다. 키는 나랑 비슷한가… 어?

"…어디서 봤는데."

"왕자님?"

"아, 죄송해요. 별거 아니에요."

대충 말을 얼버무리고 중년의 남성을 따랐다. 내 뒤로는 시종들이 붙었다. 나는 널따란 정원을 투사하는 어마어마한 크기의 창문 앞을 지나가며 생각을 정리했다.

일단 내가 빙의한 이 몸은 '신국'에서 온 '왕자'다. 묘하게 낯이 익지만, 누군지는 모르겠다. 왕자의 이름과 신국의 국호는 아직 듣지 못했다. 어떤 목적으로 여길 방문했는지도 모른다. 이곳은 '황실'이 있으니 황제가 있는 제국이겠지만, 국가명 역시 알지 못한다.

"이쪽입니다."

중년인은 식당 문을 열고 나를 거대한 식탁 앞으로 안내하더니, 절도 있는 동작으로 의자를 빼주었다.

"곁들일 음료는 무엇으로 하시겠습니까? 대륙 남부에서 난 커피콩과 북부에서 재배한 찻잎이 다양하게 준비되어 있습니다."

내가 눈을 뜬 직후부터 모든 대화와 일정을 주도하고 있는 이 중년의 남성은, 자신을 '뱅자맹 지라르댕'이라고 소개했다. '부족한 몸이지만 이곳 쥘리에트 궁의 시종들을 이끌고 있습니다'라는 덧붙임이 있었으나, 사람의 이름과 궁의 이름 둘 다 너무나 생소했다. 젠장.

"저는 허브차 종류로 부탁드릴게요."

말을 하고 나서야 내가 다른 사람의 몸에 들어와 있다는 사실을 의식했다. 원래의 내 몸은 심한 위염을 앓고 있어 카페인과 알코올은 물론 탄산도 편히 소화하지 못했다. 그래서 카페에 가면 늘 주문하던 대로 내뱉은 건데… 이 몸이라면 괜찮지 않을까. 와인이나 한 잔 달라고 할 걸 그랬나 하는 대책 없는 생각이 잠깐 스쳐갔다.

"…제가 부주의했군요. 알겠습니다."

내 대답에 시종일관 표정을 읽을 수 없던 뱅자맹의 얼굴 위로 잠깐 균열이 일었다. 내가 실수를 했나 싶어서 다른 시종들을 흘끔 살펴보았는데, 그들의 낯빛은 다른 의미로 심상치 않았다. 어딘가 감

서브 남주가 파업하면 생기는 일 1

탄하는 기색 같기도 하고, 놀란 것 같기도 했다. 차 한 잔에 이렇게 유난스러울 일인가?

"카밀러를 준비했습니다."

"감사합니다."

시종들이 분주히 움직인 끝에, 주둥이에서 따끈한 김이 오르는 찻주전자와 찻잔이 등장했다.

"식사는 입에 맞으시는지요?"

"네, 맛있습니다. 간이 딱 좋아요."

거짓말이 아니었다. 갓 구워 따끈따끈한 빵, 크림처럼 보드레한 수프, 생전 처음 맛보는 드레싱과 좋은 향이 나는 고기 요리에 신선한 과일까지. 눈이 즐겁고 입도 행복한 아침 식사였다.

나를 깨워서 씻기고 새 옷까지 입혀 데려온 사람들이 이제 와 음식에 독을 탈 것 같지도 않아서, 나는 마음 놓고 끼니를 즐겼다. 배를 든든히 채워야 머리도 더 잘 돌아가고, 집에 갈 추진력도 얻을 수 있지 않겠는가.

"깨끗하게 드셨군요."

뱅자맹이 의외라는 말투로 입을 뗐다. 정신을 차려보니 나는 포크로 샐러드 접시의 바닥을 긁고 있었다. 아무리 내가 다른 세계에서 온 사람이라지만 이건 아니다 싶어 재빨리 식기를 내려놓았다.

"하하, 먼 길을 오느라 피곤했나 봐요. 평소보다 과식했네요. 잘 먹었습니다."

나는 뱅자맹에게서 들었던 말을 인용했다. 신국에서 이곳까지 거리가 얼마나 되는지는 모르겠지만, 현지인이 먼 길이라고 했으니면 길이겠지.

"그럼 후식은 물리라고 할까요?"

"아뇨, 후식 배는 따로 있는데요."

* * *

후식으로는 따뜻한 루이보스차를 마시며, 커스터드가 꽉 들어찬 에그타르트를 해치웠다. 세 조각째 베어 물 때는 시종들도 먹고 싶었는지 '와' 하고 탄성을 내뱉었다.

"배부르다…"

방으로 돌아온 내가 소파에 몸을 파묻고 뱅자맹이 건네준 담요를 덮자, 시종들이 작게 웃는 소리가 들렸다. 바란 적도 없지만 아무래도 카리스마 있는 첫인상을 주지는 못한 것 같았다.

"왕자님, 읽으실 만한 책을 좀 가져다드릴까요?"

"네, 고마워요."

시종 아이 하나가 친근하게 말을 붙이기에 내가 넙죽 받았다. 책 좋지. 이곳의 단서만 얻을 수 있다면 뭐든 상관없었다.

행여 웹소설이 아니라 완전히 다른 종류의 콘텐츠에 들어왔나 했으나, 그건 오판이리란 감이 왔다. 웹툰이나 만화책은 고등학교를 졸업한 뒤로 거의 읽지 않았다. 가족들과 영화나 드라마를 종종 시청하긴 했지만, 이런 풍경의 시대극은 최근 접한 적이 없다.

스무 살 이후론 문학 서적과도 소원해졌고, 그렇다고 뮤지컬은 너무 나간 것 같았다. 누군가의 창작물이 아닌 진짜 '별세계'에 떨어졌단 막막한 가정은 하기 싫었다. 결국 남은 건 웹소설뿐인데, 출퇴근길에 들춰본 작품의 수가 적지는 않았기에 아직까진 도무지 감이 잡히질 않았다.

"다음 일정은 뭔가요?"

내가 뱅자맹에게 물었다. 방과 식당을 왕복하며 복도에 놓인 장식품이나 상감 문양 같은 것을 유심히 살폈지만, 도움이 될만한 것은 없었다. 숟가락과 나이프 끝에 새겨진 문장 또한 처음 보는 것이었다. 이제는 좀 적극적으로 나설 필요가 있었다.

"…다음 일정은 없습니다."

뭐지, 방금 살짝 난감해 보이지 않았나?

"지난밤 늦게 도착했으니, 오늘은 푹 쉬게 하라는 황제 폐하의 명이 있으셨습니다."

"알겠습니다. 그럼 내일 일정은요?"

묵묵부답. 역시 뭔가 있다. 전형적인 집사 캐릭터처럼 생긴, 빈틈없는 그의 태도에 찰나의 흔들림이 있었다. 반대로 내 머리는 서서히 맑아졌다.

"이번 주 내내 쉬나요?"

"네."

"그래도 이 궁에만 있으면 심심할 것 같은데. 다른 곳을 둘러봐도 괜찮을까요?"

마지막 질문은 거의 본능적으로 튀어나왔다. 궁에 머물게 된 외국의 왕자인데, 외교적인 일정이 없다는 게 미심쩍었다. 그걸 통보하는 뱅자맹의 얼굴빛도 영 찜찜했다.

"죄송하지만 불가능합니다, 왕자님."

"왜요?"

나와 똑바로 눈이 마주치자, 그는 오래지 않아 시선을 살짝 아래로 내렸다.

"정 답답하시다면, 정원 산책 정도는 괜찮을 겁니다."

"다행이네요. 혹시 제 귀국 일정은 알고 계시나요?"

"…"

그렇구나. 이 왕자는 여기 갇힌 것이다. 고국에서 멀리 떨어진 곳에 혈혈단신으로 와서, 아마도 텅 비어있을 궁에 감금됐다. 대접은 나쁘지 않지만 산책을 나설 때조차 시종의 의견을 구해야 한다. 그렇다면 답은 하나뿐이다.

"소화도 시킬 겸 바로 걷고 싶습니다. 아까 창밖으로 보니까 정원이 참 예쁘더라고요."

나는 볼모가 됐다.

"…윗전에 먼저 말씀을 전달하겠습니다."

내가 고개를 끄덕이자, 뱅자맹이 시종 중 하나에게 나지막이 말했다.

"로메로 궁의 카퓌송 님을 찾아가, 예서 왕자님께서 정원 산책을 요청하셨다고 일러라."

나는 소파에서 벌떡 일어났다. 방금 들은 것을, 드디어 귀에 꽂힌 해답을 믿을 수가 없었다. 당혹스러움에 숨이 턱 막혔다. '예서'는 내 이름이다.

나는 내 이름, '정예서'를 속으로 한 번 중얼거렸다.

"왕자님?"

뱅자맹과 시종들의 눈길이 내게 쏠렸다. 나는 할 말을 잃고 우뚝 서있었다. 허구의 인물이면서 나와 이름이 같고, 내가 알만한 사람. 그건 '예서 페네티안'뿐이다.

"아…"

갑자기 눈앞이 하얗게 변하며 현기증이 일었다. 머릿속의 피가 전부 빠져나가는 것처럼 싸한 느낌이었다.

"왕자님!"

"괜찮으세요?"

놀란 뱅자맹의 목소리 위로 어린 시종들의 당황이 쏟아졌다. 나는 비틀거리는 몸을 소파 팔걸이에 겨우 의지했다. 천천히 자리에 앉아 고개를 들자, 어지러움이 가라앉으며 조금 전보다 훨씬 또렷해진 시야가 눈에 들어왔다. 일단은 상황을 정리할 시간이 필요하다. 걱정과 불안으로 물든 얼굴들을 보며, 나는 별일 아니라는 듯 웃었다.

"아무래도 피로 회복이 느린가 봐요. 잠시 혼자 있게 해주시겠습니까?"

* * *

"어쩐지."

가만히 앉아있으니 혼잣말이 절로 나왔다. 어쩐지 낯이 익더라. 나는 예서 페네티안과 초면이 아니었다. 그간 은서가 보여준 팬 아트가 수두룩했기 때문이다.

"네?"

내 부탁으로 가방을 가져온 어린 시종이 커다란 눈으로 나를 바라보았다. 이 몸의 주인인 예서 페네티안이 신국에서 가져온 수하물이었다. 괜히 아이를 놀라게 한 것 같아 미안해진 나는, 아무것도 아니니 가서 쉬라고 최대한 부드럽게 말해주었다. 소년이 문을 닫고 나가는 것까지 지켜본 뒤에는 바닥에 앉아 짐을 풀었다.

"…진짜 이렇게 빈손으로 올 수가 있냐."

볼모로 살게 됐는데 선물을 싸 들고 오기도 이상하고, 의복마저 전부 황실에서 관리하는 판에 뭐 하러 물건을 잔뜩 챙기겠냐만, 그렇다고 이렇게까지 가볍게 올 건 또 뭐냐 이거다.

가방 안주머니 속에 달린 작은 주머니까지 탈탈 털었으나 왕자의 짐에서 찾아낸 것은 작은 수첩 하나와 여정 중에 입었던 것으로 보이는 소박한 옷 몇 벌뿐이었다. 무기도, 보물도, 돈도, 아무것도 없었다. 아니면 이미 황실이 전부 거둬갔거나.

"아이고."

나는 양반다리 자세에서 몸을 일으키며 수첩을 펼쳤다. 오면서 짧은 일기라도 남겼기를 기대했지만 수첩에는 잉크 방울 한 점 튀어있지 않았다. 게으른 자식. 혹시 내가 모르는 마법 따위가 걸려있을까 싶어 벽난로에 가까이 가져가 불을 비춰보았다. 쥐뿔도 없었다.

서브 남주가 파업하면 생기는 일 1

"어지간히 속 편한 놈이네, 이거."

왕자에 대해 간략히 평가한 뒤 수첩의 첫 장으로 돌아갔다. 어차피 내가 아는 것을 정리하려면 글을 쓸 종이가 있어야 하니 여기다 적고 개인적으로 보관하면 될 것 같았다.

나는 테이블 앞에 앉아, 한편에 비치된 깃펜을 어색하게 들어올렸다. 펜촉을 수첩에 대고 누르자 검은 액체가 동그랗게 배어 나온다. 맨 위에, 내가 들어온 작품의 제목을 썼다.

《퇴사했더니 이계 공녀》.

괜히 손이 떨리는 것 같아 숨을 한 번 크게 내뱉었다.

"정은서, 대체 뭔 짓을 한 거냐…"

나는 동생의 이름을 중얼대며 내가 기억하는 모든 것을 쥐어 짜내기 시작했다.

《퇴사했더니 이계 공녀》, 약칭 '퇴계공'. 대한민국을 들었다 났다 한 베스트셀러 로맨스 판타지 소설.

로맨스 판타지 장르는 줄여서 흔히들 '로판'이라고 하는데, 퇴계공은 로판의 역사를 새로 쓰며 나날이 매출 신기록을 달성하고 있는 초특급 메가 히트작이었다.

웹소설을 볼 수 있는 플랫폼이라면 어디서든 퇴계공은 로판 카테고리 1위였고, 실시간, 일간, 주간, 월간 베스트는 물론 스테디셀러 순위권에도 항상 이름을 올렸다. 로판을 읽지 않는 사람들도 퇴계공의 제목과 표지 정도는 알았다.

전무후무한 로판계의 밀리언셀러인 만큼 다른 매체로의 진출도 활발했다. 웹툰은 그 시작이었는데, 첫 화 공개를 앞두고 한국 최대의 웹툰 플랫폼 서버가 다운됐을 정도로 인기가 대단했다.

대규모 투자를 받은 애니메이션 제작 소식도 있었다. 유명 성우들을 대거 기용한 퇴계공 드라마 CD는 사전 예약 오픈 2분 만에 매진됐고, 팬들의 성원과 욕에 힘입어 추가 수량을 300퍼센트나 늘려야 했다.

최근에는 톱 배우들을 데려와 오디오북을 녹음했는데, 여기에는 퇴계공 공식 OST가 수록됐다. 요즘 가장 잘나간다는 아이돌이 부른 주인공 테마곡은 당연하다는 듯 음원 차트 1위를 기록했다. 이 모든 것을 나는 어떻게 알고 있느냐, 하면.

"이게 다행인지 불행인지 모르겠다."

내 동생, 정은서 씨(20세, 대학생)가 이 작품의 열렬한 팬이기 때문이다. 열렬하다는 형용사조차 영 부족한 표현 같지만 아무튼 그랬다.

퇴계공은 은서가 열아홉 살이 되던 해, 그러니까 작년 1월쯤 연재를 시작한 작품이었다. 3월이면 진짜 고3이 된다는 생각에 한창 날카로워져 있던 은서에게 퇴계공은 근사한 도피처였다. 6월 모의고사를 망쳤을 때는 퇴계공이 큰 위안이었고, 9월 모의고사를 잘 쳤을 때는 퇴계공 덕분에 힘을 낼 수 있었다며 좋아했다. 수능이 대박 났을 땐, 뭐. 말할 것도 없었다.

'내 인생 소설이야, 진심. 나 이거 완결 나면 어떻게 살지.'

은서는 나보다 아홉 살 어렸으며 형과는 무려 열두 살 차이가 났다. 나와 형은 막냇동생을 딸처럼 키우며 오냐오냐했고, 곧 은서의 태풍 같은 퇴계공 사랑에 헬스장 전단지처럼 휩쓸렸다.

나는 대학 수강 신청 이후 데면데면했던 서버 시간 페이지까지 띄워놓고 드라마 CD 사전 예약을 기다렸고, 집에서 일하는 형의 노동요는 퇴계공 OST였다. 스트리밍을 돌려야 한다는 은서의 집요한 주장 때문이었다.

우리 삼 남매가 식탁에 둘러앉아 밥을 먹을 때면 퇴계공은 반드시 화두에 올랐다. 은서는 그날 연재분의 내용을 분석하기도 했고, 왜 서브 남주인 '예서 페네티안'이 남주인공이 되어야 하는지 열변을 토하기도 했다.

'세레기는 진짜 안 돼. 또 우리 크리스텔한테 죄를 지었어. 예서랑 이어지는 게 답이야.'

처음에는 나와 이름이 같은 캐릭터가 은서의 입에 오르내리는 게 몹시 어색했다. 하지만 모든 일이 그렇듯 으레 익숙해졌다. 어차피 소설 속 인물이기도 하고.

'남주인공 이름이 세레기던가?'

'아, 형. 저번에도 그거 물어봤잖아.'

'하는 짓이 좀 쓰레기 같아서 팬들이 세레기라고 부른다니까.'

은서는 나와 형에게도 퇴계공을 읽어달라고 여러 번 부탁했다. 하지만 중반까지 열심히 읽던 형은 아무래도 자신의 취향이 아닌 것 같다며 하차를 선언했고, 은서는 아쉬워하면서도 더는 강요하지 않았다.

나로 말할 것 같으면, 작년 초에는 퇴사와 이직 준비를 하느라 몸도 마음도 바빴다. 새로운 직장에 취직한 뒤에는 또 그곳에 적응하느라 다망했다.

기존에 읽고 있던 웹소설도 서너 편은 됐는데 그마저 들춰보지 못하고 있었다. 그런 사정을 알았기에 은서도 내게 더 권하지 않았고, 대학에 합격한 은서가 한숨 돌렸을 즈음에는 자연스럽게 퇴계공 홍보가 잦아든 뒤였다.

형은 퇴계공보다 은서가 퇴계공에 관해 떠드는 게 더 재밌다고 말하곤 했다. 나는 퇴계공을 읽어본 적도 없지만 언제나 슬그머니 그말에 동의했다. 그렇다. 나는 퇴계공의 독자가 아니었다. 빌어먹을.

"읽지도 않았는데 빙의되긴 하냐고."

어처구니가 없어서 헛웃음이 나왔다. 그래도 내가 예서 페네티안인 걸 알게 되니, 빙의한 이유도 대충은 예상이 된다. 은서가 어제저녁 올라온 연재분을 보고는 엉엉 울었기 때문이다.

녀석은 뒤통수가 얼얼하다느니, 작가에게 쪽지를 보내야겠다느니 난리를 치다가 '일단 자고 일어나서 생각해 보겠다'라고 선언한 뒤 밤 열 시도 되지 않아 방으로 들어갔다. 예서 페네티안이, 최신화에서 죽은 것이다.

"빙의에, 회귀까지 한 건가."

죽었다는 놈이 멀쩡히 살아있는 거 보면, 누군가가 이 녀석을 살리려고 과거로 나를 보낸 것일 테고. 독자도 아닌 내가 엉뚱하게 빙의된 건 아마 동생인 은서 때문인 것 같았다. 아니, 원작을 여러 번 재탕한 데다 사소한 설정까지 줄줄이 꿰고 있는 은서가 빙의하는 게 더 낫지 않나? 왜 날 보낸 건데?

은서는 행동력이 있고 독립심도 강한 아이였다. 이런 일이 있다면 자신이 나서서 해결하지 나나 형에게 맡길 성격은 아니었다. 그럼 은서의 슬픔이 빙의와 회귀의 원인이긴 하지만, 정작 날 이곳으로 보낸 사람은 따로 있는 건가?

"…답이 없네, 진짜."

생각할수록 복잡해지기만 하는 것 같았다. 일단은 지금의 내가 할 수 있는 것부터 차근차근 하고, 파악할 수 있는 것부터 하나하나 알아보기로 했다. 나는 수첩에 내 이름을, 이곳에서 불리게 될 이름을 적었다. 내가 아는 사실도 짧게나마 기록했다.

−예서 페네티안
내가 빙의한 인물. 퇴계공의 서브 남주. 신국의 왕자. 이유는 알 수 없으나 볼모로 잡혀 와 쥘리에트 궁에 감금됨. 훗날 전쟁에서 황태자를 지키다 사망함.

그리고 주인공의 이름을 그 아래에 썼다. '크리스텔'…

"성이 뭐였지. 사르코지?"

아닌데. 이건 아니었던 것 같은데. 은서는 보통 그녀를 '우리 애'나 '우리 크리스'로 불렀기 때문에 성을 기억해 내기가 쉽지 않았다.

−크리스텔
퇴계공의 주인공. 분홍색 긴 웨이브 머리, 하늘색 눈. 야무진 성격. 퇴사한 직장인이 다른 세계의 인물에 빙의되었다는 설정. 공녀라고 불리는 걸 보면 지체 높은 집안의 딸인 듯.

머리색과 눈동자 색을 기억하는 건 퇴계공의 표지를 자주 봤기 때문이었다. 그림 속에서 그녀의 허리를 끌어안고 옆을 지키던 남자의 얼굴도 생각났다.

"세레기 본명이 뭐였지."

남주 이름이 뭐더라. 남주답게 멋있고 근사한 느낌이 있었으나 동생이 하도 그놈을 세레기라고만 부른 탓에 도저히 떠올릴 수가 없었다. '세'로 시작하는 건 확실한데.

―세레기

퇴계공의 메인 남주. 제국의 황태자. 검은 머리에 붉은 눈. 크리스텔과 키 차이가 많이 남. 소드마스터라고 들은 것 같음. 인성이 터졌다고 함.

은서가 '황태자씩이나 되는 놈이…'로 시작되는 욕을 자주 퍼부은 덕분에, 남주가 황태자라는 사실을 기억해 낼 수 있었다. 원작을 읽지 않은 건 아쉽지만 동생의 수다를 경청한 보람이 있어 다행이었다. 그동안 주워들은 게 앞으로도 많이 좀 떠오르면 좋겠는데.

이후로도 나는 마구잡이로 머릿속에 번지는 사실들을 적어 넣었다. 어젯밤에 동생이 울면서 하소연했던 것들, 저번 주에 말했던 것들, 지난달에 외식 갔다가 들은 것. 시간이 흐르면 잊거나 헷갈릴 테니 생각날 때 메모하는 게 현명했다. 쓰다 보면 복습도 되어 외우기 좋았다.

그렇게 종이를 잔뜩 채우고 나니 어느덧 해가 중천이었다. 나는

서브 남주가 파업하면 생기는 일 1

마지막 항목을 썼다.

　─나의 목표
　내 추측이 맞다면, 내가 빙의하게 된 건 언젠가 전쟁터에서 죽을 이
몸을 살리기 위해서일 것이다.
　전사할 놈이 확실히 사는 방법은 하나뿐이다. 애초에 참전하지 않
는 것.
　황태자를 대신해 목숨을 버릴 놈이 사는 방법도 하나뿐이다. 황태
자와 엮이지 않는 것.

　황태자와 엮이지 않는 법이야 여러 가지가 있겠지만, 일단 이 작
품에서는 황태자와 내가 한 여자를 사이에 둔 연적 관계라는 점이
핵심이었다. 은서는 예서 페네티안이 크리스텔의 행복을 위해 황태
자를 살리고 자신을 던졌다고 했다. 그러니, 주인공인 크리스텔과
도 엮이지 않는 쪽이 생존 확률을 높일 수 있을 것이다. 나는 더 고
민하지 않고 마지막 문장을 썼다.

　─나의 목표
　주인공들과 엮이지 말고, 종전까지 살아남아 건강하게 귀가하자!

　모난 데 없이, 나대지 말고, 조용히 밥 잘 챙겨 먹으면서 목숨을
붙여둘 것. 양심에 따라 행동하되 남이 해결할 수 있는 일엔 발 벗
고 뛰어들지 말 것. 윗사람에게든 아랫사람에게든, 최선을 다해 눈

치껏 처신할 것.

"뭐, 아싸한텐 별거 아니네."

둘의 연애에 끼어들어야 하는 거라면 모를까, 완전한 타인이 되는 거라면 누구보다 자신 있었다. 모태 솔로만이 가질 수 있는 믿음이 가슴을 뿌듯하게 채웠다. 오전 내내 수첩 정리를 마친 나는, 혼자만의 시간을 만든 김에 추가적인 헛짓거리도 했다.

"…상태창."

당연하게도, 눈앞에 반투명한 창이 뜨거나 글자가 보이는 일은 없었다. 혹시 내가 빙의 소설의 주인공 같은 존재가 됐나 싶었는데 현실은 차갑다 못해 추웠다. 스스로의 자의식 과잉이 부끄러워지면서 뺨과 눈가가 홧홧하게 달아올랐다. 밥이나 먹으러 가야겠다.

* * *

"왕자님, 읽어보실 만한 책을 가져왔습니다. 그리고 정원 산책은 언제든지 해도 된다는 폐하의 허락이 있으셨다고 합니다."

"고맙습니다, 잘됐네요."

아침과 똑같은 루트로 점심을 먹고 나니, 오전에 내게 가방을 배달했던 어린 시종이 몇 권의 책과 함께 좋은 소식을 가져왔다. 뱅자맹과 다른 시종들은 진작 자리를 비워주었기에 이 아이도 곧 나갈 줄 알았는데, 소년이 주뼛거리며 내 눈치를 보기 시작했다.

"할 말 있어요?"

"아, 그게…"

아이는 얼굴을 붉힌 채 어쩔 줄을 몰라 했다. 한 열네 살쯤 됐을까? 형광빛이 도는 하늘색 머리에, 커다란 금색 눈동자가 인상적이었다.

"저, 저는 가나엘 칼라마르라고 합니다. 칼라마르 자작가의 첫째입니다."

"난 예서 페네티안이에요."

역시 낯선 이름이다. 자기소개를 듣기만 하긴 뭐해서 내 이름을 말해주었더니, 긴장이 조금 풀렸는지 아이가 환하게 웃는다. 가나엘은 상기된 낯으로 빠르게 말을 이었다.

"왕자님의 존함을 모르는 제국 사람은 없을 겁니다. 다들 왕자님을 궁금해해요, 티는 내지 않지만… 독실한 사람들이 많으니까요. 신국의 왕족 신관께서 황궁에 오신 건 역사적인 일이고요."

와, 방금 엄청난 양의 정보가 지나가지 않았냐. 나는 입이 제멋대로 벌어지려는 걸 꾹 다물고 애써 침착한 얼굴을 했다. 할 수만 있다면 품에서 수첩을 꺼내 가나엘의 말을 전부 받아 적고 싶었다. 독실한 사람들, 왕족 신관, 역사적인 일.

이어 가나엘은 나를 이렇게 만나 몹시 유감스럽다고 하면서도, 이처럼 곁에서 모실 수 있게 된 것은 칼라마르 가문의 영광이라며 기뻐했다. 내가 볼모로 온 게 안타깝지만 실제로 보니 너무 좋다는 뜻 같았다. 이렇게 방방거리는 녀석이 아침에는 어떻게 표정 관리를 했는지 놀라울 따름이었다.

"몇 살이에요, 가나엘?"

"지난 2월에 열여섯 살이 되었습니다. 왕자님보다 열두 살 어리지요. 입궁 준비를 하느라 성인식은 작게 했는데…"

아이가 수줍게 웃으며 재잘거렸다. 그것보다 훨씬 어려 보이는데… 아니, 잠깐. 내가 저 애보다 열두 살 많다는 건, 만으로 스물여덟이란 소리였다. 원래의 나도 만으로 스물여덟이니 예서 페네티안과 나는 동갑이었다. 이것도 새로운 정보다.

"아직 어린데 궁에서 고생이 많네요."

"헤헤, 아닙니다. 사실 왕자님이 오신다는 소식을 듣고 일부러 입궁을 청했습니다. 자작께서도 반대하지 않으셨어요. 오히려 가문을 세운 뜻을 잇는 행보라고 칭찬하셨습니다."

가나엘과 대화를 하니 순식간에 새로운 지식이 쌓였다. 물론 단편적인 것들뿐이지만, 《퇴사했더니 이계 공녀》 원작을 읽어본 적 없는 나에게는 하나하나가 소중한 배경이요 설정이었다.

가나엘은 '아랫사람이 먼저 이런 말씀을 올려 송구스럽지만, 부디 말을 낮추어 달라'고 청했다. 친해지고 싶어 하는 게 빤히 보여 그러겠다고 하니 아이는 뛸 듯이 좋아했다.

"그래서, 혹시 괜찮으시다면… 제 고해 성사를 들어주실 수 있을까요?"

"응?"

너무 당황해서 목소리가 삐끗했다. 언제 화제가 여기까지 튀었는지 모르겠다. 가나엘은 내 반응에 더욱 당황하며 마구 손을 내저었다.

"야, 약식으로요! 아직 여독이 풀리지 않으셨을 테니 내일이나 모레, 아니, 다음 주도 저는 좋습니다. 언제든 편하실 때…"

나를 곤란하게 했다고 생각했는지 아이는 금세 죽상을 했다. 하지만 진짜 죽을 맛인 건 나였다. 고해 성사를 할 테니 들어달라고? 가나엘이 아까 나를 두고 왕족 신관이라고 했던 게 기억났다. '퇴계공'의 서브 남주가 신관이었다니, 은서가 이런 얘기를 해준 적이 있던가?

"음, 조만간 시간을 내볼게."

대충 '우리 예 서방은 얼굴도 성스러운데 직업까지 성스럽다'라는 식으로 말하는 걸 들었던 것도 같다. 나는 '언제 한번 밥이나 먹자' 하는 전형적인 한국인의 태도로 대답했고, 그 말에 가나엘은 금세 방긋거렸다. 신중해야 했다. 신관이 정확히 무슨 일을 하는지, 이 사람들이 대체 무슨 신을 섬기고 있는지 알기 전에는 섣불리 행동할 수 없었다.

* * *

가나엘이 퇴장한 뒤, 나는 테이블 앞에 앉아 받은 책을 살폈다.

〈격주간 리에스테르 – 제국 사교계의 모든 것〉

《리에스테르 제국의 역사: 페네티안 신국과의 교류를 중심으로》

《주신께서 내게 주신》

얇은 잡지 한 권, 역사서 한 권, 에세이로 보이는 책이 한 권. 제목에는 일부러 라임을 넣은 건가? 일단 제국의 이름이 '리에스테르'라는 건 확실히 알았다.

세 권 모두 여러모로 내게 도움이 될법했고, 서로 무척이나 다르니 골라 읽는 재미가 있을 것 같았다. 일머리가 있어 보였던 가나엘은 이제 보니 눈치도 썩 괜찮았다. 하긴, 황궁에서 시종으로 지내려면 없던 눈치도 억지로 키워야 할 것이다.

나는 먼저 잡지를 집어 들었다. 표지 상단에 '성력 1613년 3월 15일 호'라고 인쇄된 작은 글씨가 보였다. 그 아래에는 커다란 글씨로 '신국의 난봉꾼이 제국에 진출한다'라는 문구가 박혀있었다. 이거 설마 내 얘기냐?

'이틀 뒤면 신국 최고의 미인이라 불리는 예서 페네티안 왕자가 제국에 입성한다. 볼모 신분이지만, 명목상으로는 페네티안 신국에서 파견하는 '고해 신관' 자격으로 입궁하게 된다는 것이 황실 관계자의 전언이다. 신국 사교계에서 숱한 염문을 뿌리고 다녔다는 그가 리에스테르 사교계에 미칠 영향은 무엇일까. 30년의 단교로 장막에 싸인 신국 왕실의 분위기와 예서 왕자의 성향을, 신국 전문가인 사라 벨리아르 경이 낱낱이 분석한다.'

…뭐가 참 많네. 공부해야 할 게 산더미구나. 잡지를 펼치자마자 든 생각은 그런 것이었다. 다른 소설 주인공들을 보면 초반에 엄청난 기연도 얻고, 처음부터 능력도 사기고, 뭐 그렇던데. 나는 수능 이후로 해본 적이 없는 주입식 필기와 반복적 암기에 전념해야 할 판이다.

"아니지."

손을 들어 가볍게 내 뺨을 한 대 쳤다. 그건 '주인공'의 경우고, 나는 주인공 인생에 없어도 되는 남자 캐릭터 중 하나일 뿐이었다. 은서에게 듣기로, 서브 남주는 결국 '서브'로 남지 '남주'가 되진 못

하는 존재였다. 오전에 혼자 상태창을 읊었다가 무슨 일이 있었는지를 기억해 보자. 아무 일도 없었다.

나는 침착하게 한 손으로 품 안의 수첩을 꺼내고, 다른 손으로는 테이블 위의 깃펜을 집었다. 내 목표는 생존과 귀가이지, 이 세계를 구하거나 정복하는 것 따위가 아니었다.

* * *

그리고 정말로, 나는 계속 방에 틀어박혀 공부만 했다. 소설 속까지 들어와 이게 뭐 하는 짓인가 하는 현타가 주기적으로 왔지만, 집에 가서 가족들과 철판 김치볶음밥을 해 먹겠다는 의지로 극복했다. 간간이 들어와서 내 간식과 허브차를 챙겨주는 시종 아이들의 눈길이 몹시도 반짝거렸다.

가나엘이 그새 무슨 이야기를 전한 모양이었다. 아이들은 나와 눈이 마주치거나, 내가 무안해서 씩 웃으면 얼굴이 발그레해져 후다닥 방을 빠져나갔다.

"아이고, 허리야."

그래도 왕자의 몸이니 뭐가 좀 다를 줄 알았는데, 같은 자세로 오래 앉아있으면 근육이 땅기는 건 원래의 나와 마찬가지였다. 나는 천천히 자리에서 일어나 창가로 다가갔다. 스트레칭과 비타민D 합성을 한 큐에 해결할 생각이었다.

"어?"

그런데 창밖에 누군가 있었다. 건물 뒤쪽이 훤히 보이는 유리 바깥으로 몇 개의 인영이 움직였다. 내 방은 복도 끝, 쥘리에트 궁의 동단東端이고 그들이 있는 곳은 궁의 서단西端이라 사람의 면면을 제대로 확인하기는 어려웠다.

무리는 대여섯 명쯤 되는 것 같았고, 그중 둘은 손에 무기를 든 채 대련 중이었다. 이제 보니 쥘리에트 궁의 뒤편짝은 연무장으로 쓰이는 모양이었다. 챙챙, 검과 검이 부딪는 소리가 들렸다.

-카강!

귀를 찌르는 날카로운 소리에 나도 모르게 흠칫했다. 대련 중 검이 부서진 듯했다. 상대방의 검을 두 동강 낸 자는 왼손으로 검을 잡은 채, 자신의 오른손을 내려다보며 주먹을 쥐었다 폈다 했다. 그러더니 천천히 고개를 들었다. 그와 나의 눈이 마주쳤다.

"헉."

나는 재빨리 커튼을 치고 창가에서 물러났다. 그냥 본능적으로 그래야만 할 것 같았다. 다시 내다보면, 그가 여전히 내 쪽을 보고 있을 것만 같은 기분이 들었다. 눈이 마주쳤다고 느낀 건 내 착각인가? 하지만⋯ 마주한 눈빛이 너무나 강렬했다. 거리가 멀었음에도, 그가 다른 무엇도 아닌 나를 보았다는 게 분명히 느껴질 정도로 또렷한 시선이었다.

"왕자님?"

"아, 깜짝이야!"

나는 자리에서 펄쩍 뛰다시피 했다. 두 번 연속으로 놀란 심장이 미친 듯이 쿵쾅거렸다.

"죄송합니다. 여러 번 문을 두드렸는데도 응답이 없으셔서, 걱정이 되어 들어왔습니다."

"…아니에요, 괜찮아요."

오히려 뱅자맹이 내 반응에 꽤 놀란 눈치였다. 나는 조금 민망해져서 목을 가다듬었다.

"그, 바깥 구경을 좀 하고 있었어요. 연무장이 있는 줄은 몰랐습니다."

"그러셨군요. 쥘리에트 궁의 후방은 황실 전용 야외 연무장입니다. 황자 전하께서 가끔 이 시간에 대련을 하시곤 합니다."

황자? 은서가 맨날 욕하던 황태자 말고 다른 사람인가? 그럼 밖에 있는 사람들 사이에 황자가 있는 거야? 내 눈에서 호기심을 읽었는지 뱅자맹이 덤덤하게 말을 이었다.

"네, 밖에 계신 분이 세드리크 리에스테르 황자 전하이십니다. 제국의 1황자이자 유일한 황손이시며, 장차 태양처럼 빛나실 분이지요. 쥘리에트 궁의 전방에 있는 로메로 궁이 바로 전하의 처소인데…"

세드리크 리에스테르. 제국의 1황자, 유일한 황손, '태양처럼 빛나실 분'.

그렇다면 황자는 곧 황태자가 될 것이다. 퇴계공의 메인 남주는 '세레기'라는 별명을 갖고 있었다. 그에게 그런 별칭이 붙은 것은 이름의 첫 글자가 '세'이기 때문이었다. 세레기, 세드리크. 아주 간단한 퍼즐이 머릿속에서 순식간에 짜맞춰졌다. 그럼 혹시, 조금 전에 나와 눈이 마주친 자가…

"황자 전하께서는 쥘리에트 궁의 책임자이시기도 합니다. 대대

로 로메로 궁에 기거하는 황족이 쥘리에트 궁까지 총괄했기 때문이
지요. 왕자님께서 원하신다면 전하와의 면담을 잡아드릴 수도 있습
니다."

"아뇨, 괜찮습니다."

내가 후딱 대답했다. 뱅자맹은 황자의 이야기가 나오자 말수가
많아지는 것 같았다. 황태자, 아니 지금은 황자인 그놈과 엮이지
않겠다고 다짐한 것이 오늘 오전의 일이었다. 물론 이웃에 사는 이
상 아예 모르는 사이가 되기는 힘들겠지만, 첫날부터 안면을 트고
말을 섞는 건 가급적 피하고 싶었다.

"저는, 앞으로도 조용히 오늘처럼 살고 싶습니다."

"…"

내 말에 뱅자맹이 뜻밖이라는 얼굴을 했다. 내게 '신국의 난봉꾼'
이라는 타이틀이 붙어있다는 걸 생각하면 당연한 반응이었다.

"제 처지는 잘 알고 있으니까요. 그저 책이나 읽고, 시종 아이들
과 말동무나 하면서 지내려고 합니다. 중요한 분들을 만나 뵐 일도
많지 않았으면 좋겠어요."

"왕자님, 혹시 저희의 봉사나 쥘리에트 궁의 시설에 부족함을 느
끼신 거라면…"

"아뇨, 그런 건 아닙니다."

뱅자맹이 불필요한 오해를 하기 전에, 나는 그의 말을 끊어냈다.

"살아서 집에 돌아가고 싶거든요. 이왕이면 사지 멀쩡하게요."

그러고는 싱긋 웃었다. 진심이었다.

그로부터 일주일이 지났다.

"페네티안 신국의 1왕자이신 예서 페네티안 님을 뵙습니다."

"안녕하세요, 정원사님."

"예서 왕자님, 오늘은 산책이 이르시네요!"

"네, 아침에 보는 정원은 어떨지 궁금해서요."

나를 반가워하는 정원사들에게, 나는 웃는 낯으로 입에 침도 안 바르고 거짓말을 했다. 아침 정원이 예쁘긴 했지만 그걸 구경하려고 일찍 나온 건 아니었다.

처음 닷새간 내 오전 일과는, 아침 먹고 잠깐 빈둥거리다가 〈격주간 리에스테르〉 최신호와 과월호를 보며 제국 돌아가는 사정을 공부하는 거였다. 점심 후에는 발코니에서 가나엘과 시종 아이들이 추천해 준 역사서로 제국의 뿌리를 훑고, 몸이 찌뿌둥해질 때쯤 한 시간 정도 정원 산책을 한 뒤 방으로 돌아오곤 했다. 그랬는데…

"동백이 참 곱지요? 로메로 궁 후원은 황자 전하께서 좋아하시는 곳이라 정성을 다한답니다."

"네, 정말 예쁘네요."

내가 듣기에도 영혼 없는 대답이었다. 그래, 그놈의 황자가 문제였다. 세드리크 리에스테르, 별칭 '세레기'. 미래의 황태자이자 《퇴사했더니 이계 공녀》의 메인 남주. 그가 내 오후 산책 시간마다 연무장으로 나와서 검을 휘두르지만 않았어도 나는 그 시간에 바깥 공기를 만끽할 수 있었을 터였다.

"곧 튤립 철이라 황실 정원사들이 아주 바쁩니다. 신국에서 오셨으니, 이왕이면 보라색 튤립을 보여드리고 싶은데…"

한 정원사가 무척 안타깝다는 표정을 했다. 이 정원에는 튤립이 안 피는 건가?

"괜찮습니다, 다음에 기회가 있겠죠."

꽃에 조예가 있는 것도 아니고, 튤립 못 본다고 큰일이 나는 것도 아니니 나는 그저 웃어넘겼다. 곧 정원사들이 내게 허리 숙여 인사하고 다시 전지가위를 잡았다.

뱅자맹은 분명 황자가 '가끔' 연무장을 이용한다고 말했지만, 내가 창가에서 그를 발견한 이후로 그는 하루도 빠짐없이 쥘리에트 궁 뒤편의 연무장에서 칼질을 했다. 전쟁 중인 것도 아니고, 뱅자맹 말에 따르면 황자의 무위는 이미 제국 최고 수준이라는데 인간이 너무 열심인 것 같았다. 스트레스가 많은가?

아무튼 나는 그 시간을 피해 산책하러 나갔다. 동선이 겹쳐서 황자와 우연히 얼굴을 마주하는 일조차 만들고 싶지 않았기 때문이다. 그런데 며칠 전부터 그가 내 산책 시간에 연무장으로 행차하기 시작했다.

스케줄이 왜 그따위로 바뀌었는지는 모르겠지만 집주인 일정에 세입자가 맞춰야지 별수 있나. 건물주가 절대 갑인 건 로판에서도 똑같았다. 나는 오늘부터 아침 산책을 즐기는 놈이 되기로 했다.

"왕자님, 차를 준비할까요?"

"아, 고맙습니다. 뱅자맹하고 여러분도 한잔하세요."

내 말에 뱅자맹이 다소 곤란해하면서도 고개를 끄덕였다. 가나엘과 아이들이 벙글벙글하며 테이블과 주전부리를 가지러 갔다. 처음 내가 함께 티타임을 갖자고 했을 때 뱅자맹은 황실의 법도가 지엄하다느니, 시종과 왕족이 겸상하는 건 어불성설이라느니 하며 반대했다.

나는 '뱅자맹과 아이들도 귀족 가문의 자제인데 둘러앉아 차 한잔도 못 하느냐'고 따졌고, '다들 지켜보는데 혼자 마시면 뻘쭘하다'라고 하소연했다. 통하지 않았다. 결국 쥘리에트 궁의 그룹 티타임은 '난 신국에서도 이랬다, 싫으면 전근 가라'고 내가 갑질을 해 얻어낸 것이었다.

"왕자님, 오늘 간식은 마들렌입니다!"

"쿠키도 있어요. 방금 구운 거래요!"

"가나엘, 뛰지 말고. 네가 뛰면 쌍둥이도 뛰잖아."

가나엘과 아이들이 커다란 피크닉 바구니와 접이식 테이블을 들고 돌아왔다. 과자에 눈이 돌아간 꼬마들에게 내가 웃으며 주의를 주었다. 은서가 어렸을 때 딱 저랬었다.

우리 삼 남매는 먹성이 좋은 편인데, 특히 은서가 어릴 때부터 먹을 거라면 환장을 했다. 순식간에 그럴듯한 티 테이블이 차려졌다. 우리는 옹기종기 모여 앉았다.

"쿠키는 세 개, 마들렌은 두 개씩 먹자."

"네!"

뱅자맹이 프로다운 솜씨로 페퍼민트 차를 따르는 동안, 나는 아이들의 앞접시에 과자를 덜었다. 내가 먼저 주지 않으면 절대 손을 대는 법이 없으니 어쩔 수 없었다.

"감사합니다, 왕자님."

"성은이 망극합니다."

"겨우 간식인데 성은은 무슨."

내 말에 아이들이 소리 내 웃었다. 군것질거리를 보고 그 나이답게 눈을 빛내는 게 안쓰럽기도 하고 귀엽기도 했다. 고작 10대인데, 적어도 내 앞에서는 편하게 지냈으면 좋겠다는 생각이 들었다.

뱅자맹을 빼고, 만으로 열여섯인 가나엘이 내 시종 중에서는 가장 나이가 많았다. 그리고 어린아이들의 시중을 받는 건 꽤 불편한 일이었다. 아침에 나를 깨워 세안을 돕는 녀석들의 얼굴에서 잠기운을 찾아내면, 괜한 죄책감이 들기도 했다. 도대체 몇 시부터 일어나 준비를 하고 오는 건지.

"이쪽 과자는 정원사분들 거야. 가나엘, 네가 이따가 가져가서 나눠드려."

"왕자님께서는 진실로 따뜻한 분이세요."

아니, 연세 지긋하신 분들이 코앞에서 육체노동을 하고 계시는데 백수인 내가 새참을 즐기는 게 찔려서 그래. 차마 그렇게 말하진 못

하고 나는 대충 웃었다.

오전의 그룹 티타임은 상당히 괜찮았다. 뱅자맹은 내가 머무는 쥘리에트 궁과 그 앞에 있는 황자의 로메로 궁이 어떤 양식으로 지어졌는지 따위를 설명해 주었다.

나는 로메로 궁이 쥘리에트 궁의 일조권을 고스란히 침해하는 모양새라고 속으로만 생각했다. 과자를 먹은 아이들은 '왕자님이 오신 뒤로 악몽도 안 꾼다'라며 엄청난 아부를 해댔다. 평화로웠다. 지난 일주일도 평온했지만, 앞으로도 쭉 이렇게 지낼 수 있으면 딱 좋을 것 같았다.

"그럼, 저는 정원사들에게 간식을 나눠주러 가보겠습니다."

"응, 수고해."

잔과 접시를 깨끗이 비운 가나엘이 자리에서 일어나자, 다른 아이들이 음료 서빙을 돕겠다며 우르르 따랐다. 이내 테이블에는 나와 뱅자맹만이 남았다. 조용하니 조금 어색했다. 나는 찻잔을 들어 입가에 가져갔다. 먼저 입을 연 건 뱅자맹이었다.

"아침 산책은 어떠셨습니까."

"괜찮네요, 잠도 깨고 좋습니다."

들어가서 바로 책을 보면 내용이 머릿속에 쏙쏙 들어올 것 같았다. 물론 침대에서 뒹굴뒹굴하는 아침이 최고지만, 나와서 상쾌한 공기를 쐬는 쪽도 나쁘지 않았다.

"책을 많이 읽으시더군요. 잡지, 역사서, 주신교 성서와 해설서에 이르기까지 분야를 가리지 않으신다고 들었습니다."

마침 책 생각을 하고 있는데 책 이야기가 나오니 살짝 오싹했다.

하지만 뱅자뱅이 굳이 그 화제를 고른 것도 이해는 갔다. 나는 현재 황궁이라는 이름의 초호화 고시원에 사는 수험생이나 다를 바 없었으니까. 시종들이 가져다주는 책마다 밑줄을 죽죽 긋고, 따로 요점 정리를 하고, 혼자 퀴즈까지 풀어가며 퇴계공의 크고 작은 설정을 공부한다. 은서에게 들은 것과 일치하는 정보는 중요하니 별표 다섯 개.

'작가'나 '시스템'이 부여한 천재적인 기억력도, 특별한 스킬도 없는 내게 의지할 건 내 머리뿐이었다. 간간이 내가 지금 뭐 하고 있나 자괴감이 들고 괴롭다가도, 살아 나가야 한다는 생각 하나로 버텨내는 중이었다. 한 시간여의 산책을 제외하면 외출도, 격렬한 운동도 없고 말 붙일 데라곤 이곳에 근무하는 사람들이 전부인 나날.

"얌전히 지내려니 마땅한 취미 생활이 없어서요."

"특히 〈격주간 리에스테르〉는 과월호까지 구해 보신다지요."

뭐지, 그게 잘못된 건가? 〈격주간 리에스테르〉는 제국의 사교계 가십과 소식을 다루는 잡지였지만, 그렇다고 삼류 지라시도 아니었다. 귀족들의 공개 기고나 인터뷰도 많아서 나 같은 사람이 정보를 얻기에는 더할 나위 없이 좋은 창구였다.

"제국의 사교계에 그토록 관심이 많으시면서, 정작 중요한 분들과의 만남은 피하시는 연유를 여쭈어도 되겠습니까?"

아, 그게 그런 궁금증을 자극할 수도 있나. 나는 신중히 말을 골랐다.

"제가 좀 내향적입니다."

이건 진짜였다.

"뭐든 글로만 접하는 걸 좋아해요."

퇴계공도 한번 읽어볼 걸 그랬지.

"리에스테르에 알려진 왕자님의 성향과는 무척 다르군요."

"소문이라는 게 그렇죠. 과장되는 면이 있잖아요."

"맞는 말씀입니다."

짧은 대답이 돌아왔다. 뱅자맹의 주름진 눈이 나를 똑바로 응시했다.

"왕자님, 제 의무는 최선을 다해 왕자님을 모시는 것입니다. 왕자님이 다른 나라 출신이신 것도, 볼모로 오신 것도 제게는 중요하지 않습니다."

"그, 렇겠죠."

그가 '볼모'라는 단어를 꺼낸 건 처음이었다. 분위기가 갑자기 너무 심각해지는 것 같았다.

"그리고 '모신다'라는 행위에는 왕자님을 안전히 지키는 것 또한 포함됩니다."

"그렇군요."

"허나 왕자님께서 제게 숨기시는 게 있다면, 완벽한 보호는 어렵습니다."

"예?"

이거, 내가 자기한테 숨기는 게 있다는 뜻 맞지? 내 얼굴에 황당함이 번졌다. 하지만 뱅자맹은 그저 묵묵히 나를 바라볼 뿐이었다. 내가 그동안 방, 식당, 정원만을 오간 것은 다른 누구도 아닌 뱅자맹이 가장 잘 알았다. 말 못 할 사고를 칠 시간도, 공간도 없었다고.

"…뱅자맹, 전 아무것도 숨기는 게 없어요."

사실 있긴 한데, 그건 여기가 소설 속이고 당신이 등장인물이라는 거니까 넘어갑시다.

"아시잖아요, 저 황실 서고 출입 허가도 안 나오는 사람인 거. 당신 시야에서 벗어난 적이 없었어요. 신국에서는 제게 편지 한 통 없었고 제가 보낸 적도 없죠."

"예, 압니다."

"그런데 갑자기 무슨 말씀이세요?"

"…"

뱅자맹이 그제야 시선을 아래로 떨구었다. 언뜻 살핀 얼굴은 평소보다 훨씬 나이 들어 보였다.

"아실는지 모르겠지만, 저는 독실한 주신교 신자입니다."

그가 갑자기 다른 이야기를 했다. 나는 학습한 내용을 더듬었다. 주신교는 페네티안 신국의 국교이자 리에스테르 제국 인구의 80퍼센트가 믿는다는 종교였다. 예서 페네티안도 주신교의 신관이었다.

"몰랐어요, 가나엘만 그런 줄 알았습니다."

"쥘리에트 궁은 공공연히 '냉궁'으로 불립니다. 이곳 시종들은 좌천되어 온 경우가 대부분이지요. 하지만 이번만큼은 달랐습니다. 왕자님께서 오신다는 소식이 퍼졌기 때문입니다."

나는 대화의 흐름을 따라잡을 수가 없었다. 시종일관 차분하고 말수가 적던 뱅자맹이, 터진 봇물처럼 문장을 쏟아내고 있었다.

"신앙심 두터운 집안의 자제들이 앞다투어 쥘리에트 궁의 시종이 되겠노라 줄을 섰습니다. 순교자를 배출한 칼라마르 자작가는 물론이고 저희 지라르댕 백작가에서도 가문 사람이 왕자님께 배정되기를 바랐지요. 왕자님을 따르는 다른 아이들도, 모두 까다로운 심사를 거쳐 선발된 신자들입니다."

무슨 이유로 이런 이야기를 하는 것인지 알 수 없었지만, 나는 그의 말을 통해 아이들이 그간 내게 보였던 무조건적인 호의를 이해하게 되었다. 꼬마들에게 나는 신기한 외국인이요, 잡지에 이름이 오르내리는 연예인이자 신앙의 대리인이었을 것이다.

"저는 순교할 각오가 되어 있습니다."

"아니, 왜 그런 말씀을 하세요."

내가 놀라서 손을 휘저었다. 순교라니. 21세기 대한민국을 살던 회사원에게는 너무 무섭고 충격적인 주제였다. 뱅자맹은 나를 바라보며 말을 이어갔다.

"하지만 저 아이들이 무엇을 알겠습니까. 죽음 앞에서는 한없이 약해질 겁니다. 주신께서 내리신 힘으로도 버틸 수 없겠지요."

"뱅자맹, 진정하세요. 애들이 위험해질 일은 없어요."

나는 뱅자맹이 마신 찻잔을 흘끔 들여다보았다. 혼자 술을 마신 것도 아닌데 왜 이렇게 극단적인 말을 하는 거지? 무슨 일이 있었나?

"감히 부탁드립니다. 신자들에게 책임 있는 신관이 될 것을 약속해 주십시오."

"네, 약속할게요."

"주신께 맹세해 주십시오."

[주신께 맹세합니다.]

순간 나는 깜짝 놀라 몸을 떨었다. 내 목소리가 마이크를 켠 것처럼 웅웅 울렸다. 뒤이어 테이블이 금빛으로 환하게 빛나기 시작했다.

"세상에…"

뱅자맹이 바닥을 내려다보며 감탄했다. 나는 서둘러 그의 시선을 좇았다. 광원은 테이블이 아니었다. 동그랗게 빛나는 황금색의 원이, 나를 중심으로 널찍하게 펼쳐져 있었다.

"…이토록 크고, 이토록 빛나는 성소는 처음 봅니다."

갑작스러운 사태에 고장 난 나와 달리, 뱅자맹은 아는 게 있는 모양이었다. 약 10초 뒤에야, 나는 '바닥에 금빛 원 소환하기'가 내게 주어진 능력임을 파악했다. 게임에서나 보던 효과를 실제로 접하니 어안이 벙벙했지만, 여기서 '이게 뭔데요?'라고 묻는 건 바보짓이라는 직감이 왔다.

[아무튼, 저 때문에 애들이 다칠 일은 없을 겁니다. 뱅자맹도 마찬가지고요.]

내 목소리가 한 번 더 노래방처럼 울려 퍼졌다. 그러자 뜰에 너울거리던 원의 빛이 서서히 옅어지더니, 이윽고 흔적도 없이 사라졌다. 마치 내 말이 끝난 것을 이해하고 물러나기라도 한 것 같았다.

"신탁을 주셨으니, 믿겠습니다."

"…"

뱅자맹은 지난 일주일간 본 것 중 가장 온화하고 밝은 낯을 하고 있었다. 나는 아무런 대답도 하지 않았다. 표정을 관리하기가 어려

서브 남주가 파업하면 생기는 일 1

웠고, 당장 방에 가서 공부할 것도 잔뜩 쌓인 탓이었다.

'성소', '신탁'. 거기에 뱅자맹이 돌발 행동을 한 이유까지. 나는 꼭 시험 범위를 다 못 보고 고사장에 들어온 사람처럼 초조해졌다.

* * *

"가나엘, 잠깐 얘기 좀 하자."

나는 결국 학습지, 아니 신학 서적을 덮고서 꼬마를 붙들었다. 아침 산책 때만 해도 세상 행복해 보이던 가나엘은, 오후가 되자 눈에 띄게 불안정한 모습으로 변했다. 점심 시중을 들 때도 안색이 나빴고, 말을 걸면 어색하게 웃으며 얼버무리곤 했다.

"와, 왕자님."

"일단 앉아 봐. 밥은 먹었고?"

아이가 작게 그렇다고 대답했다. 커다란 금색 눈동자가 떨리는 것이 보였다. 뱅자맹에게서 무슨 말을 들었거나, 이 애가 모를 수 없을 정도의 일이 터진 게 분명했다. 나를 불안하게 한 당사자인 뱅자맹은, 산책 이후 어디로 갔는지 코빼기도 비추지 않았다. 내 의문에는 무엇 하나 답하지 않은 채 사라져 버린 것이다.

"아까 정원에서 뱅자맹이 나한테 이상한 얘기를 하던데. 혹시 아는 거 있어?"

"헉."

누가 봐도 아는 게 넘치는 얼굴이다. 가나엘은 눈치는 빨라도 연기나 거짓말엔 소질이 없는 모양이었다. 아니면 내 앞이라서 숨길 생각을 못 하는 건가?

"나랑 관련된 소식이면, 나도 알 필요가 있는 거잖아."

물론 별일은 아닐 것이다. 나는 애써 불안감을 억눌렀다. 지난 일주일 동안 정말로 얌전하게 지냈고, 계획대로 황자와는 한 번도 대면하지 않았다. 《퇴사했더니 이계 공녀》의 주인공인 크리스텔의 근황도 아직 듣지 못했다. 주인공과 남주, 그리고 나의 활동 반경이 겹친 적이 없다는 뜻이다.

"그게, 왕자님. 그러니까요…"

나는 차분히 말을 기다렸다. 이 나이대 아이들에게 빨리 털어놓으라고 독촉하는 것은 역효과만 낼 뿐이라는 걸 잘 알고 있었다. 적어도 은서에겐 그랬다.

"그… 도둑이 들었답니다."

"응?"

뭐야, 도둑? 첩자도 아니고 절도범? 도대체 어떤 대단한 물건을 도난당했기에 나까지 뱅자맹에게 이상한 소리를 들어야 했던 건지 의아해졌다. 내 표정이 해괴해지자 가나엘은 오히려 안심한 기색이었다.

"역시 왕자님께선 모르시는 일이군요. 그럴 거라 믿었습니다."

"아니, 뱅자맹이 순교까지 운운하더라. 나랑 관계없는 일이어도 파악은 해놔야 할 것 같아."

어떤 예감이 들었다. 내가 모르는 곳에서 중요한 사건이 벌어지고 있다는 예감. 그건 어쩌면 '퇴계공'의 큰 줄기를 이루는 이벤트일지도 모른다. 강물에 휩쓸리지 않기 위해 적극적으로 노력한다

서브 남주가 파업하면 생기는 일 1

해도, 돌멩이는 바위가 될 수 없다. 물살이 세면 버티지 못하고 떠내려가게 될 것이다. 그렇다면 적어도 내 몸을 맡길 강이 어떻게 생겨 먹었는지, 어디가 급류고 어디가 완류인지는 알아두고 싶었다.

"듣기로는 보물, 그것도 신물神物이 사라졌다고…"

-똑똑

묵직한 노크 소리에, 우리의 입이 닫히고 고개가 돌아갔다.

"들어오세요."

내 말에 문을 열고 나타난 것은 뱅자맹이었다. 가나엘이 서둘러 자리에서 일어났다. 어디서 뭘 하다 이제 등장한 건지 궁금해하는데, 그가 먼저 운을 뗐다.

"왕자님, 손님이 왔습니다."

"손님요?"

"황실 부근위대장인 엘리자베트 무테 경입니다."

미친.

"저는 약속을 잡은 적이 없는데요."

"실례합니다, 왕자님."

뱅자맹의 뒤에서 젊은 여성이 불쑥 나타나 정중하게 예를 보였다. 나는 당황해서 몸을 일으켰다. 안으로 동그랗게 말린 올리브색 단발에, 화려한 회색 눈동자를 지닌 사람이었다. 제복에는 그녀의 무공을 보여주는 훈장들이 달려있었다.

"리에스테르 제국과 페네티안 신국 국경에서 중대한 도난 사건이 있었습니다. 이와 관련해 왕자님께 몇 가지 여쭤볼 것이 있어 급히 알현을 청했습니다. 사전에 말씀드리지 못한 점을 부디 용서해 주십시오.”

　용서를 안 해주면 이상하거나 수상한 놈이 되는 상황이었다. 나는 천천히 고개를 끄덕였다. 그녀가 누구인지 알면서도 만남을 받아들일 수밖에 없는 현실에 마른침이 넘어갔다. 조금 전에 했던 생각이 실체가 되어 닥친 기분이었다. 이거, 강물이 아니라 후룸라이드를 잘못 탄 것 같은데.

* * *

　내가 여기 와서 훔친 거라곤 숨 쉴 때 쓰는 산소뿐이다. 나는 스스로가 꿀릴 것 없는 사람임을 상기하며 허리를 꼿꼿이 폈다.

　“과연, 각성 성분이 없는 차를 드시는군요.”

　먼저 입을 연 것은 무테 경이었다. 그녀는 가나엘이 내온 히비스커스차를 맛보고 있었다. 나는 이제 그 말이 무슨 뜻인지 알았다. 주신교 신관들은 각성 성분, 그러니까 카페인이나 알코올이 든 음식을 먹지 않았다.

　강제로 깨어났거나 판단력이 흐려진 머리로는 올바른 신력神力 수양을 할 수 없다는 이유에서였다. 오늘날에는 아주 신실한 신관들이나 실천하는 관습이라고, 《주신교의 교칙과 신념》 1장에 나와 있었다.

　첫날 내가 허브차를 달라고 했더니 뱅자맹과 아이들이 놀란 건, 왕자가 그토록 교리에 충실할 줄은 몰랐기 때문이었을 터다. 하기야 대놓고 ‘신국의 난봉꾼’이라고 불리는 놈이었으니. 나로서는 황소가 뒷걸음치다 쥐 잡은 격이었다.

"향이 참 좋네요. 황자 전하께도 추천해 드려야겠습니다. 늘 진한 커피만 드시거든요."

"그, 본론으로 곧장 들어가셔도 됩니다."

한담을 끊는 내 말에 그녀가 의외라는 눈빛을 했다. 하지만 세드리크 황자가 에스프레소 즐기는 마조히스트란 정보는 내게 필요 없었다.

"무테 경도 바쁘실 것 아닙니까. 중대한 도난 사건이라고 하셨고요."

그리고 무엇보다, 나는 그쪽과 말을 오래 섞고 싶지 않아요.

"일은 근위대장님이 다 하십니다. 저는 명예직이나 다를 바 없죠. 엘리자베트라고 불러주십시오."

그녀가 쌕 웃으며 대답했다. 나는 겨우 입꼬리를 끌어올렸다. 엘리자베트 경은 백작가의 소가주였고, 그녀의 자리는 명예직 따위가 아니었다.

"그럼, 실례를 무릅쓰고 몇 가지 여쭤보겠습니다."

부근위대장은 차를 한 모금 더 마시더니, 천천히 나를 신문하기 시작했다. 찻잔을 감싼 그녀의 왼손에 반지가 빛나는 것이 보였다.

"3월 17일 밤에 어디서 무엇을 하고 계셨습니까?"

"3월 17일이면… 제가 여기 처음 온 날이네요. 씻고 잠들기밖에 안 했던 것 같은데요."

내가 이곳에서 눈을 뜬 게 3월 18일 아침이라 확실하지는 않았다. 그래도 내 전담 돌보미이자 감시자인 뱅자맹이 그렇게 말했으니 맞을 것이다.

"혹시 잠들기 전후로 외부인과 접촉하셨습니까?"

"아뇨. 하지만 뱅자맹에게 물어보시는 편이 정확할 겁니다. 제가 너무 피곤해서 기억이 확실치 않거든요."

"이미 신문했습니다. 같은 대답을 하더군요."

그래서 뱅자맹이 몇 시간 동안 자리를 비웠군. 나는 고개를 까닥했다.

"3월 24일에 접촉한 이들을 시간 순서대로 말씀해 주십시오."

"어제네요. 음, 가나엘하고 쌍둥이들이 와서 저를 깨웠습니다. 옷을 입을 때는 뱅자맹도 함께였어요. 오후 산책 때는 정원사분들을 만났는데, 제가 성함은 아직 다 못 외워서."

"보통은 외우지 않습니다."

그녀의 대답에 웃음기가 묻어있었다.

"가나엘의 말대로군요. 귀한 분께서 시종들에게 친절하고, 정원사들에게도 존대를 하신다고 들었습니다."

그야 시종들은 내 동생보다 어리고, 정원사분들은 부모님이나 할머니 또래라서 그렇다고는 말할 수 없었다.

"그게 편해서요."

그래서 이 정도로 표현했다. 비사교적이면서도 적당히 진실한 대답 같았다.

"시종 중 쌍둥이가 있다고 하셨습니까?"

엘리자베트 경이 화제를 돌렸다.

"아, 닮진 않았어요. 베랑 남작가의 아이들인데 키만 똑같죠."

내가 답변했다. 가나엘의 뒤를 졸졸 따르는 두 소년은 만으로 열셋이었다. 나는 그 뒤로 만난 사람은 없었다고 말을 맺었다. 애초에 나를 고정적으로 돕는 사람은 뱅자맹과 가나엘, 베랑 쌍둥이뿐이었고 다른 시종들은 손이 부족할 때 가끔 오는 정도였다.

"베랑 남작가라면 어릴 때 방문했던 적이 있습니다."

"…그러시구나."

"남작 부부는 친절한 이들이었죠. 오랜만에 안부 편지라도 띄워야겠군요."

썩 중요한 걸 묻지도 않은 것 같은데, 벌써 신문이 끝난 건지 그녀는 한가로운 소리를 했다. 그러고는 자리에서 일어나 깔끔한 몸놀림으로 예를 차렸다. 뱅자맹이 정원에서 설레발을 놓고, 가나엘이 안절부절못하고, 엘리자베트 경 본인도 '중대한 사건'이라고 한 것치고는 분위기가 너무 가벼웠다. 물론, 나는 진짜 아무 짓도 안 했으니 이게 자연스러운 흐름이긴 한데.

"또 뵙겠습니다, 왕자님."

그녀가 문을 나서기 전 내게 말했고, 나는 웃음으로 답을 얼버무렸다. '황자의 절친'과 즉흥적으로 만나는 건 한 번이면 충분했다.

* * *

"오늘 정말 애쓰셨어요, 왕자님."

자리끼를 올리러 온 가나엘이 내게 말을 건넸다. 나는 침대에 앉아 구몬, 아니 《신력 운용의 이론과 실제》를 들춰보다가 아이를 맞았다.

"너도 신문받는다고 수고했어. 딴 동네에 도둑이 든 걸 왜 우리한
테까지 묻는지 모르겠네."

"말도 마세요, 전 정말 깜짝 놀랐다니까요."

아이가 한숨을 푹 내쉬었다. 엘리자베트 경이 쥘리에트 궁을 떠
난 뒤, 나는 뱅자맹에게 마저 사정을 들었다. 이번에 도둑이 들었
다는 '경계의 신전'은 황궁으로부터 아주 먼 곳에 있었다. 수많은
포털을 통과하고, 국경을 넘어 일주일은 말을 달려야 나오는 데라
고 했다.

"거긴 경비도 아주 삼엄한 곳 아니야?"

책에서 봤다. 그곳은 리에스테르 제국과 페네티안 신국, 두 나라
의 경계를 가르는 대륙 최대의 성전聖殿이었다. 그리고 지금은 공
석인 교황의 거처였다. 교황은 선출 즉시 국적을 상실하기 때문에,
그가 머무는 경계의 신전은 제국과 신국이 합동으로 경호를 하는
중립 지역이었다.

"맞습니다. 로메로 궁 시종들 말로는 흔적도, 목격자도 없이 신
물만 사라졌다고 해요. 만약 신국에서 훔쳤다면 당연히 본국으로
빼돌렸을 텐데, 왜 괜히 왕자님을 괴롭히는지 모르겠어요."

나도 그게 우스웠다. 볼모라고 진짜 만만하게 보긴 하는 모양이
었다. 인질이 되어 제국으로 잡혀가는 왕자가 설령 그 도둑질을 도
왔다 해도, 황궁에 도착하자마자 짐을 다 털릴 게 뻔한데 보물을 제
품에 끼고 왔겠느냔 말이다.

"그냥 참고인 조사였다고 생각하자."

서브 남주가 파업하면 생기는 일 1

내가 대수롭지 않게 말했다. 실제로 엘리자베트 경의 행동이나 말도 무겁지는 않았다. 만약 나를 용의자로 심각하게 고려하고 있었다면, 부근위대장인 그녀가 아니라 근위대장이 왔을 것이다. 아니면 내가 어딘가로 끌려가 문초를 받았거나.

"네. 안녕히 주무세요, 왕자님."

"너도 잘 자, 가나엘."

아이는 불을 끈 뒤 인사를 올리고 방을 나갔다. 나는 그 뒷모습에 손을 흔들어 주며 천천히 몸을 눕혔다. 천장을 보고 있으니 은서 생각이 났다. 녀석이 이런 이야기를 한 적이 있었나?

없었던 것 같다. 신전이니, 예식이니 떠들던 건 기억나지만 무슨 보물이 사라졌다거나, '우리 예서'가 누명을 썼다는 식으로 말한 내용은 떠오르지 않았다. 역시 내 예감이 틀린 모양이었다. 후룸라이드는 무슨. 중요한 사건도 아닌데, 주변 사람들이 들썩들썩하니 나도 어지간히 동요를 했던 것이다. 그래, 예감은 과자 이름일 뿐이지.

-달칵

그때, 노크도 없이 문이 열리고 누군가가 방 안으로 들어왔다. 쌍둥이 시종인 베랑 형제였다.

* * *

나는 몸을 일으켰다. 어둠 속에 조용히 선 두 아이가 눈에 들어왔다.

"얘들아, 무슨 일…"

헉.

순간, 숨통이 조이는 느낌이 들었다. 나는 급히 내 목을 붙들었다. 아무것도 없다. 분명 아무것도 없는데.

"커헉…"

호흡을 할 수가 없었다. 목소리는커녕 숨소리도 제대로 나오지 않았다. 부스럭, 부스럭. 나는 눈앞에 시립한 아이들을 보며 천천히 무너졌다. 달빛을 받은 베랑 쌍둥이의 표정이 낯설었다. 늘 나를 보면 웃던 얼굴들이 얼음 조각처럼 서늘했다. 도대체 이게 무슨 상황이지?

"싱키, 성사 준비해."

"너나 집중해, 페터르. 저항하시잖아."

"허억, 큿…"

'싱키', '페터르'? 그건 저 애들의 이름이 아니었다. 적어도 내가 알던 이름과는 완전히 달랐다. 나는 목에서 쇳소리가 나고 얼굴이 시뻘겋게 달아오르는 와중에도 의식을 놓지 않으려고 기를 썼다.

"마력에 의지하지 말고. 신력을 조금 더 끌어내 봐."

"알았어."

"끄흑!"

'싱키'가 '페터르'에게 조언했다. 그러자 내 숨길이 더욱 좁아졌다. 이 애들이 나를 죽이고 있다. 그것만은 확실했다. 무슨 수를 썼는지는 모르겠지만 두 시동은 지금, 내게 손끝 하나 대지 않은 채 살인을 저지르고 있었다.

"껙, 끄윽, 흑!"

"제법 강경하시네."

"왕자 전하, 받아들이십시오. 이것이 주신의 뜻이며 국왕 폐하의 선택입니다."

변성기도 지나지 않은 녀석들의 입에서 무서운 말이 흘러나왔다. 이마에 힘줄이 돋는 것이 느껴졌다. 나는 이를 악물고 머리를 흔들었다. 뭘 받아들여, 받아들이긴!

"커윽, 끄으…"

"거의 다 됐어."

아찔했다. 산소 부족으로 눈앞이 가물가물했다. 나는 이것이, 이 세상이 '현재'이며 '진짜'임을 새삼 절감할 수밖에 없었다. 이토록 서느런 죽음의 그림자가 허구일 리 만무했다. 무섭다. 은서와 형이, 엄마의 얼굴이 눈앞을 스쳐갔다.

"크흐, 으흐윽…"

"좋아, 좋아."

르노 베랑, 아니 '페터르'가 무구한 낯으로 끔찍한 소리를 내뱉었다. 나는 소년을 노려보며 조금 전에 《신력 운용의 이론과 실제》에서 읽은 것들을 필사적으로 떠올렸다. 머릿속이 뿌예져 기억이 확실하지 않았다. 성공할 거란 보장은 어디에도 없었다. 그렇지만. 그래도.

"성사 시작할게."

"응."

"꺼헉…!"

이렇게 맥없이 죽는 것보단, 지푸라기라도 잡고 발악하는 게 백배 천배 나았다. 나는 있는 힘껏 정신을 추슬렀다. 집중해야 했다. '싱키'의 발밑에 작은 황금색 원이 떠오른 것과, 내가 기도를 시작한 것은 동시였다.

"위대한 대륙의 긍지 높은 주신께 기도드립니다."

'위대한 대륙의 긍지 높은 주신께 기도드립니다.'

제 기도도 받아주실지 모르겠지만, 제발요. 나 좀 살려줘―

"잠깐, 페터르. 지금…"

"할 수 있어. 빨리."

"바보야, 그게 아니라!"

도와줘!

―*쩌저저저저적!*

―*쨍그랑!*

[*꺼져, 이 새끼들아!*]

"아악!"

내 몸에서 금빛 원이 폭발하듯 터져 나왔다. '신탁'의 힘으로 두 소년의 몸은 총알처럼 튕겨 나갔다. 드디어 숨이 트였다. 벽이 쩍쩍 갈라지고 침실의 유리창이 모조리 부서졌다. 샹들리에가 위태롭게 흔들리고 땅이 울렸다. 사방으로 처박힌 책들의 페이지가 갈대처럼 이리저리 넘어갔다. 암흑 속에서, 내 발밑의 황금색 서클만이 거대한 광휘를 흩뿌리고 있었다.

[*콜록콜록, 다가오지 마!*]

내 뻑사리가 고스란히 신탁으로 울려 퍼졌다. 그러자 몸을 일으켜 세우던 두 소년의 발이, 순간접착제라도 바른 것처럼 바닥에 척 달라붙었다.

"어, 어떻게 이런…!"

"헉, 허억… 후욱…!"

나는 급히 숨을 들이마시고 내쉬기를 반복했다. 잔기침은 쉽게 멎지 않았다. 질식으로 생리적인 눈물이 고여 눈가가 뜨거웠다.

"말도 안 돼… 당신에게 이만한 신력이 있을 리 없어!"

"정말로 신물을 훔치기라도 한 겁니까?!"

[좀 안 닥쳐?]

두 놈이 소리를 질러 댔다. 내가 짜증을 내자, 한 번 더 신탁이 적용되며 소년들의 입이 일자로 딱 다물렸다. 나는 심호흡을 하며 침대 밑을 살폈다.

책에서 읽은 대로였다. 금빛으로 찬란하게 반짝이는 정원正圓의 형태. 신관을 모든 위력으로부터 보호하는 에테르 서클의 최소 단위, '성소聖所'. 내가 뱅자맹에게 맹세했을 때 나타났던 것.

서클이 열려있는 한, 내가 내뱉는 모든 말은 '신탁神託'으로 발동될 수 있다. 신탁의 강제력은 서클을 개방한 신관의 신력에 따라 천차만별이다. 그리고 더 강한 신력을 지닌 상대방이 거부한다면, 신탁은 통하지 않는다. 즉, 내 신탁에 꼼짝없이 당하는 저 녀석들의 신력은 나보다 한참 밑이라는 소리였다.

[혀 깨물지 마. 자살할 생각 하지 마.]

"으읍…!"

이놈들의 정체가 뭐든, 무슨 목적으로 나를 죽이려고 했든 일단은 살려놔야 했다. 전말을 파악하고 대책을 세우지 않으면 언제든 같은 위험이 닥칠 수 있었다. 아까 나를 '왕자 전하'라고 높여 불렀고, 내 목숨을 빼앗는 것이 '국왕 폐하의 선택'이라고 했었지. 설마 신국에서…

－쾅!

"예서 왕자님!"

"황실 근위대다! 무기 버려!"

서클 개방 때문에 너덜너덜해졌던 방문이, 결국 요란하게 떨어져 나갔다. 엘리자베트 경을 필두로 검을 빼든 기사들이 우르르 들이닥쳤다. 안 그래도 엉망이던 방 안은 순식간에 도떼기시장으로 변했다. 정예로 보이는 근위대원 몇이 내 앞을 보호하듯 막아섰다. 그들의 뒤를 따라온 뱅자맹은 비척거리는 내 몸을 잽싸게 부축했다. 언뜻 본 그의 얼굴이 창백했다.

"엎드려! 당장!"

"으읍! 읍!"

다른 근위대원들은 두 죄인을 옭아맸다. 입술이 찰싹 붙은 소년들이 인상을 쓰며 몸부림쳤다. 스테브 베랑, 아니 '싱키'를 억지로 끌어내던 근위대원 하나가 당황한 얼굴을 했다. 소년의 양발이 바닥에 딱 붙어 움직이지 않았던 것이다.

"왕자님, 신탁을 거두어 주셔야겠습니다. 이대로는 호송이 어렵겠어요."

상황을 간파한 엘리자베트 경이 나를 보며 빠르게 말했다. 하지만 나는 입을 여는 일 자체가 버거웠다. 긴장이 풀린 것인지, 이제야 공포의 후유증이 닥치는 것인지는 몰라도 몸에 힘을 줄 수가 없었다. 다리가 풀리고, 극심한 현기증이 밀려왔다.

"아…"

"왕자님!"

몸이 무너지는 감각이 생소했다. 마치 영혼과 육체가 분리된 듯, 시야는 위에 있는데 몸뚱어리만 바닥으로 내리꽂히는 느낌이었다.

-털퍼덕!

"태의를 부르게, 어서!"

"젠장. 거기 너, 추기경 전하를 모셔 와!"

내가 기절하기 전에 들은 대사는, 대충 그랬던 것 같다.

* * *

"얌전하게 살 생각이 있기는 한 건지."

모르는 남자의 목소리가 귀에 꽂혀 들었다. 정신이 번쩍 나는 중저음. 꼭 성우가 연기하는 듯한 미성이었다. 나는 눈꺼풀을 들어 올려 남자가 누구인지를 확인하고 싶었다. 하지만 깨어난 머리와 다르게, 신체는 아직 말을 들어 먹지 않았다.

"에테르 흐름이 안정됐군."

"곧 눈을 뜰 거란 소리지?"

되묻는 목소리는 엘리자베트 경의 것이었다. 남자는 대답하지 않았다. 대신 작게 의자 끌리는 소리가 났다.

"세이디, 다시 올 거야?"

그녀가 물었다. 하지만 들려오는 것은 멀어지는 남자의 발소리뿐이었다. 그제야 이게 꿈일 수도 있겠다는 생각이 들었다. 답답하거나 숨이 막히는 것은 아니었지만, 몸을 움직이지 못하고 정신만 깨어있다는 점에서 가위에 눌린 것 같은 기분이 들었기 때문이다. 그렇게 생각하자 다시 잠이 쏟아졌다. 나는 저항하지 않았다.

* * *

"정신이 드니?"

눈을 떴을 때는, 낯선 천장⋯이 아니었다. 일주일은 보고 누웠던 벽지가 시야에 가득했다. 여전히 '에서 페네티안'이구나. 정예서가 아니라. 나는 은서와 형이 있는 우리 집에서 깨어나지 않은 걸 아쉬워하며, 천천히 소리가 난 방향으로 고개를 돌렸다.

"안녕."

중년의 여성이 내게 따뜻하게 미소 짓고 있었다. 하나로 묶어 한쪽 어깨에 걸친 머리칼은 자주색이었다. 베이지색의 다정한 눈이 내 상태를 꼼꼼히 훑었다. 단안경을 실제로 보는 건 처음이라 신기했다.

"에테르 폭주로 기절했었어. 생각보다 회복이 빨라 다행이구나."

"누구, 커흠. 누구신지⋯"

내가 쉰 목소리로 묻자, 그녀가 협탁에 놓여있던 컵을 건네주었다. 나는 데자뷔를 느끼며 물을 받아 마셨다. 천장 벽지가 낯익긴 했지만, 정확히 말하면 벽지만 같은 방이었고 내가 쓰던 곳은 아니었다.

하긴, 그 꼴이 났으니 더는 사용할 수 없을 것이다. 나는 벽이 쪼개지고 유리창이 전부 날아간 나의 '고시원'을 떠올렸다. 빙의 일주일 만에 방 하나 해 먹었네.

"나는 오렐리 부티에란다. 혹시 들어본 적이 있니?"

"아…"

입이 저절로 벌어졌다. 오렐리 부티에. 당연히 안다. 모를 수가 없었다. 그녀는 내가 어떤 책을 읽든 등장하는 유명 인사였다. 황자의 대모. 두 번이나 공작 위를 거절한 자. 황제의 친우이자 '종교적 반려'인 자.

"고결하신 추기경 전하를 뵙습니다."

"나도 반가워, 왕자님. 일어날 필요는 없어."

제국의 유일한 추기경이 작게 웃으며 인사했다. 내가 몸을 일으키자 그녀는 손사래를 쳤다. 이런 거물이, 이런 식으로 내 앞에 나타날 줄은 몰랐다. 부티에 추기경은 은서도 종종 언급하던 '퇴계공'의 주요 인물이었다.

'오 선생님이 크리스텔 앞에서 세레기 실드 쳐주는데, 와. 나도 거의 넘어갈 뻔했다니까. 말발 오져.'

'오 선생님'. 그녀는 주인공인 크리스텔과 남주를 이어주는 일종의 중매인 역할이었다. 엘리자베트 경을 만났을 때는 당혹 수준에서 추스를 수 있었던 마음이, 추기경을 만나자 멀미라도 하는 것처럼 울렁거렸다.

"먼저 황실을 대신해 사과를 전하고 싶구나. 이런 일이 생긴 데는 제국의 실책도 커. 황제 폐하께서는 정무가 바빠 오시지 못했지만, 깊은 유감을 표하셨어. 네가 원하는 거라면 무엇이든 편의를 봐주겠다고 약속하셨단다."

부티에 추기경의 눈썹이 팔자로 내려갔다. 나는 빈 컵을 꽉 쥐었다. 이 사람은 작중에서 지나치게 중요한 역을 맡고 있고, 황실과 무척 가까운 사이다. 장기적으로 봤을 때 엮여서 좋을 게 없었다. 하지만 바로 그렇기 때문에, 그녀에게서 얻을 수 있는 정보의 질은 남다를 터였다.

나는 기절하기 직전 죽을 위기를 겪었다. 공부한 보람이 있어 간신히 목숨은 건졌지만… 책에 더해 사람에게서 얻은 생생한 지식까지 있었다면, 나의 실질적인 주변 장악력이 높았더라면 상황은 훨씬 나았을지도 모른다. 같은 일이 반복돼서는 안 된다. 나는 무사히 집에 돌아가겠노라 결심했다. 그러기 위해서는 내게 주어진 기회를 최대한 써먹어야 했다.

"설명을 듣고 싶습니다. 전부 다요."

"설명할게. 전부 다."

그녀는 내 손에서 부드럽게 컵을 빼가더니, 다시 물을 따라서 내게 돌려주었다. 그러고는 자신의 컵도 한 잔 채웠다.

"그 녀석들은 정체가 뭡니까? 지금은 어떻게 됐죠?"

"싱키와 페터르 형제를 말하는 거라면, 신관과 성기사란다. 신국에서 너를 암살하려고 보낸 아이들이지."

…예상했던 바지만, 지독했다. 녀석들은 그런 일을 하기엔 너무 어렸다.

"그게 가능합니까? 까다로운 절차를 통과해 입궁한 시종들이라고 들었는데요."

"그래, 그 절차까지 손을 뻗쳤더구나."

그녀가 물로 입을 축였다. 참담한 표정이었다.

"베랑 남작가는 제국 남단의 영세한 시골 귀족인데, 신앙이 무척 깊어. 네가 제국에 온다는 소식이 퍼지자 남작 부부는 너를 모실 아이를 보내고자 했지. 첫째는 소가주가 되었으니, 쌍둥이인 둘째와 셋째를 시종 선발 시험에 올리기로 한 거야. 부모와 아이들 모두 행복했다고 하더구나."

'베랑 남작가라면 어릴 때 방문했던 적이 있습니다. 남작 부부는 친절한 이들이었죠.'

엘리자베트 경이 했던 말이 떠올랐다.

"서류 심사를 통과한 두 아이는 면접을 위해 마차에 올랐어. 포털은 삯이 너무 비싸 엄두도 내지 못했지. 그리고 남부의 험한 숲을 헤치던 중, 강도를 만나 목숨을 잃었단다. 마부도 그 자리에서 숨을 거뒀고."

더 듣지 않아도, 나는 참혹한 뒷이야기를 예상할 수 있었다.

"…그 강도들이, 베랑 쌍둥이로 위장한 거군요."

추기경이 고개를 끄덕였다.

"두 강도, 싱키와 페터르는 죽은 아이들과 나이며 체격이 비슷했어. 결정적으로, 쌍둥이란 점이 서류와 일치했기 때문에 면접 중 의심을 살 일이 없었지. 황실 근위대는 베랑 가문에서 일하는 누군가가, 신국으로부터 돈을 받고 시종 후보에 관한 정보를 넘겼으리라 추측하더구나."

"신국에서 베랑 쌍둥이에 대한 첩보를 입수하고, 조건이 맞는 녀석들을 보내 암살자로 바꿔치기했단 겁니까."

"그래. 네가 이곳에 오기 전부터 기획된 일이야."

돈. 고작 돈 때문에 열세 살밖에 안 된 애들의 목숨을 팔다니. 나는 피부로 와닿는 피폐함에 치를 떨었다. 은서는 '퇴계공'의 이런 면을 얘기해 준 적이 없었다. 원래 이런 소설인가? 아니면 '서브 남주'의 주변만 이렇게 심란한 거야? 만약 그런 거라면, 늘 왕자를 가여워하던 은서의 태도도 이해가 갔다.

"네 시종이 되기 위해 철저히 교육받았으니, 시험에서 떨어질 아이들은 아니었지. 면접 때부터 본 얼굴들이라 시종장과 뱅자맹도 의심하지 못했던 거란다."

부티에 추기경이 담담하게 말을 맺었다.

"그래서 어떻게 됐습니까? 처형하셨나요?"

"아직은 살아있어."

나를 바라보는 그녀의 눈빛이 묘했다.

"네가 잘 대처해 준 덕분이지. 자진하지 못하도록 신탁을 걸어뒀더구나. '보통'의 경우라면 암살에 실패하고 붙잡힌 자는 스스로 목숨을 끊어 주인을 보호하고자 하는데."

"그럼…"

"그래. 죽지 못하고 근위대에 잡혔으니, 아는 건 전부 밝혀야 하는 상황이 됐어."

"고문한 겁니까?"

나는 입술을 깨물었다. 녀석들이 내게 한 짓을 용서한 건 절대 아니었다. 일주일 남짓 가깝게 지냈다고, 살인범들에 대한 나의 혐오와 실망이 옅어지는 것 또한 아니었다.

하지만 21세기의 한국인이 받아들일 수 있는 형벌의 한계 또한 분명했다. 죄인이 감옥에 가는 것은 지당하다. 교사자敎唆者를 잡기 위해서는 신문도 필요하겠지. 그렇다고 사람을, 그것도 10대 초반의 아이들을 가혹하게 고신하는 건 내가 쉽게 납득할 수 없는 부분이었다.

"내가 부재중이었다면 그렇게 했겠지만, 다행히 나는 능력이 꽤 좋은 편이란다."

베이지색 눈이 살짝 휘어졌다.

"내 신탁은 아주 강하거든. 평생을 세뇌당하며 살아온 아이들의 머리를 깨끗하게 씻어주는 건, 별로 힘든 일도 아니야."

그건, 다행이네. 내 안색을 살핀 그녀가 이번에는 소리 내어 웃었다.

"듣던 대로 상냥한 아이구나."

"아뇨, 처벌은 필요합니다. 미성년이라고 해도 세 명이나 살해했고, 저까지 죽이려 했으니까요."

"그래. 황궁에 머무는 타국의 왕족을 노렸으니 황족 시해 미수 혐의가 적용될 거야. 베랑 부부나 너의 자비로 목숨을 건진다 해도, 평생을 속죄하며 살아가야 하겠지."

나는 고개를 끄덕였다. 나야 간신히 살았다지만, 날벼락처럼 목숨을 잃은 두 아이와 마부가 안타까워 마음이 좋지 않았다.

"그럼 이제 내가 질문해도 되겠니?"

"네? 저한테요?"

"네 의문이 다 풀렸다고 생각하진 않아. 그저 나도, 지난 사흘간 얻은 궁금증을 조금은 해소하고 싶을 뿐이란다."

"…성심성의껏 답하겠습니다."

내가 사흘이나 기절해 있었구나. 나는 그 정도의 생각만 하려고 애쓰며 추기경의 신비로운 눈동자를 똑바로 바라보았다. 그녀가 조심스럽게 입을 열었다.

"네가 신국에서… 존중받지 못했다는 건 알고 있어."

음, 이건 나도 알고 있었다. 은서가 예서 페네티안의 불우한 가정

　　　　　　　　　서브 남주가 파업하면 생기는 일 1

사에 관해 언급한 적이 있었고, 〈격주간 리에스테르〉 최신호에도 같은 내용이 나왔기 때문이다. 국서와의 사이에서 낳은 두 왕녀와 달리, 예서 왕자는 국왕이 신관과 외도해서 얻은 자식이라고 했었지.

"너를 볼모로 보내자고 주장한 사람이 신국의 국서 베르너르라는 사실은, 제국에 모르는 자가 없지."

역시 정실 남편에게는 왕자가 눈엣가시였던 모양이다. 그럼 암살자를 보낸 것도 그놈이려나. 나는 덤덤하게 반응했다. 부티에 추기경은 조용조용 말을 이어갔다.

"그가 네게 암살자를 보낸 것도 아주 놀라운 일은 아니란다. 왕자가 볼모로 죽으면 제국에 책임을 전가할 수도 있으니, 국서에겐 괜찮은 계획이었겠지. 이건 암살자 형제도 시인한 내용이야."

"그렇군요."

"너를 죽인 뒤 자살로 위장할 생각이었다고 하더구나. 마침 네가 신전 도난 사건 때문에 조사를 받았으니, 그걸 덮어씌울 요량이었던 것 같아."

볼모로 보냈으면 됐지 뭘 또 죽이기까지 하려고 했나 싶지만, 이건 아마 예서 왕자가 신관의 아들인 것과 관계가 있을 것이다. 신국에서 신관의 지위는 절대적이다.

직계 왕족은 태어나자마자 세례를 받고 신관으로 키워지며, 아무리 타고난 신력이 약해도 16세가 되면 주교직에 올랐다. 검사로 크든, 마법사로 자라든, 왕위와 가까운 자는 무조건 신관이라는 타이틀을 겸하고 있다는 뜻이다.

직계 왕족이 아닌 자가 신관이 되는 방법은 강한 신력을 타고나는 것뿐이었는데, 역사서를 읽어보면 흔한 일은 아닌 모양이었다. 특히 왕족과 피가 섞이지 않은 평민이 신관이 되는 경우는 한 세대에 한 명꼴로 나온다고 했다. 그러니, 신국의 국왕이 평민 출신 신관과 사랑에 빠져 아이를 가진 게 '대륙을 뒤흔든 세기의 열애'로 불리는 건 과장이 아니었다.

신국의 백성들은 국왕의 첫아이인 엘리서 왕세녀의 정당성을 지지하면서도, 신관의 아들인 예서에게 절대적이며 열렬한 사랑을 보냈다. 주신의 핏줄에게만 나타난다는 보라색 눈동자를 지닌, 인기 많은 왕자. 왕세녀의 아버지인 베르너르 국서가 위기감을 느낀 건 어찌 보면 당연한 일이었다.

참고로, 이건 전부 내가 책을 펴고 남의 집 가계도를 그려가며 달달 외운 내용이다. 이 중 은서가 말해준 거라곤 예서 왕자가 혼외자식이며 눈이 보라색이고 '집안 분위기가 그냥 위기'라는 것밖에 없었다.

"그런데, 국서는 네가 그토록 강대한 신력을 지녔을 거라곤 생각하지 못한 모양이야. 두 아이는 네 상대가 되지 않았잖니."

부티에 추기경의 눈에 이채가 돌았다. 내가 침을 꿀꺽 삼켰다. 여기서부터는 나도 이해가 안 되는 대목이었다. 예서 왕자가 강력한 신관이라는 것을 알았다면, 그보다 뛰어난 자를 보내 조용히 처리하는 게 옳았다. 그런데 국서의 암살자들은 내가 일으킨 에테르 폭발에 무력하게 휘말렸고, 내 신탁에 꼼짝없이 복종했다.

'말도 안 돼… 당신에게 이만한 신력이 있을 리 없어!'

'정말로 신물을 훔치기라도 한 겁니까?!'

서브 남주가 파업하면 생기는 일 1

두 녀석이 내게 외쳤던 말이 떠올랐다. 내가 분출한 힘에 나보다도 경악하던 얼굴들. 이상한 일이었다. 예서 왕자는 신국의 왕성에서 나고 자랐다. 선천적으로 강한 신력을 지녔다면, 성의 안주인인 국서가 진작 알아차리지 못했을 리 없었다.

그럼, 신국을 떠난 후에 후천적으로 얻은 신력인가? 도대체 언제? 아니, 그게 가능하긴 해? 슬슬 골이 아팠다. 나는 그냥 솔직하게 나가기로 했다.

"저도 어떻게 된 건지 모르겠습니다."

"흐음."

"제게 그렇게 강한 신력이 있는지 몰랐습니다. 그저 이대로 죽을 순 없다는 생각으로 주신께 기도를 올렸을 뿐입니다."

"그랬더니 벽을 허물 정도로 강력한 에테르가 터져 나왔다는 거구나. 성소는 방을 전부 덮을 정도로 컸고 말이야."

"…네."

그녀가 고개를 비스듬히 기울였다. 표정이 사라진 얼굴에 서늘함이 비치는 것도 같았다.

"혹시 네가 '경계의 신전'에서 신물을 훔쳤니?"

"아뇨."

내가 즉각 대답했다. 왜 질문이 그쪽으로 튀었는지는 모르겠지만, 나는 결백하니 망설일 필요가 없었다. 그러자 추기경이 천천히 눈을 감았다.

[이 아이의 거짓말을, 주신께서는 부디 용서하십시오.]

-파아아…!

그녀가 입을 떼자마자 침실 바닥에 거대한 황금빛 원이 펼쳐졌다. 내가 개방했던 것과는 비교도 되지 않을 정도로 화려하고 정교한 성소였다. 그 휘황한 문양에 압도되어 넋을 놓고 있는 사이, 서클은 한 바퀴를 돌더니 조용히 사라졌다. 나는 그제야 그녀가 내게 무엇을 했는지 깨달았다.

"방금…"

"고해 성사를 이용해서 네 거짓말을 간파하려고 했어. 미안해."

그녀가 쓰게 웃었다.

"고해하고 용서받은 자는 특별한 에테르 반응을 얻게 되지. 성소가 잠잠한 걸 보니, 네겐 용서받을 죄가 없는 모양이구나. 진실을 말한 거야."

와, 고해 성사를 거짓말 탐지기로 쓰는 사람이 있네. 추기경이 이래도 돼요? 나는 성사를 그렇게도 써먹을 수 있다는 사실에 순수하게 감탄했다. 예서 왕자가 나 모르게 신물을 훔친 적이 없다는 사실을 확인받아 은근 안심이 되기도 했다.

"그럼, 나는 이만 일어나 볼게."

내가 벙쪄있는 사이 그녀는 휘리릭 자리를 털고 일어났다.

"더 묻고 싶은 게 많겠지만 나를 부르는 사람이 있거든."

잠깐, 이대로 간다고? 이게 끝이라고? 그녀와 처음 눈을 마주했을 때만큼이나 갑작스러운 퇴장 선언이었다.

"바로 가시는 겁니까?"

"월, 수, 금 오전 열한 시. 내 집무실 문을 열어둘게. 뭐든 편하게 와서 질문하렴."

대학 때 지도교수님을 떠올리게 하는 대사였다. 추기경으로부터 캘 수 있는 정보는 최대한 뽑아낼 생각이었으니 나에게는 더할 나위 없이 좋은 제안이긴 했다. 나는 침착하게 고개를 주억거렸다.

"참, 엘리자베트가 오거든 치하해 주겠니? 쌍둥이가 수상쩍다는 걸 가장 먼저 눈치챘단다."

추기경이 문을 나서기 전 마지막으로 말했다.

"엘리자베트라면, 무테 경이요?"

"응. 겸손한 아이라 먼저 내색하진 않을 테니."

* * *

"제가 어릴 때 황자 전하와 함께 베랑 남작가에 머문 적이 있었습니다. 그때 본 남작 부부의 아이들은 아무리 생각해도 똑같이 생긴 쌍둥이였던 것 같은데, 전혀 닮지 않은 쌍둥이로 자랐다는 게 마음에 걸렸죠."

"그랬군요."

"그런 일이 없지야 않겠지만 황실 부근위대장의 육감이랄까요. 그래서 포털로 급히 남작가에 사람을 보내 사실을 확인했습니다. 황자 전하께도 의견을 구했고요. 과연, 제 감이 옳더군요."

겸손, 겸손, 누가 말했나. 나는 무척 자랑스러운 얼굴로 자신의 무용담을 늘어놓는 엘리자베트 경을 구경하며 호박차를 한 모금 마셨다. 내 걱정으로 엉엉 울어 잔뜩 부은 가나엘의 얼굴을 보고, 내가 주방에 먼저 요청한 것이었는데 향이 달콤하니 괜찮았다.

"남작 부부는 아들들에게 오랫동안 연락을 받지 못한 상태였지만, 포털 우편은 값이 비싸니 마차 우편으로 편지가 올 거라 믿으며 기다렸다고 했습니다. 아이들에게 그런 일이 생겼을 거라곤 상상조차 못 했겠죠."

안쓰러운지 엘리자베트 경이 코를 찡긋거렸다. 처음 만났을 때도 그리 얌전한 성격은 아닌 것 같다고 느꼈지만, 생각했던 것보다 훨씬 표정이 다양하고 생생한 사람이었다. 그날은 조사차 온 거라 무게를 잡았던 건가?

"남작가의 확답을 받자마자 쥘리에트 궁으로 근위대를 이끌고 온 게 그 시각이었습니다. 더 빨리 행동하지 못해 죄송합니다."

"아니에요, 오히려 고맙습니다. 엘리자베트 경이 그때 와주시지 않았다면 제 목숨이 위태로웠을 거예요."

"할 일을 했을 뿐입니다."

그녀가 회색 눈동자를 반짝거리며 씩 웃었다.

"쥘리에트 궁은 황궁의 가장 외진 곳에 있어서 접근이 어렵습니다. 위험이 적기에 보초도 최소한으로 배치했었죠. 앞으로는 달라질 겁니다."

그녀가 쥘리에트 궁의 경비 인력 충원 계획에 관해 이야기하는 동안, 나는 그놈의 '신전 보물 도난 사건'에 관해 물어봐야 하나 고민했다. 내가 범인이 아니라는 걸 추기경이 나서서 확인했으니 이제 나와는 관계없는 일이다. 솔직히 전말이 궁금하긴 하지만, 은서가 얘기한 적 없는 사건이면 크게 중요하지도 않을 텐데 괜히 흥미를 드러낼 필요가 있을까 싶었다.

"아, 봄 무도회에 참석하실 때는 호위도 든든히 붙여드리겠습니다."

"예? 무도회요?"

내가 식겁해 되물었다. 모든 잡생각이 썰물처럼 빠져나갔다. 내 반응에 엘리자베트 경이 눈을 동그랗게 떴다.

"모르십니까? 하긴, 일정이 나온 게 어제니까 듣지 못하셨겠네요."

'가나엘도 정신이 없어 보이긴 했습니다' 하고 그녀가 중얼거렸다.

"리에스테르 황궁의 봄 무도회는, 상반기에 열리는 제국 최대의 사교계 행사입니다. 많은 귀공녀와 귀공자가 여기서 데뷔를 하죠. 이번 암살 미수 사건 때문에 미뤄야 한다는 얘기가 잠깐 나오기도 했는데… 왕자님이 쓰러져 계신 동안 큰 경사가 생겨, 그대로 진행하게 되었습니다."

엘리자베트 경이 잠깐 말을 끊고 호박차를 한입 머금었다. 나는 그 정적에서 기묘한 불길함을 느꼈다.

"사르네즈 공작의 외동딸, 크리스텔 드 사르네즈 공녀가 드디어 병석에서 일어났다고 합니다."

"…"

표정 관리가 안 된다. 나는 무던한 태도를 보이려고 애쓰며 찻잔에 얼굴을 처박았다. 크리스텔 드 사르네즈. 《퇴사했더니 이계 공녀》의 주인공. 내가 무조건 피해야 할 인물. 심장이 아주 부정적인 의미로 벌렁거렸다.

"혹시 사르네즈 공녀의 이야기를 아십니까, 왕자님?"

"아뇨, 전혀요."

내 목소리 방금 괜찮았지?

"알아두셔서 나쁠 건 없을 겁니다. 리에스테르 제국, 특히 사교계에선 모르는 이가 없거든요. 왕자님께서도 그 분야에 관심이 많으시다고 들었습니다."

나는 조용히 앞에 있던 구제르를 집어 먹기 시작했다. 아무래도 뭐가 좀 입에 들어가야 마음이 편해질 것 같았다.

"공녀는 3년 전 성인식을 치른 직후, 원인불명의 병에 걸려 긴 잠에 빠졌습니다. 처음 1년간은 종종 의식을 되찾았는데, 2년 차부터는 인형처럼 잠들어 미동조차 없었다고 합니다."

"…그것참 안됐군요."

"그렇죠. 당시 황제 폐하께서는 사르네즈 공작령에 태의까지 장기간 파견할 정도로 신경을 쓰셨습니다. 사르네즈 공작은 폐하의 몇 안 되는 총신이었거든요. 물론 지금도 그렇습니다."

은서가 말해준 적 없는 '퇴계공'의 원작 설정이 무더기로 쏟아졌다. 1년 치를 쌓아놓고 띄엄띄엄 읽은 〈격주간 리에스테르〉 과월호에서도 찾을 수 없었던 이야기였다.

"그런 사르네즈 공녀가 사흘 전에 눈을 뜬 거죠. 왕자님께서 쓰러지셨던 그날 밤에 말입니다."

무서운 우연의 일치에 소름이 돋았다. 혹시 내가 무슨 사고를 쳤나? 나 때문에 깨어난 건가? 아니, 나와는 상관없는 일일 것이다. 드디어 주인공의 서사가 시작되었을 뿐이지. 나는 작게 고개를 저으며 은서가 종종 흥얼거리던 문장을 속으로 읊었다. 자의식 과잉 예방하고 건강한 삶 되찾자.

"소문에 따르면, 공녀는 3년이나 잠들어 있던 사람이라곤 믿을 수 없을 정도로 건강하다고 합니다. 그리고 매운 음식을 엄청 찾는다네요. 오래 앓으면 입맛이 바뀌기도 하나 봅니다."

아… '매운 음식' 대목에서 나는 확신했다. 3년 만에 일어난 그녀의 몸에, 한국의 직장인이 빙의되었노라고.

"아무튼. 병상을 벗어난 지 이제 겨우 사흘째인데, 공녀가 이번 봄 무도회에서 사교계 데뷔를 할 거란 예측이 우세합니다. 폐하께서는 축하의 의미로 행사의 규모를 가능한 한 크게 키우시려는 것 같아요."

엘리자베트 경은 유력 백작가인 무테 가문의 소가주이니, 낭설을 접하거나 옮길 위치는 아니었다. 방금 그녀가 한 말은 대부분이 사실일 것이다.

"정말 잘된 일이네요."

"그렇죠? 하지만 이참에 데뷔하려던 공녀들과 공자들은 생각이 다를지도 모릅니다. 예복을 다시 맞추겠다고 황도의 재단사들을 있는 대로 불러들이고 있어요."

나는 그게 무슨 뜻인지 몰라 고개를 갸웃거렸다. 그러자 엘리자베트 경이 바람 빠지는 소리를 냈다.

"사르네즈 공녀에게 묻혀 충분한 관심을 받지 못할 것 같으니, 더 화려한 옷을 준비하겠다는 겁니다."

그래봤자 무슨 짓을 해도 주인공보다 이목을 끌진 못할 텐데. 예고도 없이 크리스텔의 근황을 듣게 돼 놀랐지만, 나는 맛있는 것을 먹으며 금세 침착함을 되찾았다. 어차피 나와는 관계없는 사람이다. 내가 그렇게 만들기로 했으니까.

"물론, 진짜 경계해야 할 대상은 따로 있죠."

엘리자베트 경이 올리브색 머리칼을 귀 뒤로 넘기며 은밀하게 웃었다.

"예서 왕자님 말입니다."

"네?"

나는 흠칫 놀라 다섯 번째 구제르를 떨어뜨렸다. 내 이름이 왜 나오지?

"황궁에 오신 지 일주일 만에 암살 사건에 휘말리셨는데, 혼자 힘으로 씩씩하게 살아남기까지 하셨잖습니까. 귀족들은 물론이고 거리의 백성들도 왕자님 얘기밖에 안 한다고 하더군요."

"농담이시죠?"

"농담 아닙니다. 왕자님이 무도회에 누구를 짝으로 데려오실지, 어떤 옷을 입고 어떤 춤을 추실지. 전부 초미의 관심사라고 들었습니다."

나는 눈을 질끈 감았다가 떴다. 치즈 맛이 나는 빵이 목구멍을 타고 꿀꺽 넘어갔다. 내가 관심을 받아서 어쩌자는 거야.

"그, 저는 무도회에 갈 일 없을 겁니다. 정원 산책도 황제 폐하의 허락을 얻어서 겨우 하는 처지인데요."

"폐하께서 정식으로 왕자님을 초대하실 거라는 얘기가 돌던걸요."

아니… 그게 왜 그렇게 돼요.

"제 추측이지만, 이번 암살 미수 사건으로 황실도 타격을 입기는 했으니까요. 아마도 왕자님의 건재함을 공개적으로 알려 위신을 회복하고자 하시는 것 같습니다."

눈앞이 아찔해졌다. 주인공이 사교계 신고식을 치르는 황궁 무도회라니. 로판을 읽어본 적은 없지만 직감적으로 알 수 있었다. 이건 어떻게든 피해야 하는 이벤트다.

어쩌면 내게는 쌍둥이 형제의 암살 시도보다도 이쪽이 더 위험했다. 단발성 공격이야 이제 나도 서클을 열어 막을 수 있지만, 주인공의 이야기에 휘말리면 무슨 수를 써도 빠져나갈 수 없을 테니.

"그날은 바빠서 안 될 것 같습니다."

"네? 아직 날짜도 말씀 안 드렸는데요."

"저는 고해 신관의 역할을 수행하기 위해 왔으니까요. 궁에 계신 분들의 고해를 들어드려야죠."

생각나는 대로 아무 말이나 던졌는데, 내가 듣기에도 그럴싸한 변명이 튀어나왔다. 볼모이긴 하지만, 명목상 '고해 신관' 자격으로 입궁했으니 나는 그 본분에 충실하면 되는 것이다. '서브 남주'의 본분은 내 알 바 아니고.

"그날은 다들 무도회장에 계실 텐데…"

"모르긴 몰라도, 황궁에는 무도회에 참석하는 사람보다 그럴 수 없는 사람이 더 많을 겁니다."

나는 빙의 첫날, 내게 고해 성사를 부탁하던 가나엘을 떠올렸다. 늘 생글한 낯으로 나를 대해주는 정원사들과 시종들, 주방 사람들의 얼굴도 눈앞을 스쳐갔다.

"저는 그분들을 위해 신관으로 남겠습니다."

내가 활짝 웃었다. 두 번 생각해도 훌륭한 핑곗거리 같았다.

"폐하, 오렐리 부티에 추기경이 왔습니다."

"들어오라고 해."

제국의 황제, 프레데리크 리에스테르는 소파 위에서 한껏 늘어졌던 자세를 추슬렀다. 그녀가 이렇게 앉아있는 꼴을 보면 추기경은 또 자세가 나쁘다느니, 나이를 생각하라느니 잔소리를 늘어놓을 게 뻔했다. 구겨진 크라바트를 정돈하고 있자 이내 추기경이 모습을 드러냈다. 그녀는 예서 왕자의 '병문안'을 갔을 때와 달리 머리에 주교관을 쓴 정복 차림이었다.

"추기경 오렐리 부티에가 지상에 강림하신 태양을 뵙습니다."

"로라, 잠깐 자리 좀 비켜줘."

"예, 폐하."

상전의 요청에 시종장이 조용히 대답하고 물러났다. 곧 널따란 집무실에는 황제와 추기경만이 남았다. 오렐리는 익숙하게 황제의 맞은편 소파에 자리 잡고는, 미리 준비된 자신 몫의 커피를 짧게 음미했다.

"왜 이렇게 늦었지?"

"부르자마자 온 거야. 쥘리에트 궁은 황제궁에서 멀잖아."

프레데리크가 불만스럽게 묻자 추기경이 부드럽게 웃으며 답했다. 머릿속에 그녀를 부르는 계약자의 목소리가 울려 퍼졌을 때, 오렐리 부티에는 즉시 예서 왕자의 방을 떠났다. 황당해하던 청년의 보랏빛 눈동자가 여태 생생했다.

"그래서, 상태는?"

"예서 왕자라면 아주 건강해. 다친 곳도 없고, 정신적인 충격은 금방 회복할 것 같아."

"그런 걸 묻는 게 아니잖아."

황제의 체리색 눈동자에 일순 짜증이 깃들었다. 오렐리는 소꿉친구의 다혈질에 작게 한숨을 내쉬었다.

"그만한 수준으로 폭주를 했는데도 에테르 흐름이 안정되는 데 사흘밖에 안 걸렸어. 에테르 총량은 나조차 가늠하기 어려운 수준이야."

"그게 무슨…"

상상을 뛰어넘는 대답에 황제가 드물게 말끝을 흐렸다. 추기경은 조곤조곤 문장을 이었다.

"주변 시종들이 좋은 꿈을 꾸는 것도 당연해. 그 정도의 에테르가 주변을 휘감고 있는데 기분이 나쁜 게 이상하지. 최근 세이디의 상태가 나아진 것도 그 애 덕분일 거야."

"…말을 따라가기가 힘든데."

"요새 너무 검만 휘두른 거 아니야? 책도 좀 읽고 그래."

가벼운 농담이었지만 황제는 평소처럼 코웃음을 치지 않았다. 그렇게 넘기기에는 지금의 주제가 너무 무겁고 심각했던 탓이다.

"네가 가늠할 수 없는 수준의 에테르라니. 그 녀석이 교황감이라도 된다는 뜻인가?"

"그건 모르지."

오렐리가 노래하듯 대답했다.

"어디까지나 그릇에 담긴 에테르 총량이 그렇다는 뜻이야. 현재 신력은 주교급이고."

"어쨌든, 허울뿐인 주교란 정보는 거짓이었군."

"맞아. 혼자서 사제급 신관과 성기사를 가뿐히 물리쳤으니까."

잠시 말이 끊어졌다. 황제는 얼마 전 거슬린다는 이유로 짧게 쳐 낸 은발을 쓸어 넘겼다.

"그럼 정말로 왕자가 '소원의 성반'을 훔친 건가?"

그녀가 소파 앞 탁자에 놓인 서류로 시선을 던졌다. 제국군이 며칠 전 국경에서 들어온 소식을 정리해 올린 보고서였다.

'경계의 신전'은 리에스테르 제국과 페네티안 신국 사이에 자리한 대륙 최대 규모의 성전이었다. 교황의 거주지인 그곳에는 대륙에 몇 안 되는 신물도 하나 보관되어 있었는데, 누구든 그것에 피로써 염원을 빌면 주신이 이루어 준다는 전설이 있었다. 신물이 '소원의 성반聖盤'이라는 이름을 갖게 된 이유였다.

그리고 예서 왕자는, 제국으로 오는 길에 신전에 들러 성반을 건드렸을지도 모른다는 의심을 받고 있었다. 물론 시간상으로는 빠듯하다 못해 불가능해 보이는 계획이었고, 왕자의 짐에서는 아무것도 발견되지 않았다.

사건 당일에 검문검색이 철저한 국경 지대를 지난 자가 왕자의 일행밖에 없었다고 해도, 그에게는 무모한 도둑질을 할 명분이 없었다. 이대로 영원히 사라진 신물이 나타나지 않는다면, 왕자는 그렇지 않아도 모호한 의혹에서 완전히 자유로워질 것이다.

"난 아직도 잘 모르겠어. 그걸 도난당했다고 봐야 하는지."

서브 남주가 파업하면 생기는 일 1

"아당, 질문에 대답해."

추기경이 대답을 피하자 황제는 그녀의 중간 이름을 부르며 다그쳤다. 그러나 황제가 진심으로 추기경의 태도를 이해하지 못하는 것은 아니었다. 소원의 성반은 멀쩡했다. 여전히 신전의 그 자리에서, 성스러운 빛과 함께 자신의 자태를 뽐내고 있었다.

그도 그럴 것이 성반은 오직 교황만이 다룰 수 있는 신물이기 때문이었다. 교황으로 선출된 자가 아니면 성반을 옮기기는커녕 손톱만큼도 움직일 수 없었고, 현재 교황은 공석이었다. 다만 문제는… 성반의 내용물이 멀쩡하지 않다는 점이었다.

"성반이 온전하다 해도, 성수가 사라진 건 그냥 넘길 수 없는 문제야."

"나도 알아, 이브."

추기경이 조용히 말을 받았다. 성반에 담겨있던 성수聖水가 한 방울도 남김없이 사라졌다. 전설에 따르면, 성수는 사람이 인위적으로 채워 넣은 것이 아니라 예로부터 성반에 담겨있던 신의 물질이었다. 성반과 성수가 오랫동안 일체로 여겨져 왔다는 뜻이다. 성수의 고갈은 곧 성반의 유실을 의미했다.

"다시 묻지. 왕자는 성수를 흡수해서 그런 힘을 얻은 건가?"

"그 애는 결백해. 내가 직접 확인했어."

오렐리의 차분한 시선이 황제를 마주했다. 추기경이 '직접 확인했다'라는 것이 어떤 의미인지, 프레데리크는 모르지 않았다.

"성수에 손을 댄 인간의 기록은 600년 전이 마지막이야. 교황의 힘을 얻고자 성수를 마셨다가, 그대로 온몸이 타들어 가 죽은 귀족이 있었지."

"주신께선 자비로우시니."

황제가 비아냥거렸다. 그녀는 신자였지만, 주신을 사랑하지 않
게 된 지도 오래였다. 프레데리크 리에스테르는, 어쩌면 이 사건이
영영 해결되지 않으리라는 예감을 느꼈다.

"와, 황궁이 무슨 도시만 하네."

　"하하하."

　내 말에 가나엘이 웃었다. 내가 기절했다가 의식을 되찾았던 날, 가나엘은 퉁퉁 부은 얼굴로 나를 보러 와서 또 한바탕 울음을 터뜨렸더랬다. 친구처럼 지내던 쌍둥이들에게 배신당한 데다, 나까지 죽을 위험에서 겨우 살아났으니 어린 녀석이 얼마나 놀랐을지. 그날에 비하면 이틀 사이 안색이 정말 많이 좋아지긴 했다.

　-다그닥, 다그닥

　나는 마차의 흔들림에 가만히 몸을 맡기며 창밖을 구경했다. 오늘은 처음으로, 쥘리에트 궁과 정원을 벗어나 황궁의 다른 곳을 탐험하는 날이었다.

　"열 시 사십 분이네요. 시간에 맞출 수 있어 다행입니다."

　"그러네, 고마워."

　월, 수, 금 오전 열한 시. 오렐리 부티에 추기경이 말한 면담 가

능 시간이었다. 솔직히, 나는 그녀가 나를 위해 그 시간을 냈다고
는 생각하지 않았다. 볼모로 온 왕자 하나가 뭐라고, 제국에서 가
장 존경받는 성직자가 일주일에 세 번이나 일정을 비우겠느냔 말이
다. 그런 마음으로 아침 식사 중에 짧게 말을 꺼냈더니, 뱅자맹과
가나엘이 진짜 경악하다 못해 식겁을 했다.

'방금 뭐라고 하셨습니까?'

'월, 수, 금 오전 열한 시요. 그때 와서 뭐든지 편하게 물어보라고
하시던…'

'뱅자맹 님, 예복 가져오겠습니다!'

'가나엘, 로메로 궁 시종들도 부르거라! 마차가 필요하다고도 전
하고.'

'네!'

그 기세에 놀란 내가 '오늘 가면 저야 좋죠. 여쭤볼 것도 많았거
든요'라고 대답하자, 뱅자맹은…

'가시면 좋은 게 아니라, 반드시 가셔야 하는 겁니다. 예서 왕자님.'

하며 눈으로 욕을 했다. 그게 조금 전 아홉 시쯤의 일이다. 마음
같아서는 하루 더 휴식을 취하고 싶었다. 추기경으로부터 정보를
뽑아내는 게 급하다는 건 알지만, 생명의 위기를 겪고 나니 잠깐이
라도 머리를 비우고 싶은 마음이었다.

웹소설 주인공들을 보면 큰 사건을 하나 수습한 뒤에 바로 다른
사건이 닥쳐도 침착하게 사이다를 먹이던데, 도대체 정신력이 얼마
나 강한 건지 알 수 없었다. 음, 아니지. 그건 주인공들이니까 그렇
고, 난 끽해야 조연이니까 기가 좀 약한 게 당연한 거다. 딴에는 최

선을 다하고 있다며 나는 스스로를 위로했다.

"좋은 아침입니다, 예서 왕자님. 황제궁에 오신 것을 환영합니다."

"안녕하세요."

잠시 딴생각을 하는 사이, 나는 황제궁의 계단 끝에 올랐다. 꽤 높은 직책으로 보이는 시종이 입구에서 우리를 기다리고 있었다. 그제야 추기경의 말이 공수표가 아니었다는 게 실감났다.

"황제궁은 처음이신 걸로 알고 있습니다. 부티에 추기경 전하의 집무실까지 직접 안내해 드리겠습니다."

"감사합니다."

나는 얌전히 시종의 뒤를 따랐고, 내 뒤를 뱅자맹과 가나엘이 지켰다. 황제궁의 정식 명칭은 '스나르 궁'이지만, 그렇게 부르는 사람은 거의 없고 대부분은 그냥 '황제궁'으로 부른다고 했다. 뱅자맹에게 그 얘기를 들었을 때는 그러려니 했는데, 실제로 보니 왜 그런지 알 것 같았다.

그러니까, 다른 수식어로는 황제궁의 이 압도적인 스케일이나 화려함을 표현할 길이 없었다. 천장 높이는 30미터도 넘어 보였고, 기둥이며 벽에 걸린 초상화, 장식물을 비롯한 모든 것이 거대했다. 매끄러운 대리석 바닥은 빈틈없이 구석구석으로 이어져 있었는데, 먼지 한 톨 없이 번쩍번쩍 빛이 났다. 쥘리에트 궁이 비즈니스호텔이라면 황제궁은 1박에 4천만 원씩 한다는 7성급 호텔, 뭐 그런 곳일 게 분명했다.

"이쪽입니다."

2층으로 올라 복도를 걷고 있자니, 황제궁에서 일하는 시종들이 나를 발견하고는 조용히 인사하고 지나갔다. 대부분은 내 눈을 유독 길게 바라보곤 했다. 보라색 홍채가 신기한 모양이었다.

"전하, 예서 페네티안 왕자님이 왔습니다."

"들어오렴."

커다란 마호가니 문 앞에서 시종이 노크를 하자, 이내 다정한 목소리가 응답했다. 뱅자맹이 '저희는 밖에서 기다리겠다'라며 한 걸음 물러났다.

"유익한 시간 보내세요, 왕자님!"

가나엘이 두 주먹을 불끈 쥐며 속삭였다.

* * *

유익한 시간, 좋지.

"헉, 아니, 잠깐만요!"

"발동이 너무 느려. 몸 안의 에테르 흐름을 꽉 붙들어야지."

"흐악!"

-콰당!

벌써 네 번째였다.

"으…"

나는 바닥으로 나동그라진 몸을 반 바퀴 굴려 일어났다. 추기경의 웅대한 서클, '성소'가 나를 방문까지 몰아붙이고 있어 발을 딛고 설 자리조차 부족했다. 이거 면담 시간 아니었나? 언제 보호 장비도 없는 실습 시간이 된 거지?

"다른 생각 할 여유도 있고."

"자, 잘못했습니다!"

정신이 번쩍 났다. 나는 그녀가 성소의 크기를 확, 하고 줄이는 사이 재빨리 방의 중앙으로 발을 놀렸다. 주신교의 상징인 아래쪽 화살표 문장이 커다랗게 박힌 곳이었다.

-탓!

"됐다!"

-파앗…!

그리고 잽싸게 성소를 개방했다. 기도를 올리거나 신탁을 의도하지 않아도 의지만으로 원을 소환할 수 있다는 게 신기했다. 호화로운 무늬를 자랑하는 추기경의 성소에 비하면 유치원생 낙서 수준이었지만, 그래도 펼친 건 펼친 거였다.

"그럼 지켜내 봐."

"어? 전하, 이건 반칙…!"

그녀는 자신의 성소를 유지한 채 내가 선 곳으로 성큼성큼 걸어오더니, 내 보잘것없는 서클에 충돌을 시도했다.

-차르륵!

용접할 때 튀는 불꽃처럼, 두 성소의 틈바구니에서 금빛 불씨가 요란하게 춤을 췄다!

-차르르…!

"잠시만요!"

"버티렴."

"큭…!"

그건 두통과 비슷했지만, 통증보다는 압력에 가까운 감각이었다. 보이지 않는 거대한 기운이 내 머리를 꾹꾹 누르며 '저리 가, 물러서'라고 압박하는 느낌. 추기경이 내게 손끝 하나 대지 않았는데도, 나는 발뒤꿈치가 밀리는 경험을 하고 있었다.

"신성한 흐름이 느껴지니?"

"으, 네…"

모를 수가 없었다. 내 안에 깃든 '에테르'라는 것이, 그녀의 강력한 힘에 대항하듯 심장 부근에서 마구 꿈틀거리고 있었으니까. 암살자 쌍둥이를 막아낼 때와는 달랐다. 그날의 나는, 에테르의 존재를 감지하기는커녕 운에 몸을 맡기고 소리를 지르기에만 급급했다. 그러나 지금은 똑똑히 알 수 있었다. 액체 같기도 하고 기체 같기도 한, 전기장판처럼 기분 좋게 따뜻한 무언가.

"그걸 콱 잡아채."

"네?"

나는 부티에 추기경과 눈을 마주쳤다. 자주색 머리칼을 한쪽으로 늘어트리고, 머리에 생선처럼 뾰족한 주교관을 얹은 그녀는 처음 만났던 날처럼 여유로운 분위기였다.

"목구멍을 틀어쥐고, 네 지배하에 둔다고 상상하는 거야."

"으음…"

베이지색 눈을 둥글게 휘며 내뱉는 말이 은근히 무섭고 험해서, 나는 침음을 삼켰다. 그래도 시키는 대로 해봐야 한다. 아무래도 추기경은 지금, 내게 뭔가를 가르쳐 주려는 것 같으니까. 다소 거친 그녀의 어휘에 충실하게, 나는 에테르를 짓눌렀다.

"옳지, 그렇게."

정확히는, 그러한 내 모습을 상상했다. 펄떡이는 광어를 내려치는 회칼 따위를 떠올린 것도 같았다. 이런 걸 이미지 트레이닝이라고 하던가.

"좋아, 그대로 10초를 견뎌보렴. 하나, 둘…"

카운트가 시작됨과 동시에, 그녀의 성소가 내 성소를 본격적으로 밀고 들어왔다.

-차르륵!

황금색 불티가 거세게 튀어 올랐다. 내 서클의 동그란 테두리는 금방이라도 부서질 듯 위태로웠다.

"큭…!"

"다섯, 여섯…"

10초가 너무 길었다. 이마에 식은땀이 배어 나오는 것이 느껴졌다. 나는 에테르를 내 발끝으로 순환시키려고 애를 썼다. 그렇게라도 해야 몸을 좀 지탱할 수 있을 것 같았다.

-치익!

"…아홉, 열."

셈이 끝나자마자 두 성소가 사라졌다. 내 성소는 형광등이 꺼지듯 툭 하고 증발한 데 비해, 추기경의 성소는 바닥으로 스며들 듯 부드럽게 자취를 감추었다.

"허억, 저 잠깐, 좀 눕겠습니다…"

나는 그녀의 대답도 듣지 않고, 집무실의 한가운데를 차지한 주신교 상징 위에 벌러덩 드러누웠다.

"후우…"

"그게 네 '신력'이란다."

나는 고개만 겨우 돌려 부티에 추기경을 바라보았다. 에테르를 휘어잡으라고 할 때는 눈에서 냉기가 뚝뚝 떨어졌는데, 지금은 다시 사람 좋은 얼굴을 하고 있었다.

"일반인들은 말할 것도 없고, 다수의 신관이 '에테르'와 '신력'의 개념을 구분하지 못해. 두 가지가 같은 것이라고 믿는 자들도 많지."

"그렇, 군요."

실은 나도 그랬다. 책으로만 벼락치기를 해가며 익혔으니 기초가 약할 수밖에. 지금까지 두 단어를 마구잡이로 혼용한 내 말을, 그녀가 찰떡같이 알아들은 게 놀라웠다.

"에테르가 신의 축복이라면, 신력은 그것을 통제하는 능력이란다. 제어하고 명령하는 힘이지."

고개가 절로 끄덕여졌다. 확실히 몸으로 익히니 단박에 이해가 됐다.

"영혼, 즉 '그릇'에 담기는 에테르의 총량은 태어날 때부터 정해지지만, 신력은 그렇지 않아. 네가 수양에 힘쓰고, 순환을 게을리하지 않는다면 꾸준히 강해질 거란다."

이분 강의력 좋으시네. 나는 속으로 감탄하며 천천히 몸을 일으켰다. 심호흡을 하자 팔팔하던 에테르가 조금씩 잠잠해지는 것이 느껴졌다.

"좋은 말씀 감사합니다, 전하. 그런데…"

"네 궁금증을 해소해 주겠다고 했으니까."

'왜 제게 이런 가르침을 주시나요?'라는 내 질문을 정확히 예상한 답변이었다. 그녀는 생긋 웃더니 금세 의자로 돌아가 앉았다. 난장판이 된 내 주변과 달리, 그녀의 뒤에 있던 커다란 책상과 산더미 같은 서류들은 미동도 없이 멀쩡했다.

"에테르는 선천적인 것이라고 했지만, 네 에테르가 예외라는 건 알고 있어. 어디서, 어떻게 생겼는지도 모르는 힘에 관해 궁금해하는 건 당연하다고 생각했는데. 아니었니?"

"…아뇨, 맞는 말씀입니다."

나는 구겨진 옷을 대충 털고, 그녀의 손짓에 따라 소파에 자리를 잡았다.

"아무리 많은 에테르를 지니고 있다 한들, 다스릴 신력이 부족하면 무용지물이지. 반대로 타고난 에테르가 적다 해도, 신력이 뛰어난 자는 섬세한 조정으로 많은 일을 할 수 있단다."

머릿속에 쏙쏙 들어오는 설명이었다. 그녀는 잠깐 말을 멈추더니, 이번엔 신중하게 운을 뗐다.

"볼모 협상 당시 신국의 대사들은, 네가 허울뿐인 주교라고 말했었어. 왕성에서 제대로 된 신관 교육을 받지 못하고 자랐으니 누구에게도 위협이 되지 않을 거라고. 그래서 나와 폐하도 그렇게만 알고 있었지."

"…"

"그런데 사제급 신관과 성기사를 홀로 방어한 것도 그렇고, 훈련도 없이 오늘 내 힘을 버틴 것도 그렇고."

'아무리 봐도 번듯한 주교급 신관인 것 같구나' 하며 그녀가 빙그레 미소했다.

"그럼 저를 위협으로 보시는 겁니까?"

"위협으로 보고자 하면, 그렇게 보이겠지."

애매한 대답이었다.

"하지만 나는 네가 리에스테르 황실에, 나아가 제국의 미래에 큰 도움이 될 수도 있다고 생각한단다."

"예?"

갑작스레 무게감 있는 단어들이 쏟아져 나는 눈을 크게 떴다.

"볼모이기 때문에 귀국길이 요원하기도 하지만, 사실 신국에서도… 일이 이렇게 된 이상 네 귀환을 바라진 않을 테니."

"그건, 그렇습니다."

나는 머릿속으로 예서 왕자의 망할 가계도를 떠올렸다. 사랑하는 딸 엘리서 왕세녀의 지위를 공고히 하기 위해, 나를 볼모로 보내고 암살자까지 투입한 베르너르 국서. 그가 내게 원하는 것은 타지에서의 죽음뿐일 터다.

"제게 바라시는 게 무엇인지 여쭤도 되겠습니까?"

추기경이 가르침을 대가로 일종의 거래를 하고자 하는 거라면, 나는 고려해 볼 생각이 있었다. 황제가 나를 주교급 신관이라는 위협으로 인식하는 것보단 이쪽이 훨씬 안전할 테니까. 물론, '퇴계공'의 주인공인 크리스텔 공녀나 세드리크 황자가 관련되지 않은 일이어야만 할 것이다.

"영리한 아이구나."

그녀가 내 눈을 똑바로 바라보았다.

"어린아이가 하나 있어."

"아이요?"

"응, 그 애를 도와주었으면 한다."

착각이겠지만, 어쩐지 그 시선이 간절하게 느껴졌다. 어린아이를 도와달라니. 속으로 궁중 암투, 권력 싸움, 교계 정화 같은 거창한 주제를 떠올리던 나는 조금 얼떨떨해졌다.

"어떻게… 도와주길 원하십니까?"

물론, 그런 것들보다야 꼬마 하나를 돕는 게 당연히 훨씬 쉬울 테니 나에게는 잘된 일이었다. 아이 관련된 분야라면 은근 자신감이 붙는 것도 사실이었다. 형과 함께 아홉 살 어린 은서를 키우다시피 했다. 평범한 부모가 하는 일을, 미혼인 나와 형이 최소 몇 번씩은 다 해봤다고 장담할 수 있었다.

"목이 마르겠구나. 마실 것 좀 들겠니?"

그런데 부티에 추기경이 노골적으로 말을 돌렸다. 나는 의아해져서 그녀의 표정을 관찰했지만, 추기경씩이나 되는 사람이다 보니 얼굴에 드러나는 정보는 거의 없었다. 그녀는 그런 나를 보며 은은히 웃고는, 시종을 불러 음료를 요청했다.

"추기경 전하를 위한 커피와, 예서 왕자님을 위한 생강차입니다."

"감사합니다."

얼마 지나지 않아 뽀얀 김이 오르는 찻주전자와 찻잔, 그리고 커피잔이 차려졌다. 추기경도 커피를 마시는데 나 같은 놈이 허브차 운운했으니, 첫날 뱅자맹이 놀란 것도 이해가 갔다. 밖에서 기다린다던 그가 말을 전한 건지 내 앞에 놓인 것은 카페인이 없는 음료였다.

집에서는 청으로 만든 생강차만 마셨는데, 이건 아무래도 조리법이 다른 것 같았다. 레몬 조각을 띄운 덕에 끝맛이 상큼하니 좋았다. 이내 시종이 자리를 비워주었다. 나는 문제의 '어린아이' 주제를 다시 꺼내야 하나 고민했다.

"아직은 네게 더 말해줄 수 있는 게 없단다. 미안해."

커피로 입을 적신 추기경이 먼저 입을 열었다. 화제를 완전히 덮을 생각은 없었던 모양이었다.

"일단은, 네 도움이 필요한 어린아이가 있다는 사실만 기억해 주렴. 네게 해를 끼치는 일은 아니야. 약속할게."

"아이가 어디 아픈가요?"

"비슷해."

"이름이나 나이도 알려주실 수 없는 겁니까?"

"응. 네가 힘을 더욱 안정적으로 쓸 수 있게 되고, 우리가 서로를 완전히 신뢰할 수 있게 되면… 그때 그 아이를 소개하려고 한단다."

그녀가 조용조용 말했다. 나는 별수 없이 고개만 끄덕였다. 뭐, 나쁘지 않은 거래였다. 추기경에게 개인 과외를 받으면 내 신력은 강해질 것이고, 그럼 나는 스스로를 제대로 지킬 수 있을 테니 생존 확률도 높아질 터였다.

대가라고는 어린아이 하나를 돕는 것인데, 내게 해가 되지 않을 거라는 약속까지 받았으므로 당장 걱정할 건 없어 보였다. 추기경과 일종의 사제관계를 맺는 셈이라, 황제가 내게 가질지 모르는 경계심을 누그러뜨릴 수 있는 건 덤이었다. 아, 참. 황제. 그 얘기가 있었지.

"저기, 전하."

"말해보렴."

"황제 폐하께서, 제 편의를 무엇이든 봐주시겠다고… 하셨던 기억이 있는데요."

"맞아, 그랬지. 필요한 게 있니?"

원래는 없을 예정이었는데, 며칠 전에 생겼습니다.

"이번 봄 무도회에, 제가 참석하게 될지도 모른다는 소식을 들었습니다. 가능하다면 저는 불참하고 싶어서요."

"의외인걸."

그녀가 눈을 조금 크게 뜨더니 이내 소리 내어 웃었다. 지면에 실린 '신국의 난봉꾼'이란 별명을 모르는 이가 없는지, 이곳 사람들은 신분을 막론하고 나를 엄청난 인싸로 취급하곤 했다. 뭐를 안 하겠다고 하면 다들 놀라고, 방에서 책이나 읽겠다고 하면 다른 의미로 토끼 눈을 떴다.

"그날 다른 계획이라도 있는 거니?"

"음, 제가 이곳에 온 본분을 다할 계획입니다."

봄 무도회에 분명 이 소설의 주인공인 크리스텔 드 사르네즈 공녀가 올 텐데, 저는 그녀와 접점을 만들고 싶지 않습니다. 그러다간 죽거든요. 저는 제 목숨을 붙여놔야 하는 처지라서요. 그렇게 구구절절 변명할 순 없었다.

"고해 신관으로 왔으니, 황궁 사람들의 고해를 좀 들어드리려고요."

내 대답에, 추기경의 베이지색 눈동자가 반짝였다.

흥미롭다는 기색이 역력했다.

* * *

"새벽부터 다들 줄을 서겠군요. 대기표 발부를 해야겠습니다."

황실 부근위대장, 엘리자베트 경이 나이프를 멈추고 자못 진지한 얼굴을 했다. 나는 옆에 서있던 가나엘에게 등심 한 조각을 잘라 먹이다가 깜짝 놀랐다.

"그렇게 많이 올까요?"

"평범한 주교급 신관에게 고해하는 것도 평민들에게는 일생에 한 번 있을까 말까 한 일입니다. 일반 신전에는 사제급이 가장 많고, 주교들은 저들끼리 정쟁을 한다고 바빠서 모습을 드러내는 일이 별로 없으니까요. 그런데 예서 왕자님께서 직접 고해를 들어주신다니, 소식이 퍼지면 오늘 밤에 노숙을 하겠다는 자들도 나올 겁니다."

말을 마친 그녀가 우아한 손놀림으로 마저 고기를 썰었다. 암녹색 단발머리가 부드럽게 흔들렸다.

"그럼 근위대의 일이 많아지겠군요. 죄송합니다."

"아뇨, 그러실 것 없습니다. 녹봉 받고 하는 일이기도 하고, 무엇보다 추기경 전하께서 함께 추진하시는 사안이니까요."

엘리자베트 경이 싱긋 웃었다. 지금의 점심 식사도, 내일부터 시작될 고해 일정을 함께 조율하기 위해 급히 잡은 약속이었다. 그녀가 '근위대원 중 고해하러 가는 녀석들도 많을 겁니다' 하고 덧붙였다. 나는 가만히 미소하며 세 접시째의 스테이크를 해체하기 시작했다.

누가 '퇴계공'의 주요 인물 아니랄까 봐, 리에스테르 제국에서 오렐리 부티에 추기경의 영향력은 어마어마했다. 그녀가 제국의 유일한 추기경인 점도 큰 이유였지만, 그보다 더 결정적인 것은 그녀에게 딸린 '황제의 종교적 반려'란 타이틀이었다.

여기서 '반려'는 부부가 아니라 동료로서의 동반자를 의미했다. 리에스테르 황족, 특히 황위에 가까운 자는 반드시 '정치적 반려'나 '종교적 반려'를 맞이해야 했는데, 정치적 반려는 혼인을 통해 결합했고 종교적 반려는, 뭐라더라, 무슨 계약을 통해 결합했다. 기사만 대충 훑고 이해한 바로 전자는 정략결혼, 후자는 영혼의 단짝쯤 되는 것 같았다.

영혼을 트고 지내는 사이답게 황제가 아는 건 추기경도 알고, 추기경이 모르는 건 황제도 모른다고 했다. 황제가 하는 일에는 반드시 추기경의 의견이 포함되어 있었고, 추기경이 하는 일은 황제가 묵인한 것과 다를 바 없었다.

즉, 내가 고해 신관으로 뛰게 된 배경에는 추기경의 지지와 황제의 용인이 있었다는 뜻이다. 무도회에 가지 않아도 된다는 공식적 허락이 떨어지니 벌써부터 일할 의욕이 넘쳐흘렀다.

"추기경 전하께서 밀어주시는 건, 아마 당신께서도 고해 신관으로 활약하신 적이 있기 때문일 겁니다."

"그런가요?"

나는 엘리자베트 경의 말에 반응하며, 고기를 한 점 더 썰어서 가나엘의 입에 넣었다. 뱅자맹이 눈살을 찌푸렸지만 가볍게 무시했다. 잘 받아먹는 모습을 보니 은서 생각이 불쑥 솟았다가 가라앉았다.

"네. 보통 황궁의 신관은 놀고먹기 일쑤입니다. 황족의 신앙생활을 돕기 위해 발령받아 온다지만, 황궁에 기거하는 황족이 몇 없는데다 낯선 신관에게 속을 터놓는 황족은 극히 드무니까요. 하지만 추기경 전하께선 어릴 때 고해 신관으로 입궁하신 뒤, 하루도 빠짐없이 신전에 출석해 고해를 기다리셨다고 들었습니다."

"아무도 오지 않을 때도요?"

"그렇습니다. 그러다 지금의 황제 폐하를 만나 친분을 쌓으셨다고 해요."

"대단한 인연이네요."

꿀보직인데도 성실하게 살다가 미래의 황제를 만나 평생지기가 되다니, 소설 속에나 나올법한 전개였다. 소설 맞지만.

"아마 그때 생각이 나신 것 아닐까요? 왕자님을 보고 어린 시절을 떠올리셨을지도 모릅니다."

"그럴 수도 있겠군요."

"게다가 왕자님께선 신분을 가리지 않고 고해를 받겠노라 하셨잖습니까."

"네, 전하께서도 사람들 반응이나 결과가 궁금하신 눈치였죠."

"왕자님, 시종에게 음식을 먹이는 행동을 하시면 안 됩니다."

뱅자맹이 기어코 대화를 끊고 끼어들었다. 나는 손에 든 포크를 우뚝 멈췄다. 그래도 할 말은 있었다.

"점심을 세 시에 드신다면서요. 한창 클 때인데 세 시까지 굶기는 건 너무하잖아요."

"시종들은 이런 생활 방식에 익숙합니다. 왕자님의 행동이 가나엘의 몸과 마음에는 장기적으로 나쁜 영향을 미칠 수도 있습니다."

"알았어요, 그럼 진짜 최종."

내가 빙글빙글 웃으며 식기를 움직였다. 가나엘은 뱅자맹의 눈치를 보면서도 마지막 한입까지 야무지게 얻어먹었다. 그 광경을 보던 엘리자베트 경이 파안대소했다.

"좋은 주인님을 뒀네, 가나엘."

"놀리지 마세요, 무테 경."

엘리자베트 경의 말에 가나엘이 얼굴을 새빨갛게 붉히며 중얼거렸다. 그러고 보니 두 사람, 원래 알던 사이인가?

"그럼, 고해소告解所는 오전부터 열어둘까요?"

또랑또랑한 목소리가 잡생각을 흩어놓았다. 나는 엘리자베트 경에게 본격적인 계획을 설명했다.

"네, 오전 열 시 반부터 열한 시 반, 오후 세 시부터 네 시, 그리고 여덟 시부터 아홉 시요. 계속 신전에만 머무를 순 없으니, 하루에 세 번 정도로 나누어서 받으려고 합니다."

"너무 피곤하실 것 같은데요. 신전까지는 이동 거리도 있습니다. 두 번으로 줄이시는 건 어떻겠습니까?"

"음, 생각해 볼게요."

이건 이미 뱅자맹도 언급한 문제였다. 나도 어지간하면 하루 두 번만 하고 싶은데, 황궁에 나를 기다리는 사람이 많다는 걸 알게 되니 마냥 나 좋을 대로 하기가 망설여졌다.

어차피 월, 수, 금은 추기경의 지도를 받느라 오전 고해를 진행하지 못할 터였다. 모르는 사람과 말을 섞는 건 세상에서 제일 자신 없는 분야지만, '들어주는 일'이라고 생각하면 볼쏙 자신이 샘솟기도 했다.

"일단 왕자님의 뜻대로 하시고, 후일 무리라고 생각되면 시간대나 횟수를 바꾸시는 편이 좋겠습니다."

뱅자맹이 깔끔한 답안을 내놓았다. 엘리자베트 경은 훌륭한 말씀이라며 와인 잔을 치켜들었다. 술 대신 가득 채운 포도주스가 찰랑거렸다.

* * *

다음 날 아침, 마차에서 내린 나를 반긴 것은 신전 입구에서부터 100미터 가까이 늘어선 긴 행렬이었다. 엘리자베트 경의 말은 허언이 아니었다. 손에 작은 종잇장을 쥔 자들이 줄을 이룬 채, 상기된 얼굴로 목소리를 높이고 있었다. 저거 진짜 번호표야?

"왕자님이다, 왕자님이 오셨어!"

"뭐? 어디, 안 보여!"

"밀지 마세요, 좀!"

"신국의 1왕자님을 뵙습니다!"

"안녕하세요, 많이들 오셨네요."

내가 어색하게 인사하자, 황궁의 각지에서 모인 이들이 손으로

서브 남주가 파업하면 생기는 일 1

입을 막거나 허리를 반복해 숙이며 어쩔 줄을 몰라 했다. 괜히 이쪽이 다 쑥스럽고 민망한 기분이었다. 몇몇 노인이 손을 내밀기에, 악수라도 해드려야 하나 싶어서 가까이 다가갔더니 근위대원들이 재빨리 다가와 내 앞을 막았다. 줄이 무너지려는 조짐이 보였는지 일부는 팔을 뻗어 인파를 저지했다.

"왕자님, 제 뒤를 따라오시죠."

"아, 네."

함께 마차를 타고 온 엘리자베트 경이 듬직한 목소리로 말했다. 나와 뱅자맹, 가나엘은 부지런히 그녀를 쫓았다. 이윽고 흉갑을 두른 기사들이 육중한 정문을 열어젖히자, 신전의 내부가 느긋이 내 앞에 모습을 드러냈다. 사람들의 소란이 귓바퀴 뒤로 멀어졌다.

"와…"

《퇴사했더니 이계 공녀》 세계관에 떨어지고 난 뒤 처음 와보는 '신전'이었다. 새삼 모든 것이 신기로워 나는 이곳저곳으로 빠르게 눈을 굴렸다. 작가도 결국은 엔간한 지구인인지라, 신전은 전체적으로 어디선가 본 듯한 양식이었다.

외양은 그리스 신화에 등장하는 신전 같았으며 안쪽은 흡사 거대한 성당 같았다. 다만 천장이 평평하고, 스테인드글라스 대신 촘촘한 격자무늬 장식이 채광창을 화려하게 수놓고 있다는 점이 눈에 띄게 달랐다.

"고해소는 이쪽입니다."

엘리자베트 경이 정중한 손짓으로 신전의 안쪽 구석을 가리켰다. 나는 주먹을 꽉 쥔 채 걸음을 내디뎠다.

5.

꼬마 손님

"왕자님, 불편하신 데는 없습니까?"

고해소 바깥에서 엘리자베트 경이 정중하게 물어왔다.

"네, 아늑하네요."

내 대답에 그녀가 웃는 소리가 들렸다. 나는 자리에 앉아 사방을 둘러보았다. 영화 같은 데서 보던 고해소와는 확실히 다르게 생긴 곳이었다. 소설 속 허구의 종교니 당연한 거겠지만. 착석해서 다리를 쭉 뻗고도 남을 정도로 공간이 넓었고, 의자 역시 쿠션감이 무척 좋았다. 천장도 높아 들어올 때 고개를 숙일 필요가 없었다.

"곧 첫 번째 고백자를 들이겠습니다. 필요하신 게 있거나, 위급 상황이 생기면 왼쪽에 달린 줄을 당겨주십시오. 저희는 신전 바깥에서 대기하겠습니다."

"네, 고맙습니다."

왼쪽을 살피니 고해소 천장에서부터 길게 늘어진 줄이 보였다. 화려한 술이 달려있고, 색과 마감도 고급스러워 언뜻 보면 그냥 장

102   서브 남주가 파업하면 생기는 일 1

식 같았다. 오른쪽에는 고백자의 자리로 통하는 커다란 나무창이 나 있었다. 격자무늬 창인 줄 알았는데, 가까이서 보니 주신교의 상징인 아래쪽 화살표 무늬를 새긴 모양이었다.

-달칵

곧 옆 칸으로 고백자가 들어오는 소리가 들렸다. 나는 가나엘이 세이지 차를 담아준 유리병에 입술을 적셨다. 긴장하지 말자, 진행 순서는 다 외웠으니까.

"안녕하세요, 신자님."

"안녕하십니까, 왕자님."

"어?"

내가 잘 아는 음성이었다.

"뱅자맹?"

"네, 접니다."

촘촘한 나무창 사이로 단정한 집사 같은 실루엣이 보였다.

"고해하러 오신 겁니까?"

"그렇습니다. 줄을 서지 않고 시종의 특혜를 누렸습니다. 용서해 주십시오."

"하하하."

웃음이 터졌다. 뱅자맹은 농담으로 하는 말이 아니란 걸 알아서 더 그랬다. 힘이 들어갔던 몸이 느슨히 풀리는 기분이었다. 부담감도 한결 가라앉았다.

[용서해 드리겠습니다.]

내가 신탁을 내림과 동시에 요요한 금빛 서클, 성소가 고해소의 바닥을 밝혔다. 용서를 받은 뱅자맹의 자리에 에테르 반응이 있는 것 같았으나, 나무창 때문에 내 쪽에선 잘 보이지 않았다.

"1년 전에 마지막으로 고해를 했습니다."

"네, 그럼 여죄를 밝혀주십시오."

일반적인 대화와 신탁을 구별해서 발성하는 건 생각보다 쉬웠다. 처음에는 이걸 어떻게 차별화하나 싶었는데, 신탁을 내리지 않을 땐 에테르 수도꼭지를 잠근다고 상상하니 몇 번의 연습 끝에 뚝딱 성공했다. 참고로 실험 대상은 가나엘이었다.

"저는 예서 왕자님을 의심했습니다."

"…"

"왕자님께서 근위대의 조사 대상에 오르셨다는 이유만으로, 왕자님이 신물을 도둑질하셨을지 모른다고 믿었습니다. 그러지 않으셨을 거라 생각하면서도 의구심을 거두지 못해, 결국 왕자님께 맹세를 얻어냈지요."

그러고 보니 그런 일이 있었지. 그날 밤 목숨의 위협을 받은 탓에 까맣게 잊고 있었다. 이슬 맺힌 정원에서, 내게 책임 있는 신관이 될 것을 요구하던 뱅자맹의 얼굴이 떠올랐다.

"멋대로 의회를 품어 감히 고귀하신 분을 모욕한 죄를 부디 용서해 주십시오."

글쎄, 돌이켜 봐도 별로 화가 나진 않았다. 뱅자맹은 독실한 주신교 신자였고, 듣기로는 나를 모시기 위해 로메로 궁에서 쥘리에트 궁으로 전근을 요청했다고 했다. 신앙심 하나로 강직을 자처했는데 주교씩이나 되는 왕자가 엄청난 절도 사건에 휘말렸으니, 뱅자맹

서브 남주가 파업하면 생기는 일 1

입장에선 그런 말을 할 법도 했다.

보물 도난 시기도 하필이면 내가 국경을 넘었던 시기와 절묘하게 맞아떨어졌던 모양이고. 나야 조금 억울하긴 해도 뒤끝이 남을 정도는 아니었는데, 뱅자맹은 신관을 의혹한 자신을 사하기 어려웠나 보다.

[전 괜찮습니다, 주신께서도 용서하실 겁니다.]

내 목소리가 부드럽게 웅웅거렸다. 옆 칸에서 조금 전보다 훨씬 강한 에테르 반응이 나타났다. 여전히 잘 보이지는 않았다.

"감사합니다, 왕자님."

뱅자맹의 목소리는 한결 가벼워져 있었다. 그간 마음고생을 했던 건가 싶어 쓴웃음이 나왔다.

"왕자님, 이제 보속을 주셔야 합니다."

"아, 네."

맞다, 그게 있었다. 보속補贖이란 죄를 지은 고백자가 잘못에 대해 보상을 하는 일이었다. 처음 《주신교 신학 입문》에서 이 부분을 읽었을 때는 이해가 잘 안됐다. '용서해 줄 테니 헌금을 내놔' 해야 하나 싶었다. 물론, 지금은 뭔지 잘 안다. 실제 예시도 많이 살펴보고 왔으니까.

[내일 아침, 점심, 저녁 식사를 저와 함께하도록 하십시오. 가나엘도 물론 포함이고요.]

현실의 종교에선 어떤지 모르겠지만, 적어도 '퇴계공'의 보속은 신관 마음대로다. 신관이 '주신의 권능'인 에테르를 운용하는 자이기 때문이다.

"왕자님, 그런 건 보속이 아니…"

[저에게 용서를 비셨잖습니까. 저를 의심해서 죄송하다고 하셨잖아요? 제가 드리는 보속은 이겁니다.]

옆 칸에서 뱅자맹이 나지막하게 한숨을 쉬었다.

"알겠습니다. 성실히 실천하겠습니다."

나는 씩 웃으며 세이지 차를 한 모금 마셨다. 뱅자맹은 용서받아서 좋고, 나는 공복인 시종들 앞에서 혼자 배 채우지 않아도 되니 좋고. 일이 잘 풀린 것 같았다.

* * *

"안녕하세요, 신자님."

"…안녕하세요, 왕자님."

"가나엘? 너야?"

"마, 마지막 고해는 지난달에 했습니다."

나는 재차 웃음을 참는 데 실패했다. 두 번째 고백자인 가나엘이 옆 칸에서 허둥지둥하는 기척이 느껴졌다.

"그게요, 왕자님! 뱅자맹 님도 하는데 저도 하고 싶어서… 접때 제 고해를 들어주겠다고도 하셨으니까요."

"맞아, 그랬지. 들어볼게."

내가 대답하자 가나엘이 흠흠, 하고 목을 가다듬었다. 무슨 사연인지 궁금해서 나도 자연히 귀를 기울였다.

"왕자님께서 입궁하신 첫날에… 제가 왕자님께 읽으실 만한 책을 가져다드렸습니다."

"응, 기억나."

"그런데… 그, 잡지에… 왕자님을 욕보이는 글이 실려있었습니다. 저는, 저는 몰랐습니다. 그럴 생각으로 그걸 가져다드린 게 아닌데… 급한 마음에 어쩌다 보니…"

아이의 말소리 끝에 물기가 서렸다. 이건 또 무슨 얘긴가 싶어 어안이 벙벙해졌다. 잡지라면 〈격주간 리에스테르〉를 말하는 건가? 거기 내 욕이 있었다고?

"귀하신 분을 능멸하는 죄를 지었습니다… 제발 용서해 주세요…"

"잠깐만, 가나엘. 무슨 소린지 잘 모르겠는데."

"죄송합니다, 왕자님…"

설마 '신국의 난봉꾼' 어쩌고 하는 표지 타이틀 때문인가? 기사에도 내가 소문난 바람둥이라느니, 여러 스캔들의 주인공이라느니 하는 말이 있었지만 나는 무덤덤했다. 오히려 몰랐던 캐릭터 설정을 알게 되어 유익하다는 생각이나 했던 것 같다. 그걸 지금까지 신경 쓰고 있었구나.

[가나엘, 괜찮아. 난 재밌게 읽었는걸. 도움도 많이 됐고.]

"왕자님…"

[용서할 것도 없지만 용서할게. 진심이야.]

"정말 감사합니다…"

용서의 메아리에, 옆 칸에서 환한 에테르 반응이 쏟아졌다. 가나엘이 코를 훌쩍이는 소리를 들으며 나는 아주 적절한 보속을 떠올렸다.

[보속은, 앞으로도 내게 좋은 책을 추천해 주는 것. 그리고 새로운 소식을 되도록 많이 전해주는 거야.]

"새로운 소식요…?"

[응, 특히 세드리크 황자 전하와 크리스텔 드 사르네즈 공녀에 관한 소식.]

아직 서로 큰 접점이 없을 두 사람을 콕 집어 말했는데도, 가나엘은 별다른 의문을 표하지 않았다. 내게 용서받았다는 사실이 기뻐보속의 내용은 깊이 생각하지 않는 듯했다.

"네, 성실히 실천하겠습니다."

"그래, 고마워."

나로서는 잘된 일이었다. 뭘 알아야 피할 것 아닌가. 크리스텔이 눈을 뜬 이상, 그녀와 남주의 동태를 미리미리 파악해 두는 건 필수였다.

* * *

가나엘이 고해소를 나간 뒤로는, 이게 고해 성사인지 대국민 토크쇼인지 모를 시간이 이어졌다.

"그러니까, 아내가 아닌 여인에게 중간 이름을 가르쳐줬다가 집에서 쫓겨났다는 말씀이시죠?"

"예예, 그렇습죠. 하지만 주신께 맹세코 바람을 피운 건 아닙니다요! 그냥 술집에서 만난 여자인데…"

서브 남주가 파업하면 생기는 일 1

미친놈이, 술집에서 만난 여자한테 중간 이름을 왜 가르쳐 주냐고. 아니, 애초에 술집에서 여자를 왜 만나? 그게 바람 아니냐? 나는 고구마 100개를 물 없이 삼킨 듯한 먹먹함을 느꼈다. 형이 스팀청소기를 밀 때마다 틀어놓고 욕하던, 무슨 연애 상담 프로그램을 실시간으로 보는 기분이었다.

　"신자님, 중간 이름은 가까운 가족이나 연인이 아니면 가르쳐 주지 않는 것이 관례입니다. 적어도 신국에서는 그렇죠. 제국은 좀 다른가요?"

　나는 〈격주간 리에스테르〉에서 배운 지식을 내 것처럼 줄줄 읊었다. 대륙 사람의 이름자는 이름과 성 사이에 무조건 중간 이름을 하나 넣어 짓는데, 중간 이름은 식구나 배우자, 결혼을 약속한 연인, 아주 친한 친구에게나 터놓는 것이라고 했다. '예서 왕자의 중간 이름을 듣게 될 그녀는 누구?' 하면서 얼굴도 모르는 귀족 영애들과 나를 엮어놓은 기사를 보고 공부한 내용이었다.

　"그야, 제국도 똑같습니다요. 하지만 저는 뭣이냐, 새 친구를 사귀었다고 생각해서…"

　"겨우 몇 시간 봤는데 중간 이름을 알려줄 정도로 친한 친구가 됐다고요?"

　"그것이… 송구합니다. 용서해 주십시오, 왕자님…"

　아주 인생 친구네, 인생 친구. 둘이 뭘 했길래 그렇게 가까워졌어? 나는 혀를 차며 성소를 개방했다. 바닥이 조명을 밝힌 것처럼 훤해졌다.

　[이건 제가 용서할 문제가 아닙니다. 부인이 용서하실 문제죠. 집

으로 돌아가서 문 앞에 무릎 꿇고, 솔직하게 털어놓고 진심으로 사과하고, 다시는 이런 죄를 짓지 않겠다고 맹세하세요. 각서도 쓰시고 이왕이면 술도 끊으시는 게 좋겠습니다.]

"그런… 그건 너무 가혹한…"

[이것이 신자님께 내려진 보속입니다.]

황금빛 서클이 반짝이며, 시계 방향으로 천천히 한 바퀴를 돌았다. 용서의 에테르 반응은 나타나지 않았다. 내가 포용을 거부했으니 당연한 결과였다.

[부인이 용서하지 않으신다면, 그것도 받아들이세요.]

내가 쐐기를 박았다. 부부간의 자세한 일은 알 수 없지만, 그렇게 빌어도 용서받지 못한다면 본인이 그간 깎아먹은 신뢰 또한 상당하다는 뜻일 터다.

"부, 분부 받잡겠습니다…"

남자는 기어드는 목소리로 대꾸하더니, 문을 열고 고해소를 나섰다. 나는 질질 끌리는 발소리를 배경음으로 탄식을 내뱉었다.

"진짜, 별…"

처음엔 양심이 조금 찔리기도 했다. '주신교'라는 종교를 믿기는 커녕 제대로 알지도 못하는 내가, 에테르를 가지고 있다는 이유만으로 신관 노릇을 해도 되나 싶었다. 아무리 나 살자고 하는 짓이라지만, 아무리 소설 속 인물이라지만, 눈앞에서 생생히 살아 움직이는 사람들을 속이는 게 마음 편한 일은 아니니까. 그것도 '종교'를 가지고 말이다.

그런데 방금 저놈도 그렇고, 아까 뭐랬냐, 돈 떼먹고는 '갚을 능

력이 생길 때까지 10년만 기다려 달라는 게 그렇게 큰 죄냐?'라고
한 인간도 그렇고… 나 정도면 진짜 양심이 차고 넘치는 것 같았
다. 옛날이었으면 냉장고를 두 대는 받았을 거다.

-덜커덩!

"헉."

내가 소스라치며 고개를 돌렸다. 옆 칸에서 난 소리였는데, 고해
소 문이 열리는 소음과는 확연히 달랐다.

"누구세요?"

나는 질문과 동시에 성소를 열었다. 고해가 아닌 호신용이었다.
쌍둥이 암살자들에게 한 번 당한 게 있어서인지, 몸이 평소보다 빠
르게 반응했다.

"큭…"

사람의 목소리, 천이 스치는 소리가 났다.

"고백자이십니까?"

나는 문양이 빽빽한 나무창에 코를 박고 건너편을 살폈다. 시야
가 좀 답답하긴 했지만 멀리서 보는 것보다는 확실히 눈에 들어오
는 게 많았다. …애잖아?

"괜찮아? 어디 아파?"

조심스레 말을 걸었다. 고개를 푹 숙인 꼬마 하나가 고백자의 의
자에 간신히 걸터앉아 있었다. 새카만 머리칼이 바들바들 떨리는 것
이, 딱 봐도 정상적인 상태는 아니었다. 조금 전에 들린 건 발소리
도, 문소리도 아니었는데 도대체 어떻게 들어왔는지 알 수 없었다.

"부모님은 어디 계시…"

그때, 아이가 번쩍 고개를 들었다. 태양처럼 선명한 주황색 눈동자가 내 눈을 똑바로 바라보았다.

"…여기서 뭐 하는 거지?"

소년이 인상을 있는 대로 구기며 물었다. 나는 아연해서 입을 벌렸다.

"나는… 고해를 받고 있어. 신관이거든."

부리부리한 눈빛을 보니 어쩐지 성실하게 대답을 해야 할 것만 같았다. 애한테 기죽은 건 절대 아니고.

"시키지도 않은 짓을 하는군."

그러자 소년이 신랄하게 답했다. 나는 너무나도 낯선 태도에 놀라 느리게 반응했다. 처음 본 어른한테 반말부터 찍찍 날리는 건 도대체 어느 동네 예의냐? 아니, 아니지. 지금은 그게 문제가 아니다.

'필요하신 게 있거나, 위급 상황이 생기면 왼쪽에 달린 줄을 당겨 주십시오.'

나는 엘리자베트 경의 말을 떠올리며 왼쪽으로 손을 뻗었다.

"몸이 안 좋은 거면 태의를 불러줄게. 잠깐만 기다…"

-파박!

-서걱!

머리끝부터 발끝까지 소름이 내달렸다. 본능적으로 몸을 빼고 천천히 고개를 돌리자, 내 뺨을 아슬아슬하게 피해 날아간 날붙이가 보였다. 날이 선 단도가 왼쪽에 달려있던 줄 끝을 잘라내고 고해소 벽에 처박혀 있었다. 뭉텅 잘린 술이 바닥을 나뒹굴었다. 내 얼굴이 잽싸게 소년 쪽을 향했다. 칼에 뚫린 나무창에 구멍이 나있었다.

"헉…"

"허튼수작."

부리지 말라는 말을 하고 싶었던 모양이다. 하지만 소년의 문장은 마무리되지 못하고 흩어졌다. 털썩, 뭔가가 쓰러지는 소리가 났다.

"잠깐만, 지금 갈게. 다른 사람 안 불러."

나는 정신이 없는 와중에도 바닥에 떨어진 술을 챙겨, 동그란 소매 안에 쑤셔 넣었다. 고해소 문을 열고 나오자, 멀리서 신전 정문을 밀고 들어오던 기사가 내게 인사를 올렸다.

"왕자님, 다음 고백자를 들이려고 합니다."

"잠시만요. 이쪽 칸은 어떻게 생겼나 보고 싶어서."

대충 아무 말이나 던졌다. 내가 휴식을 원한다는 의미로 알아들었는지, 기사는 다시 묵례한 후 문을 닫고 나갔다. 이걸로 최소 10분은 벌었을 것이다.

"들어갈게. 아무 짓도 안 해."

고해소 밖에서 조용히 뇌까린 뒤 잽싸게 옆 칸 문을 열었다. 바닥에 쓰러져 있는 꼬마가 곧장 눈에 들어왔다. 나는 무릎을 꿇고 다가가 조심스럽게 아이의 상태를 확인했다. 그전에 문을 닫는 것도 잊지 않았다.

"꼬마야, 너 식은땀이 나는데."

"큭…"

어디서, 어떻게 들어왔는지도 모르는 정체불명의 소년을 걱정하는 게 똑똑한 짓이 아니라는 건 잘 알았다. 새파랗게 어린 녀석들에게 죽을 뻔한 게 며칠 전인데, 상대가 아이라고 방심하는 건 있을 수 없는 일이다. 그렇지만, 그래도.

"열 있는 거 아니야?"

어차피 성소를 개방한 상태에선 내게 해를 끼치지 못할 테니까.

"손대지 마."

소년이 날카롭게 대꾸하며 내 팔을 쳐냈다. 꼬마의 주황색 눈동자가 불타는 듯 또렷했다. 이제 한 일곱 살쯤 되었을까. 소년은 가나엘이나 여타 시종들보다도 훨씬 어린 아이였다. 이불처럼 커다란 흑색 로브를 뒤집어쓴 채, 덜덜 떨면서도 나를 밀어내는 게 꼭 작은 짐승 같았다.

"여긴 어떻게 들어온 거야? 갈 때는 어떻게 가려고. 형이 도와줄게."

"형?"

이 자식, 방금 비웃은 거 맞지. 나는 근심이 드는 와중에도 약이 올랐다.

"그래, 아저씨가 도와줄 테니까. 여기 있으면 상태 더 안 좋아질 걸."

바닥도 딱딱하고 차잖아. 내가 덧붙였다. 나는 소년이 내 움직임을 확인할 수 있도록 양팔을 머리 옆으로 들어올리고, 천천히 팔을 뻗었다. 아이는 이번엔 달리 움직이지 않고 나를 똑바로 바라보았다.

"…그대는 아무것도 몰라."

"들켰네. 다른 사람들한테는 비밀로 해줄래?"

내가 쓴웃음을 지으며 아이의 이마에 손을 얹었다. 역시 불덩이처럼 뜨거웠다.

"상비약을 챙겨올 걸 그랬나."

고해 성사라는 게 사람을 많이 만나는 일인데, 그중 환자가 있을 거라는 생각은 못 했다. 해열제나 소화제처럼 간단한 건 뱅자맹에게 부탁을 해둘까 싶었다.

"오늘 본 것을 함구하도록."

"뭐?"

앳되지만 단단한 목소리가 내 상념을 갈랐다. 턱, 하고 소년이 내 손목을 붙잡았다. 순간 발밑이 쑥 꺼지는 느낌이 들었다.

"어…?"

눈앞이 핑 돌았다. 세상이 빙글빙글 회전하며 시야가 어그러졌다. 간접 조명처럼 켜져있던 내 서클이 서서히 옅어지는 것이 보였다.

"너, 무슨 짓을…"

답은 돌아오지 않았다. 소년의 칠흑 같은 머리칼과 주황빛 눈동자가 검고 붉게 번졌다. 이윽고 성소가 완전히 자취를 감추자, 내 의식 또한 까무룩 스러졌다.

* * *

예전에 겪은 일을 다시 겪는 기분이 들 때, 사람들은 데자뷔를 느꼈다고 표현한다.

"안녕, 왕자님. 이렇게 보는 게 벌써 두 번째구나."

그럼 같은 일을 세 번째로 겪는 기분일 땐 뭐라고 해야 하지? 세 자뷔?

"그래도 이번엔 하루 만에 깨어났어. 그새 신력이 성장한 모양이야."

오렐리 부티에 추기경이 기특하다는 눈빛을 보내며 부드럽게 미소했다. 나는 멍하니 그녀를 바라보다가, 퍼뜩 정신을 차리고 몸을 일으켰다. 익숙한 가구와 화려한 벽지가 시야를 가득 채웠다. 내 방, 내 침실이었다.

"…고결하신 추기경 전하를 뵙습니다."

"응, 반가워."

"제가 신전에서 쓰러졌나요?"

"제 불찰입니다. 송구합니다, 왕자님."

반대편에서 익숙한 목소리가 들렸다. 침대 왼쪽으로 어두운 얼굴의 엘리자베트 경과, 하얗게 질린 가나엘이 보였다.

"아니에요, 엘리자베트 경 잘못이 아닙니다. 가나엘, 난 괜찮아."

내가 애써 웃었다. 제발, 내가 몸을 누인 곳과 깨어나는 곳이 다른 경험은 이번을 마지막으로 하고 싶다. 심지어 세 번 다 내가 원한 것도 아니었다고.

"에테르 고갈로 의식을 잃었단다. 고해를 정말 열심히 들어준 것 같더구나."

"에테르 고갈요?"

나는 다시금 침대 오른쪽으로 고개를 돌렸다. 추기경이 나긋이 설명을 시작했다.

"체내에서 에테르가 자연적으로 생성되는 속도보다 빠져나가는 속도가 빠르면, 고갈로 인한 충격이 오거든."

"…"

"지난번에 겪은 에테르 폭주와 반대되는 증상이라고 보면 돼. 그건 에테르 생성 속도가 지나치게 빨라져 신체에 충격이 오는 거란다."

말을 마친 그녀는 천천히 찻잔을 들어 입가로 가져갔다. 막 깨어난 내 머릿속이 상황을 정리하기 위해 팽팽 돌았다.

"에테르 고갈이라는 건, 원래 그렇게 갑자기 닥치는 겁니까?"

내 질문에 그녀의 우아한 미간이 살짝 찌푸려졌다. 다소 곤란한 것처럼 보이기도 했다.

"쓰러지기 직전까지 제 에테르 흐름은 멀쩡했습니다. 이상 증세가 전혀 없었는데, 난데없이…"

나는 말끝을 흐렸다. 새카만 머리칼과 오렌지색 눈동자. 이목구비 또렷한 남자아이의 얼굴이 주마등처럼 뇌리를 스쳤다.

"절 발견하셨을 때, 주변에 아무도 없었나요?"

"네, 고백자를 들이지 않은 상태였기에 아무도 없었습니다."

엘리자베트 경의 답변에, 저절로 입이 다물렸다. 마지막으로 들었던 말이 귓가에 찰싹 붙어 떨어지지 않았다.

'오늘 본 것을 함구하도록.'

왜 그런 경고를 했을까. 도망자라도 되는 건가? 죄를 지었나? 그러기엔 너무 어렸는데. 설령 그렇다고 해도, 죄짓고 달아나는 자가 황궁의 신전에 몸을 숨기는 건 이상했다. 보통은 황궁으로부터 최대한 멀어지려고 하지 않나?

"왕자님, 태의를 부를까요?"

가나엘이 가만가만 내 팔을 잡았다. 내가 별안간 조용해지자 걱정이 되는 모양이었다.

"아냐, 전하께서 잘 봐주셔서 멀쩡해. 그냥 딴생각 좀 하느라."

나는 최대한 밝게 대답했다. 가나엘의 나어린 벌꿀색 눈동자를 보니 내 손목을 붙잡던 꼬마의 결연한 눈빛이 떠올랐다. 문득, 머릿속에 어떤 가설이 반짝 켜졌다.

"전하, 다른 사람의 몸에서 에테르를 빼낼 수도 있습니까?"

"…"

"아시다시피 제가 이쪽으로는 교육받은 게 없어서요. 요즘 책을 열심히 파고는 있는데…"

"가능해."

그녀가 낮은 목소리로 내 질문에 대답했다.

"신관과 성기사는 신체 접촉을 통해 에테르를 주고받을 수 있단다. 서클을 열어 교류할 수도 있지만, 피부에 닿는 게 가장 효율적이지."

"…그렇군요."

나는 그저 가벼운 궁금증이었다는 듯 작게 고개를 끄덕였다. 하지만 속은 시계태엽처럼 복잡하게 돌아가기 시작했다. 그 아이였다. 본능적으로 알 수 있었다. 갑작스럽게 나를 덮친 어지럼증과, 몸이 지하로 추락하는 듯 아찔한 감각.

그건 전부 당돌한 꼬마 도둑이 내 손목을 잡고 에테르를 훔쳐 가는 바람에 생긴 일이었다. 왜? 에테르가 필요했나? 나는 몹시 불안정했던 아이의 상태를 상기했다. 설마 열이 나고 식은땀이 흘렀던 건, 에테르 고갈 증상이었을까. 그럼 혹시 그 애도…

"전쟁 시대에나 행해졌던 구습이고… 요즘은 그럴 일이 드뭅니다. 다량의 에테르가 필요할 이유가 없으니까요."

내 의식의 흐름을 끊은 것은 엘리자베트 경이었다. 돌아본 그녀의 얼굴이 묘했다. 어수선하게 일렁이는 잿빛 눈동자에 언뜻 화가 비치는 것 같기도 했다. 나는 일단 고개를 주억거렸다.

"그럼 혹시, 황궁에 저와 추기경 전하를 제외한…"

-똑똑

"들어와."

부티에 추기경이 노크 소리에 빠르게 응답했다. '황궁에 나와 추기경을 제외한 다른 신관이 있느냐'는 내 질문은 허리가 싹둑 잘리고 말았다.

"왕자님, 깨어나셨군요."

문을 열고 들어온 뱅자맹이 나를 보더니 눈에 띄게 안도했다. 나는 씩 웃으며 눈인사를 했다.

"세드리크 황자 전하께서 귀한 찻잎을 선물하셨습니다."

뱅자맹이 양손으로 받친 은쟁반 위에, 화려하게 세공한 나무상자가 놓여 있었다.

"웬 찻잎입니까?"

내가 묻자 그가 가까이 다가와 천천히 상자를 열었다. 안에는 바싹 말린 잎이 그득그득 쌓여있었는데, 톡 쏘는 향이 은은하게 퍼지는 게 나쁘지 않았다.

"건강에 좋은 세이지 차입니다. 병문안을 오실 수 없어 대신 보내셨다고 합니다."

"그래요? 감사한 일이네요."

내가 영혼 없이 대꾸했다. 그놈이 웬일이래. 엘리자베트 경이 옆에서 뭐라고 중얼거리는 것 같았으나, 제대로 듣지는 못했다. 추기경은 피곤했는지 한숨을 푹푹 내쉬었다.

* * *

결국, 나는 다시 신전에 왔다.

"정말 괜찮으시겠습니까, 왕자님?"

"하루 푹 쉬었으니 충분합니다. 너무 걱정 마세요."

"왕자님, 여기 팻말이에요."

나는 뱅자맹을 달래며, 가나엘이 미리 준비한 물건을 건네받았다. 앞면에는 '고해 가능합니다', 뒷면에는 '신관이 부재중입니다'라고 새겨진 나무패였는데, 내가 어제 침대에서 뒹굴며 제작 의뢰를 넣은 것이었다. 황궁 목수들도 이런 주문은 처음 받아봤겠지.

"그럼 들어가 볼게요. 무리하진 않을 겁니다."

내 말에 뱅자맹이 비로소 표정을 조금 풀었다. 그제 내가 신전에서 에테르 고갈로 쓰러진 후, 부티에 추기경은 내가 예정했던 모든 고해 성사 일정을 취소했다. 그녀는 하루에 세 시간이나 성사를 하는 것이 내 에테르 흐름뿐 아니라 황궁의 질서 유지에도 좋지 않다는 견해를 밝혔다.

의식을 찾은 나는 반박할 말이 없어서 그녀의 의견을 수용했다. 그날 번호표를 받고 대기하던 이들은 아쉬워하기는커녕, 내가 혹 잘못될까 봐 노심초사하며 다음 날까지도 쥘리에트 궁 앞을 기웃거렸다고 했다.

그래서 나는, 시간을 정해놓지 않고 내가 편할 때 와서 고해를 받겠다고 선언했다. 대신 신전에 들르는 누구나 알아볼 수 있도록 팻말을 준비하기로 했다. 무도회에 가지 않아도 되는 근사한 구실인 만큼, 고해 자체를 포기할 순 없었으니까.

"저희는 신관실에 있겠습니다."

뱅자맹이 가나엘을 데리고 물러갔다. 신전 뒤쪽에는 신관이 성사를 준비하거나 휴식을 취할 때 쓰는 공간이 있었는데, 그곳에서 나를 기다릴 모양이었다. 나는 두 사람의 뒷모습을 바라보다가, 그들이 완전히 모습을 감추자 고해소 문고리에 팻말을 걸었다.

'신관이 부재중입니다'

이러면 고백자는 아무도 들어오지 않겠지. 나는 입을 꾹 다물고 고해소 안으로 몸을 집어넣었다. 온종일 그 망할 꼬맹이를 기다려볼 심산이었다. 안 오면 어쩔 수 없지만, 그때 그 녀석의 태도는… 이곳을 처음 방문한 사람 같지 않았다. 드나드는 비밀통로가 있는 것도 분명했다.

서클을 펼치면 다칠 일도 없고, 접촉을 피하면 기절할 일도 없다. 뭐 하는 꼬마인지는 몰라도, 은서의 허리께밖에 안 오는 놈이 골골거리면서 황궁을 헤매는 꼴을 가만히 두고 볼 순 없었다.

* * *

차이점은 이렇다. 쥘리에트 궁에 있는 내 방은 대학 캠퍼스의 중앙도서관과 비슷하다. 바깥에 벚꽃이 피기 시작하는데 나는 실내에서 공부를 해야 한다는 점이, 그리고 뱅자맹과 가나엘을 비롯한 시종들이 종종 출입하면서 백색 소음을 내준다는 점이 그렇다.

반면 황궁 신전의 고해소는, 은서가 작년까지 다니던 프리미엄 독서실 같은 느낌이다. 좁고 어둑어둑하긴 하지만 의자가 편하고 파티션이 있다는 점. 소음이라곤 내 숨소리와 옷 스치는 소리밖에 없어서 잠이 엄청 온다는 점이 유사하다. 이놈의 꼬맹이, 왜 안 와. 오늘은 나가린가?

"'에테르의 흐름을 조절하는 것은 단순하다면 단순하고, 까다롭다면 까다로운 행위이다. 가장 간단한 훈련법은 우선 서클의 크기를 자유자재로 바꾸어…' 역시 그건가."

나는 졸음을 쫓기 위해 방에서 챙겨온 교과서를 소리 내어 읽었다. 요즘은 내가 로판에 들어온 건지, 학원물에 들어온 건지 헷갈릴 때가 있다. 최근에 추가된 고해 성사를 제외하면 내가 황궁에서 하는 일이라곤 자고, 밥 먹고, 공부하는 것밖에 없으니까.

물론 그게 싫다는 건 아니다. 팔자에도 없는 연애에 휩쓸렸다가 죽는 것보단 가늘고 조용히, 사치스러운 고시생처럼 사는 게 백번 천번 낫다. 그러다 보면 집에도 갈 수 있을 거고.

서브 남주가 파업하면 생기는 일 1

바닥을 내려다보았다. 널찍하게 펼쳐져 고해소 밖으로 잔뜩 삐져나간 내 서클이 보였다. 과외 첫날, 자신의 성소 크기를 마음대로 늘렸다 줄였다 하며 나를 압박하던 추기경의 모습이 떠올랐다. 한번 해보자; 어차피 기다리면서 할 일도 없는데. 나는 크게 숨을 들이켰다가 내쉬었다. 정신을 한데 모으고, 에테르 수도꼭지를 절반 정도 잠근다고 상상하며 힘을 뺐다.

–츠츠츠⋯

성소는 마치 의식이 있는 존재처럼, 살짝 머뭇거리는 기색을 보이다가 천천히 작아졌다. 광원의 직경이 줄어들자, 그늘 없이 환하던 고해소 안이 무드 등을 켜둔 듯 어스름해졌다.

"이게 되네."

또 쉽게 성공했다. 나는 고개를 갸웃했다. 에테르를 다루는 일에 한해서라면, 내가 의도하는 모든 게 상당히 수월하게 진행된다는 느낌이 들었다. 암살자 쌍둥이를 상대할 때도 그랬고, 고해 성사가 잘 풀릴 때도 그랬다. 다른 신관들도 이런가?

어제 뱅자맹에게 듣기로 황궁에 상주하는 신관은 나와 부티에 추기경뿐이라고 했다. 그나마도 정식으로 발령받은 건 나 하나고, 추기경은 황제의 반려 자격으로 머무는 것이란다. 그럼 주변에 말을 섞어볼 신관이 추기경밖에 없는데, 그녀는 세기의 천재라고 불리던 사람이니 적절한 비교 대상이 아닌 것 같았다.

뭐, 잘하는 게 있으면 좋은 거지. 나쁘게 해석할 이유가 없었으므로 나는 긍정적인 태도를 유지했다. 슬슬 출출해서, 책을 덮고 뱅자맹이 챙겨준 피크닉 바구니를 열었다. 이걸 보면 고해소에 살림

차렸냐고 욕할 사람들도 있겠지만, 난 배고프면 집중력이 떨어지는 인간이라 어쩔 수가 없었다.

"여기다 넣어줬구나."

어제 가나엘에게 부탁해 놓은 해열제와 소화제가 바구니 한쪽에 자리 잡고 있었다. 동그란 약통에 든 건 정체를 알 수 없어서 뚜껑을 열고 냄새를 맡았다. 찡한 약초 내음이 났다. 찰과상 같은 데 바르는 것 같았다.

먹을 것도 있고, 차도 두 병이나 있고, 약도 있는데. 몇 시간째 아이는커녕 개미 한 마리도 고해소를 방문하지 않는다. 조금 있으면 저녁 시간이니 30분만 더 기다려보고 오늘은 철수할까 싶었다.

"와, 진짜 미쳤다."

그 와중에 한입 깨문 칼리송이 너무 맛있었다. 나는 거침없이 육성을 토해냈다. 과자에서 과일 맛이 나네. 멜론이 들어간 건가? 여기에 은행잎차를 한 모금 머금으니, 차의 쌉싸름한 끝맛이 달콤함을 잡아주는 게 아주 환상적이었다.

과자와 차에 번갈아 입을 대다, 문득 내 시선이 고해소 왼쪽에 달린 줄을 향했다. 그저께 소년이 던진 단도에 끄트머리가 잘린 모습 그대로였다. 나는 군것질을 멈추고 오른쪽으로 눈을 돌렸다. 칼에 뚫려 구석이 휑한 나무창이 보였다.

그제야 위화감이 들었다. 고해소가 이 지경인데 엘리자베트 경은 왜 별말이 없었던 거지? 설마 아직 모르는 건가? 하지만 왕자가 쓰러졌는데 주변 수색을 하지 않았다는 건 납득하기 어려웠다. 건강 문제나 신력 문제로 실신했다 여겼을 수도 있겠으나, 혼자 있던 사람이 무슨 일을 당했을지 모르는 상황 아닌가.

　부근위대장인 엘리자베트 경이 근처를 둘러보지 않았을 리 없었다. 혹시 알면서도 묻은 건가? 나는 내 생각에 흠칫하며 몸을 굳혔다. 고해소에 칼자국이 있는 걸 모른 척했다고? 왜?

　-똑똑

　기습적인 노크에 나는 다시 한번 식겁했다. 옆 칸에서 나는 소리가 아니라, 내가 있는 자리의 문을 두드리는 소리였다.

　"저기, 안에 계시는지요?"

　낯선 여인의 음성이 들렸다. 나는 어째야 할까 잠깐 고민하다가 문을 열었다. 문밖에 있던 여성은 30대 중후반으로 보였다. 나와 눈이 마주치자, 그녀는 깜짝 놀라 듬직한 체구를 한껏 숙였다.

　"아이고, 귀하신 분을 뵙습니다. 저, 저는 설마, 정말 왕자님이 계실 거라고는…"

　"괜찮습니다. 그런데 제가 안에 있는 줄은 어떻게…"

　들어올 때 분명 '신관이 부재중입니다' 팻말을 걸어놨는데.

　"그게, 바닥에 이것이 보여서…"

　나는 그녀의 손가락을 따라 고개를 내렸다. 조금 전 한껏 줄여놓았던 서클이, 어느새 훌쩍 커져 고해소 밖으로 넘치고 있었다. 칼리송이 너무 맛있어서 주체가 안 됐던 모양이다…

　"아, 그랬죠. 네. 고해받고 있습니다. 식사는 하셨어요?"

　나는 민망해져서 아무 말이나 주워섬겼다.

* * *

"황공합니다, 왕자님. 저 같은 것에게 황실의 음식을 주시다니…여, 영성체로 여기겠습니다."

영성체가 뭐더라. 신자에게 먹을 것을 주는 성사가 있었는데, 아마 그와 관련된 이야기 같았다. 정확히 어떤 의미로 무엇을 언제 주는 건지는 기억이 흐릿했다. 이것도 제대로 공부해야겠네.

"차도 있습니다."

나는 여인에게 칼리송을 서너 개 건네고, 가나엘이 챙겨준 조그만 잔에 은행잎차를 따랐다. 부서진 나무창 틈으로 잔을 내미니 그녀가 황급히 받아들었다. 손끝이 바들바들 떨리는 것이 보였다.

"여, 영광입니다, 평생 잊지 않겠습니다. 세상에나…"

"편하게 드세요."

어차피 혼자 먹으려고 가져온 것도 아니었다. 나는 여인이 천천히 과자를 깨무는 소리를 들으며 고해가 시작되기를 기다렸다. 이윽고 찻물로 입을 적신 그녀가 운을 뗐다.

"흠흠, 마지막, 마지막 고해는 10년… 아니, 12년 전인 것 같습니다."

"네, 말씀하세요."

"저는 남편과 함께 황궁 뒷산의 산지기로 일하고 있습니다. 황제 폐하의 은혜로 일이 고되지는 않죠. 가끔 위험한 산짐승이 보이면 잡아 없애고, 나무들 사이에 병이 돌지는 않나 살피고, 수상쩍은 것이 있으면 근위대원 나리들에게 보고도 하고, 그렇습니다."

"황궁 뒷산이면, 쥘리에트 궁 뒤에 있는 산을 말씀하시는 건가요?"

"네, 네."

나는 내 방 뒤편, 연무장 너머 보이는 산을 떠올렸다. 처음 봤을 때는 '여기 산 있어서 여름에 모기 많겠네' 정도의 생각만 했는데, 산지기까지 있는 곳인 줄은 몰랐다.

"그런데 얼마 전에 마수로 보이는 짐승들이 출몰해서, 저희 부부가 겁을 주고 내쫓은 적이 있었습니다."

"마수가요?"

놀란 내 목소리가 일순 커졌다. 무슨 북한산 인근도 아니고, 이제 야생동물 출현까지 걱정해야 돼?

"아주 드문 일은 아닙니다. 큰 산맥에서 뻗어 나온 작은 산이다 보니, 어쩌다 그쪽 능선을 타고 오는 놈들이 있지요. 황궁 주변으로는 강한 결계가 쳐져 있어서 위험한 놈들은 못 오고, 결계에 걸리지도 않는 토끼만 한 놈들이 잊을 만하면 보이는 정돕니다."

"허어…"

안도의 한숨이 절로 나왔다. 남의 연애사에 끼어 죽는 것도 억울하지만, 산책하다가 멧돼지에게 물려 죽는 건 더 날벼락 같았다.

"아무튼, 그런 일이 있었는데… 이 쪼끄만 놈들이 도망갔다가도 다시 나타나고, 또 나타나길 반복했습니다. 다른 짐승들한테 먹히지도 않았는지, 고것들이 계속 알짱거리는 것이 영 신경 쓰여서… 그래서 며칠 전에는 불을 피워 쫓아냈지요."

책에서 본 적이 있었다. 마수들은 다양한 능력을 지니고 있지만, 물과 불을 무서워하니 그 점을 적절히 이용하면 쉽게 사냥할 수 있다고 했다.

"그 뒤로는 보이지 않기에 잊고 지냈습니다. 그런데 오늘, 황궁에서 목수들과 이야기를 하다가… 혹시 그놈들이 신수가 아니냐는 말을 들었습니다."

"신수神獸요?"

마수 관련 서적에 덤으로 딸려 오듯 쓰여있었던 구절이 떠올랐다.

'예로부터 신수가 나타나면, 신력을 지닌 자가 이끌어 신물에 이르게 하였다.'

대충 그런 느낌이었던 것 같다. 신수의 모습을 참고할 만한 삽화도 없어, 나는 그게 그저 구전설화 같은 거라 생각하고 있었다.

"예, 신국 왕자님이 오신 뒤로 쥘리에트 궁 시종들이 매일 좋은 꿈만 꾼다는데, 신수라면 그런 기운을 얻어가기 위해 걸음하지 않겠느냐고 하더군요."

"하하…"

그놈의 꿈 타령이 1절에서 그치지 않고 황궁 구석구석으로 퍼졌다는 소식에 두 뺨이 화끈거렸다. 시종들이 어리다고 아부하는 걸 내버려둬선 안 되는 거였나 보다. 조기 교육이 이래서 중요한데.

"저, 저도 왕자님이 오신 뒤로는 꿈도 꾸지 않고 푹 자거나, 길몽을 꾸곤 합니다. 20년을 산지기로 살았지만 그렇게 생긴 마수는 처음 보기도 했고요. 사람을 유독 따르는 것이, 과연 신수인가 싶기도 해서…"

여인, 아녜스의 목소리가 점점 작아졌다.

"그래서 용서를 받고자 왔습니다. 신수를 괴롭힌 죄는 중하다고, 막심이 그런 말을 했습니다. 남편은 아닐 거라고 했지만요."

막심? 내 팻말 만들어 준 목수 이름 아닌가?

[그, 음. 일단 작은 동물들을 해치지 않고 내보낸 점은 잘하셨습니다. 주신께서도 어여쁘게 보셨을 겁니다.]

"가, 감사합니다, 왕자님."

[만약 신수라고 해도, 산지기 내외분께서 달리 하실 수 있는 일은 없었을 거예요. 신수는 신력을 지닌 자가 아니면 길들이지 못합니다. 그러니…]

갑자기 말을 지어내려니 레퍼토리가 딸렸다. 서브 남주 때려치우고 전문직으로 사는 것도 쉬운 일이 아니었다.

[용서해 드리겠습니다. 황궁의 안위를 위해 하신 일임을 알고 있으니까요. 다음에 또 이런 일이 생기면, 그때는 반드시 황실 근위대에 가장 먼저 알려주세요. 부근위대장인 엘리자베트 경에게 제 말을 전하셔도 좋습니다. 이것이 제 보속입니다.]

내 말에 아녜스는 연신 고맙다는 말을 중얼거렸다. 환한 빛 속에서, 그녀가 조금 우는 것 같기도 했다.

* * *

고해소에서 네 시간이나 기다렸지만, 초면에 칼을 던지고 내 에테르까지 훔쳐 간 꼬맹이는 코빼기도 비추지 않았다. 오늘 나의 처음이자 마지막 손님은 아녜스였다.

"마수에 관한 책은 많은데."

그래서 지금의 나는 잠옷 차림으로 테이블 앞에 서있었다. 방으로 돌아와 뱅자맹, 가나엘과 저녁을 먹고, 씻고 나와 새로운 책을 살펴보는 중이었다. 꼬마와는 장기전으로 갈 것 같으니, 쉴 때는 평소처럼 내 공부에 집중하는 게 나았다.

"신수에 관한 책은 거의 없네."

진짜 전설 속의 동물 같은 건가. 차라리 그쪽이라면 아녜스도 마음이 편할 것 같았다.

-팔락, 팔락

커튼이 펄렁이는 소리가 났다. 바람에 책장이 사락사락 넘어갔다. 매일 저녁이면 가나엘이 와서 문단속을 하곤 했는데, 오늘은 웬일로 발코니 문이 활짝 열려있었다.

"깜빡했나 보다."

나는 직접 발코니 쪽으로 움직여 문을 닫고 커튼을 쳤다. 그래도 춥진 않았다. 한국은 봄에도 제법 쌀쌀한 날이 많았지만, 이곳은 3월부터 쭉 따뜻하기만 했다.

"그대의 시종은 할 일을 했어."

…뭐?

"그만한 에테르를 지녔으면서, 둔하기 짝이 없군."

낭랑한 목소리에, 나는 천천히 뒤를 돌았다. 온몸이 삐걱거리는 기분이 들었다. 시야에 작은 몸이 가득 들어찼다. 빛을 받아도 먹물처럼 검은 머리와, 빛으로 더욱 선명해진 주황색 눈동자. 그 망할 꼬맹이가, 내 방 한복판에 서있었다.

"너…"

나는 입을 뗌과 동시에 서클을 전개했다. 황금빛 원이 환한 실내를 더욱 밝게 비쳤다. 소년은 자신의 발밑을 감싼 성소를 묵묵히 내려다보고 있었다.

"여긴 어떻게 들어왔어?"

"…"

나는 질문을 던지며 녀석의 상태를 살폈다. 확실히 그날보다는 나아 보였다. 이마에 식은땀이 맺혀있고, 숨이 조금 가쁘긴 해도 그때처럼 바닥에 쓰러질 것 같지는 않았다.

"또 에테르 훔치려고 온 거야?"

그 말에 소년이 눈을 들어 나와 똑바로 시선을 마주했다. 오연한 눈빛이었다.

"훔친 적은 없는데."

"내 의사는 묻지도 않고 빼갔는데 그게 훔친 거지, 그럼."

아이가 코웃음을 쳤다. 나는 경계를 늦추지 않으면서도, 벌써부터 인성이 이 모양인데 크면 아주 볼만하겠다는 생각을 했다.

"너, 무슨 죄라도 지었어? 도망 다니는 거야?"

"…"

소년은 나를 가만히 응시하더니, 가볍게 한숨을 쉬고는 조금 전까지 내가 보고 있던 테이블 앞으로 가서 앉았다. 그 움직임이 군더더기 없이 매끄럽고 고상해, 순간 이곳이 내 방이 아니라 저 녀석의 방인 것처럼 느껴졌다.

"서클로 에테르를 풀어."

…지금 명령하는 건가?

"내가 왜."

"또 실신하길 원하나?"

"허…"

나는 꼬마의 당당함에 기가 차서 일순 할 말을 잃었다. 내가 빤히 바라보는데도 아이는 그 자리가 제 자리라는 양 꼿꼿하게 앉아 눈을 피하지 않았다. 협박범 주제에 기세가 너무 등등했다. 아무래도 강하게 나가야 할 것 같았다.

"묻는 말에 대답하는 게 좋아. 신탁으로 발 묶어놓고 시종들 부르기 전에."

"…"

"너 지금도 상태 안 좋잖아. 에테르 받으러 온 거면 공손하게 굴어야지."

내가 단호하게 말했다. 소년의 미간이 작게 찌푸려졌다. 은서는 대체로 순한 꼬마였지만, 대여섯 살 무렵에는 그 나이대 아이들이 으레 그러하듯 원하는 것을 얻어내기 위해 생떼를 쓰곤 했다. 그럴 때 순순히 바람을 들어주면 아이는 버릇만 나빠질 뿐이었다.

무시도 해보고, 달래도 봤지만 역시 가장 좋은 방법은 동생에게 질서를 요구하는 것이었다. 네가 바라는 게 있으면, 예의를 지켜서 부탁해. 그럼 나도 귀 기울여 들을게. 그게 우리 규칙이야.

"황궁에 내가 가지 못할 곳은 없어."

아이가 굳게 다물려 있던 입을 열었다. '여긴 어떻게 들어왔어?'라는 질문에 대한 답인 모양이었다. 만족할 만한 대답은 아니었지만, 나는 보상을 주듯 서클을 통해 에테르를 서서히 흘려보냈다. 이미지를 어떻게 잡아야 할까 고민하다가, 뜨개실을 조금씩 풀어내는 상상을 하며 조절을 시도했다. 효과가 있었는지, 소년의 안색이

서브 남주가 파업하면 생기는 일 1

미미하게 풀어졌다.

"나는 범죄자도, 도망자도 아니야."

나는 한층 많은 에테르를 흘려냈다. 대충, 뜨개실을 네 바퀴 정도
더 풀어내는 느낌으로.

"그러면 널 도와준다고 내게 해가 되는 건 없겠네."

"장담하지."

어쭈. 반쯤 농담처럼 던진 말에 녀석이 진지하게 반응했다. 당연
히 그 말을 믿지는 않았다. 떳떳한 녀석이 황궁 신전 고해소에 그렇
게 숨어들고, 왕자의 방에 발코니를 통해 쳐들어올 리가 없으니까.
하지만 궁의 내부를 훤히 알고 있는 게, 평범한 도둑이나 말썽쟁이
같지도 않았다.

"뭐, 귀족이나 황족쯤 되나 보다?"

"…"

아이가 입을 조개처럼 딱 닫았다. 오렌지색 눈이 고집스레 빛을
냈다. 그래, 애가 저런 반응일 때는 우리 형이 와도 대답 못 듣지.
나는 고개를 설레설레 저으며 다른 질문을 골랐다.

세드리크 황자는 외동이었고, 현재 황궁에 기거하는 황족은 황제
와 황자 둘뿐이니 아마 그 집안은 아닐 것이다. '퇴계공'의 주인공
인 크리스텔에게도 저만한 남동생은 없다. 일단 큰 산 두 개는 피한
셈이었다.

"너도 신관이야?"

"아니."

이어진 내 물음에 아이가 즉답했다. 이건 의외였다. 에테르를

주고받는 것은 성직자들끼리만 가능했다. 에테르를 다루는 힘, 즉 신력을 지닌 사람이 신관이나 성기사가 아닌 경우는 거의 없다고 했다.

"그럼 네가 성기사라는…"

"마수와 신수에 관한 책은 왜 읽고 있지?"

아이가 날카롭게 내 말을 끊었다. 어느새 테이블 위의 서적을 살펴보는 눈매가 매서웠다. 쪼끄만 게 포스가 대단했다.

"아직 읽어보진 않았어. 뒷산에 마수가 나타났다는데, 그게 신수일지도 모른다고 하길래 궁금해서."

나는 천천히 아이 쪽으로 다가가 테이블 맞은편에 섰다. 산지기 아녜스의 이야기는 하지 않았다. 내가 아무리 짝퉁 신관이라지만, 고해 성사의 내용을 사방팔방 떠들고 다닐 정도로 이 역할을 가볍게 여기는 건 아니었다.

"…대화가 빠르겠군."

아이가 낮게 읊조렸다. 곧 놀라운 발언이 이어졌다.

"나는 황궁에 출몰한 신수를 신물로 이끌고 있어. 그대의 에테르를 필요로 했던 것도 그래서지."

'예로부터 신수가 나타나면, 신력을 지닌 자가 이끌어 신물에 이르게 하였다.'

제목도 기억나지 않는 책에서 본 구절이, 빠르게 뇌리를 스쳤다. 예상치 못한 연결고리의 등장이었다. 아니, 그 전에.

"신수가 진짜 있다고?"

"그래."

서브 남주가 파업하면 생기는 일 1

"뒷산에 나타났다는 게 황궁으로 내려온 거야?"

"정문으로 걸어 들어오진 않았겠지."

마른침이 꿀꺽 넘어갔다. 산지기 아녜스와, 목수 친구 막심의 추리가 옳았다. 그건 마수가 아니라 신수였던 것이다.

"전설 속의 동물인 줄 알았어. 자료도 거의 없다던데."

"신국의 왕자가 신수의 존재를 의심하는 건가?"

아이가 비웃듯이 말했다.

"너 그거 선입견이다. 신국 사람이라고 다 독실하진 않아."

"황도에서 가장 가까운 신물은 사르네즈 공작령에 있으니, 그곳으로 신수를 완전히 몰아낼 때까지는 그대가 협조하도록."

아이가 칼같이 말허리를 잘랐다. 잠깐, 잠깐만. 너무 많은 데이터가 한 번에 밀려들어 와 정신이 사나웠다. 나는 눈을 한 번 감았다가, 크게 심호흡을 한 후 다시 번쩍 떴다. 하나하나 정리하자, 천천히. 나는 한쪽 손을 들고 엄지손가락을 먼저 꼽았다.

"…그 신수를 네가 이끌고 있다고?"

"신수를 길들일 수 있는 건 신력을 가진 자뿐이지. 그대도 알 텐데."

그래, 이 녀석에게는 신력이 있으니까. 나는 작게 고개를 끄덕이고 검지를 구부렸다.

"황궁에는 추기경 전하도 계시잖아. 왜 네가 해?"

"전하께선 폐하의 곁을 떠나실 수 없다."

소년이 딱 부러지게 대꾸했다. 황제와 추기경, 두 사람은 '종교적 반려'가 되는 계약을 맺었다고 했다. 추기경이 황제의 반려 자격으로 황궁에 상주하고 있다는 뱅자맹의 설명이 떠올랐다. 영혼의 단짝이 된 두 사람은, 일정 거리 이상 멀어질 수 없는 모양이었다.

"세 번째. 사르네즈 공작령이라면, 크리스텔 드 사르네즈 공녀의 고향을 말하는 거야?"

아이가 대답하기도 귀찮다는 듯 턱만 살짝 까닥였다. 나는 그 조그마한 동작에도 위기감을 느꼈다. 내가 절대로 엮여서는 안 되는 이름이 튀어나오니 괜히 하늘을 올려다보게 됐다. 이건 작가의 농간인가? 내가 무슨 짓을 해도 그녀로부터, 원작의 전개로부터 도망칠 수 없다는 암시일까? 아니, 당황할 필요는 없었다. 빠져나갈 구멍은 여전히 차고 넘쳤다.

"신수를 거기까지 몰아가지 말고, 그냥 황궁에서 그냥 키우면 안 되나?"

사람을 잘 따른다며. 요즘 동물 나오는 웹소설 많던데. 나는 진심으로, 그쪽으로 노선을 트는 것도 나쁘지 않겠다고 생각했다. 크리스텔과 맞닥뜨리지 않을 수만 있다면.

"…신국에서 그대를 버린 이유를 알겠군."

그랬더니 이놈 자식이 눈과 입으로 동시에 욕을 했다.

"아니, 난 사르네즈 공작과 엮이고 싶지 않은 것뿐이라고. 조용히 지낼 생각이야."

"하."

소년은 아주 어이없는 말을 들었다는 듯 짧은 숨을 내뱉었다. 나는 잠깐 그동안의 내 행적을 돌이켜 보았다. 고해 성사를 받겠답시고 판을 좀 크게 키워놓은 건 인정하지만, 그렇게라도 비상구를 만

들어 놓지 않으면 꼼짝없이 무도회에 세워질 신세였다. 주인공 커플이 높은 확률로 참석할 행사에 얼굴을 비추는 모험을 할 순 없었다. 신관의 업무에 충실하면, 리에스테르 사교계에서 괜한 러브콜을 보낼 일도 줄어들 터였다.

"몰이는 내가 하니 공작령은 신경 쓸 필요 없어."

소년이 툭 내뱉었다. 나는 상념에서 깨어나 아이를 내려다보았다.

"그대는 내게 에테르만 제공하면 돼."

"…나야 좋지만. 넌 정말 괜찮겠어? 혼자 하는 거야?"

"나와 신수의 상성이 맞으니 도움은 불필요해."

상성이라니, 에테르도 그런 게 있나? 낯선 세상에 떨어지니 공부해야 할 게 끝도 없었다. 앞으로 한국 버리고 이민 가겠다는 소리는 농담으로라도 하지 말아야지, 젠장.

"그래도 다른 거, 필요한 게 있으면 언제든지 말해. 넌 에테르 고갈되면 상태가 너무 안 좋아지는 것 같은데. 신수 몰이에 그렇게까지 소모가 커?"

"…"

어느새 식은땀이 맺은 아이의 이마에, 나는 천천히 손을 가져다댔다. 열은 없었다. 안색이 조금 창백하긴 했지만 꼬마는 내 에테르를 받고 확실히 진정된 상태였다. 이렇게 어린 애가, 홀로 황궁과 황도를 누비고 사르네즈 공작령까지 간다니 마음이 영 편치 않았다.

"네 얘기, 정말 아무한테도 하면 안 되는 거냐?"

"함구하라고 했을 텐데."

5. 꼬마 손님

"추기경 전하께는 알려드려도 될 것 같아서. 네가 그런 일 하는 거 알면 어떤 식으로든 보탬이 돼주시지 않을까 싶어서 그래."

아이는 말없이 손을 뻗어, 테이블 한편에 놓인 목함의 뚜껑을 열었다. 딴짓을 하는 걸 보니 또 대답하기 싫은 모양이었다. 상자 안에는 며칠 전 세드리크 황자가 선물로 보낸 세이지 찻잎이 가득했다.

"손도 안 댔군."

"그게 귀한 거라더라. 그래서 궁 사람들한테 조금씩 나눠주려고."

어차피 혼자 다 못 마신다는 내 말에 소년이 살포시 인상을 썼다.

"너도 좀 챙겨줄까?"

아이의 오렌지색 눈동자가 어째 불만스러워 보였다. 그제야 목이 마르겠다는 생각이 들어, 나는 물병을 가져와 빈 컵에 물을 따라주었다.

"밥은 챙기고 다니는 거지? 잘 먹어야 나중에 키 큰다, 형처럼."

"…"

무시하는 건지 답을 안 하겠다는 건지 알 수 없었다. 나는 상자 옆 유리 볼을 가득 채운 다리올을 한 움큼 집어, 깨끗한 손수건으로 싸맸다.

"이건 당 떨어질 때 먹어."

내가 언제든 맛있게 먹을 수 있도록, 가나엘이 종이로 낱개 포장을 해둔 것이었다. 아이는 내게 꾸러미를 받고 묘한 얼굴을 했다.

"어?"

그때, 아이의 몸에서 반딧불 같은 황금빛 알갱이가 동동 떠오르기 시작했다. 나는 당황해서 재깍 성소를 해제했다. 내 탓인가 싶어 가슴이 조금 철렁했다.

"갈 때가 됐군."

정작 당사자는 아무렇지 않아 보였다. 소년은 소리 없이 움직여 발코니 문을 열고는, 순식간에 난간 위로 뛰어올랐다. 직접 보지 않았다면 인지조차 하지 못했을 몸놀림이었다. 나는 재빨리 발코니 입구로 발을 움직였다.

"앞으로 또 볼 거면, 이름은 알려주고 가야지."

그러자 소년이 고개를 돌려 나를 빤히 내려다보았다. 올려다보니 색다른 느낌을 주는 얼굴이었다. 달빛을 받은 흑발이 별과 어우러져 한없이 고고한 가운데, 주황색 눈동자는 밤에 뜬 해처럼 붉었다. 시선이 길게 교차했다.

"…세이디."

그렇게 말한 뒤, 소년은 어둠 속으로 몸을 던졌다.

* * *

"이게 다 뭐예요?"

다음 날 아침, 나는 쥘리에트 궁의 정문까지 끌려 나와 시종들의 호들갑을 맞아야 했다. 커다란 수레에 정체 모를 짐이 한가득했다.

"세드리크 황자 전하께서 내리신 하사품입니다. 쥘리에트 궁 시종들의 노고를 치하하는 의미로, 모두에게 귀한 찻잎을 한 상자씩 선물하신다고 합니다."

뱅자맹이 은은하게 웃으며 설명했다. 가나엘의 손에 들린 것을 보니 내가 받은 상자의 10분의 1 정도 되는 크기였다. 뚜껑을 열자 시원하고 톡 쏘는, 언뜻 민트 같은 향이 배어 나왔다. 또 세이지 차인 모양이었다.

"요즘 꽂혔나 보네."

내 중얼거림에 가나엘이 크게 웃었다. 사람이 안 하던 짓을 하면 죽는다던데, 황자는 남주니까 죽을 일은 없겠다고 생각하며 나는 다시 침대로 향했다. 모두가 떠들썩하게 모여 방실거리는 모습이 보기 좋기는 했다.

"세드리크 리에스테르! 또 내 검 부러뜨리기만 해 봐!"

황실의 부근위대장, 엘리자베트 무테가 큰 발소리를 내며 남자의 뒤를 쫓았다. 황자가 지내는 로메로 궁의 복도에는 시종과 호위가 쥘리에트 궁의 배 이상으로 많았다. 그러나 누구도 황자의 이름을 함부로 부르는 그녀를 보고 놀라지 않았다. 그저 늘 있었던 일이 또 일어나는구나, 하는 얼굴로 그들을 향해 고개를 조아릴 뿐이었다.

"에테르가 넘친다고 동네방네 자랑을 하지 그래?"

그녀가 참았던 화를 터뜨린 것도 당연했다. 요즘 황자의 몸 상태는 눈에 띄게 좋았다. 그는 대련 중 '힘'을 조절하지 못하고 상대의 검을 부러뜨리거나, 옷깃을 불태우곤 했다. 오랜 에테르 고갈로 골골거리던 시절을 생각하면 무척 긍정적인 변화였다. 하지만 엘리자베트는 벌써 다섯 개째 동강 난 자신의 검과, 소매가 그을린 여섯 벌의 제복을 떠올리면 마냥 웃을 수가 없었다.

"다비드, 커피."

"준비하겠습니다, 전하."

"저는 주스로 부탁드립니다."

"예, 소백작님."

황자는 친우의 궁얼거림에 일일이 반응하는 대신, 시종인 다비드 카퓌송을 불러 커피를 부탁했다. 그러자 엘리자베트가 재빨리 말을 얹었다. 세드리크에게서는 어차피 제대로 된 사과도, 대답도 얻을 수 없겠지만 그의 시종이 주는 주스는 시원하고 맛있었다. 두 사람은 황자의 응접실에 편히 자리를 잡았다.

"어제 예서 왕자님이 나한테 물으시더라. 고해소 나무창 부서진 거 알고 있었냐고. 줄도 끊어져 있대."

"…"

엘리자베트는 카퓌송이 가져다준 파인애플주스를 단숨에 절반 넘게 비워냈다. 대련으로 땀이 맺힌 이마와 목덜미는 재킷을 벗어 벅벅 닦았다. 단정한 올리브색 단발머리가 마구 헝클어졌지만 그녀도, 황자도 신경 쓰지 않았다.

"오래된 신전이라 원래 그런 줄 알았다고, 안 그래도 보수 신청할 참이었다고 둘러댔어. 나 거짓말 못 하는 거 알지? 얼굴에 티 다 났을 텐데, 왕자님이 그냥 넘어가시더라."

그녀의 회색 눈동자가 짜증을 담아 황자를 노려보았다. 남자는 여전히 무표정했다.

"그분한테 또 허언하긴 싫어. 자중해."

무성하던 소문과 달리, 예서 왕자는 성정이 순하고 다른 사람의 이야기에도 곧잘 귀를 기울였다. 말로만 해도 들었을 것을 단도를 던져가며 위협했다니 기가 막혔다. 어딜 가도 표가 나는 성격인 건 익히 알았지만, 그 꼴이 되어서도 성질을 못 죽일 줄은 몰랐다.

"차라리 그냥 털어놓는 건 어때? 매일 도움 받을 판인데."

"매일은 아니야."

남자가 드디어 입을 열었다. 주황색 눈동자가 불쾌한 기색을 내 비쳤다.

"왜, 자존심 상해서? 너도 참…"

엘리자베트는 혀를 차며 다시 주스 잔에 고개를 묻었다. 세드리 크는 커피에 입도 대지 않은 채로 생각에 잠겼다. 예서 왕자에게 저 의 사정을 터놓는 것은 애초에 고려할 주제도 되지 못했다.

자신은 황자였고, 곧 약혼이 성사되면 '정치적 반려'의 배경을 등 에 업고 황태자 위位에 오를 예정이었다. 제국의 기밀에 해당하는 몸 상태를 '볼모'에게 알릴 수는 없었다. 비록 왕자가 신국으로부터 목 숨의 위협을 받고, 제국에 홀로 된 신세라고 해도 그랬다. 다만…

"공작령이 이상하더군."

"뭐가?"

엘리자베트가 탁자에 잔을 내려놓았다. 황자가 괜히 말을 돌리는 게 아니라는 걸 눈치챘는지 목소리가 나직했다.

"신수를 이끌고 황도와 사르네즈의 경계까지 넘어봤지만, 그 짐 승들은 신물의 방향을 감지하지 못했어."

"…영주성에 더 가까이 가야 하나?"

세드리크는 말없이 고개를 기울였다. 예서 왕자의 말대로, 신수 에 관한 기록이나 정보는 많지 않았다. 황실 서고의 가장 은밀한 곳을 뒤져도 큰 소득은 없었다.

하지만 신수가 멀리서도 신물의 기운을 알아차릴 수 있으며, 본능적으로 신물이 있는 곳을 향한다는 것은 확실했다. 신수는 하늘이 신물을 지키기 위해 내려보낸 '주신의 사자使者'라고 불렸다. 그렇다면 사르네즈 공작가가 대대로 보호하고 있는 신물, '창해의 축복' 또한 신수를 끌어들이는 기운을 발산해야 옳았다.

그런데 그 작은 신수들은, 공작령에 이르러서도 특이한 반응 없이 그저 황자의 발치를 맴돌 뿐이었다. 떨어뜨려 놓으면 알아서 신물을 찾아갈 것이라 여기고 말을 돌렸건만, 세드리크가 황궁으로 돌아올 때까지도 신수들은 그의 뒤꽁무니를 떠나지 않았다. 곤란했다.

"혹시 그 신물도 도둑맞은 건 아니겠지?"

엘리자베트가 심각하게 중얼거렸다. 그녀는 얼마 전까지만 해도 난리였던 '경계의 신전' 도난 사건을 상기했다.

"신물만을 노려서 훔치는 괴도가 등장했다거나."

"허튼소리."

황자는 한숨 같은 말로 소백작의 망상을 끊어냈다. 일단은, 그녀의 말대로 사르네즈 영주성에 근접한 곳까지 신수를 데려다 놓아야 할 것 같았다. 어쩌면 신수들은 생각보다 멍청해서, 신물이 코앞에 있어야만 제 몫을 해내는 부류일지도 몰랐다. 신물이 사라졌을지도 모른다는 가설은 억측에 불과했다. 아니, 억측이어야만 했다.

"내게는 그 신물이 필요해."

그것은 일종의 결의였다. 황자의 말에 엘리자베트는 가만히 고개를 끄덕였다. 사르네즈 공작가와의 약혼은 세드리크에게 여러모로 큰 도움이 될 터였다. 특히, 그 집안의 신물이 그에게 예물로 주어질 것이라는 점에서 그랬다. '창해의 축복'은 그의 만성적인 에테르 고갈도, 주체할 수 없는 '힘'도 해결해 줄 최적의 보물이었다.

"그래도 신력 쓸 때 기분 좋지 않아? 해방감이 든다고 하던데. 자유로운 기분이라고."

세드리크는 코웃음을 쳤다. 왕자의 에테르를 받아, 처음으로 만끽해 본 자신의 능력이 싫었다면 거짓말이었다. 그렇지만 그것을 누리기 위해 성가신 일을 늘릴 생각은 전혀 없었다. '힘'은, 크리스텔 드 사르네즈와 혼약을 맺으면 어차피 사라질 잔재주였다. 황자가 시종을 다시 불렀다. 그는 식어버린 커피를 물리고 세이지 차를 요청했다.

* * *

"잘 먹겠습니다."

"많이 들렴. 주방에도 잘 일러두었어."

겸연쩍은 웃음이 났다. 나는 부티에 추기경이 포크를 드는 것을 확인한 뒤 후딱 나이프를 쥐었다. 오찬 메뉴가 그야말로 환상적이었다. 높으신 분한테 가르침을 받는 게 이렇게 좋은 일인지 미처 몰랐다. 집무실 바닥을 쓸다시피 하며 구른 보람이 있었다.

"성기사를 다시 만나보고 싶다면 교황청에 연통을 넣어줄 수도 있단다."

추기경이 잘 구워진 아스파라거스를 썰며 말했다. 나는 부지런히 오리고기를 씹다가 반짝 고개를 들었다.

"물론 그 아이도 성기사였지만, 좋은 대화를 나누지는 못했을 테니."

여기서 말하는 '그 아이'란, 내 목숨을 노렸던 암살자 쌍둥이 중 하나인 '페터르'를 의미했다. 싱키는 신관이었고 페터르는 성기사였다. 수업이 끝날 무렵 내가 성기사에 관한 질문을 했는데, 그 이야기의 연장선인 것 같았다.

"네. 그래도 그 녀석의 능력이 뭐였는지는 알겠습니다. '공기'겠죠."

"그래."

그녀가 대답했다. 나는 조금 전 배운 내용을 복기했다.

'주신의 권능'인 에테르를 가장 순수한 형태로 지닌 신관과 달리, 성기사는 에테르를 네 가지의 특수 형태로 변형해 사용하는 집단이었다. 네 가지라고 할 때부터 대충 예상은 했지만, '퇴계공'의 작가는 물, 불, 공기, 대지의 능력을 성기사 설정에 끼워 넣었다. 사원소설四原素說에서 영감을 얻은 듯했다. 페터르는 나를 질식시키고자 했으니, 그놈의 능력은 두 번 생각할 것도 없이 '공기'였다.

"약속을 잡을 필요까진 없을 것 같습니다. 살다 보면 또 만나게 되지 않을까요?"

"응, 그건 맞는 말이야."

내 말에 추기경이 빙그레 웃으며 접시로 시선을 돌렸다. 나는 물

마리니에르의 소스에 빵을 찍으며 생각의 꼬리를 물었다. 성기사는 죽을 때까지 단 한 가지 속성의 특수 에테르를 지니는데, 능력의 수준 차이에 따라 소모되는 에테르의 양도 천차만별이라고 했다. 어젯밤에도 내 방에 들렀던 꼬마가 자연스레 떠올랐다. 신관이 아니면 성기사냐고 재차 묻는 말에 세이디스는 묵묵했다.

"성기사나 신관이, 에테르가 고갈될 때까지 신력을 쓸 일이 많은가요?"

"신관에겐 드문 일이지."

추기경이 단호하게 말했다.

"치유력을 과하게 사용하는 경우가 아니라면 신관이 에테르를 바닥낼 일은 거의 없어."

"그렇군요."

"음, 왕자님이라는 예외가 있기는 하구나."

"하하하…"

그건 내가 많이 쓴 게 아니라 어느 집 아들놈이 훔쳐 간 거였는데.

"하지만 성기사는 달라. 특수 에테르가 존재 자체로 신력을 갉아먹는 데다, 몸 밖으로 발현되면서 한 번 더 신력을 시험하거든. 성기사는 신관을 보호하는 역할을 수행하니 그렇지 않아도 능력을 쓸 일이 많은데 말이야."

추기경이 눈썹을 조금 늘어뜨렸다. 어딘가 난감해 보이는 미소였다.

"성기사와 신관이 한 쌍으로 다니는 이유도, 안정적인 에테르 수급을 위해서란다."

그러니까, 효율이 떨어진다는 소리였다. 나 같은 신관은 순수 에 테르를 운용하니 상관없지만, 성기사는 에테르를 물이나 불 따위의 형태로 바꿔서 사용하다 보니 자원이 갑절로 드는 모양이었다.

"전하, 성기사는 신국에서만 태어나는 것으로 아는데요."

내가 질의를 이어갔다. 세이디가 성기사일 것이라고 속단하지 못 하는 이유도 이것이었다. 이곳은 신국과 너무나도 멀리 떨어진, 리 에스테르 제국의 심장이었다.

"실제로는 어떤지 모르겠지만, 책엔 그렇게 쓰여있었습니다. '신 관은 대륙의 어디서든 첫울음을 낸다. 주신께서 인간을 굽어살피시 기 때문이다. 그러나 성기사는 신의 땅에서만 눈을 뜬다'…"

"'그가 생명으로 주신을 방비해야 하기 때문이다.'"

추기경이 속삭이듯 문장을 완성했다. 마주친 그녀의 눈동자가 비 밀스러워 보였다.

-똑똑

"들어와."

나는 멍하니 눈길을 마주하다 퍼뜩 정신을 차렸다. 눈을 돌리니, 식당으로 들어서는 추기경의 시종이 보였다.

"식사 중에 죄송합니다, 전하. 왕자님."

"괜찮아. 무슨 일일까?"

"황제 폐하께서 봄 무도회 초대장을 보내셨습니다. 황명을 받들 어 즉시 전달해 드리고자 합니다."

"그렇구나, 벌써 그게 올 때가 됐네. 고마워."

아, 드디어 그것이 왔구나. 어차피 갈 일은 없지만 괜히 심장이

서브 남주가 파업하면 생기는 일 1

벌렁거렸다. 내가 황제궁에 와있다는 사실을 알고 이쪽으로 초대장을 보낸 것도 새삼 놀라웠다. 추기경이 자신의 초대장을 열어보는 사이, 시종은 내 몫의 종이를 은쟁반에 받들고 다가왔다.

"이것이 왕자님께 온 초대장입니다. 여기, 사르네즈 공작 부인의 서신도 있습니다."

"네?"

체리색 실링 왁스로 찍힌 황제의 문장을 구경하던 나는 두 귀를 의심했다.

"저한테요?"

"예, '고귀하신 에서 페네티안 왕자님께 드리는 글'이라고 쓰여있습니다."

"그분이, 공작 부인께서 제게 왜…"

시종 나탈리가 곤란하다는 표정을 했다. 그걸 내가 어떻게 알겠니, 하는 얼굴이었다. 나는 싫다는 손가락을 억지로 움직여 편지를 집었다. '사르네즈'라는 주인공의 성이 붙어서인지 종이가 유독 무겁게 느껴졌다.

"사르네즈 공작 부인이라면 지금 궁에 들어와 있을 텐데. 바로 받아온 거니?"

부티에 추기경이 나탈리에게 물었다.

"그렇습니다. 공작 부인이 크리스텔 공녀를 데리고 황제 폐하를 알현하러 입궁한 김에, 시종장에게 서신을 전달했다고 합니다."

나는 추기경이 남 일처럼 고개를 주억거리는 것을 한 번 봤다가, 다시 내 손에 들린 편지를 내려다보았다. '이자벨 드 사르네즈 공작 부인'이라는 서명이 또렷했다. 명확히 나를 지목해 보냈으니, 이번 만큼은 모른 척하거나 피할 수가 없었다.

더욱 불안한 것은 크리스텔의 존재였다. 그녀가 지금 나와 같은 장소에 있다고, 어쩌면 이 황제궁에 있을지도 모른다고 생각하면 약간의 공포심마저 들었다.

"무슨 내용일지 궁금하네요."

나는 곱게 접힌 편지를 열었다. 그냥 안부 인사라면 얼마나 좋을까.

* * *

"날이 참 예쁘구나. 산책하기 좋지?"

추기경, 오렐리 부티에가 나긋하게 물었다. 돌아오는 대답은 없었다. 오늘 그녀가 로메로 궁 후원까지 행차한 건 사랑하는 대자代子와의 소풍을 즐기기 위함이 아니었다. 하지만 기왕 나왔는데 누리지 않을 이유는 또 없었다.

그녀는 묵묵히 자신의 옆을 지키며 걷고 있는 황자를 바라보았다. 두 사람은 따르는 시종 하나 없이 움직이고 있었다. 황자의 산책 시간임을 알고 정원사들도 모두 자리를 비운 상태였다.

"이쪽입니다."

한참 만에 입을 뗀 청년은, 넓다 못해 광활하게까지 느껴지는 후원의 구석으로 그녀를 안내했다. 추기경의 머리 높이까지 오는 관목들이 단정하게 관리되어 있는 곳이었다. 과연, 무언가를 숨기기

　　　　　　　　　　　서브 남주가 파업하면 생기는 일 1

엔 나쁘지 않은 환경이었다.

"여기 있다는 건 또 누가 알고 있니?"

"폐하께선 아십니다. 카퓌송에게도 일러두었습니다."

"신기하네. 아직도 네 사람밖에 모른다는 게."

"보면 이해하실 겁니다."

단안경 아래, 추기경의 베이지색 눈동자가 호기심으로 반짝거렸다. 어느덧 중년이라고 불리는 나이였으나 신수를 실제로 보는 것은 처음이었다. 신국의 추기경들이나, 지방의 주교들이 몇 차례 목격담을 전해 오긴 했지만 그게 전부였다. 그도 그럴 것이, 그녀가 지내는 황궁에는 신수가 곁을 맴돌며 지킬 만한 신물이 없었다. 광막한 제국의 영토를 통틀어도 신물은 고작 넷뿐이었다.

"대모님, 잠시 물러나십시오."

세드리크가 나직하게 말했다. 추기경은 순순히 두어 걸음을 물렸다. 주변이 고요한 것을 확인한 황자는 스르르 왼손에 끼고 있던 검은 장갑을 벗었다.

-딱!

손가락이 부딪히는 경쾌한 소리와 함께, 그의 손끝에 주황색의 선명한 불꽃이 피어올랐다. 오렐리 부티에는 조용히 숨을 삼켰다. 이 아이의 능력은 언제 봐도 눈부시게 아름다웠다. 본인은 그렇게 생각하지 않는다는 것을 잘 알지만, 그녀는 이것이 저주가 아닌 축복이라고 믿었다. 아주 오래전부터.

-화르르!

세드리크가 절도 있는 몸짓으로 팔을 휘둘렀다. 그러자 꽃봉오리만 했던 화염이, 순식간에 거대한 부채처럼 펼쳐져 바닥으로 낙하했다.

－사아아…

붉은 화화火花가 싱그러운 봄풀과 만나 금색으로 빛나기 시작했다. 추기경은 그 모습을 흥미롭게 관찰했다. 이건 결코 평범한 반응이 아니었다. 초록은 뜨거운 불에 검게 타는 대신, 허공에 개나리처럼 노란 덩어리들을 피워내고 있었다. 깨어있지 않았던 것들이, 황자의 에테르에 반응해 발치에서 알알이 차올랐다.

－끼이!

"응…?"

한 덩어리가, '신수'라는 거창한 이름과 어울리지 않는 소리를 냈다. 추기경은 의아한 얼굴로 황자를 바라보았다. 세드리크는 과묵히 그 시선을 받아냈다.

－꺄으응!

"세이디?"

두 번째 덩어리도 그런 소리를 발했다. 당황한 추기경이 황자를 아명으로 불렀다.

"물지 않습니다."

"그게 아니라…"

오렐리 부티에는, 성스러운 신수가 자신의 눈앞에 강림하는 과정을 다소 아연한 표정으로 지켜보았다. 더는 광채를 뿜지 않던 두 개의 덩이가, 어느새 천천히 모습을 바꾸어 온전한 동물의 상을 갖추었다. 빛무리가 슬며 형체가 또렷해졌다.

-끼이이!

-끼응!

네 다리는 검은데 몸통은 적갈색을 띤다. 작달막한 체구에 붙은, 딱 그만한 길이의 꼬리가 통통하다. 코끝과 귀 끝은 가루 설탕을 찍은 것처럼 하얬고, 똥그란 두 눈은 검은콩을 박아놓은 양 까맸다. 전체적으로 북슬북슬하고 귀여운 인상이었다.

"세상에."

"…"

용이나 그리핀 같은 모습을 기대한 것은 아니었으나, 이건 의외여도 너무 의외였다. 두 봉제 인형, 아니 두 신수는 자신들을 잠에서 깨운 세드리크가 반가운지 그의 주변을 맴돌며 알은체를 했다. 이내 청년의 늘씬한 흑색 부츠에 흙 자국이 나기 시작했다.

"이렇게… 사랑스러운 아이들일 줄은 몰랐네."

추기경이 몸을 굽혀 짐승들과의 거리를 좁혔다. 젊은 시절, 황제와 함께 제국 구석구석을 돌아다녔던 그녀 역시 단 한 번도 본 적이 없는 생물이었다. 어처구니가 없어 실소가 나왔다.

난데없이 로메로 궁 후원에 출몰해 황자를 놀라게 한 녀석들이, 황자의 불꽃을 무서워하면서도 꼼짝없이 따른다는 동물들이, 꽃과 풀을 자유자재로 피워냈다던 대지 속성의 신수들이… 이렇게 깜찍한 아이들일 거라곤 상상조차 하지 못했다.

"오늘밤엔 사르네즈 영주성까지 데리고 가볼 거니? 엘리자베트가 그렇게 말하던데."

추기경이 고개를 들며 물었다. 그런데 황자의 분위기가 심상치 않았다. 미려한 얼굴에 그늘이 드리워져 있었다.

"…한 마리가 없습니다."

"뭐?"

겨우 침착함을 되찾은 그녀의 안색이 다시 흔들렸다. 세 마리 중 가장 작은 놈이 보이지 않았다. 세드리크 리에스테르는 혼란한 눈동자를 들어, 정면에 보이는 건물을 응시했다. 쥘리에트 궁은 여느 때처럼 평화로워 보였다.

* * *

"그러니까, 언젠가 꼭 한번 만나고 싶다는 내용인 거죠?"

가만히 앉아있던 내가 확인차 물었다. 뱅자맹이 고개를 끄덕였다. 그는 추기경과의 오찬 도중 내게 전달된, 이자벨 드 사르네즈 공작 부인의 편지를 읽어보고 있었다. 나는 그 백지장이 신경 쓰여 고해 성사조차 받으러 가지 못하고 방에 틀어박혀 있던 참이었다.

"글만 봐서는 특별할 게 없습니다. 안부를 여쭌 뒤, 괜찮은 날을 잡아 왕자님을 독대하고 싶다는 말이 있군요. 그게 다입니다."

나는 가볍게 한숨을 쉬었다. 나도 그렇게 읽기야 했는데, 혹시 리에스테르 귀족 사이에서 그들끼리 통하는 은어 같은 게 있을까 봐 뱅자맹에게도 보여준 것이었다. 인사가 그 인사가 아니라거나, 알현이 그 알현이 아닌 거 아닌가 했는데 다행히 평범한 문장인 모양이었다.

"갑자기 무슨 일일까요? 다른 귀족들은 저한테 이런 거 보내지 않잖아요."

내 말에, 뱅자맹의 옆에 서있던 가나엘이 금색 눈을 동그랗게 뜨고 고개를 내저었다.

"왕자님, 왕자님께 오는 비공식적인 편지는 아주아주 많습니다. 그런데 폐하께서…"

"가나엘."

뱅자맹이 근엄하게 말을 끊었다. 소년은 재빨리 입을 합, 하고 다물었다. 보아하니 그동안 황제가 내게 오는 귀족들의 서신을 걸러내고 있었던 모양이었다.

"송구합니다, 왕자님."

"용서해 주세요, 왕자님."

"괜찮아요, 괜찮아. 이상한 일도 아닌데요."

나는 황궁이라는 이름의 리조트에 장기 숙박 중인 손님이 아니었다. 비록 팔자 좋게 놀고먹고 공부만 하며 지내고 있다 해도, 일단은 볼모였다. 제국의 높으신 분들이 나와 어떤 이유로든 접촉하려드는 걸 황제가 기껍게 생각할 리 없었다. 기분이 나빠지는 않았다. 사교계로부터 어떻게든 멀어지고 싶은 나로서는 오히려 황제의 간섭이 배려로 느껴질 정도였다.

"그럼 사르네즈 공작 부인은 어떻게… 아, 시종장을 통해서 전달했다고 듣긴 했습니다."

"시종장을 통해 서찰을 전했다는 건, 황제 폐하의 암묵적인 허락이 있었다는 뜻입니다. 사르네즈 공작은 폐하의 충신이니 그러실 법도 하지요."

사르네즈 가문에서 나에게 수상한 편지를 보내지 않을 거라고, 황제가 굳게 믿고 있다는 뜻이다. 크리스텔 드 사르네즈 공녀와 세 드리크 황자가 약혼으로 먼저 엮인다는 건 빙의하기 전부터 알고 있던 사실이었다.

은서가 '나였으면 진작 파혼했다'라고 노래를 부르곤 했기 때문에 또렷이 기억했다. 아직 공표된 건 없지만, 물밑으로는 지금쯤 혼담 이 오가고 있을 것이다. 공작과 원래 사이가 좋고, 자식들끼리 결 혼도 시킬 판이니 황제가 갖는 신뢰는 당연해 보였다.

"그럼 이건 그냥 잊어도 되겠네요."

나는 공작 부인의 편지를 테이블 구석으로 쭉 밀어버렸다. 별것 도 아닌데 더 생각하지 말아야지.

"혹시 공작 부인으로부터 알현 요청이 들어오면, 폐하께서 막지 않으신다고 해도 뱅자맹 선에서 막아주세요. 제가 아프다고 둘러대 주셨으면 합니다."

"왕자님?"

"사르네즈 공작가 같은 대단한 가문과 엮이고 싶지 않아서요. 첫 날 말씀드린 대로, 조용히 살고 싶습니다."

내가 씩 웃자 뱅자맹이 조금 떨떠름한 얼굴로 주억거렸다. 아프 다는 핑계는 남용하면 아무도 믿지 않기에 지금까지 아껴왔는데, 공작 부인과의 만남을 피하기엔 적당할 것 같았다. 뱅자맹은 이 화 제가 지나갔다는 것을 기민하게 알아채고, 비어있는 내 찻잔에 레 몬그라스 차를 다시 따라주었다.

"가나엘, 그 책은 뭐야?"

"아, 부탁하신 대로 그림과 지도가 있는 서적을 준비해 왔습니다."

꼬마가 환히 웃으며 내게 가까이 다가왔다. 물색 머리카락이 꼭 발코니 바깥의 봄하늘 같았다.

"두꺼워서 무거웠겠다. 수고했어, 고마워."

"헤헤, 아닙니다."

나는 책을 받고 아이의 손에 큼직한 클라푸티 한 조각을 건넸다. 가나엘이 파이를 한입 깨무는 것까지 보고 나서 양장본을 펼치자, 첫 장부터 널찍한 지도가 한눈에 들어왔다.

"제국의 신물 지도군요."

"네, 궁금해서요. 지난번 신전 도난 사건도 있고 해서."

뱅자맹의 호기심 어린 말투에 내가 후닥닥 답을 내놓았다. 뭐, 반쯤은 맞는 말이었다. 신물을 도둑맞았다는 경계의 신전이 정확히 어디쯤 있는지 알고 싶긴 했으니까. 하지만 오늘 이 책을 찾은 건, 꼬맹이 세이디가 신수들을 이끌고 어디까지 다녀오는지 궁금해서였다. 본인은 한사코 괜찮다고 하지만, 그렇게 어린 녀석이 밤늦게 홀로 돌아다니는데 걱정되지 않는 게 이상했다.

"사르네즈 지방은 정말 황도에 딱 붙어있네요."

"네, 황도의 서쪽 경계를 넘으면 바로 사르네즈입니다. 영주성은 조금 더 들어가야 나옵니다."

뱅자맹이 대답했다. 황도와 사르네즈 지방은, 말하자면 서울과 경기도 부천 같은 느낌으로 맞물려 있었다. 나는 '사르네즈'라고 적힌 글자 위에 아름답게 장식된 삽화를 꼼꼼히 살폈다.

"이게 사르네즈 공작가에서 보관하고 있다는 신물이군요."

"그렇습니다. '창해의 축복'입니다."

"사르네즈까지는, 말을 타고 가면 얼마나 걸리나요?"

"황궁에서 출발하면… 아무리 길게 잡아도 두 시간 안에는 당도할 겁니다."

나는 손가락으로 지도를 짚고, 황도에서 사르네즈까지 일직선을 그렸다. 기억이라는 게 참 신기했다. 첫날 내가 아는 것들을 수첩에 적어 넣을 때만 해도, 내가 《퇴사했더니 이계 공녀》 표지에 관해 기억하는 건 두 주인공의 모습이 전부였다.

그마저도 옷이나 장신구 따위의 모습은 확실치 않았다. 분명 그랬는데… 반짝이는 청실로 종이에 자수를 놓아 표현한 푸른 보석을 보니, 새롭게 떠오르는 것이 있었다.

왼손에는 커다란 사파이어 목걸이를 든 채, 오른손으로 크리스텔의 허리를 감싸고 있던 황자. 그리고 그가 쥔 목걸이를 향해 손을 뻗고 있던 크리스텔. '설마'라는 부사를 붙일 것도 없었다. 소설의 표지에 등장할 정도로 중요한 보석이라면, 공작가가 명예를 걸고 지키는 신물이어도 이상하지 않았다.

"목걸이를 만들면 아름답겠네요."

내가 여상하게 중얼거렸다.

─끼이이이!

"…새소린가요?"

그리고 예상치 못한 소음에 멍하니 덧붙였다. 춘풍을 만끽하고자 활짝 열어둔 발코니 쪽에서, 이상한 소리가 났다. 순간 별별 생각이 다 들었다. 바로 뒤에 산이 있는 걸 가벼이 여긴 죄로, 호주에서

나 살벌한 대형 벌레를 맞닥뜨리게 된 건가 싶었다.

"왕자님, 이것 좀 보세요."

가장 먼저 발코니로 나간 가나엘이, 어딘가 신난 목소리로 나를 불렀다. 소년의 뒤를 따르던 뱅자맹은 무언가를 보고 놀란 낯으로 멈춰 섰다. 나는 마른침을 꿀꺽 삼키며 자리에서 일어났다. 그래도 오지 말라고 하지 않는 걸 보면, 시각적으로 해로운 것은 아닌 듯했다.

"뭔데 그래?"

못 박힌 듯 서있는 뱅자맹을 지나쳤을 때, 나는 발코니의 난간을 타고 기어오르는 덩굴을 발견했다.

-바스락, 바스락

"허어…"

마치 자연 다큐멘터리의 한 장면을 보는 것 같았다. 초고속 카메라로 촬영한 듯한 넝쿨의 성장 과정이 바로 눈앞에서 재생되고 있었다. 자그마한 손바닥 모양 잎사귀가 빠르게 이곳저곳에서 돋아났다. 그리고 얼마 지나지 않아…

-톡!

-끼이이잉!

덩굴을 타고 올라온 작은 동물이, 드디어 이 몸이 등장할 차례라는 듯 용맹하게 포효했다.

레서판다였다. 미친 소설아…

* * *

-끼이!

"레서…"

"마수인 건가요?"

'레서판다가 왜 여기에' 따위를 중얼거리려던 나는 가나엘의 물음에 입을 꾹 다물었다. 어지간한 일로는 당황하지 않는 뱅자맹이 크게 놀란 것도 그렇고, 분위기가 좀 이상했다. 이건 마치…

"이렇게 생긴 동물은 난생처음 봅니다."

이 세계에, 레서판다가 아예 존재하지 않는 것 같은 반응인데.

-끼우웅!

레서판다가 정체불명의 귀여운 소리를 내며 내 쪽으로 다가왔다. 나는 반사적으로 성소를 전개했다. 황금빛의 넓적한 원이 나와 뱅자맹, 가나엘을 포근히 감싸 안았다.

"두 분 다, 일단 움직이지 마세요."

"네, 왕자님."

그러고는 테이블 위에 놓여 있던 물병도 집어 들었다. 마수는 물과 불에 약하다고 했으니, 여차하면 이걸 뿌리기라도 할 생각이었다. 그런데, 마수가 맞아? '퇴계공'에서 레서판다는 마수인 건가?

-끼이이잉!

내 성소를 발견한 레서판다가, 두 뒷다리로 벌떡 일어나 섰다. 그러더니 앞다리를 팔처럼 허우적거리며 위협하듯 거리를 좁혔다. 고동색 얼굴에 하얗게 찍힌 뺨과 눈썹이 몹시도 흉포해 보였다, 미친… 절로 심장이 아팠다.

"진짜 귀엽다…"

서브 남주가 파업하면 생기는 일 1

내 입이 의식의 흐름에 따라 움직였다. 그 사이 레서판다는 겁도 없이 서클 안으로 진입했다. 녀석은 바닥을 밝게 비추는 성소를 유심히 살피며 냄새를 맡고, 문양을 발로 꾹꾹 누르기 시작했다. 그러자…

-사아아…

바람에 풀이 눕는 듯한 소리와 함께, 녀석이 발을 내딛는 곳마다 작은 잡초와 들꽃이 자라나기 시작했다.

"맙소사…"

"주신이시여, 감사합니다…"

가나엘이 탄성을 내뱉었다. 뱅자맹이 옆에서 앓듯이 기도하는 소리가 들렸다. 나는 그제야 이 레서판다가 마수가 아님을 깨달았다. 발코니를 다시 살피니, 어느새 난간 안쪽까지 풍성하게 자라난 덩굴이 보였다.

-끄르르릉

이윽고 서클의 중심까지 진출한 레서판다가 나를 올려다보았다. 녀석은 호적수를 만난 양, 대단히 먹음직스러운 피식자를 발견한 양 다시 발딱 일어섰다. 이내 균형을 잡기 어려운지 내 무릎에 양발을 턱 대고서는 으르대듯 입을 벌리는데, 그게 꼭 웃는 얼굴 같아 실소가 터졌다. 뭐 좀 내놔 보라는 신호 같았다.

"이 녀석, 신수인가 봅니다."

내 말에 가나엘이 눈을 감고 뭐라고 기도를 올리기 시작했다. 나는 천천히 물병을 테이블 위에 내려놓고, 접시에 있는 오렌지 조각을 하나 주워들었다. 몸을 숙이고 먼저 과일 냄새를 맡게 해주니, 레서판다는 작은 주둥이로 조각을 한입에 넣고는 한참 깨물어 댔다.

"잘 먹네. 더 줄까?"

-끄르르르르!

나는 다른 손을 뻗어 조심스럽게 녀석의 이마를 쓰다듬었다. 반항은 전혀 없었다. 두 번째 오렌지 조각을 물려주니, 또 열심히 짓깨물며 먹는 모습이 가히 파괴적으로 귀여웠다.

"공격할 의사는 없는 것 같습니다. 신수라 그런지 사람을 잘 따르네요."

실상은 그냥 애교 넘치는 레서판다지만. 내가 웃으며 녀석의 코끝을 톡 건드렸다. 물, 불, 공기, 대지의 능력을 쓸 수 있는 것은 성기사와 신수뿐이다. 마법사와 마수는 네 가지 성스러운 힘에 결코 접근할 수 없다고 배웠다.

자유자재로 꽃과 풀을 피워내는 걸 보면, 이 녀석은 그중에서도 대지 속성의 신수가 틀림없었다. 세이디가 '황궁에 숨겨놓고 낮에는 재워둔다'라고 말한 세 마리 가운데 하나인 게 분명했다. 그런데 어쩌다 이 시간에 깨어난 거지? 나머지 둘은?

"왕자님께서는 진정으로 고귀하신 분입니다."

생각에 빠져있는데, 뱅자맹이 나를 보며 말했다. 야생동물에게 먹을 것 주기밖에 안 한 나는 일순 머쓱해졌다.

"신관이 지닌 에테르가 고결하고 풍족하면, 그 기운이 퍼져 주변 인들이 좋은 꿈을 꾸고 건강해진다고 합니다. 저희도 왕자님을 통해 익히 경험한 바 있지요. 그런데 설마 신수까지 불러들이실 거라고는…"

뱅자맹의 간증에 나는 멍청하게 입을 벌렸다. 그놈의 꿈 타령이 단순한 아부가 아니었다는 사실에 충격받은 나머지, 그의 눈가가 촉촉하게 젖어있다는 것도 뒤늦게 알아차렸다. 내가 인간 드림캐처 였다니…

"그, 음. 그렇군요."

"그럼, 그럼 이 신수, 신수님을 신물이 있는 곳으로 옮겨드려야 하나요?"

가나엘이 더듬더듬 물었다. 신수에 관한 자료가 적긴 했지만, 신수가 나타나면 신물로 이끌어야 한다는 사실은 모두가 상식처럼 알고 있는 모양이었다.

"그러려면 신력이 있는 사람이 나서야 하는데, 추기경 전하께서는 폐하의 곁을 떠나실 수 없어. 나도 마음대로 움직일 수 없는 처지고."

내가 빠르게 대답했다. 출몰한 장소도 그렇고 능력도 그렇고, 레서판다는 세이디가 책임지고 있는 녀석이 확실했다. 꼬마를 100퍼센트 신뢰하는 건 아니지만, 그래도 신수 문제 해결을 위해 일시적으로 협조를 약속한 상황인데 상의도 없이 이 녀석을 황궁 밖으로 내보내는 건 영 내키지 않았다. 혹시 세이디에게 무슨 일이 생겨서 레서판다 한 마리를 잃어버린 것일지도 몰랐다.

-끄르르

"아냐, 괜찮아."

내 불안을 느낀 것인지 레서판다가 울음소리를 냈다. 나는 송이 눈이 쌓인 것 같은 세모꼴의 귀를 조심스럽게 어루만졌다.

"에테르도 좀 줄까?"

까맣고 동그란 레서판다의 눈동자가 호기심으로 반짝거렸다. 나는 느릿느릿 몸을 움직이며, 녀석이 나를 따라오는 것을 눈을 떼지 않고 바라보았다. 의자에 앉아 서클의 크기를 훅 줄이자, 레서판다는 놀라서 몸을 재차 빨딱 세웠다. 진짜 심각하게 귀엽네.

"일단 굶주린 것 같고, 같이 다니는 무리가 있을 수도 있으니 오늘 하루는 제가 데리고 있어 보겠습니다. 폐하께는 말씀을 전하지 말아주세요."

내 말에 뱅자맹이 의외로 순순히 고개를 끄덕였다. 어쩌면 그도, 생애 한 번을 보기 힘들다는 신수와 조금 더 시간을 보내고 싶은 것일지 몰랐다.

"그럼 저는 신수님이 쓸 물건들을 가져오겠습니다. 그릇이나, 방석 같은 거요. 과일도 잔뜩 챙기겠습니다!"

가나엘이 상기된 표정으로 랩을 하고는 잽싸게 물러갔다. 레서판다도 푹신한 방석을 좋아하는지 모르겠지만, 이 녀석이 하는 걸 보고 있으면 뭔들 싫어할 것 같진 않았다.

"저는 발코니 쪽 넝쿨을 살피고 오겠습니다. 정원사를 불러야 할지도 모르겠군요."

이어 뱅자맹이 자리를 비웠다. 나는 그제야 길게 숨을 내쉬었다. 어찌어찌 시간을 벌긴 했지만, 오늘 밤에 세이디가 오지 않으면 내일은 내게도 다른 선택지가 없을 것이다. 황제에게 사실을 알리고 외부 신관의 도움이라도 받아야겠지.

"넌 어쩌다가 여기까지 왔냐?"

내가 슬슬 에테르를 풀어내며 물었다. 레서판다는 고개를 갸웃거리곤 내 종아리에 머리를 대고 쿵쿵거렸다. 체리 하나를 집어 꼭지를 떼고 내미니, 통째로 입에 넣고 아작아작 씹는 모습이 세상 깜찍했다. 이래서 은서가 맨날 유튜브를 붙들고 동물 영상을 봤구나 싶었다.

"소설에 나왔을 것 같진 않은데."

만약 이런 녀석이 《퇴사했더니 이계 공녀》 원작에 나왔다면, 은서가 어떤 식으로든 나와 형에게 어필을 했을 것이다. 아니, 애당초 표지에 주인공과 남주만 나왔을 리가 없었다. 웹소설에 사랑스러운 펫이 등장하면, 무슨 수를 써서든 표지에 노출하는 게 이 바닥의 룰 아니었나? 레서판다쯤 되는 패를 작가가 낭비했을 것 같진 않았다.

-똑똑

그때, 노크 소리가 들렸다. 나는 레서판다의 입에 사과 한 조각을 물려주며 응답했다.

"들어오세요."

"왕자님, 엘리자베트 경이 왔습니다."

뱅자맹이 한껏 난감한 목소리로 말하며 문을 열었다. 나는 그대로 굳은 채 고개만 겨우 돌려 뱅자맹을 한 번 보고, 삐걱삐걱 시선을 내려 레서판다와 눈을 마주했다. 이 녀석의 귀여움에 정신이 팔려 이런 상황은 예상하지 못했다. 어쩌지?

"예서 왕자님, 쥘리에트 궁에 출몰한 신수에 관해 말씀드리고자 왔습니다."

그런데 이어진 엘리자베트 경의 목소리는, 내 걱정을 훌쩍 앞서
간 내용을 말하고 있었다.

* * *

"제가 신수를 데리고 있는 걸, 폐하께서 아신다는 거군요."

"그렇습니다. 네, 그런 셈이죠."

엘리자베트 경이 오늘따라 중언부언하는 것 같았지만, 나는 그러
려니 했다. 봄 무도회가 코앞으로 다가오면서 황궁에 드나드는 귀
족들이 많아졌다고 들었기 때문이다. 근위대는 요즘 눈코 뜰 새 없
이 바쁠 테니 정신이 없는 것도 이해가 갔다.

"정원사가 목격했다고요?"

"네. 그… 오후에 잠깐 꽃을 살피러 왔다가, 신수 한 마리가 쥘리
에트 궁의 벽을 오르는 걸 발견했다고 합니다."

그녀는 멍하니 카펫 위의 레서판다를 내려다보다가, 내 물음에
로봇처럼 딱딱하게 답변했다. 그러고는 목이 탔는지 차갑게 나온
로즈메리 차를 벌컥벌컥 들이켰다.

하긴, 뱅자맹 말로는 발코니 덩굴의 두께가 성인 남자 팔뚝만 하
다고 했다. 그런 게 순식간에 쑥쑥 자라는데 시선을 끌지 않았을 턱
이 없었다. 나는 내 발치를 맴돌며 간식을 내놓으라고 공갈하는 레
서판다에게 딸기를 내밀었다. 달콤한 게 마음에 들었는지, 녀석이
발끝에서 쪼그만 민들레를 피워냈다.

서브 남주가 파업하면 생기는 일 1

"그럼, 제가 언제까지 돌봐주면 될까요? 폐하께선 외부 신관을 초빙하실 계획인 겁니까?"

팔자에도 없던 임시 보호를 하게 생겼네. 그런 생각을 하며 엘리자베트 경을 돌아보았다. 언제나 자신감에 차있던 회색 눈동자가 웬일로 기운이 없어 보였다.

"신관은 이미 있는… 아뇨, 네. 곧 불러들이신다고 들었습니다."

그녀가 대답을 이어 나갔다.

"신수가 바깥의 신력에 반응해 언제든지 자유로이 이동할 수 있도록… 밤에는 발코니를 열어두라는 황명이 있으셨습니다. 지난번 암살 미수 사건 이후 황궁 내 모든 시종의 신원조회를 마쳤으니, 내부 위협은 걱정하지 않으셔도 될 겁니다."

조건이 아주 좋았다. 밤에 세이디가 와서 레서판다를 데려가도, 다음 날 나는 '신수가 신력의 흐름을 느꼈는지 알아서 쥘리에트 궁을 빠져나가더라' 하고 둘러대면 그만이었다. 만족스러운 마음에 절로 고개가 끄덕여졌다. 그러자 엘리자베트 경이 한숨을 내쉬며 결 좋은 단발머리를 쓸어 넘겼다. 제복 재킷의 소매가 검게 그을려 있었다.

"엘리자베트 경, 옷이 탔는데요."

"아, 별것 아닙니다."

그녀가 씩 웃었다. 어쩐지 위험해 보이는 미소였다.

"그냥 한 번 찌르고 감옥 갈 것을…"

"네?"

"왕자님, 전서구를 보신 적이 있습니까?"

엄청 무서운 말을 들은 것 같았는데, 그녀가 자세를 세우고 나를 똑바로 바라보는 바람에 기억이 반쯤 흐릿해졌다. 미인의 영향력이 굉장했다.

"실제로 본 적은 없습니다."

"제가 작년에 북부로 마수 소탕을 간 적이 있습니다."

"아, 네."

화제가 급격히 바뀌었다. 아니, 그런가?

"그런데 폭설 때문에 길이 막혀서, 놈들의 본거지로 접근할 방법이 없었습니다. 그렇다고 방향을 틀면 일정이 한참 늦어질 상황이었죠. 북부의 피해가 무척 컸기에 저희는 결국 강행군을 결정했습니다. 부하들을 윽박지르고 달래가며 제설을 시작했는데… 그때 하늘을 보면서 그런 생각을 했습니다. 제설 너무 싫다. 차라리 제설 소식을 전하는 저 전서구가 되고 싶다."

그녀의 말 한 마디 한 마디가 나의 심금을 울렸다. 대한민국의 육군 장병 시절을 보낸 사람으로서, 나는 하늘에서 내리는 쓰레기가 얼마나 혐오스러운지를 너무나 잘 알고 있었다.

"그런데 진짜 전서구가 되어보니… 제설하는 백작가 후계자가 더 낫지 않았나, 그런 마음이 듭니다."

안쓰러운 마음이 밀물처럼 쏟아졌다. 황궁 일이 얼마나 다망하고 고되면, 사람이 제설기 신세를 그리워한단 말인가. 있을 수 없는 일이었다.

"엘리자베트 경은 훌륭한 부근위대장이십니다. 제대하면… 아니, 이것도 시간이 지나면 다 짤막한 안줏거리가 될 겁니다."

힘내세요, 하고 덧붙인 말에 그녀가 입꼬리를 올리며 찻잔을 치켜들었다.

"그 말씀에 건배하겠습니다."

* * *

"오늘은 사르네즈 영주성까지 들어가는 거지?"

내 물음에 소년이 묵묵히 고개를 끄덕였다. 첫날처럼 소리 소문없이 내 방을 야습한 세이디는, 조금 전부터 떡갈나무 서랍장 위에 올라가 종종거리는 레서판다를 노려보는 중이었다. 나는 서클을 통해 소년에게 천천히 에테르를 흘려보내며 질문을 더했다.

"들키면 큰일 나는 거 아니야? 너 내일부터 안 오면 내가 어떻게 해석해야 되냐?"

그제야 세이디가 나를 향해 고개를 돌렸다. 오렌지색 눈동자가 자신만만하게 빛나고 있었다.

"신수들이 영주성에서 신물을 감지하면, 내일부터는 그대를 만날 일 없어."

"그러니까 그게 쉽냐는 거지."

내가 핀잔을 주었다. 이 꼬맹이는 영주성 가까이에 갔다가 사르네즈 공작의 사병들에게 붙잡히거나, 공격을 받아 죽는 일 따위는 전혀 두려워하지 않는 것 같았다. 정확히는, 그런 일이 절대 생기지 않을 것임을 미리 알고 있는 것처럼 굴었다.

"폐하께서 외부 신관을 초빙하신다더라. 엘리자베트 경이 말해

줬어. 그냥 그쪽에 부탁하면 안 돼?"

"…부근위대장이 그런 식으로 설명했나?"

소년의 눈이 가늘어졌다. 취조하는 듯한 분위기에 나는 잠깐 말을 골랐다.

"내가 그럴 계획이냐고 물었더니 그렇다고 대답하던데."

세이디가 코웃음을 쳤다. 소년이 답을 내놓지도, 고집을 꺾을 것 같지도 않았으므로 나는 이야기를 잇는 대신 서랍장 위의 레서판다를 바라보았다. 껍질을 벗긴 자몽 한 조각을 내밀자, 녀석이 코끝을 실룩이더니 천천히 카펫 위로 내려오기 시작했다.

–끼이!

"옳지."

나를 똑바로 보며 다가온 녀석의 꼬리가 핫도그처럼 토실토실했다. 레서판다는 가볍게 자몽의 냄새를 맡고는, 또 한입에 꿀꺽 넣고 열심히 깨무는 작업을 시작했다. 의외로 씁쓸한 맛도 좋아하는 모양이었다. 발밑에 손가락만 한 맨드라미를 피우는 모습에 웃음이 절로 나왔다.

"…놈에게 무슨 짓을 한 거지?"

그러고 있자 세이디가 이런 말을 했다. 나는 그 의미를 파악하지 못해 소년과 시선만 마주쳤다. 숯검정처럼 진한 눈썹 아래, 두 눈이 조금 당황한 것도 같았다.

"신수는 음식을 먹지 않아. 에테르로 충분할 텐데."

아… 그랬냐.

"글쎄, 주니까 먹던데."

내가 솔직하게 대답했다. 다시 내려다본 작은 신수는, 우리의 대화엔 조금의 관심도 보이지 않은 채 자몽에만 집중하고 있었다.

"신수라고 다 똑같진 않겠지. 이 녀석은 먹을 걸 좋아하나 봐."

"…"

"그래서 혼자 대낮부터 깨어있었나?"

똑같은 에테르로 봉인했는데, 홀로 잠에서 깨어 정원을 돌아다녔다면 배고픈 것밖에 이유가 더 있겠는가. 심지어 이 녀석은 세 마리의 신수 중 가장 덩치가 작다고 들었다. 에테르든 뭐든, 다른 두 놈에게 밀려 덜 먹었을 가능성이 컸다. 어느새 자몽 한 조각을 해치운 레서판다가 내 손바닥에 고개를 박고 수염을 꼼질거렸다. 누가 봐도 더 달라는 뜻이었다.

"세이디, 너도 먹을래?"

소년이 나를 간단하게 무시했다. 녀석의 인성에 놀란 게 한두 번도 아니었으므로 나는 레서판다에게만 자몽을 몇 조각 더 물려주었다. 세이디가 내 에테르를 받아 채우고, 레서판다는 과일로 배를 채우는 시간이 10여 분 정도 이어졌다.

"만약 이 녀석들이 영주성 근처에서도 신물을 감지해 내지 못하면, 그땐 어떡하려고?"

"공작가의 해명을 들어봐야겠지."

신물, '창해의 축복'이 사르네즈에 없을 경우를 염두에 둔 발언이었다. 꼬맹이의 눈빛이 단호했다. 세이디는 종종 또래 아이들에게서 보기 힘든 권위적인 분위기를 풍겼다. 소설 속에나 나올 법한 말투도 그렇고, 정말로 높은 집안의 귀한 공자님일지도 몰랐다.

"출발할 때가 됐군."

어느새 소년의 몸에서, 새끼손톱보다 작은 황금빛 알갱이들이 떠오르기 시작했다. 둥실둥실하는 에테르 구슬의 자태는 언제 봐도 신기했다. 그것들이 모습을 드러내면, 세이디는 완충된 핸드폰 충전기를 뽑듯 자리를 털고 일어나곤 했다.

"일이 잘 풀려서, 앞으로 볼 일 없었으면 좋겠네."

발코니로 향하는 꼬맹이의 뒤를 따르며 내가 말했다. 밤늦게 돌아다닐 일이 없는 게 어린아이에게는 당연히 훨씬 좋았다. 세이디는 커다란 로브를 뒤집어쓰고도 가벼운 몸놀림으로 훌쩍, 난간에 올라섰다. 귀를 팔락거리던 레서판다 역시 떠나는 분위기를 눈치챘는지, 아장아장 몸을 이쪽으로 움직였다.

"…봄 무도회에는 불참하는 건가?"

"어, 고해받느라 바쁠 예정이야. 그래도 초청장은 보내주시더라."

나는 씩 웃으며 레서판다의 귀 사이를 부드럽게 문질러 주었다. 세이디는 그런 나를 잠시 내려다보더니, 왼팔을 허공에 뻗었다. 그런데 저 녀석도 봄 무도회에 가는 건가?

-딱!

손가락이 팅기는 소리와 함께 불꽃이 일었다. 깜짝 놀란 나머지 잡념이 순식간에 증발했다. 나는 고개를 들어 소년의 손끝을 바라보았다.

"너…"

아이의 주황색 눈동자와 같은 빛깔의 화염이, 엄지와 검지 끄트머리에서 주먹만 한 크기로 타오르고 있었다. 세이디의 능력을 보는 것은 이번이 처음이었다. 그리고 어쩌면 마지막이 될지도 몰랐다. 어둠을 밝히는 황홀함에, 나는 할 말을 잊고 우두커니 섰다.

　-끄르르르

꽃불에 먼저 반응한 것은 레서판다였다. 녀석은 뒷다리로 몸을 지탱하고 훌쩍 일어서더니, 두 앞발을 내둘러 난간을 붙들었다. 세이디가 따로 명령을 하지 않았는데도 녀석의 발끝에서는 제법 굵직한 나뭇가지가 뻗어 나왔다. 상성이 맞는다는 게, 이런 의미였나 보다.

"불 속성이 대지 속성보다 강한 거야?"

"보다시피."

아주 조금이지만, 꼬마는 즐거워하는 기색이었다. 자신이 레서판다보다 강하다는 사실이 맘에 든 건지, 아니면 그저 능력을 쓰는 게 좋은 건지는 알 수 없었지만.

"그럼."

　-꾸르르!

내가 무슨 말을 더 꺼내기도 전에, 세이디는 발코니 바깥으로 몸을 던졌다. 연붉은 불길과 노릇한 에테르 입자가 밤공기 사이를 길게 가르며 멀어졌다. 화닥닥 시선을 낮춰보니, 레서판다는 이미 1층으로 내려가고 없었다. 에테르의 힘으로 막 태어난 나뭇잎이 흔들거렸다.

　-바스락…

"화려한 안녕이네."

내가 중얼거렸다. 귀여운 레서판다와, 그것보단 덜 귀엽지만 아역배우처럼 잘생긴 꼬마는 그렇게 쥘리에트 궁을 떠났다.

* * *

나흘 후.

가나엘의 에스코트를 받으며 황제궁을 나오니, 뱅자맹이 밖에서 나를 기다리고 있었다.

"왕자님. 쥘리에트 궁을 비우신 사이, 이자벨 드 사르네즈 공작 부인으로부터 정식으로 알현 요청이 왔습니다."

"그래요?"

마차에 오르던 내가 멈칫했다. 오늘은 오렐리 부티에 추기경과의 오전 과외가 잡혀있는 날이었다. 평소처럼 나를 험하게 굴리며 '이론보다 실전'을 몸소 실천한 그녀는, 너덜너덜해진 내가 안쓰러웠는지 수업 후 호화로운 오찬을 대접해 주었다. 내가 그 당근과 채찍의 격차에 몸서리치는 동안 공작 부인이 독대를 청한 모양이었다.

"그래서 뭐라고 하셨습니까?"

"당장 오늘 오후에 뵙고 싶다고 하기에 왕자님의 일정이 꽉 차있어 어렵다고 답했습니다. 왕자님께서 황제궁에 오신 것을 아는 이들이 많아, 편찮으시다는 핑계는 댈 수 없었습니다. 죄송합니다."

"괜찮습니다, 잘하셨어요."

내가 손사래 쳤다. 아침에 멀쩡한 낯으로 추기경의 가르침을 받으러 간 왕자가 갑자기 아프다고 하면 거짓말로 여길 테니, 더 그럴 듯한 구실을 내세운 모양이었다. 그러자 가나엘이 입을 비죽 내밀

서브 남주가 파업하면 생기는 일 1

었다.

"별 이유 없이 거절하셔도 이상하지 않았을 겁니다. 왕자님을 상대로 당일 오전에 알현 신청을 하다니, 무례해요."

"잊어버려, 가나엘."

어차피 안 만나줄 건데 뭐 어때. 내가 뒷말을 삼키며 싱긋 웃었다. 배알하고 싶다는 편지는 그저 인사치레인 줄 알았는데, 진심이었다는 게 조금 의외이긴 했다.

"신전으로 이동하겠습니다, 왕자님."

마차 문을 닫기 전, 황궁의 마부가 목적지를 알리며 절을 올렸다. 나는 고개를 주억거리고 창밖으로 눈을 돌렸다. 오후의 봄볕이 눈부셨다. 드넓은 황궁 곳곳이 다채로운 꽃과 나무로 한껏 아름다움을 뽐내고 있었다. 어딜 살펴도 내일모레 있을 봄 무도회를 준비하는 인력이 그득했다. 구석구석 바쁘지 않은 곳이 없어 보였다.

하얀 천으로 감싼 가구를 들고 나르던 몇몇 사람들은, 우리가 탄 마차를 보더니 바닥에 물건을 내려놓고 허리를 숙였다. 내가 그들에게 묵례로 응답할 때였다.

"이제 안 오는 걸까요?"

어딘가 시무룩한 가나엘의 목소리에, 나는 아이를 돌아보았다. 벌꿀색 눈동자가 처져있었다.

"신수님요."

"음, 그런가 봐. 며칠째 아무 일도 없었으니."

내가 대답했다. 엊그저께 내 방을 나선 세이디와 레서판다는, 그후로 내내 모습을 보이지 않았다. 아마 무사히 '창해의 축복'에 도달했지 싶었다.

"잘된 거야. 신물의 곁을 지키는 게 신수에게도 좋다고 하니까."

뱅자맹과 가나엘이 동시에 고개를 끄덕였다. 간밤에 신수가 궁을 떠났다는 내 말에, 못내 서운한 티를 감추지 못하던 며칠 전의 두 사람이 떠올라 작게 웃음이 터졌다.

"신수를 돕고 보살펴 준 자에게는, 행운을 얻고 저주를 쫓는 힘이 생긴다고 합니다. 왕자님께서도 그런 축복을 받으실 겁니다."

"하하, 말씀만으로도 기분 좋네요."

뱅자맹의 덕담에 내 입가가 더 크게 벌어졌다. 행운을 얻으면 무사히 집으로 돌아갈 수 있으려나. 잠깐 그런 생각이 들었다.

"거베라가 벌써 피었군요. 정원사들이 수고가 많았겠습니다."

뱅자맹이 창밖으로 손짓했다. 아는 꽃이 별로 없는 내가 어리둥절해하자, 그가 친절하게 한 곳을 짚어주었다. 불꽃처럼 선명한 주황색 송이들이 눈에 띄었다. …그 녀석은 무사한 거겠지?

"신전에 도착했습니다, 왕자님."

가나엘의 목소리가 나를 상념에서 깨웠다. 이내 흔들림이 멎고, 마부가 재바른 동작으로 문을 열어주었다.

* * *

"그럼, 저희는 신관실에서 대기하겠습니다."

"힘내세요, 왕자님!"

가나엘이 내게 피크닉 바구니를 안겨주며 활짝 웃었다. 신수님이 안 와요, 하면서 울상 지을 때는 언제고 회복이 참 빨랐다. 나는 두 사람에게 손을 흔들어 준 뒤 고해소 문을 열고 안으로 들어섰다.

입구에 '고해 가능합니다' 팻말을 걸어놓고, 푹신한 의자에 앉으니 그제야 사위가 고요해졌다. 새삼 이것이 나의 새로운 일상이구나 싶었다. 빙의했지만 서브 남주 역할은 과감히 내다 버린, 슬기로운 볼모 생활.

"아직도 안 고쳤네."

나는 여전히 끝이 잘려있는 왼쪽의 줄과, 구멍이 뻥 뚫린 오른쪽의 나무창을 번갈아 보며 헛웃음을 뱉었다. 봄 무도회가 코앞이니 신전에 투입할 손이 없는 것도 이해가 갔다.

-끼이이익…

그때, 어딘가 음산한 소음이 귓가를 파고들었다. 정문이나 신관실 문이 열리는 소리가 아니었다. 저 멀리, 신전의 뒤편에서 들려오는 기척. 나는 본능적으로 숨을 삼켰다.

-또각, 또각, 또각…

느리지도 빠르지도 않은, 가벼운 구두 소리였다. 신전 뒤쪽에서부터 한 치의 망설임도 없이 걸어오는 사람의 궤적에 나는 인상을 찌푸렸다. 여길 뒷문으로 드나들 사람이 누가 있지? 뱅자맹, 가나엘, 엘리자베트 경과 추기경, 입구를 지키는 기사들의 얼굴이 차례로 눈앞을 스쳐 갔다. 하지만 그들 중 누구도 아닌 것 같았다.

-또각.

오싹했다. 어느덧 발걸음은 내가 있는 고해소 앞에서 멈춰있었

다. 더 망설이지 않고 서클을 전개하는 순간,

-달칵

덜커덩! 나는 지레 놀라서 푸드덕거렸다. 옆 칸의 문이 열리고, 고백자의 자리에 들어서는 그림자가 보였다. 쪽팔림이 쓰나미처럼 나를 덮쳐왔다.

"환영합니다, 신자님. 마지막 고해는 언제 하셨습니까?"

그래서 공격적으로 입을 열었다. 내가 성소를 연 것은, 식겁해서가 아니라 오직 고해를 받기 위함이었음을 어필하고자 했다.

"고해하러 온 건 아닙니다."

그러자 낭랑한 목소리가 고해소를 울렸다. 이유도 없이 가슴이 철렁했다. 누가 들어도 귓가에 꽂히는 음성이라고 말할 법한, 매력적인 울림이었다.

"제 어머니의 알현 요청이 거절당했다고 들어서요. 일대일로 다시 부탁드리고자 왔습니다."

"…"

여자가 머리에 뒤집어쓴 로브를 벗는 것이 보였다. 온 세상이 슬로모션으로 움직이고 있었다. 나는 마침내, 이곳을 고쳐놓지 않은 황궁의 목수들을 원망했다. 휑히 뚫린 나무창 틈으로 그녀의 옆얼굴이 보였다. 탐스럽게 물결치는 분홍색 머리칼. 총명하게 반짝이는 청회색의 눈동자.

크리스텔 드 사르네즈였다.

"왕자님?"

이게 무슨 일이지?

"…"

어디서부터 잘못된 거지?

"고해소까지 찾아와서 죄송합니다. 사람들 눈을 피하느라 어쩔
수가 없었습니다."

무언가가 틀어졌다. 그것도 아주 심각하게. 그렇지 않고서야 내용
이 이런 식으로 흘러갈 턱이 없었다. 내가 무슨 실수를 했나? 언제?

"시간이 많지 않으니, 어머니의 사정만 간략하게 전해드리겠습
니다."

몸이 멀쩡한데도 어쩐지 눈앞이 팽팽 도는 기분이었다. 드디어
'그녀'를 만나고야 말았다는 생각에 심장이 쿵쿵 뛰고 손바닥이 축
축해졌다. 결코 설레는 기분은 아니었다. 나는 최대한 침착하게 목
소리를 쥐어 짜냈다.

"…크리스텔 드 사르네즈 공녀이십니까?"

"네? 네. 제가 마음이 급해서 소개도 잊었네요… 실례했습니다. 크리스텔 올리비에 드 사르네즈라고 합니다."

혹시나 하는 실낱같은 희망이 눈앞에서 산산이 조각났다. 물론, 크리스텔을 이루는 모든 것이 다른 이와 그녀를 착각할 수 없게 만들기는 했다. 과연 주인공은 주인공이었다. 그녀는 다소 어둑한 고해소 안에서도 생기 있는 뺨이나 긴 속눈썹이 도드라지는 미인이었고, 몸짓 또한 사람의 시선을 끄는 데가 있었다.

전체적으로는, 《퇴사했더니 이계 공녀》의 표지 속 모습과 상당히 비슷하면서도 달랐다. 나를 보는 커다란 눈동자부터가 그랬다. 내가 기억하는 쨍한 하늘색이 아니라, 진중함이 깃든 청회색의 홍채. 아니… 잠깐만. 진중하진 않은 것 같은데.

"크리스텔 공녀, 혹시 '올리비에'는 중간 이름인가요?"

"아, 헐."

그녀가 너무나 한국적인 탄식을 내뱉었다. 나는 표정 관리를 위해 이를 악물었다. 빙의한 지 얼마 안 돼 아직 이곳의 '규칙'을 숙지하지 못한 모양이었다.

"중간 이름은 소중한 사람에게만 알리는 것이니, 저는 못 들은 걸로 하겠습니다."

"…감사합니다."

내가 잇새로 말을 뱉자, 그녀가 머리를 손으로 빗어 넘기며 한숨으로 답했다. 죽을 맛이기는 나도 마찬가지였다. 왜 내가 벌써 주인공의 중간 이름을 알아야 하는 건데? 진도가 지나치게 빠른 거

서브 남주가 파업하면 생기는 일 1

아닌가? 진도를 나갈 생각 자체가 없었던 나에게는 이 상황이 너무 과했다.

"고해를 하러 오신 게 아니라면 떠나주십시오. 이 만남은 없던 일로 해드리겠습니다."

나는 턱에 힘을 주고 시선을 정면으로 돌렸다. 마음을 독하게 먹어야 한다. 원작의 예서 페네티안은, 세드리크 황자와 달리 크리스텔에게 시종일관 다정하고 따뜻한 남자였다고 했다. 은서가 황자를 버리고 그를 지지한 이유도, 크리스텔이 몇 번이고 서브 남주에게 흔들렸던 이유도 그래서였다.

그렇다면 나는 그것과 반대로 행동해야 했다. 남에게 미움받고 싶어 하는 사람이 세상에 어디 있을까 했는데, 그게 바로 나였다. 나는 그녀의 눈 밖에 나야, 그래서 그 미친 삼각관계에 끼지 않아야만 했다. 살기 위해서.

"왕자님, 잠깐이면 됩니다. 다름이 아니라 저희 집안에서…"

"듣기 싫습니다."

"어머니께서 고해를 하고 싶어 하십니다. 신전에서 말고, 따로 만나서요. 왜냐하면…"

"어쩔 수 없군요. 근위대를 부르죠."

"잠시만요!"

-찰랑

물소리가 났다. 나는 반사적으로 왼쪽에 놓인 피크닉 바구니를 바라보았다. 페퍼민트 차가 가득 들어있는 유리병은 미동도 없었다. 소름이 돋았다.

-찰랑, 찰랑

"…"

소리는 오른쪽, 나무창 너머 옆 칸에서 들렸다. 나는 아주 천천히 고개를 돌렸다. 기름칠을 잊은 양철 나무꾼처럼 온몸이 삐걱댔다.

"이것 때문이에요."

크리스텔의 작은 손 위에, 사과만 한 물방울이 동동 떠있었다. 그녀의 눈동자를 떠올리게 하는 물색의 구체가 작은 파도를 일으키며 움직였다. 나는 넋을 놓고 그것을 지켜보았다. 이 장면을, 이 전개를 어떻게 이해하면 좋을지 감도 오지 않았다.

"아니…"

"저희 가문에서 지키는 신물, '창해의 축복'은 이제 없습니다."

내가 눈을 크게 떴다. 순식간에 너무 많은 것들이 뇌리를 강타하고 지나갔다. 창해의 축복, 사르네즈 공작령, 신수, 그리고 주황색 눈동자의 소년.

"그게 무슨 말입니까?"

"말 그대로입니다. 창해의 축복은 제 몸에 흡수되어 더는 존재하지 않아요."

설명을 들었는데도, 머리가 이를 빠르게 소화하지 못했다. 나는 입을 열었다가 다물기를 몇 차례나 반복했다. 그런 일이 가능할 리 없다. 창해의 축복은 '퇴계공'의 표지에 등장하는 아이템이었다. 언뜻 사파이어처럼 보였던 푸른 보석. 크리스텔과 황자 사이에서 중요한 역할을 할 것 같았던 그 신물이, 초장부터 사라졌다는 사실을 납득하기 어려웠다. 하지만…

서브 남주가 파업하면 생기는 일 1

-찰랑…

크리스텔의 손바닥 위에서 나를 놀리는 양 빙글빙글 도는 저 방울꽃은, 분명 물 속성의 힘이었다. 그리고 이름과 색상에서 알 수 있듯, 창해의 축복 또한 물 속성의 신물이었다. 에테르를 사용하는 크리스텔이라니.

그녀가 초능력을 쓴다는 소리는 은서로부터 단 한 번도, 스치듯이 들어본 적도 없었다. 정략혼이라는 클리셰로 시작해 앙숙에서 연인이 되어가는 두 남녀의 이야기. 퇴계공의 내용을 한 줄로 요약하면 그게 전부였다. 분명 그랬을 터다.

"…저보다는 부티에 추기경 전하를 찾아가시는 게 나을 텐데요."

나는 당장 생각해 낼 수 있는 가장 이성적인 대답을 뱉었다. 상황을 무마할 다른 방법이 도저히 떠오르지 않았다.

"추기경 전하를 찾아뵙는 건 정치적인 행동이 될 거예요. 적어도 어머니께선 그렇게 생각하세요. 신국에서 오신 왕자님께, 티 묻지 않은 마음으로 고해를 하고 싶다고 하셨습니다."

"크리스텔 공녀, 저는…"

"경계의 신전에서 사라진 신물에 관한 이야기도 있어요."

"뭐라고요?"

-덜컹!

육중한 울림과 함께, 정문이 열리는 소리가 들렸다. '진짜' 고백자들이 들어오는 모양이었다. 크리스텔은 흠칫하며 로브를 다시 머리에 뒤집어썼다. 그녀가 주먹을 쥐자 물로 만든 구슬이 허공에서 팟, 하고 모습을 감추었다.

"내일모레 있을 봄 무도회, 밤 아홉 시 종이 울릴 때. 스트로다 궁 오른쪽 끝의 발코니로 나와주십시오. 제발 부탁드립니다, 예서 왕자님."

그녀는 내 대답도 듣지 않고 빠르게 고해소를 나섰다. 고막에 꽂힌 모든 문장이 당혹스러웠다. 크리스텔을 붙잡아야 할지 말아야 할지 고민하는 찰나,

-부우욱!

"이런 시발."

옷감이 길게 찢어지는 소리와 함께 그녀의 작은 욕설이 들렸다. 어쩌다가 드레스를 밟아 망가뜨린 모양이었다.

'적응력이 뛰어나고 야무지지만 덜렁대는 구석이 있음.'

은서가 좋아했던 그녀의 성격 그대로였다.

"허…"

해일처럼 몰아친 정황에 내가 멍을 때리고 있는 사이, 빠른 구두 소리와 함께 그녀의 기척이 신전 뒤편으로 멀어졌다. 동시에 정문 쪽에서 신자들의 조심스러운 발소리가 들렸다. 나는 가라앉지 않는 머릿속을 어떻게든 다스리려고 애를 썼다.

…도대체 뭐가 어떻게 돌아가고 있는 거지?

* * *

크리스텔이 그렇게 자리를 뜬 뒤, 나는 오후의 고해 일정을 전면 취소하고 쥘리에트 궁으로 돌아왔다. 사태를 정리하기 위해, 드디

서브 남주가 파업하면 생기는 일 1

어 몸이 아프다는 핑계를 써먹은 것이다. 이렇게 쓰려고 아껴둔 게 아니었는데, 젠장…

"이자벨 드 사르네즈 공작 부인은 크리스텔 공녀의 계모입니다. 시몽 드 사르네즈 공작이 아내와 사별하고 재혼한 상대지요."

뱅자맹이 테이블 앞에 서서 설명했다. 이미 알고 있던 사실이었지만, 나는 계속 이야기해 보라는 의미로 눈짓했다. 그러자 가나엘이 뒤를 이었다.

"공작 부인은 사교 활동이 적고 공작령 밖으로 나오는 일도 많지 않습니다. 그래서 관련된 소문 자체가 적은 편이에요. 전형적인 계모라고 쑥덕거리는 사람도 있고, 성품이 곱고 우아하다고 칭송하는 사람도 있지만… 사실을 확인할 만큼 깊게 알고 지내는 귀족이 거의 없죠."

나는 고개를 주억거리며, 테이블 위에 펼쳐놓은 〈격주간 리에스테르〉 4월 1일 호를 가만히 내려다보았다. '사르네즈의 보물이 깨어나다'라는 머리기사가 큼지막했다. 크리스텔이 3년간의 잠에서 깨어난 일을 특집으로 보도한 내용이었다.

'…이러한 상황에서도 이자벨 드 사르네즈 공작 부인은 희망을 놓지 않았던 것으로 보인다. 공작가를 드나드는 소식통에 의하면, 그녀는 '무슨 수를 써서든 내 딸을 돌려받겠다'라며 강한 의욕을 내비쳤다고.'

'크리스텔 공녀가 눈을 뜬 직후, 공작 부부는 한동안 눈물을 멈추지 못했다는 후문이다. 특히 이자벨 공작 부인은 '내 죄가 크다'라고 울부짖어 시종들의 눈시울마저 붉어지게 했다고. 호사가들은 그

녀가 어머니로서 공녀에게 잘해주지 못한 점을 자책한 것 아니겠느냐고 입을 모은다.'

〈격주간 리에스테르〉를 구독 신청까지 해놓았기에, 이미 아흐레 전 읽어본 기사였다. 그런데 충격에 가까운 크리스텔과의 만남을 겪고 나니, 모든 문장이 생소하게 보이기 시작했다.

'무슨 수를 써서든 내 딸을 돌려받겠다'라고 천명한 공작 부인.

사라진 신물, '창해의 축복'.

눈을 뜬 크리스텔.

'내 죄가 크다'라던 공작 부인의 절규.

좀 억지스럽긴 하지만, 꾸역꾸역 퍼즐을 맞춰보자면 이런 그림도 나오긴 했다. 사건 순서가 이게 아닐 가능성도 컸으나 지금으로서는 가장 그럴듯했다.

그러니까 공작 부인은, 도저히 살아날 것 같지 않은 딸을 위해 가문의 보물을 소모했다. '어떻게'라는 의문은 일단 넣어두고… 그녀는 신물을 딸의 몸에 흡수시켰다. 그러자 크리스텔이 병상에서 일어났고, 공녀는 신물의 속성을 고스란히 에테르로 발현하게 되었다. 여기까지의 내 가설이 전부 옳다면, 공작 부인이 내게 고해를 하려는 이유는 무엇일까.

"신물을 사적으로 쓰면, 큰 죄가 되겠지?"

불쑥 튀어나온 내 물음에, 가나엘의 눈이 왕방울만 해졌다. 건드리면 쏟아질 것 같았다.

"당연하지 않을까요? 신물은 주신께서 대륙에 직접 내리신 보물이니까요."

"그런 사람을 처벌하는 법도 제정돼 있나?"

"아마 법이 있지는 않을 겁니다. 하지만⋯"

내 말을 받은 뱅자맹의 목소리가 나직해졌다.

"신물을 수호하는 가문의 사람들은 모두 높은 긍지를 갖고 있습니다. 자신들이 주신의 뜻을 앞장서 받들고 있다 믿기 때문이지요. 사욕을 부리는 자들로부터 신물을 지키는 데 목숨을 걸 자들입니다."

"혹시 누가 신물을 사용私用하면, 그들이 가만히 있지 않겠군요."

"그렇겠지요. 하지만 저는 누가 나서지 않더라도, 주신께서 먼저 의지를 보이시리라 믿습니다."

나는 뱅자맹의 말을 곱씹었다. 이런 환경이라면, 공작 부인이 자책하며 성직자의 용서를 구하고자 할 수도 있을 것 같았다. 끼워 맞춘 조각이 너무 많아 자신은 없지만⋯ 창해의 축복이 사라졌다는 건 확실해 보였고, 그 부분만큼은 나도 근거가 있었다.

"그 신수요. 사르네즈 공작령이 아니라면 어디로 갔을까요?"

황도의 경계를 넘어 사르네즈에 입성해서도, 신물을 감지해 내지 못했던 레서판다 세 마리. 그리고 녀석들을 이끌던 어린아이 하나. 그 시점에 이미 창해의 축복이 파괴되고 없었다면, 세이디와 신수들이 길을 헤맨 것도 당연했다. 내가 엉뚱한 곳으로 화제를 돌렸음에도 뱅자맹은 당황하지 않고 답을 내놓았다.

"사르네즈가 아니라면⋯ 황궁에서 두 번째로 가까운 신물은 뒤엠 후작가의 영지에 있는 '화성의 혜검'입니다."

"포털을 타지 않고 말로만 가면 얼마나 걸리죠?"

"쉬지 않고 달리면 이틀, 길게 잡으면 나흘쯤 걸릴 겁니다."

나는 입술을 깨물었다. 나흘. 세이디와 레서판다가 종적을 감춘 기간과 같았다. 그저 우연의 일치라고 보기엔 묘하게 아귀가 맞아떨어졌다. 그럼, 세이디는 레서판다 무리를 데리고 뒤엠 후작가로 향했다 치고…

"뱅자맹, 가나엘."

조심스럽게 두 사람을 불렀다. 분위기가 달라진 것을 눈치챘는지, 둘의 표정이 더욱 차분해졌다. 나는 이제 더 많은 도움이 필요했다. 하늘에서 난데없이 주인공이 떨어졌으므로.

* * *

어지간하면 뱅자맹과 가나엘에게는 이런 사정을 터놓을 일이 없기를 바랐다. 두 사람을 믿지 못해서가 아니라, 이들에게 상담할 만한 사건이 벌어지길 원치 않았기 때문이었다. 나는 최대한 조용히 살고 싶었다. 그냥, 볼모 겸 성직자로.

그런데 혼자 힘으로는 한계가 뚜렷했다. 크리스텔이 등장하자마자 나는 저항할 새도 없이 그녀의 서사에 휘말렸다. 마치 작은 시계 부속처럼, 주인공의 거대한 이야기에 맞물려 돌아가는 주변의 감각이 선득했다. 오늘의 자리는, 그래서 마련된 것이었다. 내 '측근'들에게 손을 벌리기 위해서.

"사르네즈 공작 부인이 추기경 전하께 고해하지 못한다는 건, 아마 국혼 문제 때문일 겁니다."

뱅자맹이 우아하게 나이프를 움직이며 말했다. 나는 블랑케트 드 보의 송아지 고기를 건져 먹다가 고개를 들었다. 나와 뱅자맹, 가나엘은 한 테이블에 둘러앉아 만찬을 즐기고 있었다.

자고로 중요한 이야기를 나누려면 식사를 함께해야 한다고 배운 내 고집의 결과였다. 지난번 뱅자맹에게 내린 '왕자와 삼시 세끼' 보속은 진작에 다 써버려서 어쩔 수가 없었다.

"세드리크 황자 전하와 크리스텔 공녀의 혼담 말인가요?"

"그걸 아시는군요, 왕자님. 아직 많이 알려지지 않은 소문인데요."

내가 되묻자 가나엘이 놀란 눈을 했다. 나는 숟가락을 들고 열없이 웃었다. 너도 로판 읽는 동생 있으면 많은 걸 알게 된다는 소리가 목구멍으로 꿀꺽 넘어갔다. 뱅자맹이 고개를 주억거리며 다 썬 샤토브리앙 접시를 내 것과 바꿔주었다. 중년의 천사…

"한때, 사르네즈 공작령에서 보호하는 '창해의 축복'이 두 분의 결혼 예물이 될 거라는 이야기가 돌았습니다. 부티에 추기경 전하께서는 황자 전하의 대모이시니, 그 부분을 당연히 알고 계실 겁니다."

예물이었구나. 그래서 신물이 '퇴계공' 표지에 나온 거였어. 부지런히 포크를 놀리다가도, 뱅자맹과 가나엘이 전해주는 정보를 듣고 있으면 놀라움에 손을 뚝 멈추게 됐다. 두 사람에게 고해소에서 있었던 일을 밝힌 건 현명한 선택 같았다. 벌써 의문이 하나 풀렸지 않은가.

"예물을 함부로 가져다 쓰고 추기경 전하께 고해하면, 혼담이 잘못 흘러갈 수도 있겠네요."

"네, 추기경 전하와 황제 폐하께선 한마음 한뜻으로 행동하시니까요."

내 말을 가나엘이 맞받았다. 황제의 '정치적 반려', 알렉상드르 국서는 황자가 어릴 때 세상을 떠났다. 황제가 아들의 국혼을 논의하고, 혼주석을 공유할 사람은 그녀의 '종교적 반려'인 부티에 추기경뿐이었다.

"그리고 미래의 사돈이라는 지위를 이용해, 신물을 사용한 대죄를 덮으려 한다는 말도 나올 겁니다."

뱅자맹이 나직하게 말했다. 공작 부인이 추기경을 만나는 게 '정치적인 행동'이 될 거라던 크리스텔의 말이, 그제야 이해가 됐다. 순수한 신앙심으로 고해하고 싶으니 인척이 될 사람은 피하겠다는 의지였다.

"황도에는 대주교도 있고, 다른 주교도 많을 텐데 굳이 저를 만나겠다는 건…"

역시 아무 상관 없는 외국인이 제일 마음 편하다는 뜻인가.

"왕자님은 왕족 신관이시잖아요. 죄가 죄인 만큼, 가장 고결하신 분께 고백하겠다는 것 같습니다."

가나엘이 가슴을 활짝 펴며 말했다. 황금색 눈동자가 왜인지 뿌듯해 보였다. 이런 말을 들으려고 꺼낸 소리가 아닌지라, 나는 민망해져 화제를 돌렸다.

"그럼 이 소식을 제가 추기경 전하께 알릴… 필요는 없겠죠?"

뱅자맹이 포크를 멈추고 나를 바라보았다. 나는 제발 그렇다고 말해달라는 눈빛을 보냈다. 나도 내일모레면 서른인데, 곁에 의지할 만한 어른이 있으니 자연스레 지지를 구하게 됐다. 두 주인공이 모두 얽힌 일에 발끝이라도 담글 생각은 전혀 없었다.

"저는, 왕자님께서 나서지 않으셔도 된다고 생각합니다."

코끝에서 안도의 숨이 흘러나왔다.

"이것은 결국 황실과 공작가라는 두 집안의 일입니다. 예물의 문제를 언제까지 숨길 수는 없으니, 폐하와 추기경 전하께서 진실을 알아내시는 것도 시간문제지요. 양가의 어른들이 잘 해결하실 겁니다."

뱅자맹은 친절하게도 내가 듣고 싶어 하는 대답을 건네주었다. 그러자 가나엘이 무언가 떠올랐다는 듯 눈을 빛냈다.

"그러고 보니, 황자 전하께서 사나흘 전부터 옥체가 편치 않으시다고 들었습니다. 로메로 궁 시종들 말로는 봄 무도회에 불참하실지도 모른대요. 어쩌면 이미 '창해의 축복' 소식을 접하신 거 아닐까요?"

"그럴 수도 있겠구나."

뱅자맹이 동의하는 걸 보니, 상황이 꽤 그럴듯해 보였다. 당사자들이 이미 사태를 파악하고 있다면 굳이 내가 나서서 아는 체를 할 이유는 없었다. 일단 부담 하나는 던 셈이다.

"그나저나 크리스텔 공녀가 참으로 대담하네요. 직접 말을 전하기 위해 황궁 신전에 잠입하다니, 쓰러지기 전의 공녀와는 다른 사람 같아요."

가나엘이 아무렇지 않은 얼굴로 중대 스포일러를 입에 올렸다. 나는 떨리는 입꼬리를 감추기 위해 냅킨으로 하관을 가렸다. 그야,

그 몸에 다른 사람이 빙의했으니까. 그러자 묵묵히 듣고 있던 뱅자맹이 소년의 의견을 뒷받침했다.

"3년 전의 크리스텔 공녀는 내성적인 성격으로 유명했습니다. 영주성 밖으로는 한 발짝도 나가지 않았고, 자기표현에도 서툴러 사르네즈 공작의 걱정이 컸지요. 성인식과 동시에 사교계 데뷔를 하지 않은 것도 그래서였습니다."

이건 또 처음 듣는 설정이었다. 은서는 '퇴사한 직장인이 빙의된' 크리스텔에 관해 재잘거렸을 뿐, '진짜' 크리스텔이 어떤 사람이었는지는 말한 적이 없었다. 가만 보니 두 크리스텔의 성격 차가 상당한 것 같았다.

나는 디저트로 올라온 담 블랑슈를 크게 한입 떠먹으며 생각에 잠겼다. 내가 한사코 대화를 거절하자 곧장 능력을 선보이던 쇼맨십이나, 몇 차례 허술함을 노출하면서도 마지막까지 할 말을 쏟아붓던 모습. 그녀는 한눈에 봐도 주인공 같은…

'경계의 신전에서 사라진 신물에 관한 이야기도 있어요.'

'뭐라고요?'

아, 맞다. 그게 있었지.

"다른 신물 얘기도 하더라고요."

두 쌍의 눈동자가 동시에 나를 바라보았다.

"'경계의 신전'에서 사라진 신물에 관해, 제게 할 말이 있다고 했습니다."

"…"

분위기가 단숨에 흐려졌다. 가나엘은 미간을 찡그렸고, 뱅자맹은 누가 봐도 불쾌한 표정이었다. 처음 보는 낯에 나까지 덩달아 마음이 가라앉았다.

"공작 부인이 무슨 생각인지 모르겠군요. 추기경 전하께서 직접 왕자님의 결백을 선언하셨는데, 어떤 말을 얹겠다는 건지."

"왕자님이 그 곤경에서 벗어나신 지 얼마나 됐다고, 먼저 언급을 하다니…"

두 사람이 차례로 한마디씩 불만을 터뜨렸다. 대충 해석하자면, 그 사건을 미끼 삼아 나를 만나고자 하는 게 무척 무례하다는 뜻 같았다. 나로서는 전혀 짐작하지 못한 반응이었다.

"저는, 공작 부인이 범인에 대한 단서라도 제공할 생각인가 했습니다. 아니면 그 신물도 자기가 훔쳤다고 고해하려나 했죠."

내 말에 뱅자맹이 잔을 집어 들었다. 가나엘이 앓는 소리를 내며 그에게 탄산수를 따라주었다. 나는 진짜 별생각 없는데 둘만 고구마를 먹은 모양새였다.

"전자라면 황실 근위대나 제국군을 찾아갈 일입니다."

"후자라면, 왕자님이 들어주실 것도 없죠. 부인은 신벌神罰을 받게 될 테니까요."

두 사람이 나를 다그치다시피 했다. 나는 조용히 입을 닫고 두 번째 디저트로 손을 옮겼다. 어디서 많이 겪어본 상황이다 싶었는데, 가끔 형과 은서가 합심해서 나를 이렇게 꾸중하곤 했다.

"그래서, 모레 어떻게 할 계획이세요? 공작 부인을 만나러 가실 겁니까?"

따뜻하게 나온 샤를로트를 디저트 나이프로 자르고 있으니, 가나엘이 단도직입적으로 물었다. 나는 즉각 고개를 내저었다.

"공작 부인을 만나려면 봄 무도회에 가야 하는데, 절대 그러고 싶진 않아. 신전에서 도둑맞은 신물 이야기가 좀 궁금하긴 해도, 어차피 나와는 관계없는 일이고."

나는 피할 수 없다면 즐기라는 격언을 좋아하지 않았다. 딱 한 번 못 피해서 주인공을 만나긴 했지만, 그래도 할 수 있는 한은 계속 피할 셈이었다. 그거 잠깐 대면했다고 흔들릴 결심이었으면 처음부터 서브 남주를 때려치우지도 않았을 것이다. 주인공이 중심이 될 행사에 얼굴을 비춘다니 있을 수 없는 일이었다.

단호한 내 태도에 뱅자맹이 만족스러운 얼굴로 고개를 끄덕였다. 가나엘은 잘 생각하셨다며, 후식까지 드셨으니 다시 고기를 들이겠다고 말했다. 알찬 식사였다.

* * *

"죽겠다, 집에 가고 싶어…"

엘리자베트가 소파에 엎어져 죽는소리를 했다. 작년 여름 부근위대장의 자리에 오를 때만 해도, 그녀는 '봄 무도회는 주신께서 대륙에 내리신 지옥', '봄이 그렇게도 좋냐, 멍청이 귀족들아' 하는 선임들의 말을 이해하지 못했다.

그런데 봄 무도회를 하루 앞둔 시점이 되니, 그 모든 탄식이 뼈와 살에 새겨져 지워지지 않았다. 내년에도 이 난리를 겪어야 한다는 사실이 끔찍했다. 할 일이, 정말 너무 많았다.

서브 남주가 파업하면 생기는 일 1

"세이디, 내가 근위대 들어간다고 할 때 말렸어야지…"

"입궁한 지 두 시간도 안 됐을 텐데."

황자가 냉랭하게 대꾸했다. 엘리자베트는 방석에 파묻고 있던 머리를 번쩍 들었다. 과로에 젖은 회색 눈동자가 부리부리했다.

"네가 출퇴근하는 공무원의 심정을 알아? 국가 행사에 소집된 기사의 심정을 아냐고…"

"적당히 쉬었으면 나가도록."

"나 방금 왔거든?"

그녀가 툴툴거리며 몸을 일으켜 앉았다. 맞은편에 착석한 세드리크의 안색은 여전히 조금 창백했다. 당장 내일이면 제국의 내로라하는 귀족들 앞에 서야 할 황자가, 에테르 부족으로 며칠째 골골거리고 있으니 시종들이 안절부절못하는 것도 당연했다.

"무도회 갈 수 있겠어?"

"그래."

황자가 대답했다. 꽤 어릴 적부터 봐왔지만, 세드리크는 단 한 번도 자신의 면전에서 아프다거나 힘들다는 소리를 한 적이 없었다. 아마 황제 폐하나 추기경 전하 앞에서도 마찬가지였을 것이다. 거기까지 생각이 미치자 엘리자베트는 다른 이야기를 하고 싶어졌다. 어차피 본론은 이것이기도 했다.

"공작가에서 답신은 왔고?"

세드리크가 대답 대신 가볍게 턱짓했다. 눈을 돌리니, 테이블 위에 놓인 편지 봉투가 보였다.

"뭐래?"

엘리자베트는 글자라면 이제 꼴도 보기 싫었다. 지난 일주일간 너무 많은 서류를 검토한 그녀는, 황자에게 당당히 세 줄 요약을 요구했다. 세드리크가 옅게 미간을 찌푸렸다.

"신물은 잘 있다더군."

좀 심하게 축약된 것 같았지만, 사르네즈 공작의 입장을 이해하기에는 부족함이 없는 답변이었다.

"거짓말이잖아."

엘리자베트의 단언에 세드리크가 고개를 까닥였다. 그는 닷새 전, 신수들을 이끌고 영주성의 지척까지 접근했던 순간을 떠올렸다. 아무것도 감지해 내지 못한 작은 짐승들이 자신의 발밑을 맴돌고, 수풀을 뒹굴던 모습을 생각하면 헛웃음이 나올 지경이었다. 공작은 거짓말을 하고 있었다. 그 영지에, 에테르를 지닌 보물은 없었으니까.

"얼굴을 보면 알 수 있겠지."

그의 중저음이 오늘따라 묵직했다. 봄 무도회에 참석할 사르네즈 공작 부부와, 그들의 하나뿐인 딸. 내일 세 사람을 만나 직접 물으면 진실을 확인할 수 있을 것이다. 추기경과 황제가 동석하는 자리에서 감히 거짓을 고하진 못할 터였다. 세드리크는 이것이 그들에게 주어진 마지막 기회라고 생각했다.

-똑똑

"들어와."

황자의 응답에, 응접실 문이 열리고 시종 하나가 모습을 드러냈다. 다비드 카퓌송이었다.

서브 남주가 파업하면 생기는 일 1

"전하, 예서 왕자님께서 민들레차를 보내셨습니다."

"…뭐?"

예상치 못한 이름과, 예상치 못한 명사의 조합이었다. 엘리자베트가 고개를 불쑥 내밀었다.

"예서 왕자님께서요? 차는 갑자기 왜 보내셨답니까?"

"…전하께서 편찮으신 것을, 어떻게 아신 모양입니다."

"…"

"입단속이 미진했습니다. 부디 용서해 주십시오."

그 왕자는, 로메로 궁에서 세이지 차를 보낸 것을 잊지 않았던 모양이었다. 직접 겪은 왕자의 성정을 생각하면 놀라운 일도 아니었다. 고작 민들레차 때문에 상념이 흐트러졌으나 썩 불쾌지는 않았다.

"찻물을 올릴까요?"

카퓌송의 조심스러운 물음에, 세드리크가 무언의 긍정을 내놓았다. 부근위대장이 작게 웃음을 터뜨렸다.

* * *

봄 무도회 당일.

이제 와 생각하는 건데, 내가 너무 안일했다. 아침 아홉 시부터 쥘리에트 궁에 들이닥친 황실 재단사 일행은, 멀쩡한 천에 옷핀을 수십 개는 꽂아대며 치열한 피팅을 시작했다. 뭐냐, 〈프로젝트 런웨이〉를 눈앞에서 보는 것 같았다. 나는 무도회 '불참자'인데도.

"얼굴이 날개라는 말은 이럴 때 쓰는 거네요."

성대에서 오타가 난 건지 나를 칭찬하는 건지 알 수 없는 시종의 말에, 나는 애매하게 웃어 보였다. 옷 입는 것을 도운 다른 시종들이 입을 가리며 즐거워했다. 그래, 누구라도 행복하면 됐다…

"예서 왕자님, 팔을 양옆으로 쭉 뻗어보시겠습니까?"

의상실 실장님, 아니 황실 재단사의 요청에 나는 고분고분 팔을 벌렸다. 주교의 정복은 처음 착용하는 것이었다. 내가 빙의하기 전의 예서 왕자라면 입어봤을지도 모르겠지만, 아무튼 나에겐 최초였다.

"빠진 부분도 없고, 다소 급하게 만든 감이 있었는데 다행히 잘 맞는군요. 그리고 이 친구 말대로 왕자님께서 옷을 더 살려주시는 것 같습니다."

테가 얇은 안경을 콧등 위에 얹은 실장님이, 두꺼운 주신교 복식 도록을 펼쳐 내게 보여주었다. 주교의 의상은 자수가 적지만, 전체적으로 금색이었기 때문에 상당히 화려했다. 밑에 받쳐 입은 옷만 흰색인 수준이었다.

"다음, 다다음 페이지를 보시면, 보라색은 교황만이 쓸 수 있는 색입니다."

"그러네요."

이건 나도 아는 사실이었다.

"하지만 왕자님께선 이미 자수정을 지니고 계시니, 이보다 상징적일 수 없지요. 근사합니다!"

그 말이 무슨 뜻인지를 파악하는 데는 3초 정도의 시간이 필요했다. 내 눈동자가 '주신의 축복'을 받았다는 보라색이라 옷과 잘 어울린다는 의미였다. 이어 실장님은 '이 시기에 최고급 금단金緞을 수배하느라 너무 힘들었다'라며 우는소리를 했다. 첫 만남인데 친화력이 대단했다.

-똑똑

"들어오세요."

그래서 나는 누구보다 빠르게 노크 소리에 응답했다. 이 사람의 이야기를 계속 들어주고 있으면, 고해를 받으러 가기도 전에 기가 다 빠질 것 같았다.

"왕자님, 출발하실 시간입니다."

나를 구하러 온 것은 뱅자맹이었다. 실장님은 이제 정말 마지막이라며, 큼직한 주교관을 들어 내 머리에 씌워주었다. 옷과는 반대로 하얀 바탕에 금빛 장식이 들어간 모양새였다.

"잘 아시겠지만, 신관의 정복에는 특수 마법이 걸려있습니다. 더위나 추위, 무거움을 느끼실 일은 없지요. 달리는 마차에 부딪히는 충격도 흡수합니다. 이 주교관도 직접 벗으시기 전까진 머리에서 흘러내리지 않을 거고요."

와, 이건 몰랐다. 4월 중순에 이런 두께를 어떻게 감당하나 싶었는데 천만다행이었다.

"하지만 옷 자체의 불편함은 어쩔 수가 없습니다. 오늘 하루는 눈 딱 감고, 최고의 옷걸이가 되었다고 생각하세요."

그가 단호하게 내뱉었다. 아침 먹을 때까지만 해도 사람이었는데, 지금부터는 무생물이 되어야 한다니 조금 서글펐다.

* * *

나는 봄 무도회에 참석하지 않고, 고해 신관의 역할에 충실하겠다고 선언했다. 황제와 추기경은 그 의견을 받아들였다. 그래서 다 잘 풀린 줄만 알았다. 황실과 귀족들이 탱자탱자 노는 동안, 홀로 평화를 즐길 수 있을 거라 믿었다. 그랬는데.

"제가 너무 쉽게 생각했나 봅니다."

"왕자님…"

가나엘이 안타까운 눈으로 나를 바라보았다. 아침부터 어찌나 박박 씻었는지, 흔들리는 마차 안에서 내 비누 향이 진동을 했다. 뱅자맹은 '더 자세히 말씀드리지 않은 저의 탓입니다'하고 자책했지만, 돌이켜보면 상황이 이렇게 되는 건 당연했다.

무도회 시작 시각에 맞춰 저녁에 입궁하는 귀족도 많겠으나, 일찍 와서 황궁 꽃구경도 하고 신국의 왕자에게 고해까지 하는 봄나들이 코스를 만끽할 귀족 또한 적지 않았던 것이다.

황제는 이 모든 것을 예상하고, 아침부터 의상실 사람들을 보내 나를 봐줄만한 꼴로 둔갑시켰다. 과연 정치하는 사람은 생각하는 범위부터가 달랐다. 나는 '오늘 점심 뭐 먹지' 같은 고민이나 하고 있었는데…

"곧 황궁 신전에 도착합니다, 왕자님."

"그런데 신전이 안 보이네요."

내가 당황해서 대답했다. 이 정도 거리라면 신전 정문이 훤히 보여야 하는데, 줄지어 선 마차들 때문에 건물의 꼭대기만 겨우 눈에 들어오는 수준이었다. 주차난이 심각했다.

"그 와중에 가로 주차한 놈도 있네…"

내 중얼거림에 가나엘이 웃음을 참는 소리가 들렸다. 마부의 에스코트를 받아 마차에서 내리자, 신전을 지키는 기사들이 내게 차례로 예를 올렸다. 뒤이어 육중한 정문이 열렸다. 나는 작게 숨을 들이켰다.

—쿠웅…!

실내에 머무르던 백수십여 쌍의 시선이, 일제히 내게 꽂혀 들었다.

* * *

…차라리 무도회에 가는 게 낫지 않았을까? 아니, 그건 아니다. 정신 차리자. 나는 천천히 손을 들어 내 뺨을 한 번 쳤다. 아무리 피로해도 크리스텔이나 황자와 같은 공간에 있는 것보단 나았다. 하루만 욕보면 두 사람 모두를 피할 수 있는데, 조금 힘들다고 약한 생각을 해선 안 됐다.

"왕자님, 괜찮으세요? 황궁에 돌아가면 바로 목욕을 하실 수 있게 준비하겠습니다."

"애쓰셨습니다, 왕자님. 가서 푹 쉬시지요."

"두 분도 수고 많으셨습니다…"

가나엘과 뱅자맹이 나를 신전 밖으로 이끌었다. 사실 육체보다는 정신적으로 너무 지친 상태였다. 고해 성사는 말하는 문장보다 듣는 문장이 더 많은 일인데도, 중간에 두 끼나 든든히 먹었는데도 머리가 지끈거렸다. 에테르를 많이 쓰진 않았으니 순전히 스트레스 때문일 것이다.

"가나엘, 지금 몇 시야?"

"여덟 시 삼십오 분입니다."

"고마워."

신전 맞은 편, 무도회가 열리는 스트로다 궁에서 만나자던 사르네즈 공작 부인의 약속 시간은 아홉 시였다. 여덟 시 반쯤 내 방으로 돌아가면 우연하게라도 마주칠 일이 없겠다 싶었는데, 계획대로 진행되어 다행이었다.

"진짜, 다음부터는 그냥 아프다는 핑계 대고 빠져야지."

"네, 그러시는 게 좋겠습니다."

뱅자맹이 나를 두둔했다. 나는 피식 웃으며 마차로 걸음을 옮겼다. 부자유스러운 옷 때문에 종일 긴장하고 있던 몸이 뻐근했다. 귀족들의 고해 성사는, 황궁의 노동자들을 대상으로 했던 것과 크게 다를 바 없이 진행되었다.

고백자들이 더 좋은 옷을 입고, 더 세련된 단어를 쓴다는 점만 제외하면. 그리고 내 눈을 뚫어져라 보는 사람이 있었다는 점과, 진상의 출현 빈도가 조금 높다는 점을 제외하면… 흐름 자체는 비슷했다.

"막판에는, 작명을 해달라는 사람도 있었습니다."

내 말에 두 사람이 눈을 동그랗게 떴다.

"딸의 중간 이름을 붙여달라고 하더군요. 고해할 건 딱히 없고, 제가 지은 이름을 아이에게 주고 싶어서 왔대요."

가나엘이 고개를 절레절레 내저었다. 뱅자맹은 한숨을 내쉬었다. 당사자인 네 살배기 '소피'가 공차기를 제일 좋아한다기에, 나는 큰 사람이 되라고 '지네딘'이라는 중간 이름을 선물해 주었다. 제국 사람들은 프랑스어 이름을 쓰니 아주 탁월한 선택 같았다.

"그럼 쥘리에트 궁으로 모시겠습니다, 왕자님."

황궁 마부가 다가와 마차 문을 열어주었다. 나는 고개를 끄덕이며 발판을 디뎠다. 아니, 디디려고 했다.

"뱅자맹, 저거…"

내가 삿대질을 했다. 너무 피곤해서 헛것이 보이나 싶었다. 그럴 수밖에 없는 상황이, 길 건너편에서 펼쳐지고 있었기 때문이다. 내 손끝을 따라간 뱅자맹의 눈동자가 크게 벌어졌다. 놀라기는 가나엘도 마찬가지였다.

"…신수님?"

소년의 입에서 멍한 물음이 흘러나왔다. 스트로다 궁의 왼쪽 끝 발코니를 향해, 바닥에서부터 굵은 덩굴이 쑥쑥 자라나고 있었다. 대충 봐도 성인 남성의 허리둘레 정도는 될 것 같았다. 그 줄기가 가까운 잔디와 관목을 헤치는 소리가 여기까지 들렸다.

-부스럭, 부스럭

"…"

그래, 헛것이 아니라 진짜구나. 나는 망설임 없이 마차에 올랐다. 한창 무도회가 진행 중인 스트로다 궁 주변으로는 빨간 횃불과 마법 조명이 밝혀져 있었지만, 신전 근처는 어두웠으니 나는 못 본 거나 마찬가지였다. 그 레서판다가 황궁을 떠나지 못한 것이든, 새로운 신수가 출몰한 것이든 나와는 아무 관계 없었다.

"이만 갈까요?"

"네, 네."

다소 냉랭한 내 목소리에 모두가 날래게 몸을 움직였다. 가나엘과 뱅자맹이 자리를 잡고 앉자, 마부가 마차 문을 닫기 위해 다가왔다. 그때였다.

−끄르르르르…

"…"

처량한 레서판다의 울음소리가 모두의 귓가를 파고들었다. 나는 눈을 질끈 감았다. 해종일 귀족들의 고해를 듣느라 고생했는데, 저 궁에 가지 않기 위해 몸부림치다가 이제 나왔는데. 작가에게 양심이 있다면 이런 식으로 나를 긁어선 안 되는 거였다.

−끼이이이이이이…

녀석이 굶었든, 아프든 내가 알 바 아니었다. 저 안에는 황족이 있고 귀족도 많으니 그들이 알아서 해결할 것이다. 신수니까 당연히 죽이진 않을 테고, 끽해야 우리 안에 가둬놓고 구경이나 하다 좋은 곳에 보내주겠지.

"그냥 출발,"

−끼이, 끼이, 끼이이…

내가 자리에서 벌떡 일어났다. 이게 만약 나를 주인공으로 하는 웹소설이었다면, 나는 당장 '전개가 고구마네요, 하차합니다'란 댓글을 남겼을지도 모른다. 그러나 현실의 나는 마차에서 하차하고 있었다. 빌어먹을.

서브 남주가 파업하면 생기는 일 1

* * *

−끼이이이

"그래, 형이야. 오랜만이지?"

어느새 쭉쭉 뻗은 덩굴이 발코니의 난간을 휘감은 채였다. 나는 굵다란 줄기들을 발판 삼아 쉽사리 현장 앞에 당도했다. 이곳이 스트로다 궁의 왼쪽 끝 발코니니까 온 거지, 공작 부인이 만나자고 했던 '오른쪽 끝' 발코니였으면 정말로 이를 악물고 떠났을 것이다.

"왕자님께선 괜찮으신 겁니까?"

"신수는 일반적인 동물이 아니라, 에테르 보유자가 아니면 길들이지 못하네. 자네들은 조용히 추기경 전하께 말씀을 전하도록 해. 어서."

아래에서는 스트로다 궁의 보초들과 뱅자맹이 심각하게 대화를 나누고 있었다. '정원에 신수가 출몰했을 때의 매뉴얼' 따윈 없었던 병사들 역시 크게 당황한 모양새였다. '신관의 정복이 달리는 마차와의 충격까지 흡수한다'라는 말만 아니었다면, 저들은 결코 나를 올려 보내지 않았을 터였다.

"형이 지금 먹을 게 없어. 그래도 같이 가줄래?"

나는 난간 사이로 손을 내밀었다. 불행 중 다행으로, 레서판다는 내가 돌봐주었던 그 녀석이었다. 오동통한 꼬리가 끝으로 갈수록 하얘졌기 때문에 기억하고 있었다. 레서판다가 나를 보며 고개를 갸웃거렸다. 반쯤 열린 발코니 문 너머, 아름다운 음악 소리와 사람들의 웅성거림이 들렸다.

-끼!

"옳지. 이쪽으로 와. 형이랑 하룻밤만 같이 있자."

내일 아침 눈을 뜨자마자, 이 녀석을 데리고 부티에 추기경을 찾을 심산이었다. 그러면 죽이 되든 밥이 되든 그녀가 알아서 해결할 것이다. 나는 팔을 쭉 뻗고 성소를 전개했다. 황금빛 에테르의 흐름을 느낀 레서판다가, 수염을 옴찔거리며 동그란 코끝을 내 손바닥에 문질렀다. 안도의 웃음이 새어 나왔다. 이제 다 됐다.

-또각

그 순간, 레서판다로 가득 차있던 내 시야 끝에 검은색 구두코가 들어왔다. 나는 천천히 고개를 들어올렸다. 눈이 마주친 것은 낯선 남자였다. 그런데, 나는 그를 알아볼 수밖에 없었다.

"여기서 뭐 하는 거지?"

어디서 들어본 듯한 중저음에, 기이하게도 언젠가 은서와 나누었던 대화가 떠올랐다. 꼭 이어폰으로 재생하는 것처럼 생생한 울림이었다.

'정은서, 너는 남주가 그렇게 싫다면서 왜 맨날 걔 얘기를 하냐? 사실 좋아하는 거 아니야?'

'아니라고… 그놈의 얼굴 때문이라고! 얼굴, 얼굴, 얼굴!'

그때 동생의 표정은, 마치 '호박고구마!'를 외치던 어떤 배우분 같았다. 은서는 '퇴계공' 남주의 외모를 높이 사면서도 전반적으로는 항상 냉소적인 태도를 유지했다. '얼굴은 루브르인데 인성은 난리 블루스'라는 표현이 대표적인 예였다. 그런데 지금, 나는 그 애의 말을 정면으로 반박할 수 있었다.

"…"

나와 레서판다를 번갈아 바라보던 남자가 미간을 조금 찌푸렸다.

"…신수가 깨어났나 보군."

그의 얼굴은 고전미와 현대미를 한데 조화롭게 뒤섞어놓았다는 점에서, 루브르보다는 오르세^{Orsay}에 가까웠다. 심연처럼 새카만 머리칼과, 가닛을 박아놓은 것 같은 눈동자가 공간을 압도하고 있었다. 내가 무조건 피해야 하는 인간, 그 두 번째.

《퇴사했더니 이계 공녀》의 메인 남주. 세드리크 리에스테르였다.

8.

그때, 나는 왜 내가 '서브' 남주이고 황자가 '메인' 남주인지를 절실히 깨달았다. 한번은 가나엘이 '예서 왕자님은 길 가던 사람 열이면 열, 전부 돌아볼 귀인'이라고 낯 뜨거운 금칠을 한 적이 있었다.

그런데 세드리크 황자는 길 가던 사람들이 전부 그를 돌아보다 못해, 하던 일을 때려치우고 쫓아 나설 법한 외모의 소유자였다. 심지어 아래에서 봐도 키가 나보다 10센티 이상은 커 보였다. 엄청난 스펙 차이였다. 나는 순간적으로 멍해진 머릿속을 일깨우려고 애를 썼다. 황자와 나의 시선이 길게 교차했다.

"…"

"…"

크리스텔을 만났을 때는, 부서진 나무창이라도 사이에 두고 있었다. 고해소가 원래 조금 어둡기 때문에 표정 관리를 못 해도 감추기 쉬웠다. 크리스텔이 급하게 와서 급하게 떠난 점도 내겐 유리했다. 당혹감을 숨기기에 여러모로 나쁘지 않은 조건이었다.

그런데 이 인간과는 정면으로 마주쳤다. 붉은 횃불과 마법 조명이 정원을 밝히고 있는, 탁 트인 발코니에서. 스트로다 궁에 발코니가 이곳 하나만 있는 것도 아닌데, 굳이 여기에서 바람을 쐬려는 황자 놈이 원망스러울 지경이었다.

"네, 이 녀석은 제가 데리고 있겠습니다. 부티에 추기경 전하께도 그렇게 소식이 들어갈 겁니다."

내가 최대한 자연스러운 미소를 띠며 입을 열었다. 첫 만남에 인사도 안부도 나누지 않았지만, 가능하면 이게 마지막 대면이 되길 바라는 입장에선 전혀 아쉬울 게 없었다. 나는 레서판다에게 두 팔을 모두 내밀었다. 그러자 나와 녀석을 내려다보던 황자가 불쑥 입을 열었다.

"무도회에 참석하지 않는다고 들었는데."

"참석 안 했습니다. 지나가다가 이 꼬마가 보여서요."

누가 봐도 발코니 밖에서 잭이 콩나무 타듯 매달려 있는데, 무도회는 무슨 무도회. 황자가 초면에 자꾸 반말을 하는 게 거슬렸다. 그 와중에 이제는 레서판다마저 내 말을 들어주지 않았다.

녀석은 새로운 등장인물에게 호기심을 느꼈는지, 내게 오다 말고 방향을 틀어 황자의 곁으로 다가갔다. 황자는 내가 신수를 끌어내기 위해 노력하고 있는 꼴을 뻔히 보면서도 도와주기는커녕 흥미롭다는 낯을 했다.

과연, 얼굴값 한다는 놈다웠다. 하필이면 소매에 과자도 없는 지금 방해물이 나타나다니. 빨리 가서 쉬고 싶은 마음이 컸으므로, 나는 한숨을 삼키며 에테르를 훅 풀어냈다. 성소가 커지며 발밑이 한층 밝아졌다.

[…'데미'.]

그러고는 녀석의 이름을 속삭였다. 조금 전 고해 성사 때, 딸의 작명을 해달라고 찾아온 귀족이 그런 이야길 했다.

'좋은 이름으로 불러주면 좋은 마음으로 응답한다고 하잖아요.'

그럴듯한 문장이었다. 한국에선 들어본 적 없는 말이지만, 제국에 그런 말이 있다면 나도 써먹어야겠다는 생각이 들었다. 대지 속성이니까 데메테르의 이름을 따서. 신수니까 일부demi-는 신이라는 뜻으로. 어쩌면 내일 바로 이곳을 떠날지 모르는 녀석이지만… 당장 떠올릴 수 있는 가장 좋은 이름을 붙여주면, 녀석이 좋은 마음으로 내게 와주지 않을까 싶었다.

-끼이이이!

내 신탁에, 레서판다가 어느 때보다도 큰 울음을 냈다. 정확히는 '삐!'와 '끼!'의 중간 정도 되는 소리였다. 다시 나를 보며 입을 벙긋거리는 게 꼭 웃는 얼굴 같아 내 기분까지 환해졌다. 녀석은 언제 딴짓을 했냐는 듯 부지런히 내 쪽으로 총총거렸다. 이윽고 난간을 쑥 넘어오더니, 겁도 없이 내 팔을 타고 오르기 시작하는 모습에 나는 결국 파안했다.

"데미, 이제 가자."

녀석이 뒷다리로 내 목덜미 부근을 짚고 일어났다. 나는 뒤통수를 등반하려는 데미의 까만 앞발을 조심스럽게 붙들었다.

"무슨 뜻이지?"

그랬더니 황자가 이런 질문을 했다. 아까부터 걸핏하면 주어를

서브 남주가 파업하면 생기는 일 1

생략하는데, 아무래도 어릴 때 언어습관이 잘못 든 놈 같았다.

"뭐가 무슨 뜻이냐는 겁니까?"

"이름."

갑자기 내 이름 뜻이 궁금할 리는 없고, '데미'의 의미를 묻는 게 분명했다.

"그, 음. 데미글라스 소스랑 색깔이 비슷해서요."

그리스 신화가 없는 세계관에서 데메테르 이야기를 하긴 곤란하고, 이곳의 언어체계가 어떤지도 모르는데 갑자기 접두사 얘기를 꺼내기도 그랬다. 대충 떠오르는 대로 내뱉자 세드리크 황자가 '하' 하고 헛웃음을 지었다.

"어지간히 먹을 걸 좋아하는군."

"잘 먹기는 합니다. 그럼, 가보겠습니다."

더 말을 섞을 것도 없었다. 레서판다, 데미를 확보했으니 이곳에서의 내 역할은 끝이었다. 나는 데미가 내 어깨에 자리 잡은 것을 확인한 뒤 찬찬히 발을 움직… 잠깐만. 내가 음식 좋아하는 걸 어떻게 알지?

"…"

순간 싸한 기분이 들었다. 나는 데미글라스 소스의 색깔 이야기를 했지, 그 소스를 좋아해서 이름을 따왔다고는 말하지 않았다. 기분이 이상했다. 내가 과민하게 반응하고 있다는 걸 알면서도, 그가 내 먹성을 곧바로 간파한 점이 신경의 한구석을 살살 긁어댔다. 나는 발 디딜 곳을 가늠하던 눈을 천천히 들어 황자를 바라보았다. 청년은 여전히 나를 지켜보고 있었다.

"용건이 남았나?"

마침 구름이 걷혔다. 맑은 월광이 그의 실루엣을 향해 쏟아졌다. 빛을 받은 홍채가 선명한 주황색을 띠었다. 검은 공단貢緞 같은 머리가 살짝 곱슬거리는 모양이, 몹시 익숙했다.

"설마…"

−뎅, 뎅…

나는 흠칫 놀라 시선을 아래로 내렸다. 손가락 아홉 개를 펼쳐 올린 뱅자맹의 모습이 보였다. 아홉 시 종이 울리고 있었다.

"아닙니다, 가겠습니다."

나는 속사포처럼 말을 내뱉고 한 걸음 밑으로 내려갔다. 추측을 입 밖으로 꺼내기에는, 이게 너무 사적인 문제 같았다. 온갖 생각이 휘몰아쳐 마음이 복잡했다. 황자는 고개를 비스듬히 기울일 뿐 별다른 반응이 없었다.

−끼이이익, 달칵

그때, 발코니 문이 열리고 닫히는 소리가 났다. 객들의 언성과 왈츠 연주가 가까워졌다가 멀어졌다. 이어 누군가의 가벼운 발소리가 귓전을 때렸다. 나는 모든 소음을 무시한 채, 데미가 흔들리지 않도록 신중하게 발을 놀렸다.

"고귀하신 황자 전하를 뵙습니다."

"사르네즈 공작 부인."

뭐요?

−끼이

"미안, 미안. 실수했어."

내 헛발질에 데미가 불만을 터뜨렸다. 나는 당황해서 눈앞에 보이는 줄기를 강하게 붙들었다. 저 사람이 여기 왜 있지?

"사르네즈 공녀는 아직 도착하지 않았더군요."

"예… 옷이 불편하여 갈아입고 오겠다는 전언이 있었습니다."

공작 부인의 음성이 떨렸다. 황자는 그녀에게 존대를 하고 있었지만, 말투에서 뚝뚝 흘러나오는 냉기 탓에 예비 사위보다는 무서운 사채업자 같았다. 데미가 내 눈앞에 대고 꼬리를 살랑거렸다. 나는 충격으로 잠깐 멈췄던 몸을 재부팅 했다. 다행히 두 사람은 이미 내 시야를 벗어난 상태였다.

"예서 페네티안 왕자님께도 인사 올립니다."

그런데, 이자벨 드 사르네즈 씨가 내게 말을 걸었다.

"두 분이 함께 계실 줄은…"

그쪽에서는 내 정수리만 겨우 보일 것 같았는데, 생각해 보니 나는 높은 주교관을 눌러쓴 채였다. 수풀에 머리만 숨긴 꿩이 된 기분이었다. 아무리 무게감과 더위를 못 느낀다지만, 이 정도면 인간이 아니라 꿩이었다.

"…안녕하세요."

나는 꾸역꾸역 입을 뗐다. 사람 잘못 보셨다고 말하고 싶은데 도저히 그럴 수가 없는 상황이었다. 거하게 차려입은 정복에 보라색 눈동자까지. 지금부터는 정면 돌파 외에 방법이 없었다.

"먼저, 감사 인사를 드리고 싶습니다."

그렇게 말한 공작 부인이 난간을 향해 다가왔다. 내 몸 위로 그림자가 질 때쯤 고개를 들어보니, 예상보다 훨씬 젊은 얼굴의 여인이

나를 내려다보고 있었다. 끽해야 30대 중반쯤 됐을까 싶은 낯이 죄
책감과 두려움으로 얼룩덜룩했다.

 "귀하신 분인데… 일방적으로 약속을 잡은 것이 얼마나 큰 무례
인지 알고 있습니다. 그럼에도 나와주신 성은에, 저는…"

 "아뇨, 공작 부인. 죄송하지만 부인을 만나려고 온 건 아닙니다."

 "네?"

 부인의 눈물 한 방울이 내 뺨을 스치고 지나갔다. 나는 이를 악물
었다.

 "저는 신수를 구하기 위해 온 겁니다. 이 녀석요. 만약 부인을 만
나고자 했다면 오른쪽 끝 발코니로 갔겠죠."

 그녀가 눈을 깜빡였다. 내 말을 이해하지 못했다는 표정이었다.

 "왕자님, 여기가 오른쪽 끝 발코니입니다만…"

 "왼쪽 끝입니다."

 내가 날카롭게 말을 끊었다. 그러자 뒤에서 가만히 듣고만 있던
황자가 코웃음을 치며,

 "뒷문에서 보면 왼쪽이겠지."

 …라고 말했다.

* * *

 레서판다 데미의 화려한 개인기, '두꺼운 넝쿨로 인간용 계단 만
들기'가 성황리에 펼쳐졌다.

 -바스락, 바스락…

　　　　　　서브 남주가 파업하면 생기는 일 1

이런 능력이 있으면 진작 좀 쓰지 그랬냐는 핀잔은 이미 늦었음을 잘 알았다. 나는 녀석을 목에 두르고, 최대한 평온한 낯빛을 한 채 발코니 안으로 발을 디뎠다. 쪽팔린 걸 티 내면 지는 거였다. 나를 보는 세드리크 황자의 시선에서 명백한 조소가 느껴졌지만 모른 척했다. 공작 부인은 친절하게도 내게 방향치냐고 묻지 않았다.

"그럼 시작할까요? 고해 성사."

기왕 소설 속에 들어왔으니, 모든 일이 드라마틱하게 착착 해결되길 바랐다. 실패하더라도 좀 극적인 데서 멋있게 실패할 수 있지 않나 싶었다. 스크롤을 내리다가도 감탄사가 절로 나오는, 캐릭터의 성장이 궁금해지는 그런 실책 말이다. 건물의 정문과 뒷문을 구별 못 해서, 바람맞히기로 작정한 약속 장소에 시간 맞춰 나와 있는 실수 말고.

어쩐지 스트로다 궁 앞에 마차가 안 보인다 싶었다. 손님은 뒷문으로 출입하지 않으니 그곳에 주차할 이유가 없었던 것이다. 아니, 생각할수록 어이가 없네.

"신수를 위해 왔다고 하지 않았나?"

넌 될 수 있으면 말하지 마라, 듣는 사람 속 터지니까. 황자는 이글거리는 내 시선에도 눈 하나 깜빡하지 않았다. 나는 다시금 밀려오는 창피함을 억누르며 사르네즈 공작 부인에게 고개를 돌렸다. 그녀는 누군가 발코니 문을 열고 나오지 않을까 걱정하면서도, 고해를 받아주겠다는 내 말에 조금 밝아진 기색이었다.

"감사합니다, 왕자님. 그대로 돌아가셔도 저는 할 말이 없었는데…"

괜찮습니다, 이건 저의 마지막 존엄을 위한 겁니다. 그런 말이 혀 끝에서 맴돌다 사라졌다. 거기서 '내가 앞뒤 좌우를 헷갈리긴 했지만 그래도 돌아가겠다'라고 말하는 게 더 등신 같았다. 기왕 이렇게 된 거, 쿨하게 고해를 받아주고 빠지는 그림이 훨씬 나았다. '경계의 신전'에서 사라진 신물 이야기도 궁금하긴 했다.

"그럼 황자님께서는 발코니 밖으로 나가주십시오. 고해 성사는 일대일로, 비밀 보장의 원칙하에 진행되어야 하니까요."

일부러 '전하'라는 호칭을 뺀 나의 축객에, 황자가 한쪽 눈썹을 살짝 들어올렸다. 돌아온 그의 대답은 의외였다.

"내가 필요할 텐데."

뒤이어 그가 검은 장갑을 낀 왼쪽 손을 들어올렸다. 허공에 짧은 가로줄을 긋자, 발코니 문이 '찰칵' 하고 안에서 잠기는 소리가 났다. 공작 부인은 덤덤했지만 나는 경악을 감출 수가 없었다.

"방금 무슨⋯"

"마검사라는 소문은 못 들은 모양이지."

못 들었다. 하지만 나는 은서가 이놈을 '소드마스터'라고 불렀던 사실을 똑똑히 기억하고 있었다. 다른 소설의 설정과 혼동하지 않았다고 맹세할 수도 있었다. 백날 검만 휘두르기에 당연히 그 말이 맞는 줄 알았는데, 마검사라니. 게다가 마법도 좀, 내가 상상하던 그런 마법이 아닌 것 같았다. 이게 〈엑스맨〉이야? 자기가 무슨 뮤턴트냐고.

"왕자님, 저는 괜찮습니다. 왕자님께 고해할 수 있는 것만으로도 주신의 은혜라고 생각합니다. 그리고⋯"

나와 황자의 대치 아닌 대치에 공작 부인이 말리듯 끼어들었다. 그녀의 목소리는 여전히 떨리고 있었지만, 검은색 눈동자엔 단호함이 엿보였다.

"황자 전하께서는, 제 죄를 낱낱이 아실 자격이 있는 분입니다."

* * *

"일단 앉아서 얘기하시죠."

나는 데미가 만들어 놓은 꽃과 넝쿨 계단으로 공작 부인을 인도했다. 내가 걸어 내려온 곳이라 아주 깨끗하진 않겠지만, 발코니에 당장 착석할 자리가 마땅치 않았다. 다행히 공작 부인은 그런 것에 개의치 않는 사람이었다. 황자 놈이야 알아서 하게 내버려두었다.

"음, 흠. 마지막 고해는… 2개월 전입니다."

공작 부인이 목을 가다듬고 입을 뗐다. 나는 가만히 고개를 끄덕이며 서클을 전개했다.

[이제 여죄를 밝혀주십시오.]

내 음성이 밤공기를 울렸다. 미미한 양의 에테르가 몸을 빠져나가는 것이 느껴졌다. 성소는 기하학적인 문양을 그리며 세 사람과 신수 한 마리를 동그랗게 에워쌌다. 황금색 광휘에 공작 부인은 잠시간 넋을 잃은 것 같았다. 데미가 에테르를 감지하고 어깨에서 내려와 내 무릎에 앉았다. 나는 조용히 부인이 고해를 시작하길 기다렸다. 정보나 잔뜩 모아서 쥘리에트 궁으로 돌아갈 생각이었다.

"시몽은, 제 남편은… 딸아이를 끔찍이 사랑했습니다. 저도 마찬가지였습니다."

그녀의 눈빛이 과거의 어느 순간을 회상했다. 크리스텔을 떠올리는 입가에 잔잔한 미소가 보이는 듯했다.

"결혼을 하고 사르네즈 영주성의 사람이 된 날, 저는 깨달았습니다. 그 아이가… 생각보다 저를 많이 닮았다는 것을요. 피 한 방울 섞이지 않았지만, 저와 크리스텔은 비슷한 점이 있었습니다. 조용하고, 몹시 낯을 가리고, 자기표현에 서투르고…"

나는 고개를 주억거렸다. 빙의되지 않은 '진짜' 크리스텔은, 그런 사람이었다고 들었다.

"그 넓은 영주성에서 공작 부인으로 사는 것은 외로웠습니다. 시몽은 좋은 남편이었지만, 그것과 별개로 너무 바쁜 사람이었으니까요. 그걸 알고 결혼했으면서도 참 힘들었는데… 그 아이가 있어서 괜찮았습니다."

공작 부인이 환하게 웃어 보였다. 그녀는 눈물 한 방울이 뚝 떨어지는 것을 손수건으로 재빠르게 닦아냈다. 딸의 이야기를 시작하자, 창백하게 질렸던 얼굴에 약간의 생기가 돌았다.

"그때 크리스텔이 여덟 살, 제가 스물두 살이었습니다."

나는 반사적으로 인상이 찡그려지는 것을 간신히 참아냈다. 이곳에선 만 열여섯이면 성인이라는 걸 알지만, 한국인인 나로선 너무 어리다고 생각하게 되는 나이였다. 우리 나이로는 꼬박해야 스물셋에 공작 부인이 된 그녀가 느꼈을 부담감을 상상조차 할 수 없었다.

"그 아이와 함께하는 모든 시간이 행복했습니다. 영주성 밖으로는 잘 나가지 않았지만, 그래서 손가락질을 받기도 했지만… 둘이

서만 소풍을 가고, 작은 음악회를 열고, 같이 요리를 하던 순간들이… 다 좋아서, 꼭 선물을 받은 기분이었습니다. 결혼 선물로 크리스텔을 받았다고, 그렇게 생각했습니다."

공작 부인이 눈물을 닦았다. 가나엘은 그녀에 관한 두 가지 소문을 들었다고 했다. 그중에는 그녀가 '전형적인 계모'라는 쑥덕공론도 있었다. 그런데 저 표정은, 진심으로 누군가를 아끼고 사랑하는 사람이 아니면 내비칠 수 없는 것이었다. 아니면 부인이 아카데미급 연기력을 갖추고 있거나.

"고해를 한다고 하지 않았습니까?"

그때, 냉랭한 중저음이 귓가를 파고들었다. 긴 다리를 꼬고 난간에 기대선 황자가, 나와 공작 부인을 차가운 눈으로 바라보고 있었다.

"신파극을 즐기진 않습니다만."

[황자님.]

"왕자님, 저는 괜찮습니다. 전하의 말씀이 지당하신 것을요."

남의 고해에 끼어든 황자 놈에게 한마디 쏘아줄까 하는데, 공작 부인이 나를 말렸다.

"제가 서론이 길었습니다. 그… 사건은, 크리스텔이 쓰러진 뒤부터니까요."

그녀가 띄엄띄엄 말을 이었다.

"황제 폐하께서 하해와 같은 은혜로 태의를 보내주셨고… 남편은 제국의 명의란 명의는 모두 불러들여 3년 동안 크리스텔을 살폈습니다. 하지만 앓고 있던 지병은커녕 조짐도 없었기에, 누구도 그 아이를 눈 뜨게 하지 못했습니다. 어느 의사는 그러더군요. 어쩌면 평생 이렇게… 잠들어 있어야 할지도 모른다고…"

"그래서 창해의 축복을 가져다 썼습니까?"

세드리크 황자가 날카롭게 물었다. '매너는 다 갖다 버렸구나' 하는 생각과, '역시 사르네즈의 신물이 사라진 걸 알고 있었구나' 하는 생각이 동시에 들었다.

"그것이, 의술이나 마법, 신관들의 치유력으로도 낫지 못한다고 해서… 얼마 전에 처음으로, '경계의 신전'에 소원을 빌어야겠다는 생각을 했습니다."

[지금 그곳의 신물을 훔쳤다고 말씀하시는 겁니까?]

놀란 내가 되묻자, 그녀가 고개를 저었다.

"경계의 신전에 있는 신물에, '피의 염원'을 빌면 주신께서 이루어 주신다는 전설을 떠올렸습니다. 제가 그곳에 한번 가보자고 했더니 남편이… 마수의 피를 잔뜩 구해왔더군요. 딸을 살릴 때까지, 마수 토벌을 멈추지 않겠다고 하면서요."

부모라면 그럴 수밖에 없었을 것이다. 설마 하는 마음과 혹시나 하는 희망으로, 성서에나 나오는 옛 구절을 믿게 되는 절박함. 미친 것 아니냐는 뒷말, 남들의 얄팍한 동정은 아무런 상관이 없어지는 순간.

"그런데 저희 부부가 신전으로 출발하기 직전, 도난 소식이 들려왔습니다. 신물이 사라졌고, 당분간 그곳에는 누구도 접근할 수 없을 거라고 하더군요. 저는…"

공작 부인의 문장이 눈물에 젖어 눅눅해졌다. 그녀가 안쓰러웠는지 데미가 작게 낑낑거렸다. 나는 녀석의 등을 찬찬히 문질렀다.

"저는 끝없이 절망했습니다. 시도도 해보기 전에 좌절해서… 다음 날 남편이 먼저 얘기를 꺼내더군요. 이제 그만, 보내주는 게 낫지 않겠냐고…"

세드리크 황자가 나지막이 한숨을 내쉬었다. 내가 제대로 해석한 거라면, 사르네즈 공작이 딸의 안락사를 제안했다는 뜻이었다.

"저는, 하루만 생각할 시간을 달라고… 그렇게 말하고 온종일 아이의 곁을 지켰습니다. 그러다가 창해의 축복을 생각해 냈습니다. 경계의 신전에 갈 수 없다면, 가문의 신물에게 빌어서라도… 정말 마지막이라는 심정으로…"

내 눈이 커졌다. 황자가 미간을 찌푸렸다.

"그럼,"

[창해의 축복에 소원을 비셨다는 건가요?]

"남편은 모릅니다, 왕자님. 제 독단이었습니다."

그녀가 다급히 덧붙였다.

"결혼 예물로 받은 사파이어와 신물을, 제가 몰래 바꿔두었습니다. 아이의 곁에 놓고 기도만 올릴 생각이었지요. 아주 잠깐이었습니다. 그랬는데…"

그녀의 눈동자가 사정없이 흔들렸다.

"신물에서 푸른빛이 뿜어져 나오더니, 딸에게로 쏟아졌습니다. 그때는 정말로 주신께서 소원을 들어주셨다고 생각했습니다. 기적 같은 일이었지요. 깨어난 크리스텔을 얼싸안고 기뻐하는데… 창해의 축복이 보이지 않았습니다. 그리고…"

나는 빠르게 상황을 정리했다. 황자와 크리스텔의 결혼 예물로 쓰여야 하는, 아마 '퇴계공'의 맥거핀이었을 창해의 축복이 초반부에 사라졌다. 공작 부인이 딸을 살려달라는 소원을 빌었기 때문이다. 옛 디즈니 영화 같은 전개지만, 작가의 입장에서 생각해 보면 크리스텔은 반드시 깨어나야 하는 주인공이었다. 핸들을 조금 꺾어서라도 개연성을 얻어야 했을 것이다.

"딸아이가, 저를 알아보지 못했습니다."

[음.]

당연한 결과였다. 그녀는 크리스텔이지만, '크리스텔'이 아니니까. 하지만 공작 부인에게는 결코 당연하지 않았을 터다.

"처음에는 그저, 몸이 다 낫지 않아서 그런 줄로만 알았습니다. 기억이 없거나, 모르는 게 많아진 제 딸이… 남편은 깨어난 아이가 '어른스러워졌다'라고 하지만, 제 생각은 다릅니다."

부인의 입술이 바들바들 떨렸다. 듣자 하니 갓 빙의한 크리스텔은 초반 적응에 어려움을 겪은 모양이었다. 하긴 나한테나 소설이지, 그녀로서는 난데없이 별세계에 떨어진 꼴이었다.

"어쩌면, 제가 신물에 과한 소원을 빌어서… 주신의 뜻을 이해하지 못하고 욕심부린 죄로, 크리스텔이 저주를 받은 건 아닐까요?"

"진심으로 하는 질문입니까?"

나보다 먼저 입을 연 건, 세드리크 황자였다.

"주신의 저주는 결코 가볍지 않습니다. 저주라는 단어를 방패 삼아 짐을 덜어볼 생각이라면,"

[황자님, 잠시만요.]

　　　　　　　　서브 남주가 파업하면 생기는 일 1

내가 그를 만류했다. 황자는 불만스러운 기색이었지만, 다시 입을 열지는 않았다.

[부인, 왜 그렇게 생각하십니까? 말씀대로 오래 아팠기 때문에 공녀가 착란 증세를 보이는 것일 수도 있는데요.]

"아뇨, 딸에게… 무서운 능력이 생겼습니다. 물을, 손끝으로 물을 부리더군요. 제가 보는 앞에서, 커다란 물방울이 그 아이의 뜻대로 움직였습니다."

결국 이 얘기까지 나오는군. 나와 황자의 시선이 마주쳤다. 주황색 눈동자 위로 여러 감정이 빠르게 떠올랐다 가라앉는 것이 보였다.

"제가 먼저 이야기했습니다. 너를 살리기 위해 큰 죄를 지었다고, 그래서 내가 벌을 받아야 했는데 그게 너에게 간 거라고… 그랬더니 크리스텔이 그런 말을 하더군요."

그녀가 조금 허탈하게 웃었다.

"죽은 거나 다름없던 사람이 살아났는데 이게 왜 저주냐고, 그만 우시라고. 황실에 가야 하는 신물을 자신이 삼켜버린 게 죄라면, 그 값도 자신이 황실에 직접 치르겠다고…"

은서가 그렇게나 좋아하던 주인공답게, 당당하고 호기로운 대사였다. 그러나 공작 부인의 눈에선 눈물이 쏟아졌다. 그녀는 손수건에 얼굴을 묻었다.

"제발 용서해 주십시오, 왕자님. 제 과욕으로 여러 사람이 상처를 입었습니다. 크리스텔과 남편은 물론이고 황자 전하까지… 전하께 그 예물이 꼭 필요하다고 들었는데도, 저는…"

황자의 낯이 무표정했다. 이미 지난 일이라고 생각하는 건지, 아니면 분노를 숨기고 있는 건지는 알 수 없었다. 나는 지금 들은 말들을 잊지 않기 위해 속으로 두어 번씩 되뇌었다. 그러고는 크게 숨을 들이켰다.

[자비로우신 주신께서는, 부디 공작 부인이 제게 고한 거짓말을 사해주십시오.]

"…"

발코니가 잠잠했다. 성소는 아무런 반응을 보이지 않았다. 나는 그제야 씩 웃었다.

[지금까지 말씀하신 건 모두 진실이군요. 감사합니다.]

부인의 입이 동그랗게 벌어졌다. 황자가 어이없다는 듯 '하' 소리를 냈다.

고해 성사로 거짓말 탐지하기. 부티에 추기경에게 배운 것이었다. 허언을 했다면 성소가 에테르 반응을 일으키며 공작 부인의 죄를 씻어냈을 테지만, 그녀가 이야기한 것은 전부 사실이었다.

[죄송합니다, 하지만 거짓말하실 경우를 대비해야 했어요.]

내가 쓴웃음을 지었다.

[그리고 저는… 부인께서 죄를 지으셨다고는 생각하지 않습니다. 신물을 파괴하려는 의도도 없었고, 딸을 위해 기도를 올리신 것뿐이니까요. 남편분에게 이야기하지 못하신 게 조금 걸리지만, 그건 두 분이 차차 풀어가실 일입니다.]

부인이 손수건을 꾹 쥐었다. 축축해진 천이 무용하던 찰나, 황자가 소리 없이 그녀에게 자신의 손수건을 건넸다. 나는 상당히 놀랐

서브 남주가 파업하면 생기는 일 1

지만 티를 내지 않고 성사를 계속했다.

[크리스텔 공녀가 저주를 받았다는 의견에도 동의하지 않습니다. 물의 힘은 주신의 권능이며 성스러운 축복입니다. 성기사는 신국에만 태어난다고 하지만… 후천적인 경우도 있을 수 있고, 주신께서 변덕을 부리실 수도 있는 거잖아요.]

그러자 결국 공작 부인이 작게 빙긋했다. 황자가 나를 빤히 바라보는 시선이 느껴졌다.

[제게 해주신 이야기를, 황제 폐하와 추기경 전하께도 전해주십시오. 그리고 남편분이나 크리스텔 공녀와도 꼭 대화해 보세요. 이것이 저의 보속입니다.]

성소가 천천히 빛을 잃어갔다.

[따님은 걱정하지 마세요. 괜찮을 겁니다.]

내 마지막 신탁에 부인이 깊이 고개를 숙였다. 감사하다는 말을 연신 중얼거리는 그녀가 금방이라도 다시 울 것 같아, 나는 재빨리 화제를 바꾸었다. 마침 궁금한 점이 있었다.

"그런데 부인, 크리스텔 공녀가… 어떻게 황실에 값을 치르겠다고 하던가요?"

나는 그 말을 하면서 황자의 눈치를 살폈다. 분위기만 보면 파혼각이지만, 혹시 크리스텔은 여전히 저놈과 결혼할 생각이 있는 건지 궁금했다. 신물 대신 자신을 넘겨주며 시작되는 로맨스, 뭐 그런 건가?

"조금 전 왕자님께서 말씀하신 그대로입니다."

부인의 입꼬리가 힘겹게 올라갔다.

"자랑스러운 제국 최초의 성기사가 되어서, 황실에 빚을 갚겠다고 하더군요. 그러면 어머니의 마음도 좀 가벼워지지 않겠냐고…"

잠깐만요, 작가님. 이건 핸들을 너무 많이 꺾은 것 같은데…

* * *

대답할 말이 빨리 떠오르지 않았다. 은서가 그동안 내게 흘렸던 단서들을 다시 훑느라 머릿속이 바빠졌다. 하지만 어떤 기억을 끄집어내도 '성기사 크리스텔'이라는 단어 조합은 찾아볼 수 없었다.

크리스텔의 능력이 나쁜 게 아니라는 이야기를 하고 싶어서 먼저 성기사 운운하긴 했지만, 진짜로 일이 이렇게 풀릴 줄은 몰랐다. '퇴계공'을 읽어본 적은 없으나 적어도 초반부가 이런 흐름이 아니라는 건 확실했다.

파혼에, 주인공의 전직 선언까지. 창해의 축복이 사라지면서 비틀림이 커졌다. 그렇다면 원작에서는 도대체 어떤 힘이 공작 부인의 소망을 들어주었는지 궁금해졌다. 가장 가능성이 큰 건, 역시 경계의 신전에서 도둑맞았다는 신물이었다.

그게 멀쩡했다면 부인은 딸을 살려내고 창해의 축복도 예물로 보관할 수 있었을지 모른다. 크리스텔 역시 물의 힘을 갖게 되지 않았을 테고. 그렇다면 남은 의문은 하나다. 누가, 무슨 목적으로 신전의 신물을 훔친 거지?

"그럼…"

내가 입을 떼는 순간,

서브 남주가 파업하면 생기는 일 1

-똑, 똑, 똑똑

어딘가 익숙한 노크 소리가 들렸다. '대-한민국!' 하는 응원법과 똑같은 박자였다. 먼저 반응한 것은 세드리크 황자였다. 상대가 누구인지 아는지, 그는 코끝으로 한숨을 내쉬더니 장갑 낀 손을 들어 다시 허공에 가로선을 그었다.

-찰칵

잠금이 풀리는 소리가 났다. 두 번 봐도 신기한 능력이었다. 발코니 문이 천천히 열리자, 익숙한 사람이 미소를 띤 채 바깥으로 걸어 나왔다. 공작 부인과 나는 즉시 자리에서 일어났다.

"내가 좋아하는 사람들이 모여있는 곳이네."

오렐리 부티에 추기경이 나긋하게 말했다. 그녀는 추기경의 정복을 입고 있었는데, 옷과 주교관 모두 내 것보다 몇 배 더 화려했다. 덧댄 천이 많았고 자수도 무척 빼곡했다. 그녀가 한 차례 부드럽게 손짓하자, 뒤에 서있던 시종들이 일제히 물러갔다.

"안녕하세요, 전하."

"고매하신 추기경 전하를 뵙습니다."

"전하."

나와 공작 부인, 황자가 차례로 인사를 올렸다. 추기경은 '나도 반가워' 하고 화답하더니, 베이지색 눈동자를 기울여 내 어깨 위의 데미를 유심히 바라보았다.

"잘 길들였네, 다행이야. 조금 전 이야기를 들었단다."

-끼이

데미가 대답하듯 짧게 소리를 냈다. 그러고 보니 뱅자맹이 보초에게 '추기경 전하께 상황을 전달하라'는 지시를 내렸었다. 내가 아침이면 이 녀석을 보내야 할 것 같다고 말하려는데, 추기경이 먼저 입을 뗐다.

"고해 성사를 제법 잘하더구나, 왕자님. 가르친 것도 잊지 않고."

아주 기특하다는 표정이었다. 생각이 잠깐 멈췄다가 이어졌다.

"…다 들으셨습니까?"

"병사들이 급한 일이라고 하기에 프레데리크도 두고 왔는데, 발코니 문이 잠겨있었거든. 안에서 기다리다 보니 그렇게 됐어."

'미안해'를 덧붙이는 얼굴에는 쌀 한 톨만큼의 유감도 없었다. 아무리 봐도 적극적으로 엿들은 것 같지만, 인상이 워낙 무구해서 그런지 의심하기 쉽지 않았다. 그녀는 천천히 우리 쪽으로 다가오더니 사르네즈 공작 부인에게 손을 뻗었다.

"많이 울어서 수분이 다 빠졌겠는걸, 이자벨. 차나 한잔할까?"

자장가를 부르는 것처럼 다정한 목소리였다. 그녀의 제안에 공작부인의 얼굴이 와락 구겨졌다. 마치 어릴 때의 은서를 보는 것 같았다. 넘어져 무릎이 까졌는데도 씩씩하게 일어선 녀석에게 다가가 '괜찮아?' 하고 물으면, 동생은 그제야 나를 보고 울음을 터뜨리곤 했다.

"흐으…"

공작 부인이 추기경의 어깨에 얼굴을 묻었다. 새삼 그녀가 얼마나 마음고생을 했을지, 얼마나 우울했을지 실감이 났다. 나와 황자가 말없이 서있는 동안, 추기경은 부인의 머리와 등을 토닥이며 그녀를 실내로 이끌었다. 자신의 파트너인 황제와, 부인의 파트너인

공작이 기다리는 곳으로.

"참, 세드리크."

추기경이 문을 나서다 말고 뒤를 돌았다. 황자가 그녀의 뒷말을 기다렸다.

"사르네즈 공녀의 마차가 들어왔다고 하던데. 네가 나와 봐야 하지 않겠니?"

"..."

"예정된 약혼 발표는 취소해야 할 것 같지만, 오늘 그 아이의 짝은 너니까."

그녀는 황자의 대답도 듣지 않은 채 빙그레 웃고는 다시 걷기 시작했다. 진짜, 묘하게 막무가내인데 묘하게 말을 거역하기 어려운 타입이었다. 이게 카리스마인가 뭔가 하는 그건가.

"..."

황자는 대답이 없었다. 멀어지는 추기경의 뒷모습을 뚫어지게 바라보고 있었지만, 생각은 다른 데 가있는 것 같았다. 그의 심각한 낯짝을 살피니 잊고 있던 피곤과 심란함이 일시에 밀려들었다.

"그럼 들어가세요."

나는 그에게 대충 인사를 건네고, 목깃을 잘근거리는 데미를 살살 잡아 내렸다. 돌아갈 시간이었다.

"조금 전에 한 말은 본심인가?"

근사한 중저음이 뒤통수를 때렸다. 고개를 돌리니 황자가 나를 내려다보고 있었다. 주어 생략을 좋아하는 줄 알았는데, 이제 보니 앞뒤 말 잘라먹고 하고 싶은 얘기만 하는 놈 같기도 했다.

"뭐가 본심이냐는 겁니까?"

주황색 눈동자가 나를 오롯이 투영했다.

"…저주라고 생각하지 않는다는,"

"크리스텔 드 사르네즈 공녀가 입장합니다!"

황자의 목소리를 뚫고, 무도회가 열리는 홀 안에서 쩌렁쩌렁한 음성이 울렸다. 시종일관 북적거리던 내부가 찬물을 끼얹은 것처럼 순식간에 조용해졌다. 끊임없이 연주되던 음악도 뚝 끊겼다. 일순 소름이 돋았다. 과연, 주인공의 사교계 데뷔는 등장부터가 달랐다.

나는 불쑥 솟아오르는 호기심을 이기지 못하고 발코니 문 근처로 다가갔다. 두 주인공을 피하고 싶은 마음과는 별개로, 은서가 그토록 아끼는 캐릭터를 밝은 곳에서 보고 싶은 마음 또한 분명했다. 녀석에게 실물이 어땠는지 말해주려면 한 번에 잘 기억해야 했다.

"관심이 있나?"

"아뇨, 보기만 하는 겁니다."

나는 문밖으로 슬쩍 고개만 내밀었다. 다행히 손님들은 내게 조금의 흥미도 보이지 않았다. 손에는 투명한 술잔이나 파트너의 손을 쥔 채, 호사스럽게 차려입은 귀족들이 응시하는 곳은 단 한 군데였다. 2층부터 홀의 중앙까지 웅장하게 뻗은 계단. 붉은 카펫이 깔린 층계를 에스코트 하나 없이 걸어 내려오는 고고한 인형.

높이 올려 묶은 분홍색 머리칼이 풍성하게 흔들리고, 청회색 눈동자가 샹들리에 빛을 받아 옥구슬처럼 반짝였다. 청실로 호화로운 수를 놓은 하얀 재킷이 그녀의 움직임에 따라 조금씩 흔들리기를 반복했다. 아래에 받쳐 입은 남색의 정장과 은색 부츠가 선명한 대조를 이루고 있었다. 약간의 긴장과 높은 자신감이 뒤섞인 표정은, 마치 완벽하게 준비된 프레젠테이션을 앞둔 회사원처럼 보였다. 아니, 어쩌면 사직서를 제출한 회사원.

"허…"

달랐다. 긴 머리를 풀어 헤치고, 파스텔 톤의 치렁치렁한 드레스를 입고 있던 '퇴계공' 표지 속의 그녀와는 완전히 다른 모습이었다. 지금의 크리스텔은 어린 기사에 가까워 보였다.

-또각, 또각

여인의 부츠가 경쾌한 소리를 내며 대리석 바닥을 가로질렀다. 귀족들은 마치 선지자를 영접한 양떼처럼 우르르 그녀에게 길을 터주었다. 크리스텔이 한 치의 머뭇거림도 없이 다다른 목적지는, 황제와 추기경 앞이었다. 두 사람의 옆에는 사르네즈 공작 부부가 서 있었다.

"잠깐만, 데미. 이따 마차에서 놀아줄게."

칭얼대듯 눈앞에서 꼬리를 살랑대는 데미 탓에 시야가 막힌 순간, 귀족들의 웅성거림이 커졌다. 크리스텔이 무슨 행동을 한 모양이었다.

"실례하지."

그때 세드리크 황자가 나를 지나쳐 발코니를 빠져나갔다. 남들보다 눈높이가 훌쩍 높은 그는, 내비게이션처럼 정확하게 모친과 대모에게 이르는 최단 경로를 찾아냈다. 그동안 나는 결국 주교관을 벗고, 그 안에 데미를 넣어주었다. 만족한 녀석이 귀 끝에서 조그만 진달래를 피워댔다.

"오…"

내 시야를 가로막고 있던 귀족들이 감탄사를 내뱉었다. 나는 목을 쭉 빼고 상황을 살폈다. 충성을 서약하듯 황제와 추기경 앞에 한쪽 무릎을 꿇은 크리스텔과, 그녀에게 한 손을 내밀며 짧게 무어라 말하는 세드리크 황자의 모습이 보였다. 거리가 멀어 대화 내용은 들리지 않았지만, 분위기 자체는 나쁘지 않은 듯했다.

크리스텔이 황자의 손을 잡고 일어섬과 동시에, 악단이 귀에 익은 왈츠를 연주하기 시작했다. 그러자 귀족들이 손뼉을 치며 탄성을 토해냈다. 뭐에 감동을 받았는지, 주신을 찾으며 눈물을 흘리는 사람도 여럿이었다.

"와아!"

"멋들어진 한 쌍이군요."

감탄 섞인 말소리가 들렸다. 세드리크 황자와 크리스텔이 춤을 추고 있었다. 그녀는 누가 봐도 원무에 익숙지 않은 사람이었지만, 황자의 리드가 뛰어난지 큰 실수를 저지르지는 않았다. 금실로 소매를 장식한 그의 흑색 예복이 크리스텔의 의상과 상당히 잘 어울렸다.

"역시, 이어지긴 이어지네."

-끼이?

내가 고개를 갸웃거리는 데미의 콧등을 쓰다듬었다. 약간의 안도감이 들었다. 크리스텔이 무릎을 꿇고 무슨 얘기를 했는지, 황자는 또 뭐라고 말했는지 모르겠지만… 아무튼 두 주인공이 첫 만남에

서브 남주가 파업하면 생기는 일 1

손을 잡고 춤추는 것만큼 확실한 그린 라이트도 없지 싶었다.

"잘됐다. 이제 진짜 가자."

그렇게 말하며 고개를 들었을 때, 크리스텔과 나의 눈이 정면으로 마주쳤다.

"…"

아니, 내 착각임이 분명했다. 가까운 거리가 아닌 데다 인산인해였다. 다른 귀족을 본 것일 수도, 그저 무의식중에 눈길이 스친 것일 수도 있었다. 나는 그렇게 되뇌며 뒤로 한 걸음 물러났다.

그다음 순간, 한 바퀴 반을 빙그르 돌아 발코니 쪽으로 시선을 둔 황자가 나를 똑바로 바라보았다. 나는 흠칫 놀라 발코니의 문을 닫으며 밖으로 몸을 빼냈다. 문틈 사이 마지막으로 보인 것은, 다시금 반 바퀴를 돌아 나를 똑바로 보는 크리스텔의 눈동자였다.

"무슨 공포영화도 아니고…"

싸늘했다. 작가가 꺾다 못해 뽑아버린 핸들이, 가슴에 날아와 꽂히는 기분이었다.

* * *

"왕자님, 너무 애쓰셨습니다. 어떡해요… 뱅자맹 님도 정말 고생하셨어요."

"괜찮아, 너도 수고했어."

기진맥진한 상태로 마차에 오른 나를 맞아준 것은, 나보다 죽상이 된 가나엘이었다. 정원에서 내내 나를 기다린 뱅자맹 역시 상당히 지쳐있었다. 가나엘은 우리를 기다리며 준비한 레몬밤 차와 에클레르, 간식 바구니를 바리바리 꺼내놓았다.

-똑똑

먼저 데미에게 줄 삶은 달걀 껍데기를 벗기고 있는데, 누군가가 마차 문을 두드렸다. 가나엘의 응답에 문이 열렸다. 그런데 밖에 서있던 사람은 마부가 아니었다.

"사르네즈 공작 부인."

"예서 왕자님."

발코니에서 봤을 때보다 눈가가 더 빨갛지만, 안색은 훨씬 나아진 공작 부인이 홀로 있었다. 뱅자맹과 가나엘이 앉은 자세로 최대한 예를 차렸다. 내가 놀라서 자리를 권하자, 그녀는 작게 웃으며 고개를 내저었다.

"경계의 신전에서 사라진 신물에 관해, 말씀드리지 못한 것이 있어서 왔습니다."

그러고는 뱅자맹과 가나엘을 조심스레 살폈다. 이들이 함께 들어도 되겠느냐는 무언의 물음이었다.

"같이 듣겠습니다, 말씀해 주세요."

분명 크리스텔이 고해소에 와서 '그런 얘기도 할 것이다'라고 언질을 주긴 했지만, 관련 내용은 고해 성사 때 다 나왔다고 생각하고 있었다. 나는 조금 얼떨떨한 마음으로 부인의 이야기를 기다렸다.

"확실한 것은 아닙니다. 저와 남편이 그 신물에 관한 수소문을 계속하다가, 신국 소식줄을 통해 들은 이야기인데… 신국의 고위 신관들은, 신전의 신물이 '사라진' 것이 아니라 '쓰임을 다했다'라고 해석하고 있다더군요."

"쓰임을 다했다는 건…"

"누군가 이미 그곳에 소원을 빌었고, 그 바람이 이뤄지면서 신물이 영구히 훼손되었다고 본다고 합니다."

그녀가 급하게 걸치고 온 듯한 숄을 고쳐 맸다.

"부티에 추기경 전하께서 제국의 대표로 왕자님의 결백을 선언하셨다면, 신국에서는 신관들이 그러한 이유로 왕자님의 무고를 믿는다고 들었습니다. 그래서…"

피로에 찌든 뇌가 또다시 회전하기 시작했다. 어쩌면 도난당한 것이 아니라, 이미 누군가의 염원을 이루어 주고 사라진 신물. 덕분에 초반 설정이 완전히 뒤틀려 버린 소설.

"왕자님께서도 아시는 게 좋을 것 같아, 알려드리고자 했습니다."

그녀가 작은 목소리로 말을 마쳤다. 가느다랗고 힘없는 수백 가닥 실 사이로, 선명하게 빛나는 한 줄기의 가능성이 보였다.

한 열 시간은 잔 것 같다. 주인공 크리스텔이 새 직업을 갖겠노라 선포했고, 세드리크 황자는 내가 아는 누군가를 엄청나게 닮았다. 거기에 신전 신물에 관한 미스터리까지 추가된 상황이었다. 생각할 게 많아서 잠이 올까 싶었는데 씻고 침대에 몸을 눕히자마자 기절했다. 눈을 떴더니 아홉 시였다.

 ─짹짹…

"평화로워서 좋군요."

나는 뱅자맹의 말에 동의하며 시나몬 차를 머금었다. 꾸준히 갖던 아침 티타임인데도, 어젯밤이 너무 길었던 탓인지 아주 오랜만인 것처럼 느껴졌다. 손님맞이를 위해 평소보다 더욱 공들여 꾸민 정원이 꼭 도서관처럼 조용했다. 한차례 폭풍이 지나간 것 같았다.

"앞으로는 무슨 행사가 있으면, 며칠 전부터 몸이 안 좋다고 바람을 잡아야겠습니다."

내 말에 뱅자맹이 고개를 주억거렸다. 나는 무릎에 앉은 데미의 입에 사과 한 조각을 물려주고, 테이블 위 수첩으로 시선을 내렸다. 뱅자맹은 내가 수첩에 무언가를 끼적이고 있으면 실수로라도 이쪽을 보지 않았다. 이게 '어느 불모의 비극적 수기' 같은 거라고 생각하는 모양이었다. 아주 틀린 추측도 아니었기에 나는 굳이 바로잡지 않았다.

　-경계의 신전에서 도난당한 신물
　사라진 게 아니라 누군가 사용했을 가능성

이게 첫 번째 생각할 거리다. 여기서부터는 전부 가정이지만, 일단 가설을 세워두고 움직이는 것과 아무 생각 없이 휩쓸리는 것은 천지 차이였다. 나는 지난밤 마차 앞에서 사르네즈 공작 부인이 들려준 이야기를 곱씹었다.

아마도 크리스텔을 살리는 데 쓰였어야 할 신전의 신물이, 먼저 다른 이의 소원을 이루어 주고 효용을 다했다. 그 바람에 공작 부인은 원작에서 크리스텔과 세드리크 황자의 약혼을 성사시킨 아이템, '창해의 축복'을 소모하는 수밖에 없었다. 딴 사람도 아니고 주인공의 노선을 틀어버릴 만큼 강력한 변수였다. 그리고 내가 알기로, 지금 그런 일을 해낼만한 외부 요인은 하나밖에 없다. 바로 나다.

　-끼이

"데미, 식탁 위에 올라가는 거 아니야."

나는 테이블로 발을 뻗는 데미의 까만 배를 안고, 녀석의 입에 청포도 한 알을 넣어주었다. 레서판다가 금세 얌전해졌다. '예서 페네티안'은 작중에서 확실히 사망했다. 그리고 다음 날, 그를 살리기 위한 빙의와 회귀가 동시에 이루어졌다.

나는 지금까지 이것이 일종의 '현상'이라고 생각했다. 왜, 주인공이 책에 빙의하는 웹소설 중 그런 경우가 있지 않은가. 이렇다 할 힘의 간섭이 있어서가 아니라 그냥, 어쩌다 보니 빙의돼 버린 케이스 말이다. 빙의가 이루어진 과정보다는 빙의 후의 삶이 더 중요한 이야기들.

어제까지는 나 또한 그런 처지일 거라 믿었다. 신전의 신물 도난 사건이 좀 성가시긴 했지만, 죽을 고비를 넘기느라 바빠서 깊이 생각하지 않았다. 그런데 그게 단순한 도둑질이 아니었다. 누군가가 '나'를 살리기 위해 그곳에 소원을 빌었고, 그 결과로 내가 빙의했다.

–경계의 신전에서 도난당한 신물
사라진 게 아니라 누군가 사용했을 가능성
· 누가 소원을 빌었나?
· 다른 신물도 소원을 들어주는 능력이 있는가?

그렇다면 범인은 누구인가.

이건 좀 궁금하긴 한데, 알아도 크게 달라지는 게 없을 듯했다. 미래의 크리스텔이 예서 왕자의 전사 소식을 듣고 그랬다고 해도, 지금의 그녀는 모르는 일이었다. 당연히 은서 생각도 해봤지만 이 건 더 답이 없었다. 작품 바깥의 은서가 도대체 뭘 어떻게 하면 이런 요술을 부릴 수 있는지 감도 오지 않았다. 따라서 내게 중요한 건 두 번째였다.

다른 신물에도 그런 능력이 있는가.

신전의 신물은 '피의 염원'이니 뭐니 해서 소원을 들어주는 힘이 널리 알려져 있는 모양이지만, 창해의 축복은 아니었다. 책에서 본 바에 의하면 이름 그대로 강력한 물 속성의 신물일 뿐이었다. 그런데도 크리스텔을 살리는 힘을 발휘한 건 작가의 억지 핸들링이겠으나, 나로서는 미미한 희망을 무시할 수 없었다.

만약 다른 신물도 인간의 소망에 반응하는 능력을 갖고 있다면, 집에 돌아가고 싶다는 내 바람을 들어줄 수 있을까? 내가 봐도 지나치게 낙관적인 질문이긴 한데…

"저기 엘리자베트 경이 옵니다, 왕자님."

나는 상념에서 깨어났다. 수첩에 밑줄과 동그라미가 가득했다. 고개를 들자, 올리브색 단발머리를 찰랑거리며 씩씩하게 걸어오는 엘리자베트 경의 모습이 보였다. 옆에는 가나엘도 함께였다.

"좋은 아침입니다, 예서 왕자님."

"안녕하세요, 엘리자베트 경."

큰 이벤트 하나를 무사히 마친 것이 홀가분한지, 부근위대장은 무척 상쾌한 얼굴이었다. 나는 수첩을 닫아 품 안에 집어넣었다. 뱅자맹이 자리에서 일어나 그녀에게 의자를 빼주는 동안, 가나엘은 나와 이야기를 나누었다.

"부티에 추기경 전하께서 뒤엠 후작가에 직접 연통을 넣으시겠다고 합니다. 그리고, 오늘 오후 세 시쯤 보는 건 어떠냐고 물으셨습니다."

"나야 좋은데 전하께서 괜찮으시다는 게 의외네. 고마워, 가나엘."

가나엘이 전해준 건 데미 관련 소식과, 오전 열한 시로 예정돼 있던 추기경과의 개인 과외가 오후로 밀렸다는 이야기였다. 늦잠을 잔 데다 정리할 게 많아 오늘 수업을 빼고자 했더니 이런 답이 온 것이다. 뱅자맹은 자신과 가나엘의 빈 잔을 능숙하게 정리한 뒤, '편히 말씀 나누십시오' 하고는 소년과 함께 쥘리에트 궁으로 향했다.

"바쁘실 텐데 와주셔서 감사합니다. 어제는 정말 고생 많으셨습니다."

나는 엘리자베트 경의 잔에 직접 시나몬차를 따랐다. 그녀가 씩 웃으며 잔을 받았다. 디저트를 살피는 회색 눈동자가 초롱초롱했다.

"왕자님께서 불러주시면 공식적으로 땡땡이를 칠 수 있으니 저야 언제든 환영입니다. 어젠 딱 죽기 직전까지 일하다가 퇴근했는데, 끝나니까 속이 다 시원하네요."

그녀는 차를 마시며 봄 무도회에서 있었던 크고 작은 에피소드를 들려주었다. 대부분은 진상 귀족에 관한 이야기였는데, 근위대원의 말은 귓등으로도 안 듣다가 백작가 후계자인 그녀가 나타나면 그제야 몸을 사리는 자들이 있었던 모양이었다. 그래서 엘리자베트 경이 갑질 현장마다 발품을 팔 수밖에 없었다고.

"그러고 보니, 왕자님께서도 스트로다 궁에 잠깐 오셨었다고 들었습니다."

"발코니까지만 갔습니다. 이 녀석 때문에요."

내가 그렇게 말하며 가슴팍을 등반하기 시작한 데미를 가리켰다.

"저번에 본 그 녀석입니까?"

"네, 떠난 줄 알았는데 궁에 남았더군요. 조만간 다른 신물이 있는 뒤엠 후작가의 영지로 가게 될 것 같습니다."

─끼이이

데미가 작게 울었다. 나는 녀석의 뒤통수를 쓰다듬으며 입을 벙긋거렸다. 할 얘기가 있어서 아침부터 엘리자베트 경을 불렀는데, 막상 운을 떼려고 하니 쉽지가 않았다. 이걸 진짜 물어봐도 괜찮은 건가 싶으면서, 한편으로는 나 역시 알 권리가 있다는 생각이 들었다.

"편하게 말씀하셔도 됩니다, 왕자님."

그런 내 기색을 읽었는지 그녀가 먼저 말문을 열었다. 나는 결국, 어젯밤부터 지금까지 줄곧 나를 심란하게 한 문장을 입 밖으로 토해냈다.

"제가 최근에 황궁에서 어린아이를 본 적이 있습니다. 그 녀석은 비밀로 해달라고 했는데, 이젠 도저히 그렇게 못 할 것 같아서요."

"네."

그녀가 찻잔에 입술을 가져다 댔다.

"머리는 까맣고, 눈은 주황색인 남자아이입니다. 키가 요만한…"

"콜록, 콜록! 콜록, 콜록, 콜록!"

제대로 사레들린 엘리자베트 경이 격한 기침을 시작했다. 놀란 데미가 꼬리를 반짝 들어올렸다. 나는 잽싸게 옆에 놓인 냅킨을 건네고 빈 컵에 물을 따라주었다. 한참이 지나서야 진정한 그녀의 눈에 눈물이 그렁그렁했다.

"괜찮으십니까?"

"계속, 크흠, 계속 말씀하십시오."

"아, 네. 그 녀석이 저와 조금 인연이 있거든요. 이름은 세이디라고 하는데."

"하…"

그녀가 한숨을 내쉬더니 새 냅킨으로 입을 가렸다. 역시 뭔가 켕기는 게 있는 듯했다.

"세드리크 황자님과 많이 닮았습니다. 엘리자베트 경도 직접 보면 그렇게 생각하실 거예요."

"네…"

"혹시 이미 만나보셨습니까?"

엘리자베트 경이 자포자기한 얼굴로 고개를 끄덕였다.

"아는 사이입니까?"

또다시 끄덕.

"황궁을 시도 때도 없이 마음대로 드나들던데, 그 녀석도 황족인가요?"

한 박자의 망설임, 그리고 이어지는 끄덕. 과연, '황자의 절친'은 모든 것을 알고 있었다. 머릿속에서 하나의 그림이 완성돼 갔다. 황자를 툭하면 쓰레기라고 부르던 은서의 모습. 오래된 클리셰와 참신한 설정을 섞어 사랑받았다는 소설, 《퇴사했더니 이계 공녀》. 아무리 생각해도 참신보다는 막장에 가까운 것 같지만, 확실히 이런 캐릭터가 남주라면 뒤가 궁금해서라도 계속 보겠다 싶었다.

"지내는 곳은 따로 마련돼 있는 겁니까? 황자님이 잘 챙겨주시는 거죠?"

"…잘 못 들었습니다?"

그녀가 나를 멍하니 바라보았다.

"애가 황궁 고해소에 숨기도 하던데, 양육 환경이 너무 열악한 거 아닌가 싶습니다. 부모나 가족도 아닌 제가 이런 이야기를 하는 게 어떨지 모르겠지만…"

"잠시만요, 왕자님. 죄송합니다."

엘리자베트 경이 두 손을 내밀며 내 말을 끊었다.

"그, 꼬마가 누구라고 생각하시는 건지 여쭤봐도 되겠습니까?"

"황자님이 어릴 때 무슨 사고를 쳤든 저와는 관계없는 일입니다."

내가 단호하게 말했다. 세이디는 신력을 타고났다. 쓰는 법도 배운 것 같았다. 그러나 자신의 주장으로는 신관도, 성기사도 아니었다. 어느 집안의 자제인지는 물론이고 몇 살인지조차 말하기를 꺼렸다. 동시에 말투는 거만했고 품행에서는 귀티가 흘렀다. 보고 배운 어른이 그런 사람이라는 뜻이었다.

'세레기 그거는, 진짜 지가 크리스텔한테 한 짓을 생각해야 돼. 평생 후회하며 살아야 한다고.'

'과거 삭제해라, 애송아…'

은서의 목소리가 사이렌처럼 머릿속을 울렸다. 동생이 말한 '과거'는, 어쩌면 그런 의미의 과거일지도 모른다.

"다만 사정이 비슷한 아이를 보니 마음이 쓰입니다. 저도 국왕 폐하와 신관 사이에서 태어난 사생아니까요."

"…"

"엘리자베트 경께서 잘 챙겨주십시오."

그녀가 입술을 질끈 깨물었다. 표정 관리가 어려운지 목부터 시뻘겋게 달아오르는 얼굴이 보였다. 몸을 부들부들 떠는 것도 같았다.

"데미, 이쑤시개는 뾰족해서 안 돼. 퉤해, 퉤."

그때쯤 데미가 말썽을 피우기 시작해, 나는 엘리자베트 경에게 더 주의를 기울일 수가 없었다. 그녀가 '정의 구현'이나 '업보' 따위의 단어를 중얼거린 듯했으나 확실하지는 않았다. 어쨌든 수첩을 정리했고, 엘리자베트 경을 통해 뒤숭숭한 궁금증도 해결했다. 오전 티타임은 언제나 도움이 됐다.

* * *

"전하, 예서 왕자님이 왔습니다."

"들어오렴."

어저께는 그렇게 일분일초가 느리더니, 오늘은 또 시간이 술술 흘렀다. 어느덧 오후 두 시 사십 분이 되어, 나는 추기경 집무실 앞에 서서 마지막으로 복장을 점검했다. 부티에 추기경의 시종 나탈리가 '단정하십니다' 하며 문을 열어주었다. 뒤에 서있던 뱅자맹과 가나엘이 '허리 조심하십시오', '왕자님, 오늘은 조금만 구르세요!' 등을 속닥거렸다. 격려인지 멕이는 건지 알 수 없었다.

"안녕, 왕자님. 푹 쉬었니?"

"고결하신 추기경 전하를 뵙습니다."

내가 절하고 고개를 들자, 그녀가 단안경 아래로 눈을 빛내며 집무실의 한편을 가리켰다. 싱긋 웃는 입술이 왜인지 무척 불길했다. 나는 천천히 시선을 돌렸다. 그곳에는 먼저 온 손님이 있었다.

"예서 페네티안 왕자님을 뵙습니다."

"..."

여인이 눈부시게 웃으며 내게 예를 차렸다. 스트로다 궁의 발코니 문을 닫기 직전, 마지막으로 보았던 눈동자였다. 청회색의 홍채가 서늘하리만치 선명했다. 어제와 복장이 달랐지만 분홍색 머리를 질끈 묶은 모양만은 그대로였다.

"오늘부터 함께 수업할, 크리스텔 드 사르네즈 공녀란다."

추기경이 텀플을 선언했다. 강의계획서에는 없던 내용이었다.

"함께 수업을요?"

내가 멍청하게 되물었다. 상황이 너무 갑작스럽고 충격적이어서, 크리스텔에게 제대로 인사도 하지 않았다는 사실조차 잊은 채였다. 봄 무도회에 가지 않으려고 아등바등했지만 결국 발끝을 담갔고, 그래도 발끝만이니 괜찮다고 스스로를 위로했는데 다음 날 주인공과 한 공간에 있게 된 비극이라니. 쉬이 받아들이기 어려웠다.

"임시야. 조금 전 교황청에 크리스텔의 교육을 맡아줄 성기사 파견을 요청했거든. 그쪽에서 내 청원을 검토하고, 승인하고, 누군가를 사르네즈 공작령에 발령할 때까지만 내가 가르치기로 했단다."

부티에 추기경의 답변에 나는 속으로 한숨을 삼켰다. 그러니까, 성기사가 되어 황실에 빚을 갚겠다는 크리스텔의 의지를 추기경과 황제가 지지한다는 뜻이었다. 약혼은 엎어졌어도 귀한 인재를 놓칠

순 없는 모양이었다.

마음 같아서는 이거 일대일 수업 아니었냐고, 전액 환불받겠다고 떼를 쓰고 싶지만 상대는 학원이 아니라 추기경이었다. 눈코 뜰 새 없이 바쁜 사람이 두 학생을 위해 따로 시간을 내기는 어려울 터였다. '공녀를 가르치시는 동안 저는 봄방학을 누리겠다'라고 말할 명분도 부족했다. 임시라는 점이 그나마 다행이었다. 추기경은 신관이지 성기사가 아니니, 크리스텔에게 기초적이고 이론적인 부분밖에 알려줄 수 없을 것이다.

"…알겠습니다. 잘 부탁드립니다, 사르네즈 공녀."

나는 일부러 딱딱하게 말을 건넸다. 그녀를 성으로 불렀고 웃지도 않았다. 어차피 이렇게 된 거, 수업이 진행되는 동안 착실하게 비호감 포인트나 쌓자는 심정이었다.

"네, 어제는 정말 감사했습니다. 어머니께서 언제 한번 식사를 대접하고 싶어 하십니다."

그러나 크리스텔은 조금의 대미지도 입지 않은 얼굴로 입을 열었다. 어제라면 봄 무도회 발코니에서 내가 사르네즈 공작 부인의 고해를 들어준 일을 의미했다. 공작 부인은 좋은 사람 같았지만, 주인공 어머니와의 식사라니 부담과 공포로 밥이 넘어가지도 않을 듯했다.

"제안은 감사합니다만 아무래도 어려울 것 같군요."

내가 기계처럼 대답했다. 볼모라서 황궁 밖으로 나가지 못한다는 점이 이렇게 다행일 수 없었다.

"일단 앉으렴. 차를 내줄게."

추기경이 보드랍게 웃으며 나와 크리스텔을 소파로 인도했다. 시종 나탈리를 호출하며 우리를 관찰하는 눈빛이 따뜻하기만 해서 더욱 속이 터졌다. 이 자리에 내가 아니라 황자 놈이 있어야 하는 거 아니냐고…

"그럼 두 사람은 오늘이 초면이니?"

내가 어떻게 대답해야 할지 고민하는데, 크리스텔이 먼저 말문을 열었다.

"아뇨, 제가 황궁 신전 고해소를 찾아가 왕자님을 만난 적이 있습니다. 어머니의 고해 성사를 부탁하려고요."

"고해소라니, 성기사다운 선택인걸. 전도유망하구나."

추기경의 베이지색 눈동자가 곡선을 그렸다. 나와 크리스텔은 그게 무슨 뜻인지 몰라 눈만 껌뻑거렸다.

"모든 신전 고해소에는 언제나 일정량의 에테르가 흐르고 있거든. 고백자의 심적 안정과 신앙심 고취를 위해서인데, 성기사에게는 급히 에테르를 보충하기에 그만한 곳이 없단다."

크리스텔이 눈을 반짝이며 고개를 끄덕였다. 어쩐지 들어가자마자 긴장이 조금 풀리는 느낌을 받았다고도 했다. 그 말에 나는 고해소에서 만났던 다른 사람을 떠올릴 수밖에 없었다. 정확히는, 어떤 어린아이.

'…여기서 뭐 하는 거지?'

'나는… 고해를 받고 있어. 신관이거든.'

'시키지도 않은 짓을 하는군.'

하나의 수수께끼가 풀리는 것 같았다. 세이디를 처음 만났던 날,

그 녀석이 고해소에 급히 숨어든 건 에테르가 부족했기 때문이었다. 에테르 고갈의 대표적 증상인 발열, 오한, 어지럼증을 고루 겪으면서도 제대로 된 도움을 받지 못해 그곳까지 내몰린 것이다.

아이를 떠올리니 다시금 마음이 불편해졌다. 은서 말대로 세드리크 황자가 쓰레기이긴 한 것 같았다. 세이디는 본인이 신관도 성기사도 아니라고 하지만, 내게 그런 아들이 있다면 무슨 수를 써서든 유능한 신관 하나와 짝을 이루게 했을 것이다.

초등학생도 안 돼 보이는 꼬마를 밤에 혼자 다니게 두는 일도 결코 없었을 테고. 유기, 방임, 이거 진짜 아동 학대잖아. 그간 아이 주변 환경의 심각성을 깨닫지 못한 내가 한심하게만 느껴졌다.

"…그리고 예서 왕자님을 위한 데이지차입니다."

나탈리가 내 앞에 따뜻한 잔을 내려놓았다. 나는 그제야 상념에서 깨어났다. 언제 들어왔는지, 추기경의 시종이 반듯한 몸놀림으로 우리에게 마실 것을 서빙하고 있었다.

"고마워, 나탈리. 가서 쉬어."

"예, 전하."

시종에게 다정히 말을 건네는 추기경을 보고 있으니 문득 궁금해졌다. 사실 오늘 크리스텔만 이 자리에 없었더라면 정말로 물어볼 생각도 하기는 했었다. 나를 일종의 제자로 받아들였던 그 순간, 당신이 했던 말이…

'어린아이가 하나 있어.'

'아이요?'

'응, 그 애를 도와주었으면 한단다.'

그렇게 말했던 대상이, 내가 만난 꼬마 세이디인지. 도움이 필요하다고 했던 게, 아이가 어디 아프냐는 물음에 비슷하다고 대답했던 게 에테르 고갈을 의미하는 건지.

세이디가 황자의 사생아라면 내 추측은 거의 확실해 보였다. 황자의 대모인 추기경에게 세이디는 손주뻘일 텐데, 그런 아이가 고생하는 걸 내버려둘 사람은 아니니 급한 대로 내게 손을 뻗을 법도 했다. 다만 궁금한 건…

"한 명의 성기사는 보통 한 명의 신관과 짝을 이룬단다. 동료로서 서로의 등을 맡기는 사이가 되는 거야. 신관은 성기사에게 에테르를 제공하고, 성기사는 신관을 지킴으로써 주신의 뜻을 받들지."

왜 아이에게 아직도 신관 파트너가 없느냐는 것이다. 일반 가정집도 아니고 제국의 황실에서 태어나 궁을 멋대로 드나드는 꼬마에게, 어째서 신관을 붙여주지 않았는지. 아무리 존재조차 알려지지 않은 황손이라지만, 대주교까지는 아니더라도 번듯한 성직자 하나쯤은 곁에 데려다 놓을 수 있었을 것 같았다.

"그렇군요, 재미있는 관계네요."

크리스텔이 흥미로운 얼굴로 추기경의 말을 경청했다. 나는 찻잔 위에 동동 떠있는 데이지를 바라보며 생각에 잠겼다. 혹시 세이디가 신관을 원하지 않는 건가? 이것도 고려해야 할 부분이긴 했다.

조금 전에는 아동 학대가 분명하다고 생각했지만, 만약 본인이 마음 가는 대로 행동하고 있는 거라면 나는 그저 조심히 다니라는 말밖에 해줄 게 없었다. 밤에 몰래 거처를 빠져나와 돌아다니고,

에테르 고갈로 힘들어하면서도 신관을 거부하는 경우엔 어른들이 할 수 있는 게 많지 않을 테니까. 내가 음식을 좋아하는 걸 황자에게 말한 점으로 미루어 보아, 부자지간에 대화가 없는 것 같지도 않았다.

'신수들이 영주성에서 신물을 감지하면, 내일부터는 그대를 만날 일 없어.'

아이의 맑은 목소리가 머릿속을 울렸다. 실제로 다시 만난 적은 없었다. 비록 데미와는 재회하게 됐지만, 다른 두 녀석은 세이디가 알아서 잘 이끌었을 것이다. 엘리자베트 경도 상황을 알고 있는 마당에 나까지 녀석을 걱정할 이유는…

"왕자님?"

추기경의 목소리가 나를 콕 찔렀다. 나는 흠칫 놀라 얼굴을 들었다.

"마드무아젤을 둘이나 앞에 두고 딴생각을 하다니, 정말 의외야."

그녀가 장난스럽게 눈꼬리를 휘었다. 어느덧 두 사람의 잔은 절반쯤 비어있었다.

"죄송합니다. 어젯밤이 고단했나 봅니다. 잠깐 멍해졌네요."

나는 찻물에 입을 적시며 되는대로 내뱉었다. 주인공의 옆에 앉아 다른 생각을 하다니, 긴장감이 너무 없었다. 크리스텔이 나를 보며 소리 없이 웃었다.

"왕자님께도 짝이 있으신지 여쭈던 참이었습니다."

"짝이요?"

"네, 성기사 짝꿍요."

"저는 없습니다."

내 대답에 그녀가 눈을 둥그렇게 떴다. 높이 묶은 분홍색 머리칼이 흔들렸다.

"저는 초보지만, 그래도 왕자님의 에테르가 엄청난 건 느껴지는데요. 아직도 짝이 없으시다니…"

'성기사들은 좀 금욕적인가요?' 그녀가 소곤거렸다. 나와 추기경의 눈이 마주쳤다. 그야 내 에테르는 선천적인 것이 아니니까. 신국의 성기사들은 얻어낼 게 없는 과거의 예서 왕자와 짝이 되길 원치 않았을 것이다. 이곳에 오기 전까지만 해도 나는 '허울뿐인 주교'였고, 신국의 국서와 제국의 황제 역시 그렇게 알고 있었다.

특히 전자는 나를 죽이기 위해 비교적 약한 암살자들을 보내기까지 했다. 하지만 내 에테르 보유량이 어느 시점을 기준으로 폭증했고, 국서의 시도는 물거품이 됐다. 당시엔 갑작스러운 힘의 원천을 몰랐지만 지금은 짐작 가는 구석이 있었다.

"일단 저는 외국인이고, 바깥출입이 자유롭지도 않으니 저와 짝이 되면 성기사분이 여러모로 불편할 겁니다."

나는 현재를 기준 삼아 그럴듯한 변명을 내놓았다. 크리스텔이 심각한 얼굴로 고개를 주억거렸다. 그쪽은 잘나가는 공작가의 귀한 따님이고 나는 신국에서 내놓은 자식이자 볼모이니, 부디 다른 신관과 행복하시라는 의미였는데 제대로 전달이 됐는지 모르겠다.

"하지만 지금은 전쟁 시대가 아니니 에테르가 항상 충만해야 할 필요도 없고, 신관과 성기사가 늘 붙어 다니란 법도 없죠."

그녀가 똑소리 나는 태도로 내 말을 받았다. 아무래도 내 얘기는 그냥 듣기만 한 것 같은데…

"성기사의 수는 항상 신관의 수보다 적단다. 짝이 없는 신관이 있는 게 이상한 일은 아니야."

부티에 추기경이 부드럽게 대화에 끼어들었다.

"우리 왕자님은 분명 훌륭한 주교지만, 최근에는 고해의 본분에 충실하고 있으니 성기사를 위한 신관이 되기는 힘들지도 모르고."

이거… 이거 나 도와주는 건가? 도와주는 거 맞지?

"그럼 다음 시간에는 마법사를 초빙해서, 성기사와 마법사의 차이점을 알아보도록 할까?"

크리스텔이 뭐라고 말을 이으려는데, 추기경이 나긋나긋 수업의 끝을 알렸다. 나는 조금 전의 상황을 파악하지도 못한 채 얼떨떨한 얼굴로 자리에서 일어났다. 시계를 보니 이제 막 30분이 지나 있었다.

"감사드립니다, 전하. 그럼 모레 뵙겠습니다."

뭐… 보통 오리엔테이션은 짧게 하니까. 나는 대충 그렇게 생각하며 추기경에게 예를 올리고, 크리스텔에게도 간단히 인사한 뒤 재빨리 집무실을 탈출했다. 그럴 일은 없겠지만, 혹 그녀가 같이 나가자고 할까 봐 서두른 것이었다. 다행히 오늘은 추기경이 먼저 점심 식사를 제안하지 않았다. 기분 탓인지, 문이 닫히기 직전까지도 뒤통수가 따끔거렸다.

* * *

"내가 너였으면 오늘 당장 쥘리에트 궁 가서 말한다."

실내 연무장 구석에 아무렇게나 앉아있던 부근위대장이 큰 소리로 말했다. 검 끝으로 묵묵히 초식을 그리던 황자가 일순 동작을 멈추었다.

"진짜… 자세한 건 얘기 안 해줄 건데… 아무튼 나라면 그런 오해를 사느니 그냥 사실을 털어놓고 도움받겠어. 그게 백번 나아."

엘리자베트는 오늘따라 이상했다. 대련 중 황자의 불꽃에 소매가 시커멓게 탔는데도, 황자가 또 자신의 연습용 검을 부러뜨렸는데도 화를 내기는커녕 웃기만 했다. 생각해 보면 그녀는 연무장에 오는 내내 이상했다.

혼자 미친 사람처럼 히죽거리다가도 '아, 어떻게 그런 생각을 할 수 있지? 천재인가?' 하며 조금 우는 것 같기도 했다. 무언가에 큰 감동을 받은 얼굴과, 재밌어 죽겠다는 얼굴이 쉴 새 없이 교차했다. 세드리크가 작게 미간을 찌푸렸다.

"왕자에게 도움받을 일 없다고 했을 텐데."

그러자 엘리자베트가 옆으로 풀썩 몸을 눕히고는 흐느꼈다. 황자는 이제 진지하게 태의를 불러야 하나 고민했다. 친구라고 하나 있는 녀석이 벌써 더위를 먹어서야 곤란했다. 마침 연무장 입구에서 시종, 다비드 카퓌송이 걸어오고 있었다. 세드리크가 검을 내리고 그를 맞았다.

"전하."

"잘 왔군."

"부티에 추기경 전하의 전언이십니다."

"…"

카퓌송이 진지한 얼굴로 입을 뗐다.

"'냉궁을 침식하는 파도. 모레 오전 열한 시, 야외 연무장' 이상입니다."

황자는 말이 없었다. 먼저 반응을 보인 것은 으레 그렇듯 엘리자베트였다.

"나 구경 가도 돼?"

세드리크가 그녀의 말을 간단히 무시했다. 그는 다시 검 끝을 든채 연무장의 중앙으로 향했다. 카퓌송이 그런 황자의 뒷모습을 잠시간 바라보다가, 엘리자베트에게 짧게 인사한 후 다시 연무장을 나섰다. 시종은 그저, 자신의 주인이 현명한 선택을 내리길 바라는 마음뿐이었다.

* * *

그리고 오늘은, 다시 수업이 없는 날이었다. 대신 아주 중요한 일정이 있는 하루이기도 했다.

"예서 왕자님, 그간 잘 지내셨는지요?"

"안녕하세요, 아녜스. 오랜만입니다."

간만에 만난 산지기 아녜스를 향해 내가 활짝 웃었다. 아녜스도 듬직한 몸을 숙여 깊이 절했다. 신수를 괴롭혔다는 생각에 자책하다 내게 고해 성사를 하러 왔었던 그녀는, 마지막으로 봤을 때보다 훨씬 차분하고 안정된 분위기였다.

서브 남주가 파업하면 생기는 일 1

"이 녀석하고도 인사하세요. 이름은 '데미'라고 붙였습니다."

"아, 안녕…"

-끼!

아녜스는 몹시 어려워하면서도, 내 오른쪽 어깨 위에 자리 잡은 데미를 향해 작게 손을 흔들었다. 데미가 천천히 왼쪽 어깨로 위치를 옮겼다. 고개를 들었다 내렸다 하며 아녜스를 관찰하는 게, 여인을 기억하는 것 같기도 하고 고새 까먹은 것 같기도 했다.

"이제 정말 좋은 곳으로 가니까, 마음 편히 가지셔도 됩니다."

내가 그녀에게 말했다. 아녜스는 눈물이 맺힌 얼굴로 고개를 끄덕였다. 데미가 떠나기 전에 인사를 시켜주면 아녜스의 마음이 조금이나마 가벼워지지 않을까 해서 초대한 것이었는데, 내 추측이 틀리지는 않은 듯해 안심이었다.

"왕자님, 출발 준비가 끝났다고 합니다."

뱅자맹이 내게 와서 말을 전했다. 오늘 쥘리에트 궁 앞에는 화려하고 거대한 마차 한 대가 서있었다. 뒤엠 후작가에서 신수인 데미를 데려가기 위해 특별히 보낸 것으로, 마차 문 옆에는 휘황한 후작 가문의 문장이 새겨져 있어 누구도 감히 끼어들기 할 수 없을 것 같았다. 나는 아녜스와 함께 마차 쪽으로 걸었다. 데미는 아직 상황 파악이 되지 않은 건지, 내 걸음에 맞춰 느긋하게 꼬리를 흔들거렸다.

"가서 말썽 피우면 혼나. 날카로운 거 씹지 말고, 사람들 일하는 데서 장난치면 안 되고."

내가 녀석에게 조곤조곤 설명했다. 레서판다는 듣는 둥 마는 둥하며 입에 넣어준 무화과 조각을 깨물어 댔다. 삭삭, 하고 과육이 으깨지는 소리가 났다. 이렇게 잘 먹는데 대소변을 보는 일도 없고, 뱃속의 과일이 다 어디로 가는지 모를 노릇이었다.

"신국의 달이신 예서 페네티안 왕자님을 뵙습니다."

낯선 남자의 목소리에 고개를 돌렸다. 나를 부른 것은 검은 피부에 시원시원한 이목구비를 지닌, 덩치 좋은 미남이었다. 옷차림은 엘리자베트 경과 같은 제복이었으나, 장식이 더 다채로웠고 훈장도 많았다. 나는 그제야 낯모를 남성의 정체를 깨달았다. 하긴, 오늘 같은 날에 그가 행차하지 않는 것도 이상했다.

"에르베 뒤엠 근위대장이시군요. 반갑습니다."

"이리 뵙게 되어 영광입니다. 엘리자베트에게 말씀 많이 들었습니다, 하하하."

남자가 호쾌하게 웃으며 내게 오른손을 내밀었다. 악수를 제안받은 건 여기 와서 처음 있는 일이라 좀 신기했다. 나는 크고 두툼한 손을 맞잡으며 그와 인사했다.

뒤엠 후작가의 차남이자 황실 근위대장인 에르베 뒤엠은, 내 예상보다 덜 권위적인 분위기에 엄청난 육체파처럼 보였다. 그는 제국 최강의 마법사 중 하나로 꼽혔고, 올 초에는 〈격주간 리에스테르〉가 선정하는 '리에스테르에서 가장 매력적인 독신남 10인'에 이름을 올리기도 했다. 내가 그런 순위에 관심이 있는 건 절대 아니고.

"뒤엠 경께서 동행하시는 겁니까?"

"아뇨, 저는 황도의 경계까지만 호위합니다. 영지까진 제국군과 사제급 신관 세 명이 함께할 겁니다. 신수들도 물론 중요하지만,

제게 가장 중요한 건 폐하의 안전이니까요."

"그렇군요."

나는 그의 말에 고개를 주억거리다, 묘한 위화감에 동작을 멈췄다.

"신수들이라고 하셨는데…"

"네, 다른 두 마리는 마차에 있습니다."

"다른 두 마리요?"

내 눈이 커지고, 뒤에 서있던 뱅자맹과 가나엘도 놀란 듯 숨을 들이켰다. 근위대장은 우리 셋을 의아한 얼굴로 살피더니 마차 문을 열어 보였다. 안에 앉아있던 신관 세 사람이 나를 발견하고 벌떡 일어나 예를 올렸다.

-끼우!

-끼이!

나는 그들의 인사에 응하면서도, 마차 바닥을 데굴데굴 굴러 내게 다가오는 두 마리의 레서판다를 보며 아연했다. 녀석들은 데미보다 확실히 몸집이 컸고, 데미처럼 꼬리 끄트머리가 희지도 않았다. 세이디가 말한 그대로였다.

"황자 전하께서 오늘 아침에 친히 데려와 주셨습니다. 세 마리 모두 쥘리에트 궁 인근에만 머무른 걸 보면, 역시 왕자님의 에테르가 대단하기는 한 모양입니다."

뒤엠 경이 웃으며 말했다. 줄곧 조용히 있던 아녜스도 '네, 이렇게 셋이 제가 산에서 본 녀석들입니다' 하고 확인해 주었다. 나는 복잡한 마음으로 로메로 궁 쪽을 한 번 바라보았다. 그날 밤 내 발코니를 떠난 이후, 세이디와 신수들은 쭉 모습을 드러내지 않았다.

당연히 꼬마가 후작가의 영지로 이 녀석들을 데려다 놓았을 거라고 생각했는데, 이제 보니 자신의 불 속성 힘을 써서 지금까지 신수를 황궁에 재워둔 모양이었다. 그러려면 평소보다 훨씬 많은 에테르가 필요했을 텐데…

-끼이이이

데미가 길게 울더니 내 오른팔을 타고 내려오기 시작했다. 나는 녀석이 떨어지지 않게 주의하며 마차 안으로 팔을 뻗어주었다.

"이산가족 상봉이네. 좋겠다, 데미."

-꾸르르

마차에 무사히 탑승한 녀석이, 두 레서판다와 안부를 나누듯 서로의 냄새를 맡고 입을 크게 벙긋거렸다. 이어 뒷다리로 몸을 지탱하고 벌떡 서더니, 한 레서판다의 머리 위로 자기 몸을 이불처럼 덮었다.

그러자 다른 레서판다가 '끼이이이' 소리를 내며 두 마리의 몸통에 까만 앞발을 얹었다. 이윽고 세 마리는 한 묶음이 되어 마차 바닥을 대굴대굴 굴렀다. 이쪽 구석에서 저쪽 구석으로, 또 오른쪽에서 왼쪽으로 오가는 모습에 신관들이 고통에 찬 신음을 흘렸다.

"왕자님, 저 심장이 너무 아파요…"

"정상이야, 가나엘."

한 마리만 있어도 귀여웠는데, 세 마리가 있으니까 진짜 환장하게 귀여웠다. 나는 신나게 노는 레서판다들을 가만히 구경하다가 신관 하나에게 꾸러미 두 개를 건넸다. 어젯밤에 뱅자맹과 가나엘에게 부탁해 둔 것이었다.

"이건 과일인데, 가시는 길에 신수들에게 나눠주세요. 다른 녀석은 몰라도 저기 꼬리 끝이 하얀 녀석은 잘 먹습니다. 그리고 이건 여러분 간식입니다."

마차 안의 신관들이 몹시 놀라며 내게 크게 절을 했다. 나는 민망해서 손사래 쳤다. 데미 먹일 것만 생각하다가, 뒤늦게 아차 싶어 사람 몫의 간식도 준비한 것뿐이었는데 반응이 생각보다 격했다.

"엘리자베트 말로는 쥘리에트 궁의 음식이 그렇게 맛있다던데, 사제님들은 운이 좋군요."

모든 상황을 지켜보던 뒤엠 경이 크게 웃으며 마차 문을 잡았다. 헤어질 시간이었다.

"데미, 가서도 건강해야 돼."

내가 녀석을 향해 손을 흔들었다. 그새 정이 들었는지 마지막이라는 생각에 코끝이 찡해졌지만, 녀석에게는 더 좋은 환경과 돌아가야 할 가족이 있었다. 분위기가 달라진 것을 느꼈는지 바닥을 뒹굴던 데미가 나를 똑바로 바라보았다. 마차 문이 반쯤 닫힐 무렵, 나는 애써 웃으며 팔을 내렸다. 그때였다.

–끼이이이이이이이!

데미가 커다란 울음과 함께 잽싼 몸놀림으로 마차를 탈출했다. 나는 깜짝 놀라 다리에 엉겨드는 갈색 솜뭉치를 받아냈다. 녀석이 이렇게 빨리 움직이는 건 처음 보는지라 어안이 벙벙했다.

"아냐, 친구들이랑 가야지."

–꾸르르르르르르르르르!

"얘가 왜 이래."

뱅자맹, 가나엘, 아녜스와 뒤엠 경 모두 당황한 표정이었다. 나는 난감한 미소를 지으며 순식간에 내 어깨 위를 점령한 데미를 바라보았다. 신수는 누가 봐도 불만에 가득 찬 낯을 하고 있었다. 물감을 찍은 것처럼 하얀 눈썹이 흉포하게 일그러졌다. 데미가 위협하듯 크게 입을 벌리자, 사나운 분홍색 혀가 보였다. 심장이 아프다 못해 얼얼했다…

"데미, 뒤엠 경의 고향에 불 속성 신물이 있대. 너도 맘에 들 거야."

나는 녀석의 머리끝부터 꼬리 끝까지 천천히 쓰다듬고, 따끈한 몸통을 조심스럽게 들어올렸다. 다시 마차에 태워줄 생각이었다.

-끼이이이이!

그러자 데미가 화닥닥 몸을 틀어 땅에 착지했다. 낭패다 싶은 순간, 녀석이 도망치지 않고 발끝에서 잎이 뾰족뾰족한 덩굴을 피워냈다. 자세히 보니 줄기에는 가시가 돋아있었다. 얼굴은 뾰죽뾰죽, 식물도 삐죽삐죽. 설마…

"가기 싫어서 그래?"

"그런 것 같군요, 왕자님."

뒤엠 경의 목소리에 즐거움이 그들먹했다. 마차 안의 신관들 역시 기절초풍하고 있었다. 나는 황당하기도 하고, 좀 감동하기도 해서 할 말을 잃고 우두커니 섰다. 이어서 데미가 꼬리를 번쩍 들어올렸다.

-쩌적!

"왕자님, 다시 키우겠다고 하세요!"

가나엘이 갈라진 땅을 보며 혼비백산했다. 데미는 이제야 자신의 능력을 알았냐는 듯, 알아서 받들어 모시라는 듯 제자리에서 펄쩍 펄쩍 뛰었다. 그러자…

-쩡!

하는 소리와 함께, 쥘리에트 궁 앞에 아담한 싱크홀이 생겨났다. 데미가 들어가서 낮잠 자기 딱 좋은 크기였다. 뱅자맹이 주신을 찾는 웅얼거림이 들렸다. 이러다간 데미의 시위에 다치는 사람이 나올 것 같아, 나는 재빨리 녀석의 앞에 몸을 낮췄다.

"데미, 형이 잘못했어. 안 보낼게."

-끼이이이

"진짜, 약속. 이제 보내달라고 해도 안 보내."

-끼응

데미가 고개를 갸웃거렸다. 뭔가 아직도 불만족스러운 모양이었다. 그 순간 마차에 타고 있던 신관이 내게 불쑥 과일 꾸러미를 전달했다. 뛰어난 판단력이었다.

"고맙습니다. 자, 여기 블루베리 있네."

내가 청보랏빛의 과실을 잡히는 대로 한 움큼 내밀었다. 녀석은 코를 내밀어 열매의 향을 맡더니, 비로소 내 팔을 타고 오르기 시작했다. 먹을 생각은 없었고, 그저 내가 꾸준한 과일 셔틀로서의 의지를 보이길 바란 모양이었다. 바닥에 마구잡이로 자라나던 가시넝쿨이 천천히 시들어 가는 것이 보였다. 생떼 한번 요란했다.

"뒤엠 경, 아무래도… 데미는 제가 계속 데리고 있어야 할 것 같습니다."

"하하하. 네, 폐하께는 제가 직접 보고드리겠습니다. 귀한 구경을 했군요!"

근위대장은 뭐가 그리도 좋은지 호탕하게 웃었다. 내가 머쓱한 얼굴로 몸을 일으켰다. 어느새 마차 주변으로 모여든 쥘리에트 궁과 로메로 궁의 시종들이 보였다. 아니, 진짜 동네 구경났네…

"그럼 친구들한테 인사하자. 잘 가, 해."

-꾸룩

-끼이

-끼

데미가 마차 안의 레서판다들을 보며 짧게 울자, 상대 쪽에서도 비슷한 반응이 돌아왔다.

"곧 '마수 대토벌'이 열리니, 세 마리가 다시 모일 수도 있을 겁니다."

그것을 지켜보던 뒤엠 경이 느긋하게 입을 열었다. 상황이 종료된 걸 알았는지, 엉거주춤 서있던 마부가 다가와 마차 문을 닫았다. 주뼛거리던 근위대원들도 뒤엠 경의 말을 끌고 다가왔다.

"'마수 대토벌'이라면, 다음 달에 열리는 대회를 말씀하시는 겁니까?"

"그렇습니다. 제 형님이 그날만을 기다리며 마법을 갈고닦는 중이죠."

근위대장이 내 질문에 시원스레 대답하며 말에 올랐다. '마수 대토벌'은, 매년 뒤엠 후작가의 영지에서 열리는 봄맞이 마수 사냥 대회였다. 뒤엠 경의 형이자 대회 주최자인 프랑수아 뒤엠 후작이 늘 대단한 우승 상품을 내건다는 것, 그리고 황제와 추기경이 항상 대

서브 남주가 파업하면 생기는 일 1

회를 직관하는 것으로 유명했다. 심지어 재작년에는 황제가 직접 참가해서 우승자 특전을 가져가기도 했다고, 〈격주간 리에스테르〉에 쓰여있었다.

"데미가 좋아하겠네요."

그런 행사라면, 황실에서 데미를 데려다 콧바람이라도 쐬게 해줄 것 같기는 했다. 신력을 쓰는 부티에 추기경이 있으니 데미가 다른 길로 샐 일도 없을 터였다. 나는 고개를 주억거리다 문득 떠오른 궁금증에 그를 올려다보았다.

"뒤엠 경, 혹시 내일 제 수업에 오십니까?"

"수업이라면…"

"추기경 전하께서 마법사를 초빙해 저를 가르치겠다고 하셨거든요."

크리스텔의 이야기가 쏙 빠졌지만 거짓은 아니었다. 뒤엠 경이 어깨를 으쓱이며 함박웃음을 지었다.

"글쎄요, 저는 그런 제안을 받은 적이 없습니다. 하지만 추기경 전하께서 부르실 마법사라면 누구일지 짐작은 되는군요."

'제국 최강의 마법사'란 수식어는 저만의 것이 아니니까 말입니다, 하고 그가 덧붙였다. 과연 엘리자베트 경의 상관답게 겸양 따위는 내던진 태도였다. 나는 피식 웃고 몇 걸음 뒤로 물러났다.

"조심해서 가십시오. 신수들도 잘 부탁드립니다."

내 말에 그가 검지와 중지를 이마에 대고 인사를 날렸다. 뒤엠 경이 몇 마디 큰 소리를 내자, 마차가 느릿느릿 바퀴를 굴리고 근위대원들의 말도 앞으로 나아가기 시작했다. 아녜스가 품에서 손수건을 꺼내 허공에 흔들었다. 우리는 신수와 근위대 일행이 보이지 않을 때까지 그 자리에 가만히 서있었다.

-끼이!

품 안의 데미가 다시금 친구들에게 작별을 고했다. 어쩌면 세 마리가 남매일지도 모른다는 생각이, 짧게 머리를 스치고 지나갔다.

* * *

"예서 페네티안 왕자님을 뵙습니다."

"…안녕하세요, 사르네즈 공녀."

크리스텔은 오늘도 싹싹했고, 나는 오늘도 싹퉁바가지였다.

"야외에서 수업을 하는 건 처음이네. 재미있겠지?"

부티에 추기경이 따스하게 웃었다. 나는 딱딱했던 얼굴을 조금 풀며 긍정을 표했다. 원래도 집돌이였기 때문에 실내에서 수업하는 데 불만이 있지는 않았지만, 밖에 나오니 아침 산책을 하는 것 같아 좋았다.

게다가 야외 연무장에 발을 디딘 것은 처음이었다. 빙의 첫날, 황자가 이곳에서 칼을 휘둘러대는 걸 본 이후 이쪽으로는 눈길조차 주지 않고 있었기에 더욱 생소했다. 그의 흔적인지는 모르겠지만 바닥에 검기로 움푹 팬 부분이 보였고, 한쪽에는 연습용 검이 빽빽이 꽂혀있었다.

"왕자님, 힘내세요!"

-끼이이!

"가나엘, 조용히 하거라."

평소와 또 다른 점이라면 수업에 참관객도 있다는 것이었다. 무슨 생각인지 추기경이 가까운 시종들의 동석을 허락했고, 덕분에 가나엘과 뱅자맹은 데미를 꽃수레에 태운 채 그늘에 나와있었다. 옆에는 추기경의 시종인 나탈리도 함께였다.

크리스텔의 능력은 아직 공표되지 않았는데, 이렇듯 구경꾼을 들이는 걸 보면 조만간 발표할 생각인가 싶었다. 나는 세 사람과 신수 한 마리에게 가벼이 손을 흔들었다.

"우리 마법사는 아직이구나."

추기경이 별것 아니라는 듯 말했다. 그러고는 크리스텔에게 부드럽게 손짓했다.

"네 능력을 한번 써보겠니? 바깥이고 이쪽은 숲이니, 최대한 자유롭게 펼쳐봐도 좋아."

그러자 크리스텔이 물색의 눈동자를 반짝이며 씩씩하게 고개를 끄덕였다. 단단히 묶어 틀어 올린 분홍색 머리가 그녀의 각오를 보여주는 듯했다. 나는 일단 뒤로 몇 걸음 물러섰다.

-찰랑, 찰랑

그녀의 손바닥 위에서 작은 물방울이 모습을 드러냈다. 가나엘이 '우와' 하는 소리가 들렸다. 크리스텔은 씩 웃더니, 거기서 멈추지 않고 물결치듯 손가락을 움직였다. 그러자 물방울의 부피가 쑥쑥 불어났다. 투명하고 깨끗한 물 덩어리가 볼링공만 해졌다가, 다시 커져 세숫대야만 해졌다.

"에테르 소모량은 어때?"

"크게 빠져나가는 느낌은 없습니다."

추기경의 물음에 크리스텔이 대답했다.

"집에서도 이렇게까지 크기를 키워본 적은 없는데, 기분 좋네요."

주인공의 목소리는 상쾌했다. 자신의 능력에 무척 만족한 눈치였다. 그 모습을 보고 있자니 문득, 그녀의 동기는 무엇일지 궁금해졌다. 나야 집에 무사히 돌아가겠다는 목표 하나로 살고 있지만 그녀는 확실히 다른 듯했다.

저 힘을 제국에 바치겠다는 것부터 이미 스포트라이트의 중심으로 걸어가겠단 소리 아닌가. 나는 그간 은서가 들려준 '우리 크리스'의 성격을 열심히 곱씹었다. 그녀와 데면데면한 사이를 유지하는 것과 별개로, 주인공의 행동 패턴을 익혀놓는 일은 중요했다.

-촤아아…!

"와!"

크리스텔이 거대 물방울의 모습을 바꾸어 긴 물줄기를 만들어 내자, 가나엘이 탄성을 쏟아냈다. 물줄기는 허공에서 원을 그리며 빙글빙글 돌다가 뱀처럼 구불거리며 움직였다. 손끝으로 부리는 감각이 기분 좋은지 크리스텔도 소리 내어 웃었다. 그녀가 불시에 팔을 쭉 뻗자,

-촤아아아!

어느새 개울만큼 넓적해진 물줄기가 연무장의 반대쪽을 향해 빠르게 쏘아졌다. 모든 사람의 시선이 물의 끄트머리로 모였다. 눈으로 공만 쫓는 축구장 관객이 된 기분이었다. 그때,

-쏴아아아아!

누군가의 검 끝이 물을 잘랐다. 나는 보고도 믿을 수 없는 무위에 식겁했다. 정확히는 검기가 물살을 가른 것이었지만, 언뜻 보면 칼로 물을 벤 모양새였다. 산산이 부서진 물방울들이 햇빛을 받아 유리 조각처럼 반짝거렸다. 꼭 슬로모션을 건 것처럼.

"전하."

이어 귀에 익은 중저음이 들렸다. 오색으로 비산하는 방울방울을 카메라 필터처럼 두르고 나타난 남자는, 마치 은서가 보여주던 한 점의 팬 아트 같았다. 그가 왼손에 든 검에서 물이 뚝뚝 떨어졌다. 청년의 뒤엔 시종인 듯한 중년의 남성과 엘리자베트 경이 서 있었다. 어깨 너머로 내게 눈인사한 그녀는 어쩐지 신난 표정이었다.

"어서 오렴, 세드리크. 시간에 딱 맞췄네."

추기경이 황자를 보며 다정하게 웃었다. 예상을 못 한 건 아닌데, 그렇다고 이놈이 오길 바란 적도 없었다. 인생…

* * *

"오늘 하루 마법사 자격으로 수업을 도와줄, 내 대자란다."

추기경이 자랑스러워하는 투로 황자를 소개했다. 황자 놈은 고고한 주황색 눈동자로 우리를 훑었다.

–끼이

그러자 그늘에 있던 데미가 작게 울었다. 녀석이 보기에도 황자는 밥맛인 모양이었다. 무도회에서, 황자는 본인을 마검사라고 소개했다. 그건 마법사이면서 검사라는 뜻이니 이놈이 오늘 등장하지 못할 이유는 없었다.

어제 뒤엠 경이 '제국 최강의 마법사' 중 하나라고 일컬은 것도 아마 황자였지 싶었다. 메인 남주라서 그런지 빠지는 구석이 없는 모양이었다. 검 잘 쓰고, 마법도 잘 쓰고, 아들도 있고… 이제 에테르만 쓸 줄 알면 주인공의 올라운더 조력자가 될 판이다.

"그럼 저희는 그늘에서 대기하겠습니다."

엘리자베트 경이 서둘러 가나엘 쪽으로 향했다. 간식을 챙겨왔는지 그녀에게서 고소한 팝콘 냄새가 났다. 황자의 시종도 그녀의 뒤를 따랐다. 아무튼, 상황이 나에게 나쁜 것만은 아니었다.

여기에 내가 없는 게 베스트였겠으나, 약혼이 물 건너간 시점에서 두 사람이 다시 엮일 판이 생긴 건 분명 낙관적인 지표였다. 비록 초반 전개가 틀어지긴 했어도 로판의 큰 흐름은 건재한 듯했다. 내 생각이 틀리지 않았는지 곧 황자와 크리스텔이 길게 눈을 맞추었다. 그래, 올라운더 동료가 애인도 하면 되는 거지.

"황자 전하를 뵙습니다."

"…"

그러나 크리스텔의 인사에도, 황자 놈은 간단한 눈짓으로 알은체를 할 뿐 입조차 떼지 않았다. 진정한 싹퉁바가지의 클래스에 주인공이 살포시 인상을 쓰는 게 보였다. 나는 속으로 혀를 내둘렀다. 아예 사람을 무시해야 하는 거구나. 그건 좀 힘든데…

"안녕하세요, 황자님."

"그대는 안 끼는 데가 없군."

그래서 나도 무시할 줄 알고 인사를 건넸더니, 놈이 즉시 내 말을

서브 남주가 파업하면 생기는 일 1

받아쳤다. 이거 몇 살인데 자꾸 반말이냐? 아니, 설령 이놈이 나보다 연상이라고 해도 이런 말투는 문제가 있었다.

"말은 바로 하시죠. 제 수업에 두 분께서 참여하시는 겁니다."

내가 대꾸하자, 크리스텔이 옆에서 나를 올려다보고 황자는 정면에서 나를 내려다보았다. 순간 괜히 나댔나 싶어졌다. 둘 앞에서는 쥐 죽은 듯 존재감을 지워야 하는데.

"인사는 이쯤 하고, 실습을 해볼까? 크리스텔, 세드리크. 가운데로 가보렴."

구세주는 추기경이었다. 그녀의 나긋한 목소리에 나는 미련 없이 몸을 돌렸다. 벌써 다섯 명이나 모인 관중석에 합류하자, 뱅자맹이 애쓰셨다며 얼린 장미꽃을 띄운 장미차를 내밀었다. 이쪽은 어느새 소풍 분위기였다.

"고귀하신 예서 페네티안 왕자님을 뵙습니다. 세드리크 황자 전하의 시종 총괄인 다비드 카퓌송이라고 합니다."

황자를 따라온 시종이 내게 기품 있는 태도로 인사를 올렸다. 초면인데도 그가 황자와는 달리 예의를 갖춘 사람이라는 걸 알 수 있었다.

"안녕하세요, 다비드. 반갑습니다."

나는 그에게 웃는 낯으로 응한 뒤, 엘리자베트 경에게 눈짓콧짓을 했다. 그녀가 재까닥 알아듣고 몇 발짝 옆으로 떨어져 나왔다. 사람들이 우리에게 신경 쓰지 않는다는 사실을 확인하고, 나는 속닥속닥 질문을 꺼냈다.

"세이디는 좀 어떻습니까?"

내 물음에 엘리자베트 경의 얼굴이 미묘해졌다. 그녀는 눈썹을 찡그렸다가 입술을 모았다가 하며 복잡한 심경을 내비쳤다.

"…음, 아주 잘 지냅니다. 너무 건강합니다."

"그래요? 보니까 어제까지 황궁에 신수 두 마리가 봉인되어 있었던 것 같아서요. 그 정도 에테르를 썼다면 꼬마에겐 타격이 컸을 겁니다."

"그때 몸조리를 열심히 해서 지금은 괜찮습니다. 차도 좋은 걸 마시던데요."

"다행이네요."

"그게 민들레차였던가…"

-콰앙!

-쏴아아아아…!

큼직한 소음이 쏟아졌다. 나와 관객들의 고개가 동시에 연무장 중앙으로 돌아갔다. 황자의 몸만큼 두꺼운 물기둥이, 바닥에 꽂힌 연습용 검들에 막혀 나아가지 못하고 있었다. 저절로 입이 벌어지는 광경이었다. 멀찍이 선 추기경의 목소리가 들렸다.

"마법사와 성기사의 차이는 이토록 간단해. 물, 불, 공기, 대지 속성의 특수 에테르를 쓰는 자는 성기사가 되고, 그 밖의 힘을 사용하는 자는 마법사로 분류되지. 특히 세드리크의 마력은,"

황자가 왼손에는 검을 쥔 채 오른손을 들어올렸다.

"금속에 반응한다."

-쌔애애앵!

그의 손가락 끝이 사선을 긋자, 한편에 꽂혀있던 나머지 검들이

뽑혀 나와 크리스텔을 향했다. 관객들이 깜짝 놀라 자리에서 일어났다. 그러나 주인공은 만만치 않았다.

-좌아아아!

-챙그랑, 챙그랑!

크리스텔의 손끝이 아닌 바닥에서, 물로 된 벽이 솟구쳐 검들을 튕겨냈다. 급속도로 솟은 탓에 주변으로 하얀 물보라가 일었다. 그녀는 쌕 웃으며 오른손으로 주먹을 쥐었다. 그러자 물 속성의 방어막이 순식간에 동그란 구체로 변했다. 엄청난 적응력이었다.

"초보한테 너무 세게 나오시네요."

크리스텔이 황자를 비난하며 손을 쫙 펼쳤다. 거대한 물 덩어리가 엄청난 속도로 황자를 향해 날아들었다. 황자는 방향을 트는 대신, 왼손의 검을 고쳐 쥐고 망설임 없이 허공을 그었다.

-쌔애애액!

-콰아아!

웅대한 검기가 물과 부딪혔다. 검 끝에 서린 열기에 물의 구체는 안개처럼 부서졌다. 연무장의 공기가 길게 웅웅거렸다. 상황이 끝났나 싶을 무렵,

-쏴아아앗!

-퍼버벅!

황자의 등으로 기다란 물의 송곳이 꽂혀 들고, 즉시 날아온 연습용 검들이 그것들을 전부 막아냈다. 그는 뒤를 돌아보지도 않은 채였다. 물방울이 사방으로 튀어 황자의 셔츠 자락과 머리카락 끝을 적셨다.

"뒤에서 공격하는 성기사라니, 주신도 비웃겠군."

그가 코웃음을 쳤다. 크리스텔의 눈빛이 서늘해졌다. 두 사람 사이에서 추기경이 중재를 시작했다.

"두 분이 잘 어울리시네요."

나는 그들을 지켜보며 작게 감상을 내뱉었다. 역시 주인공 커플은 뭐가 달라도 좀 달랐다. 둘이 춤추는 걸 보면서도 잠깐 생각했던 거지만, 대낮에 함께 운동하는 모습을 보니 확신할 수 있었다.

칠흑처럼 검은 머리와 밝은 분홍색 머리, 불타는 듯한 오렌지색 눈동자와 차가운 청회색 눈동자의 대비는 작가의 치열한 안배 같았다. 두 사람 다 호전적인 성격이니 일단 친해지기만 하면 말은 잘 통하겠지 싶었…

"왜 그러세요?"

구경꾼들이, 귀신이라도 본 듯한 얼굴로 나를 응시하고 있었다.

"왕자님, 그건 좀…"

-끼이…

가나엘이 아주 곤란한 말을 들었다는 듯 입을 열었다. 무슨 일인지 데미도 불편해하기에 꽃수레로 다가가는데, 멀리서 시종 하나가 걸어오는 것이 눈에 띄었다. 뛰기 직전의 걸음걸이로 보아 무척 급한 일인 것 같았다. 그녀는 한 테이블에 우르르 몰려있는 우리를 발견하고 조금 놀란 얼굴로 절을 했다.

"무슨 일이야?"

나탈리가 먼저 묻는 걸 보니, 여인은 추기경의 시종 중 하나인 듯했다.

"저, 프랑수아 뒤엠 후작께서 조금 전에, 올해 '마수 대토벌'의 우승 상품을 발표하셨습니다."

뭐지, 그게 그렇게 다급한 이슈인가?

"와, 뭐래요?"

엘리자베트 경이 이번에는 자신도 참가해 보고 싶다며 눈을 빛냈다. 하지만 다른 사람들의 생각은 나와 비슷했는지 모두 긴장이 한풀 꺾인 눈빛이었다. 황제와 추기경이 마수 대토벌을 직관하러 뒤엠 후작가의 영지로 떠나고 나면, 황자는 궁을 지켜야 했다. 볼모인 나 역시 이곳 죽돌이 신세였다. 마수 사냥 대회와 우리는 전혀 관련이 없었다.

"그, 신물을… '화성의 혜검'을 내거시겠답니다. 폐하께서 이 일로 추기경 전하를 급히 찾으시는,"

"네에?!"

나와 엘리자베트 경, 가나엘이 동시에 외쳤다. 뱅자맹과 나탈리, 다비드의 얼굴이 퍼렇게 질렸다. 우리는 누가 먼저랄 것도 없이 연무장 한가운데를 바라보았다. 그러자 시선을 느낀 세 사람도 이쪽으로 눈길을 돌렸다. 그 순간 내 시야에 들어온 것은, 언제 동강 났는지 모를 세드리크 황자의 검이었다. 저놈 저 성질머리 봐라. 또 칼 하나 해 먹었네…

✳ 마지막이자 유일한

그 뒤로는 뭐, 난리도 아니었다.

"맙소사, 프랑수아…"

프랑수아 뒤엠 후작이 신물 '화성의 혜검'을 마수 대토벌의 우승 상품으로 내걸었다는 소식에, 부티에 추기경은 드물게 당혹한 얼굴을 했다. 이어 갑작스러운 수업 종료를 선언하고는 황제를 만나러 가기 위해 황급히 연무장을 떠났다. 황자 역시 심각한 낯으로 인사 한마디 없이 자리를 떴다.

나도 흐지부지된 분위기를 타고 빠르게 쥘리에트 궁으로 복귀했다. 크리스텔과는 대충 인사하고 헤어졌는데, 그녀 또한 뭔가를 골똘히 고민하는 눈치였다. 빙의 한 달 차인 나도 황당한데, 여기서 나고 자란 사람들은 얼마나 놀랐을까 싶었다. 신물을 사용私用하는 것이 신벌 받을 중죄라고 여겨지는 땅에서, 그걸 대회 특전으로 내놓는 인간이 있다?

"프랑수아 뒤엠 후작은… 그럴만한 인물이기는 합니다."

뱅자맹이 차분한 말투로 입을 열었다. 오랜만에 갖는 발코니에서의 티타임이었다. 나는 데미의 꼬리를 쓰다듬으며 이어질 설명을 기다렸다.

"매년 화제가 될 만한 우승 상품을 선정하는 데 총력을 기울이고, '마수 대토벌'을 하나의 국가 행사로 자리매김하게 한 것이 지금의 후작입니다. 영지를 관광 명소로 만들어 영지민들의 배를 불리기도 했지요. '창해의 축복'이 사라진 걸 알고, 자신도 신물을 써먹지 못할 이유가 없다고 생각했을 겁니다."

하긴, 뒤엠 후작이라면 창해의 축복이 사라진 경위를 자세히 들었을 것이다. 추기경은 그에게 레서판다들을 맡기기 위해 직접 연통을 넣었다. 사르네즈 공작령을 코앞에 두고 굳이 그의 영지까지 신수를 보내는 이유를, 다른 말로 이해시키긴 어려웠을 터다. 크리스텔을 성기사로 키우겠다고 결정한 마당에, 황제의 측근인 뒤엠 가문에 사실을 숨길 까닭도 없었다.

"그렇다고 해도, 신물을 이렇게 쓰는 건 분명 대죄 아닌가요?"

"경을 칠 일이지요."

"어차피 누구도 화성의 혜검을 가져갈 수 없으니까 괜찮다고 생각한 거 아닐까요?"

가만히 듣고 있던 가나엘이 의견을 냈다. 나는 잠깐 이해하지 못해 목을 기울였다. 데미가 나를 따라 고개를 갸웃거렸다.

"왜 못 가져가죠?"

"화성의 혜검은, 영주성 앞 광야 한복판에 꽂혀있습니다."

"아무도 뽑는 데 성공하지 못했어요."

아니, 엑스칼리버냐고…

"주신께서 대륙에 신물을 내리실 때, 혜검이 자신의 의지로 그곳에 박혔다고 합니다. 선택받은 자만이 그것을 뽑아 불의 힘을 얻게 된다는 예언이 있지요."

아서왕 전설이라는 클리셰 답습은 좀 진부하지 않나. 나는 그렇게 생각하며 자그마한 크렘 브륄레를 한입에 쏙 넣었다. 달고 촉촉한 커스터드 크림 위로, 얇은 캐러멜 층이 아사삭 부서지는 식감이 일품이었다. 진짜 맛있네.

"지금까지 수많은 사람이 혜검을 뽑고자 했습니다. 신분과 직업을 가리지 않고 수천, 수만의 남녀노소가 영지를 드나들었지요."

"수십만일지도 모릅니다. 하지만 다들 실패했어요."

가나엘도 말을 보탰다. 나는 뱅자맹과 가나엘의 접시가 빈 것을 보고 크렘 브륄레를 하나씩 덜어주었다. 뱅자맹이 묵례하며, 내가 테이블 위에 펼쳐놓은 신물 지도책의 한 군데를 가리켰다. 진주를 갈아 넣은 듯 빛나는 흑색의 실이, 새카만 검의 모양으로 황도의 남쪽을 수놓고 있었다. 주변으로는 고급스러운 홍실이 불꽃처럼 너울거렸다.

"기왕 못 먹는 감이니, 상품으로 걸어서 관심이나 끌겠다는 겁니까?"

"네, 그 말씀이 딱 맞습니다. 뒤엠 후작은 관심받는 걸 정말 좋아해요…"

소년의 중얼거림에, 뱅자맹이 안타까운 표정으로 고개를 주억거렸다.

서브 남주가 파업하면 생기는 일 1

"이해에 밝고 영리해서 영지민들에게 인기가 좋습니다만, 사교계에서는 평이 다소 갈립니다. 주목받기 위해서라면 자신의 능력과 재력을 이용해 무엇이든 하는 사람이지요. 목소리가 크고… 물론 그런 점이 폐하께는 도움이 되고 있으나…"

'후작이라는 지위에 걸맞지 않은 가벼움이 있기는 합니다' 하고 그가 총평을 내렸다. 한마디로 관종이라는 거군.

"폐하와 추기경 전하께서 후작을 설득하시겠군요."

"당연히 그리하실 겁니다. 아무리 뒤엠 후작이라고 해도, 신물을 경솔하게 다루는 선례를 남겨서는 곤란하니까요."

나는 고개를 주억거리며 국화차에 입술을 묻었다. 흥미가 생기기는 했다. 지금까지 두 개의 신물이 두 번의 빙의를 모두 성공시켰는데, 또 다른 신물을 보고 '혹시?' 하는 생각이 들지 않는다면 거짓말이었다.

하지만 내가 여기 온 건 미래에 벌어질 전쟁과 죽음으로부터 예서 페네티안을 구하기 위함일 테니, 그전까지는 집에 돌아갈 수 없을 확률이 압도적으로 높았다. 음, 볼모 신세라 황궁 밖으로 나가기도 힘들고. 역시 혜검을 실물로 보긴 어렵겠지.

"불 속성이라, 성기사가 되겠다는 사르네즈 공녀와도 상성이 맞지 않네요."

내가 중얼거렸다. 에테르의 상성 맞추기는 제법 간단했다. 물이 불보다 강하고, 불은 대지보다 강하고, 대지는 물보다 강했다. 공기는 다른 속성으로부터 큰 피해를 받지 않는 대신 자체 영향력도 낮은 편이었다.

또한 성기사들은 자신의 속성에 맞는 무기를 지녀야 능력의 효율을 극대화할 수 있다고, 《에테르 자소서 – 성기사 6주 완성》에서 읽었다. 불 속성 무기를 지니면 물 속성 능력을 쓰기 힘들 테니, 크리스텔이 혜검을 원하는 일은 없을 것이다.

　"참, 사르네즈 공녀가 최근 며칠간 여러 주교와 면담을 가졌다고 합니다. 대주교도 두어 명 만났대요."

　가나엘이 불쑥 말을 꺼냈다. 소년은 내가 일전에 내린 보속, '사르네즈 공녀와 세드리크 황자에 관한 소식 전달'을 꾸준히 실천하고 있었다.

　"고위 신관들과 접촉하는 걸 보면, 아마 성기사로서 짝을 구하는 것 같은데."

　내 추측에 두 사람이 동의했다. 나는 데미의 입에 키위 조각을 넣어주며 조용히 한숨을 돌렸다. 나야 자각을 못 하지만, 이곳 사람들은 하나같이 내 에테르가 대단하다고 했다. 때문에 크리스텔이 나를 파트너 후보로 점찍었을 가능성을 무시하기 어려웠다.

　카테고리가 로판인 이상 언제 어떤 구실로 얽힐지 몰라 불안했는데, 현명한 크리스텔은 옵션을 두루 비교해 보고 파트너를 결정할 모양이었다. 만약 또 나를 떠본다면, 얼마까지 보고 오셨냐며 바가지 씌워서 퇴짜를 맞아야지 싶었다.

　-끼이이

　"그래, 이쁘네. 고맙다."

　데미가 앞발 바닥에서 주황색 소국을 피워 내 품에 떠밀었다. 국화차에 관심이 있나 싶어 접시에 찻물을 조금 따라주었지만, 녀석은 본체만체했다. 반려 신수 키우기도 만만치 않았다.

* * *

"형님은 단지 관심을 받고 싶어서 그런 게 아닐 겁니다."

뒤엠 후작의 동생인 에르베 뒤엠 근위대장이, 심각한 목소리로 말을 꺼냈다. 프레데리크 황제는 한 손으로 이마를 받친 채 묵언했다. 거대한 집무실 책상 앞에 앉은 그녀의 곁엔 언제나 그렇듯 오렐리 부티에가 서 있었다. 추기경은 그린 듯한 미소를 짓고 있었지만, 단안경 아래의 눈동자에서는 무엇도 읽어낼 수 없었다.

"물론 그런 목적이 아예 없었으리라 변호하지는 못합니다. 하지만 형님이 오랫동안 주장한 바를 세 분께서도 익히 알고 계시지 않습니까. 화성의 혜검은 불 속성의 신물이고, 황자 전하께서는 불 속성 에테르를 타고나셨으니…"

"타고난 게 아니야."

말을 끊은 것은, 당사자인 세드리크 리에스테르였다. 오랜 절망이 녹아든 주황색 눈동자가 형형한 빛을 냈다.

"저주받은 것이지."

"전하."

"조금이라도 그 힘을 개방하는 순간 내 몸을 잃는데, 그걸 능력이라고 할 수 있나?"

근위대장이 입을 다물었다. 숨 막히는 고요가 그들을 한차례 훑고 지나갔다. 사르네즈 공작가와 뒤엠 후작가, 무테 백작가는 황자의 '몸 상태'를 알고 있는 황실 최측근에 속했다.

죽음을 불사한 충성을 맹세하며 황자를 오랫동안 지켜봐 왔기에, 사정을 잘 알고 있기에 더욱 말조심해야 한다는 것을 알면서도 에르베 뒤엠은 쉬이 미련을 버릴 수 없었다. 창해의 축복이 사르네즈 공녀의 몸속으로 녹아들었다. 가장 그럴듯해 보였던 계획이 수포로 돌아갔다. 그렇다면 충신에게 남은 선택지는 하나뿐이었다.

"물 속성의 신물로 불 속성의 에테르를 잠재울 수 없다면, 차라리 같은 불 속성의 신물로 에테르를 채워보는 게 낫지 않겠습니까."

그가 결국 가문의 소신을 소리 내어 말했다. 황자는 검은 장갑을 낀 자신의 손에 시선을 고정한 채 말이 없었다. 추기경이 작게 한숨을 쉬었다. 세드리크 리에스테르의 영혼, 그의 커다란 '그릇'에는 금이 가 있었다. 일반인으로 태어났다면 흠이 되지 않았을 만큼 좁은 틈이었다.

그러나 그는 불 속성의 에테르를 지닌 채로 세상에 나왔다. 그것이 모든 비극의 시작이었다. 황자는 출생 직후 에테르 고갈로 깊은 잠에 빠졌다. 어린 황손을 비밀리에 살피러 온 자들, 제국의 고매한 마법사들과 신국의 나이 든 추기경들은 그것이 '주신께서 제국에 내리신 저주'라고 입을 모았다.

고위 신관들이 기절할 때까지 에테르를 쏟아부어도 황자의 의식은 오래가지 않았다. 밑 빠진 독에 물 붓는 격이었다. 그는 열두 살이 될 때까지 하루 열여덟 시간의 수면을 취해야 했다.

알렉상드르 국서의 서거 이후 기적적인 호전이 있었으나, 그 시기부터는 에테르를 한 끗이라도 과하게 소모하면 멀쩡한 육신을 유지할 수 없었다. 올해 생일이 지나면 스물다섯이 되는 황자가 아직 황태자 위에 오르지 못한 것도 그래서였다. 아슬아슬한 에테르의 균형이 약간이라도 어긋나는 순간, 그는 삽시에 어린아이로 변하고 말 터였다.

"전하, 감히 불충을 각오하고 말씀드립니다."

"…"

"마수 대토벌에 출전하셔서, 우승자의 자격으로 화성의 혜검을 뽑으십시오."

세드리크 황자가 코웃음을 쳤다.

"선택받은 자가 아니면 뽑을 수 없을 텐데."

"제국에는 그간 성기사가 태어나지 않았으니 당연한 일입니다."

"…"

"불 속성 에테르를 불어넣으면 신물이 반응할 겁니다. 적어도 저희 가문 사람들은 그렇게 믿고 있습니다."

"에테르를 불어넣었는데 아무 일도 생기지 않는다면."

청년의 중저음이 더욱 낮게 가라앉았다.

"나는 검을 뽑지도 못하고, 제국의 귀족들 앞에서 어린아이로 변하겠군."

"…"

"경에게는 그런 사태에 대한 대비책도 있나?"

에르베 뒤엠의 고개가 조금 내려갔다. 대신 입을 뗀 것은 황자의 대모였다.

"그런 사태가 벌어지지 않게 해줄 사람이 있잖니."

추기경의 말뜻을 이해한 황제가 '오렐리' 하고 그녀를 불렀다. 그러나 추기경은 발언을 멈추지 않았다.

"그 아이는 선해. 네 손을 뿌리치지 않을 거야."

"적국의 왕자에게 황실의 비밀을 밝힐 순 없습니다."

"황자의 말이 맞아."

황제가 한숨과도 같은 말을 토해냈다. 체리색 눈동자에 번뇌가 들어찼다.

"비록 내가 일으킨 전쟁이 아니라고 해도, 양국은 그 충돌로 30년이나 단교했어. 왕자는 동맹이 아닌 볼모로 왔지. 함부로 신뢰를 주어선 안 돼."

"…"

"하지만 녀석이 신국으로부터 버림받은 건 사실이야. 추기경조차 가늠할 수 없는 수준의 에테르를 지닌 것도 확실해. 그러니…"

그녀가 이마를 지탱하던 손을 떼고 짧은 은발을 쓸어 넘겼다.

"세드리크, 네 뜻대로 해라."

황자의 눈이 커졌다. 프레데리크는 아들을 똑바로 바라보며 말을 이었다.

"왕자를 믿고 그의 도움을 얻어 혜검을 취할지, 아니면 후작이 황도에 도착하는 대로 다리 하나쯤 베어버리고 우승 상품 발표를 철회하게 할지."

"…"

"혜검이 아니어도 다른 수가 있기야 하겠지. 나는 네게 세상의 모든 기회를 주겠노라 약속했어."

"어머니."

"왕자의 배신 또한 걱정할 것 없다. 그런 일이 생긴다면 내 선에서 처리할 테니."

소드마스터인 그녀가 직접 나설 필요도 없었다. 황제의 뜻이라면, 예서 왕자는 하룻밤 사이에 싸늘한 시신이 될 것이다. 신국에서는 바라던 일이 이루어졌으니 두 팔 벌려 환영할 터였다. 거대한 집무실이 찬물을 끼얹은 듯 조용해졌다.

"…생각할 시간을 주십시오."

세드리크 리에스테르가 대답했다. 에르베 뒤엠이 길게 숨을 내뱉었다.

* * *

사흘이 지나 토요일이 됐다. 그 사이 부티에 추기경은 한 차례 휴강을 했다. 정확히 무슨 사정인지는 듣지 못했으나, 추기경의 시종인 나탈리가 쥘리에트 궁까지 직접 와서 소식을 전해주었다.

아마 '마수 대토벌' 우승 상품으로 '화성의 혜검'이 내걸린 것에 대한 후폭풍을 수습하는 중 아닐까 싶었다. 나로선 크게 손해 볼 상황은 아니었다. 수업이야 나중에 보충하면 되고, 크리스텔이나 황자는 안 만날수록 좋으니까.

"오후에 고해 성사를 하러 가시는 것 외에, 별다른 일정은 없습니다. 그리고 이번 달 품위유지비와 연금이 들어와 금고에 넣어두었습니다."

"알겠습니다… 네?"

빙의하고 나서 처음 들어보는 개념에 목소리가 절로 높아졌다. 나 돈도 있어?

"품위유지비하고 연금이요?"

"예, 왕자님. 입궁하신 다음 날 아침에도 말씀드렸습니다."

테이블 맞은편에 선 뱅자맹이 공손히 대답했다. 나는 빙의 첫날의 기억을 더듬어 보려 애썼다. 하지만 기억나는 거라곤 열심히 밥을 먹던 내 모습, 힘내서 간식까지 먹던 내 모습과 수첩에 코를 박고 있던 내 모습뿐이었다. 난생처음 겪는 빙의에 너무 당황해서 고막이 잠깐 다운됐던 모양이었다. 이렇게 중요한 정보를 흘리다니.

"저한테 꾸준히… 돈이 들어온다는 겁니까?"

"그렇습니다. 매달 황실에서 왕자님의 품위 유지비로 100만 프랑을 지급하며, 황궁에 상주하는 신관에 대한 연금으로 또 100만 프랑을 지급합니다."

"그럼 달마다 200만이군요."

"예."

'프랑'이라면 프랑스 화폐단위잖아. 제국 사람들의 이름만 프랑스어 패치를 한 줄 알았는데, 깔끔하게 돈까지 통일을 해놓은 모양이었다. 이쯤 되니 페네티안 신국에선 유로화를 쓰는 게 아닐까 궁금해졌다.

"200만 프랑이 어느 정도인지 감이 안 오네요. 신국하고는 물가가 많이 다를 것 같은데."

물론 질문은 실용적인 것으로 꺼냈다. 대충 200만 원 정도 되려

서브 남주가 파업하면 생기는 일 1

나 싶었다. 소설 속 화폐와 원화의 가치가 같은 편이 작가로서는 계산하기도 편할 것이다. 내가 여기서 하는 일이라곤 사람들의 고해를 들어주고, 공부하고 미식하고 데미와 노는 것뿐이었다. 보증금이나 전세도 없고 식사, 청소, 빨래는 하인들이 다 해주는데 월 200이면 수지맞다 못해 복권에 당첨된 수준이었다.

"음, 음. 200만이면… 황도 외곽에 근사한 저택을 사실 수 있을 겁니다. 호수가 딸린 곳은 어렵겠지만요."

가나엘의 대답에, 순간 머릿속이 멍해졌다.

"뭐?"

"직접 지으신다면 호수 근처도 가능하긴 할 겁니다."

내가 호수 딸린 저택을 못 갖는다는 사실에 실망했다고 여겼는지, 뱅자맹이 서둘러 말을 보탰다. 이걸 어떻게 받아들여야 할지 혼란스러웠다. 막말로 밥만 축내는 볼모가 뭐 좋다고 현금을 이렇게 많이 주나 싶었다.

심지어 선불이니 두 달 치인 400만 프랑이 내 금고에 들어있다는 건데… 쓸 데도 없다. 내가 돈을 싸 들고 전선에서 멀리 떨어진 영지에 숨거나, 전쟁 전에 부동산 투자를 해서 크게 한탕 당겨야 하는 처지라면 모를까 나는 집에 가는 게 목표인 인질이었다.

"…리에스테르 황실은 정말 부유하군요."

결국 나온 말은 이런 식의 감탄뿐이었다. 그러자 가나엘이 소리 내어 웃었다.

"황자 전하께서 '제국 최고의 상속남'이라고 불리시는 게 과언이 아닙니다."

나는 고개를 주억거렸다. 하긴, 로판의 메인 남주라면 키와 얼굴만 그렇게 잘나선 안 될 것이다.

"아, 혹시 제 돈을 송금할 수도 있습니까?"

내 물음에 뱅자맹이 곤란한 낯을 했다. 나는 그가 무엇을 오해했는지 곧장 알아보았다.

"신국으로 보내는 건 당연히 아닙니다. 받을 사람도 없는걸요."

"그렇다면…"

"베랑 남작가에 부치고 싶습니다."

가나엘과 뱅자맹이 입을 합 다물었다. 나는 신국에서 나를 암살하고자 시종으로 위장해 보냈던 두 쌍둥이를 떠올렸다. 그 녀석들이 살해했다는 '진짜' 베랑 쌍둥이의 사연을 생각하면 자다가도 가슴 한편이 답답해졌다. 얼굴도 모르는 아이들이지만, 나와 연관된 일로 어린 나이에 목숨을 잃었는데 마음이 편할 리 없었다.

"자식 잃은 부모의 마음을 돈으로 위로할 수 있으리라고는 생각하지 않습니다. 그저… 베랑 쌍둥이는 저를 위해 고용되었던 아이들이니까요. 늦었지만 장례비용이라도 보태고 싶습니다."

뱅자맹이 느리게 고개를 끄덕였다. 내 뜻대로 진행하겠다는 의미였다.

"350만 프랑은 남작 부부에게 송금해 주십시오."

깜짝 놀란 가나엘이 두 손으로 입을 막았다. 나는 쓴웃음을 지었다. 내게는 공허한 돈이고, 다음 달이면 또 들어올 돈이지만 남작 부부에게는 조금이나마 유의미할지 몰랐다. 그것이면 충분했다. 데미가 소리 없이 다가와 내 발치에 몸을 비볐다.

* * *

"어떠십니까? 요청하신 대로 나무창이 왕자님의 자리에서 활짝 열리도록 만들어 봤습니다."

"정말 감쪽같네요, 막심. 고맙습니다."

'수고하셨습니다' 하고 덧붙이자 황궁의 목수가 뒤통수를 긁으며 쑥스럽게 웃었다. 막심은 얼마 전에도 내 부탁으로 '신관이 부재중입니다', '고해 가능합니다' 팻말을 만들어 준 적이 있었다. 그는 쥘리에트 궁 뒷산에서 일하는 아녜스의 친구이기도 했다.

"열 때 소리도 안 나는군요."

"경첩에 공을 많이 들였지요. 그런 작은 부분이 최고급과 고급의 차이를 만든답니다."

그가 뿌듯하게 설명했다. 나는 막심이 멀끔하게 고쳐놓은 고해소의 나무창에 연신 탄성을 내뱉었다. 역시 사람은 기술을 배워야 한다. 봄 무도회가 끝나고 여유가 생겼는지, 막심을 비롯한 황궁 목수들은 최근 뻔질나게 황궁 신전을 드나들며 고해소 수리를 했다.

내가 '신관이 앉는 자리에서 나무창을 열어볼 수 있었으면 좋겠다'라고 조금 무리한 요구를 했는데도, 그들은 맡겨만 주시라며 별 것 아니라는 반응을 보였다. 신관이 고백자와 얼굴을 마주해도 되느냐는 의문 따윈 느끼지 못하는 표정이었다.

나로서는 다행인 일이었다. 그런 디자인을 부탁한 건, 언제 올지 모르는 세이디를 위해서였으니까. 그저께는 목수들이 부서진 나무창을 떼놓고 '이건 칼로 뚫은 것 같다', '설마 칼이겠느냐?' 하는 대화를 나누었다. 나는 내가 그런 것도 아닌데 괜히 찔려 표정 관리를 못 했다. 꼬마를 다시 만나면 손버릇만큼은 꼭 고쳐놔야겠다고 마음먹었다.

"호출용 장식 줄은 저희 소관이 아닌데, 담당하는 쪽에 물어보니 줄 전체를 교체해야 한다고 하더군요. 아마 시간이 좀 걸릴 겁니다."

"알겠습니다."

나는 애매하게 웃으며 대답했다. 사실 잘린 술 부분은 내가 챙겼고, 그것만 바느질해서 이어 붙이면 줄도 새것이 될 거라는 얘기는 차마 할 수 없었다. 그러면 그때 나와 함께 있었던 꼬마 손님에 관해서도 설명해야 할 테니까.

"그럼, 저는 이만 물러가 보겠습니다. 신수님도 건강히 지내십시오."

─끼이

막심이 연장을 챙겨 가죽 가방에 집어넣고 허리를 숙이자, 내 품에 안겨있던 데미가 작게 울었다. 나는 뱅자맹, 가나엘과 함께 막심을 배웅하고 다시 고해소 앞으로 돌아왔다. 이제 오후 일과인 고해 성사를 시작할 시간이었다.

"데미, 잠깐 둘하고 있어."

─끼응

나는 어느새 레서판다를 제법 안정적으로 안게 된 가나엘에게 녀석을 넘기고, 뱅자맹으로부터 속이 꽉 찬 피크닉 바구니를 건네받았다. 두 사람과 한 마리가 신관실로 들어가 문을 닫는 모습까지 확

서브 남주가 파업하면 생기는 일 1

인한 뒤엔, 신전 안에 아무도 없는지를 재차 살피고 '신관이 부재중입니다' 팻말을 걸었다. 그러고는,

-끼익

텅 비어있는 고백자의 자리로 들어섰다. 내가 늘 앉는 신관의 자리가 아닌, 옆 칸으로.

"어디…"

내부가 다소 어둑한 탓에 나무 벽의 이음새가 잘 보이지 않았다. 나는 아쉬운 핸드폰 손전등 대신 서클을 전개했다. 황금빛 에테르가 쏟아져 나오며 바닥에 동그란 원을 그렸다. 숨을 살짝 들이켜자 성소의 면적이 훅 줄어들었다.

"여기쯤일 것 같은데."

나는 바닥에 주저앉아 고백자들이 앉는 의자 근처를 확인했다. 오늘 내 목적은 대단한 게 아니었다. 반드시 해결되지 않아도 되는 호기심이었기에 마음이 가벼웠다. 먼저 의자 바로 밑의 바닥을 꾹꾹 눌러보았지만, 비밀 문 따위는 없는 듯했다.

-똑똑

혹시 몰라 두드려도 봤는데 속이 빈 것 같은 소리는 나지 않았다. 일단 아래쪽은 아니고.

"뒤쪽인가."

고해소는 거대한 목제 직육면체가 벽에 붙어있는 형태이기에, 양 옆으로는 비밀스레 드나들 수가 없었다. 지하에서 올라오는 게 아니라면 뒷벽에 통로가 숨어있을 것이다. 나는 의자를 슬쩍 밀어내고 자리 뒤쪽의 벽을 꼭꼭 눌렀다. 은서와 함께 본 스파이 영화 속

한 장면이 눈앞을 스치고 지나갔다. 무슨 장식 같은 걸 돌리거나 당기면 어딘가에서 스르륵 하고 문이 열리던데, 여기는 신전이라 그런지 이렇다 할…

　-끼익

　"…"

내 뒤로 고해소의 문이 열리는 소리가 들렸다. 나는 민망함에 이를 악물었다. 아니, 부재중이라고 팻말을 달아놔도 꼭 이렇게 들어오는 사람이…

　"여기서 뭐 하는 거지?"

익숙한 목소리였다. 나는 퍼져 앉은 몸을 천천히 돌렸다. 그러고 보니 처음 만났을 때도 이 꼬마에게서 이런 질문을 받았던 것 같았다.

　"…너 오늘은 왜 멀쩡하게 들어오냐?"

내 물음에 세이디가 코웃음을 쳤다. 마주친 눈동자는 며칠 전에 만난 황자 놈의 것과 똑같은, 주황색이었다.

* * *

　"잠깐 실례할게."

나는 바닥에 자리 잡은 채, 꼬마의 상태를 확인하기 위해 작은 이마로 손을 뻗었다. 다행히 미열이었다. 숨을 가쁘게 쉬거나 식은땀을 흘리지 않는 걸 보니 에테르를 과하게 쓴 건 아니었다. 고백자의 의자에 앉은 세이디는 내가 하는 양을 가만히 관찰하기만 할 뿐, 별

다른 반응이 없었다.

"너, 신관 짝꿍 있어야 하는 거 아냐?"

"…"

"아니면 이미 있는데 네가 나도는 거야?"

"…"

누굴 닮아서 이렇게 묻는 말에 대답 안 하고 답답하게 구는지 모르겠다. 무거운 질문이 싫다면 가벼운 질문부터 시작해서 돌아가는 수밖에 없었다. 친구와 왜 싸웠냐고 물으면 대답 안 하지만, 오늘 간식은 뭐 먹었냐고 물어보면 대답하는 여섯 살배기를 대하듯이.

"신전 정문으로 들어왔어?"

"그대가 모르는 길을 통했으니 그 얘긴 그만하지."

이것 봐라, 아주 즉답이다.

"밥은? 플로냐르드 있는데 먹을래?"

"신국에서 굶고 지낸 건가?"

피식 웃음이 터졌다. 나는 질문의 수위를 조금 높여보기로 했다.

"아버지께 말씀은 드리고 나왔고?"

"…뭐?"

그러자 소년이 말도 안 되는 문장을 들었다는 듯 미간을 찌푸렸다. 내가 목소리를 낮추고 더 자세히 물으려는데, 신전 정문이 열리는 육중한 소음이 귓가를 때렸다. 그러나 이어지는 발소리는 없었다. 누가 문을 열고 실내를 한 번 들여다본 모양이었다. 세이디의 눈끝이 가늘어졌다.

"괜찮아, 부재중이라고 팻말 걸었어."

내 말에 아이가 짧게 헛숨을 뱉었다. 부재중 팻말이 지금까지 두 번 무시당했다는 사실은 굳이 언급하지 않았다. 나는 밖에서 눈에 띌지 모를 성소를 해제하고, 조심스럽게 세이디의 팔꿈치를 잡았다. 신체 접촉으로 에테르 전달 방식을 바꾸자 소년의 눈동자가 조금 커졌다. 확실히 효율이 높은지, 내 안에서도 에테르가 쏙쏙 빠져나가는 것이 느껴졌다. 나는 거의 숨소리만 내다시피 입을 열었다.

"오늘은 이 정도만 받고 갈래? 여긴 다른 사람들도 드나드니까 너한테 위험,"

그 순간.

-달칵

"헉."

고해소의 문고리가 움직였다. 나는 반사적으로 그 손잡이에 매달렸다. 몸을 던지다시피 한 보람이 있었는지 다행히 문은 열리지 않았다. 하지만 확실한 것은, 반대편에 사람이 있다는 것이었다. 놀란 심장이 두방망이질했다.

"어떻게…"

내가 가늘게 중얼거렸다. 조금 전까지 아무런 소리도 없었다. 아까 신전의 문이 열리긴 했지만, 인기척은 전혀…

"쉿."

세이디가 들릴 듯 말 듯 속삭였다. 소년의 입술이 또렷하게 한 단어를 그렸다.

'마법사.'

-덜컹

바깥의 손님이 다시 한번 문고리를 비틀었다.

* * *

마법사라고?

"안에 계시는지요?"

밖에서 모르는 여인의 목소리가 들렸다. 음성만으로는 정확히 파악하기 어렵지만, 꽤 연배가 있는 사람 같았다. 나는 침착하게 콧숨을 들이켜며 다시 성소를 전개했다. 거대한 금빛의 원이 순식간에 펼쳐져 고해소 밖까지 훌쩍 퍼져나갔다. 강해진 빛살 덕에 세이디의 어린 얼굴이 더욱 잘 보였다.

"네, 안에 있습니다. 지금은 고해를 받지 않는데, 무슨 일로 오셨습니까?"

내가 응답했다. 황궁은 신분과 용건이 확실한 자가 아니면 드나들지 못하고, 특히 황궁의 신전은 정예 기사들이 정문을 지키고 있다. 두 번이나 신원이 확인된 사람을 너무 경계할 필요는 없다. 하지만…

"고해를 하고자 왔지요. 아, 여기 부재중 팻말이 붙어있었군요. 몰랐습니다. 용서해 주십시오."

정말로 몰랐던 건지, 뒤늦게 변명을 주워섬기는 건지 알 수 없었다. 여인의 말투는 언뜻 진지하게 들리면서도 어딘가 가벼웠다. 안에 사람이 있는 것을 확인한 그녀가 문고리를 놓은 것 같았지만, 나는 문에서 손을 떼는 대신 세이디를 돌아보았다. 꼬마의 눈매가 여전히 날카로웠다.

"괜찮습니다. 팻말이 작아서 잘 보이지 않는 것 같더군요. 그런데 혹시, 신전에서 마법을 사용하신 겁니까?"

"오."

내가 말끝에 조금 날을 세우자, 문 건너편의 여인이 '내 정신 좀 봐' 하고 중얼거렸다. 《주신교의 교칙과 신념》 2장을 보면, 분명 신전 안에서는 마법을 사용하지 않는 것이 주신에 대한 예의라고 했다. 이것도 꽤 오래된 관습이라 최근엔 지키는 마법사가 거의 없는 듯했지만 아무튼 원칙은 그랬다.

"그 역시 송구합니다. 다만 고의는 아니었습니다. 저는 마법을 쓰지 않고 다니는 경우가 드물거든요. 용서해 주십시오, 예서 왕자님."

안에 있는 게 나라는 건 역시 아는군. 나는 작게 한숨을 쉬었다.

"용서해 드리겠습니다. 다만 앞으로는 주의해 주십시오."

"네, 감사합니다. 그럼 저는 여기 앉아서 기다리지요."

"기다리신다고요?"

"휴식 중이신 것 같으니, 나오실 때까지 대기했다가 고해를 하려고 합니다."

방문 목적은 정말로 고해인가 보다.

-또각, 또각

처음으로 그녀의 발소리가 들렸다. 조금 전에는 마법으로 접근한 탓에 기척이 없었던 모양이었다. 옷이 구겨지는 소리가 나는 걸 보

서브 남주가 파업하면 생기는 일 1

니 여인은 신자석 어딘가에 자리를 잡고 앉은 듯했다. 나는 문손잡이를 놓고 세이디 쪽으로 몸을 옮겼다. 마주한 소년의 눈동자에 불만이 그득했다.

"세이디, 오늘은 이만 가."

내가 소곤거렸다.

"저 사람한테 들키면 안 되잖아. 다음에 또 도움이 필요하면 내 방으로 와."

"이대로 진행하지."

"뭐?"

"반드시 고해소에서 성사를 할 필요는 없을 텐데."

"아니, 그렇긴 한데…"

꼬맹이가 맹랑한 소리를 내뱉었다. 그러니까 저 여인을 밖에 앉혀놓고, 나와 자신은 고해소 안에 숨은 채로 고해를 받으면 되지 않느냐는 말이었다.

"다른 사람의 고해 성사를 함부로 들어선 안 돼. 그건 비밀로 하는 거야."

내가 속닥속닥 타일렀다. 그러고 보니 봄 무도회에서 사르네즈 공작 부인의 고해를 들어줄 때도, 황자 놈이 옆에 버티고 서있었다. 새삼 세이디가 누굴 닮아 이러는지 알 것 같았다.

"사라 벨리아르는 그런 배려를 받을 자격이 없어."

내 말에 소년이 날카롭게 속삭였다. 나는 순간 멍해졌다. 저 사람이 누구라고?

"실은, 고해라고 할 것도 없겠습니다. 그저 넋두리를 할 곳이 필요했거든요."

그 순간 여인의 목소리가 신전을 울렸다. 나는 마른침을 한 번 삼키고 고해소의 문을 빼꼼 열어 바깥을 살폈다. 낯선 백발의 노령인이, 신자석 두 번째 줄에 앉아 허공을 응시하고 있었다. 우아하게 세팅한 커트 머리와 고급스러운 녹색 드레스만 봐도 그녀는 평범한 신분의 사람이 아니었다. 신국의 신관들이 그러하듯, 제국의 마법사들 또한 대부분이 귀족 아니면 황족이라고 했다. 게다가 저이가 진짜 '사라 벨리아르'라면…

"제 손자가 아프답니다. 그런데 그게 제 탓인가 싶더군요."

여인이 말을 이었다. 나는 반응을 해야 하나 고민했다. 혼자만의 넋두리를 시작한 듯한데 가만히 있는 게 나은 상황 같기도 했다. 고해가 아닌 것을 눈치챈 세이디는 당당한 얼굴로 나를 바라보았다. 그래. 들어라, 들어.

"손자의 이름은 제가 지어주었습니다. 아들인데도, 중간 이름으로 남자아이의 이름을 붙였지요."

나는 고개를 갸웃거렸다. 그건 결코 흔한 일이 아닐 터였다.

이게 무슨 말이냐 하면, 제국 사람이든 신국 사람이든 중간 이름은 조금 특별하게 짓는 풍습이 있었다. 남자아이가 태어나면 중간 이름은 여자아이의 이름으로, 여자아이가 태어나면 중간 이름을 남자아이의 이름으로 붙이는 것이 일종의 법칙이었다.

이는 짓궂고 변덕맞은 주신이 자녀를 다시 하늘로 데려가지 못하도록, 대륙의 선조들이 아이의 성별을 헷갈리게 하려던 것에서 유래한 전통이었다. 이곳은 아무래도 외국어 이름을 쓰는 세계관이다 보

서브 남주가 파업하면 생기는 일 1

니, 한국과 달리 성별에 따른 호칭 차이가 분명한 편이었다.

"왜 그렇게 붙였느냐… 그냥 저의 변덕이었습니다. 뜻도 좋았고, 손자에게 그 이름이 잘 어울리기도 했지요. 주신께서 아이를 거두어 가신다는 미신에 대한 의구심도 조금은 있었습니다. 나이 60 넘어 무슨 치기냐고 하신다면 또 할 말은 없지만요."

그녀가 헛웃음을 뱉었다. 나는 문을 살짝 열어둔 채 뒤로 몸을 물리고 앉았다.

"딸과 사위도 좋은 이름이라며 기꺼워하더군요. 손자가 어느 날 쓰러져서 의식 불명이 되기 전까지는, 분명 그랬습니다."

여인의 목소리는 사막처럼 건조했다.

"흔한 이야기입니다. 아이가 아프고, 부모는 아이를 고치기 위해 노력하고, 하지만 무엇도 소용이 없고. 결국 그 원망이 제게 오더군요."

마지막 문장은 한숨과 섞여 잘 들리지 않았다. 나는 최근에도 이와 비슷한 사연을 접한 적이 있었다. '퇴계공'의 주인공 크리스텔과 그녀의 어머니인 이자벨 드 사르네즈의 얼굴이 조용히 떠올랐다 가라앉았다.

"왜 그런 중간 이름을 주었느냐고, 어머니의 교만 때문에 주신께서 아이를 데려가시려고 한다고. 반쯤은 진심이 아닌 걸 알지만, 나머지 절반은 분명 진심인 그 이야기를 들으니… 이것이 말로만 듣던 주신의 저주인가 싶었습니다. 손자가 아픈 것도, 그로 인해 가족이 무너진 것도 말입니다."

뒤에서 세이디가 긴 숨을 내뱉었다. 나는 아이의 상태를 확인하며 그녀의 사연에 귀를 기울였다.

"이게 전부입니다. 그런 일이 있었고, 그래서 누군가에게는 털어놓고 싶었습니다. 앞으로의 일은 다시 딸 내외와 저의 몫이지요. 그것이 불치병이든, 저주든 뭐든."

바스락바스락 천이 스치는 소리와 구두 소리가 들렸다. 조심스레 내다보니, 여인은 자리에서 일어나 떠날 준비를 하고 있었다.

"그럼 이만 물러가겠습니다. 늙은이의 푸념을 들어주셔서 고맙습니다, 왕자님."

"벨리아르 경."

내 부름에 그녀가 우뚝 멈춰 섰다. 돌아보는 에메랄드빛 눈동자에 약간의 놀라움이 깃들어 있었다. 나는 문틈으로 그녀를 바라보았다.

"저를 아시는군요."

"모르기가 더 어려울 겁니다."

내가 쓴웃음을 지으며 목을 가다듬었다. 사라 벨리아르, 〈격주간 리에스테르〉의 편집장. '신국 전문가'라고 불리는 제국 언론계의 유명 인사. 지난달에 나에 관한 특집 기사를 썼던 사람.

"먼저… 손자분에게 생긴 일은 정말 유감입니다."

내 말에 그녀가 살짝 고개를 끄덕였다. 가까이서 보지 않았는데도, 노인의 얼굴이 슬픔과 자책으로 마비되어 있음을 알 수 있었다.

"건방진 소리일지 모르지만, 부디 그게 저주라고 생각하지는 않으셨으면 좋겠습니다."

나는 신중하게 입을 뗐다. 비록 소설 속 사람들이 믿는 허구의 종

서브 남주가 파업하면 생기는 일 1

교라고 해도, 눈앞에서 매일을 열심히 살아가는 이들의 믿음이나 견해를 가볍게 여기고 싶지는 않았다.

"얼마 전에도 '주신의 저주'라는 생각 때문에 힘들어하시는 분을 만났습니다. 저는 그분께도 똑같이, 그게 저주가 아니라고 믿는다 말씀드렸습니다. 그저 위로하려고 꺼낸 말이 아닙니다. 제가 진심으로 그렇게 생각하기 때문이에요."

"…"

세이디와 나의 시선이 마주쳤다. 나는 아이를 향해 씩 웃어 보였다.

"저주라는 말에는 그만큼의 힘이 있다고 생각합니다. 일단 저주라고 생각하고 나면, 한번 그런 이야기에 귀 기울이고 나면 정말로 이것이 주신의 뜻인가 싶어지면서 서서히 무력감을 느끼게 되는 것 같아요. 설령 그게 진실이 아니어도 말입니다."

"…"

소년의 주황색 눈동자가 나를 뚫어지게 바라보았다.

"물론 손자분은 실제로 아프죠. 그건 거짓이 아니고 미래에도 지워지지 않을 사실입니다. 하지만… 저주라고 받아들이면, 포기가 쉬워질지도 모릅니다. 주신의 뜻이니 사람이 손쓸 수 없다는 마음이 들지도 몰라요."

나는 천천히 꼬마의 이마로 손을 뻗었다. 어느새 미열이 식은 피부가 보송했다. 절로 안도의 숨이 새어 나왔다.

"저는 경과 가족분들께서 단념하지 않고 계속 맞서 싸우시기를 바랍니다. 앞으로도 뭐든지 해보시면서요."

말이 꼬이지 않게 조심했다. 집안에 중환자가 있는 것이 어떤 비극인지를, 주변인들이 어떻게 좌절할 수 있으며 또 어떻게 조금씩 회복해 나갈 수 있는지를 나 역시 모르지 않았다.

"그리고 제가 이런 말씀 드리는 게 이상하다는 건 알지만… 저는 누군가가 원망을 받는다면, 그 대상은 주신이 되어야 한다고 생각합니다. 좋은 마음으로 좋은 행동을 하는 사람들이, 간절히 삶을 사는 사람들이 서로를 비난해선 안 된다고요."

고해소 밖은 조용했다. 누가 들어도 주제넘은 참견이었다. 하지만 그녀의 마음은 여기까지 와서 얼굴도 모르는 왕자에게나 터놓을 만큼 무겁고 어두운 것이었다. 나는 그걸 쉬이 무시할 수가 없었다.

"…감사합니다."

벨리아르 경이 작지만 분명한 목소리로 내게 말했다. 이윽고 그녀는 완전히 뒤돌아 걷기 시작했다. 작게 열린 문틈으로, 노인의 긴 그림자가 정문 밖을 나서는 것이 보였다. 나는 느릿느릿 시선을 뗐다.

"…"

"세이디, 너 완충됐다."

어느덧 꼬마의 몸에서도 금빛의 에테르 알갱이들이 동실동실 떠오르고 있었다. 그러나 내 손짓에도 아이는 눈 하나 깜빡하지 않았다.

"왜, 할 말 있어?"

빤히 바라보는 눈빛이 또렷하다 못해 따가웠다. 혹시 다른 곳이 아픈가 싶어 일단 열린 문을 닫으려는데,

서브 남주가 파업하면 생기는 일 1

-덜커덩!

세이디가 앉은 쪽에서 요란한 소리가 났다. 나는 깜짝 놀라 고개를 돌렸다.

"허…"

고백자의 자리 천장에서, 오후의 태양빛이 기름하게 들어와 나를 비추고 있었다. 아이는 어느새 사라지고 없었다. 위쪽이었다. 고해소 바닥이나 뒷벽이 아니라, 천장 뚜껑이 꼬마의 비밀통로였다.

* * *

그리고 다시 월요일.

"사라 벨리아르 경을 만났다고?"

닷새 만에 만난 부티에 추기경은 어쩐지 조금 피곤해 보였다. 나는 그녀의 물음에 고개를 끄덕이며 아니스차를 한 모금 머금었다. 옆자리에 앉은 크리스텔은 차가운 커피를 물처럼 들이켜고 있었다. 그룹 과외 빨리 끝났으면 좋겠다…

"신전에 잠깐 들렀더군요."

"음, 토요일에 프레데리크와 벨리아르 경의 면담이 있었어."

그녀가 설핏 웃었다.

"4월 15일 자 〈격주간 리에스테르〉의 증보판이 나올 뻔했거든."

"증보판이요?"

"응. 하필 15일에 프랑수아가 '화성의 혜검'을 '마수 대토벌' 우승 상품으로 내걸겠다고 발표하는 바람에, 최신호에는 그 소식이 빠졌단다. 기사를 싣기엔 너무 늦었던 거지. 그래서 벨리아르 경은 증보판으로 내용을 추가하고 싶어 했고, 나와 프레데리크는 그걸 설득하느라 진을 뺐고."

내 예상이 대충 들어맞았다. 추기경은 화성의 혜검 관련 뉴스가 더 널리 퍼지는 것을 막기 위해, 며칠간 안간힘을 쓴 듯했다.

"언론을 통제하는 건 우리 취향이 아니지만, 신물과 관련된 일이라 어쩔 수 없었어."

나는 고개를 주억거리며 향신료가 든 빵을 꼭꼭 씹었다. 사실 언론 통제가 황제와 추기경의 취미라고 해도 내가 달리 할 수 있는 일은 없었다.

"하지만 없던 일로 하지도 않을 거야."

"그 말씀은…"

"혜검은 그대로 마수 대토벌의 우승 상품이 될 거란다."

나와 크리스텔이 눈을 똥그렇게 떴다.

"그리고 올해는 프레데리크와 나 대신, 세드리크가 참여해."

"그럼 저와 함께 첫 참가를 하시는 거네요."

크리스텔이 입을 열었다. 나는 별생각 없이 듣고 있다가 빵을 먹던 행동을 뚝 멈췄다. 그러니까 지금…

"맞아. 세드리크는 관람만 하러 가는 게 아니거든. 아마 목표는 우승이겠지."

부티에 추기경이 부드럽게 설명했다. 나는 그녀를 한 번 보고, 옆에 앉은 크리스텔을 한 번 바라보았다.

"사르네즈 공녀도 마수 대토벌에 참가하십니까?"

내 물음에 크리스텔은 청회색 눈동자를 빛내며 상쾌하게 웃었다.

"네. 제가 성기사를 지망한다는 사실을, 마수 사냥 대회에서 공표하기로 했습니다. 겸사겸사 제 능력도 보여줄 수 있으니까요."

그럴듯한 전략이다. 달랑 기사 한 줄이나 발표 한마디로 그녀의 소식을 알리는 것보다는, 마수 대토벌을 위해 모인 수많은 귀족 앞에서 당사자가 직접 물의 힘을 보여주는 게 훨씬 파급력이 클 테니까. 황실의 지지를 배후에 두고, 마수 사냥이라는 공익 활동으로 시작을 끊는다면 포장하기도 쉬울 터다. '성기사의 불모지에 주신께서 내리신 첫 축복' 정도는 되겠지.

"잘됐네요."

내가 말했다. 드디어 크리스텔과 세드리크 황자, 두 사람만의 진짜 에피소드가 시작되는 모양이었다. 물론 봄 무도회 때도 좋은 시간을 보냈을 거라 생각하지만 그건 첫 만남이었으니, 본격적인 사랑과 모험의 이야기는 마수 대토벌 때 펼쳐질 듯싶었다. 은서는 둘을 언급할 때마다 당장 헤어져야 한다고 노발대발했지만, 제삼자인 내가 보기엔 꽤 잘 어울리는 한 쌍이었다. 크리스텔이 고개를 끄덕이며 내 말을 받았다.

"그것 때문에 요 며칠 많은 신관님을 만났습니다. 마수 대토벌이 끝날 때까지 짝이 되어주실 분이 계실까 해서요."

그녀는 잠깐 말을 끊었다가 나를 바라보았다.

"그런데 조건에 맞는 분을 찾기가 어렵더군요. 대주교분들은 보통 너무 바쁘시고, 주교분들도 마수 대토벌까지 따라가시기는 힘들 것 같다고 하고, 적극적이신 분들은⋯ 저보다는 영달에 관심 있는 경우가 대부분이라."

이상한 일은 아니었다. 대주교나 주교라면 교구를 관리하느라, 혹은 물밑 정치를 하느라 바쁠 테니 성기사가 될 수 있을지 확실하지도 않은 공녀에게 시간 들이기를 꺼릴 것이다. 크리스텔에게 에테르를 투자하려는 신관들은, 그녀의 성장보단 사르네즈 가문과의 연줄 만들기에 더 흥미를 보일 테고.

"제국에 성기사가 생기는 건 좋은 일이라고 하시면서도, 실현 가능성을 따지며 계산하시는 분들이 많아 피곤했습니다."

크리스텔이 '그딴 건 이제 지긋지긋한데' 하고 작게 중얼거렸다. 나는 재빨리 추기경의 눈치를 살폈으나 그녀는 커피를 마시느라 듣지 못한 것 같았다. 오직 나만이, 이 주인공의 실체를 알고 있다…

"그래서 말입니다. 혹시 왕자님께서 괜찮으시다면, 그리고 폐하와 추기경 전하께서 허락해 주신다면…"

불길한 서두에 나는 잽싸게 찻잔으로 얼굴을 처박았다. 달콤한 아니스 차가 사약처럼 느껴졌다.

"다음 달까지 제 짝꿍이 되어달라고 부탁드리고 싶습니다. 정식으로 서임을 받은 후에는 다른 짝을 구할 수 있을 테니까요."

"…저는 시급이 셉니다. 에테르의 양과 질도 뛰어나고 이래 봬도 왕족 신관이어서요."

다행히 내 음성은 떨리지 않았다. 나는 뻔뻔한 얼굴을 유지한 채 그녀 쪽은 쳐다보지도 않았다. 침착하자, 나는 거절할 수 있고 거절당할 수 있다.

"돈으로 사죠. 얼마면 되겠습니까?"

아니, 그 대사를 안다고? 실례지만 빙의하신 분의 나이가…?

"저 돈 많이 필요합니다."

"불러보세요."

"…월 200만?"

200만 프랑은 내가 매달 리에스테르 황실에서 받는 금액이었다. 당장 떠올릴 수 있는 큰돈이 그 정도였다. 뱅자맹과 가나엘의 말로는 황도 외곽에 근사한 저택을 살 수 있고, 직접 지으면 호수 전망도 가능한 액수라고 했다. 아무리 사르네즈 공작의 딸이라도 그만한 돈의 소비를 혼자 결정할 수는 없을 것이다.

"월 400만. 제가 필요할 때 직접 황궁으로 와서 에테르를 받는 조건으로 하죠."

"예…?"

"하하하하."

내가 크리스텔의 패기에 짓눌려 바보 같은 반응이나 하고 있는데, 추기경이 크게 웃는 소리가 들렸다. 그렇게 파안대소하는 건 처음 보는지라 얼떨떨했다. 얼마나 우스웠는지 그녀는 단안경을 살짝 올리고 손수건으로 눈물까지 찍어내고 있었다.

"하하하, 왕자님은 사르네즈 가문에 관해 전혀 모르는구나. 그렇지?"

"대부호인 건 알고 있는데…"

"제 한 달 용돈이 500만 프랑입니다."

크리스텔이 가볍게 말했다. 절로 입이 쩍 벌어졌다. 그제야 나는 크리스텔과 나의 빙의 조건이 전혀 다르다는 사실을 절감했다. 그녀는 제국에서도 내로라하는 대귀족의 귀한 딸이지만, 나는 평생 황궁에 갇혀 살아야 하는 사생아 출신 볼모다. 용돈 책정의 기준부터 다를 수밖에 없는 것이다.

"그럼 딜? 왕자님께서 일시적으로 제 짝이 되어주시는 겁니까?"

"그건 우리 왕자님의 소관이 아니란다."

크리스텔의 물음에 대답을 내놓은 건 내가 아니라 추기경이었다.

서브 남주가 파업하면 생기는 일 1

그녀는 어느새 표정을 갈무리하고, 평소의 자비로우면서도 신비한 눈빛으로 돌아와 있었다.

"왕자님은 황궁의 고해 신관으로 왔고 현재도 그 직무에 충실하고 있으니, 외부의 사인私人과 거래를 하거나 동반자적인 관계를 맺기는 어려워."

'저번에도 얘기한 것 같은데' 하고 그녀가 덧붙였다. 나는 베이지색 눈동자에서도 쌀쌀한 느낌을 받을 수 있다는 사실을 깨달았다. 일전에 크리스텔이 나를 떠봤을 때 추기경이 드러낸 반응도 그렇고, 역시 그녀는 나와 크리스텔이 조금이라도 가까워지는 것을 경계하는 모양이었다.

하긴 원작에서 세드리크 황자와 크리스텔을 이어주는 데 지대한 공헌을 했다는 '오 선생님'이다. 아들 같은 황자의 배필감이 볼모인 나와 엮여선 안 되겠지. 추기경이 크리스텔을 막아준다면 나야 이득이었다.

"쉽지 않네요."

크리스텔이 자세를 느긋하게 뒤로 빼며 중얼댔다. 곤란하다는 말과 달리 안색에는 약간의 변화도 없었다. 먼치킨 주인공으로 가는 길목에 있어서인지 기개가 더욱 꼿꼿해지는 것 같았다.

"그러면 지금, 에테르를 조금만 나눠주실 수 있을까요?"

"여기서요?"

갑작스러운 크리스텔의 제안에 내 목소리가 조금 커졌다. 그녀가 화사하게 웃었다.

"거래는 못 터도 샘플은 받을 수 있잖습니까."

영업직 하시던 분인가… 나는 당황한 나머지 아무 근거도 없는 생각을 주워섬겼다. 딱히 거절할 명분이 없어 추기경을 슬쩍 돌아보니, 그녀 역시 고개를 비스듬히 기울일 뿐 특별한 반대를 표하지 않았다. 내가 황자 놈이었으면 아예 무시하거나 코웃음을 쳤을 텐데 성격상 그것도 어려웠다. 젠장.

"…잠깐만입니다."

결국 무뚝뚝하게 한 줄 내뱉었다. 크리스텔이 긴 부츠를 동당거리며 기대감을 표출했다. 나는 눈을 감고 성소를 개방했다. 아주 적은 양의 물감이 내 손끝, 발끝으로 빠져나가 그림을 그리는 듯한 감각이 이어졌다. 추기경 집무실의 바닥이 환하게 밝아지고, 황금색으로 빛나는 원의 형태가 나와 크리스텔을 감쌌다.

"우와…"

크리스텔이 커다란 눈동자를 깜빡이며 감탄사를 흘렸다.

"다른 신관님들의 서클도 여러 번 봤습니다. 하지만 이렇게 맑고 깨끗한 느낌이 드는 성소는 처음이에요."

그렇게 말씀하셔도 비매품입니다. 나는 조용히 마음속의 에테르 털실을 집어 들었다. 딱 한 바퀴만 풀어서 건네면 충분하겠지 싶었다.

-똑똑

"들어오렴."

그때 마호가니 목재를 두드리는 소리가 났다. 추기경의 빠른 응답에 곧장 문이 열렸다. 나는 에테르를 풀어내려던 것을 멈추고 고개를 돌렸다. 돌렸더니…

서브 남주가 파업하면 생기는 일 1

"전하."

"안녕, 내 대자."

오늘도 충격적인 비주얼의 세드리크 황자가, 집무실로 입성하고 있었다.

* * *

도대체 왜? 아무리 아직 황태자가 아니라지만, 너 안 바쁘냐? 그런 의문이 잠깐 들었다가 이내 사그라졌다. 이건 로판이고, 주인공과 메인 남주가 엮이는 거야 당연한 일이다. 아마 또 수업을 핑계로 부티에 추기경이 그를 부른 것이겠지 싶었다. 문제는 거기에 나라는 불순물이 끼어있다는 점이다.

"뭐 하는 거지?"

"사르네즈 공녀에게 에테르를 나눠주려고 합니다."

역시나 인사치레 따위 없이 본론부터 치고 들어오는 황자의 말에, 내가 침착하게 답변했다. 크리스텔이 자리에서 일어나 황자에게 예를 차렸다. 황자는 작게 눈짓만 할 뿐이었다. 보고 또 봐도 놀라운 소갈머리였다.

"공녀의 에테르는 충분해 보이는데."

"제 사정이니 전하께서 판단하실 일은 아닙니다."

황자가 시비를 걸자 크리스텔이 미소와 함께 맞받아쳤다. 집무실의 분위기가 순식간에 싸늘해졌다. 황자 놈을 안내해 들어온 시종 나탈리는, 나와 눈이 마주치자 슬쩍 웃더니 순식간에 문을 닫고 사라졌다. 하… 나는 부러움에 치를 떨며 소파에서 몸을 일으 켰다.

"오늘만 날이 아니니, 에테르는 다음에 드리겠습니다."

그러고는 성소를 해제했다. 싸우지 말고 친하게 지내라는 의미였 다. 황자에게는 종종 에테르 고갈에 시달리는 아들이 있으니, 누가 봐도 멀쩡한 크리스텔이 에테르를 공급받는 게 눈꼴실 수도 있겠단 생각이 들었다. 크리스텔은 조금 불만스러운 얼굴이었지만 내 결정 을 수긍했다.

"오늘은 실내 연무장을 쓰는 것 아니었습니까?"

그러자 황자가 추기경에게 화제를 돌렸다. 이제 보니 놈은 야외 연무장에서 크리스텔과 대련하던 날처럼 편한 복장이었다. 양손에 낀 검은 장갑만이 매번 똑같았다. 가죽이 손가락만 감싸고 있어 손 등과 손바닥의 절반이 드러나는데, 아무리 생각해도 비효율적인 디 자인이었다.

"참, 그랬어. 프레데리크에게 열한 시 삼십 분까지는 비워달라고 부탁했거든."

추기경이 은은하게 웃으며 자리를 정리하기 시작했다. 점심 전에 종종 실내 연무장을 쓰는 황제에게, '오늘은 아이들과 함께 그곳에 서 수업할 예정'이라고 통보했다는 설명이 이어졌다. 새삼 추기경 과 황제가 정말 편한 관계구나 싶었다.

"그럼 두 사람은 먼저 출발하렴. 난 왕자님과 할 얘기가 있어서."

저요?

"별일은 아니야. 짧게 말할게."

그녀는 부드럽게 손짓해 크리스텔과 황자 놈을 물렸다. 두 사람
은 추기경에게 예를 올리고 문밖으로 사라지면서도, 서로에게 너
대단히 비호감이라는 눈빛을 쏘아댔다. 저래봤자 곧 연애할 테니,
지금 걱정해야 할 건 주인공 둘이 아니라 추기경과 간만에 일대일
면담을 하게 된 나였다.

"하신다는 말씀이…"

궁둥이를 붙인 나는 지레 불안해져서 찻잔을 두 손으로 쥐었다.
아직 따뜻한 아니스 차의 향이 나를 달래주고자 애를 썼다.

"음, 프레데리크와 내가 올해 마수 대토벌에 가지 않는단 이야기
는 했었지?"

"네."

"그것 때문에, 현장에서 참가자들의 고해를 받아줄 신관 자리가
비었어."

"네?"

가슴이 철렁했다. 나는 고개를 들어 추기경과 눈을 마주했다.

"마수는 분명 인간의 삶을 위협하고 터전까지 파괴하는 악수惡獸
들이지만, 그래도 생명이니까. 토벌 전후로 살생에 대한 고해를 하
려는 귀족들이 왕왕 있단다. 지금까지는 내가 동행해서 그들의 죄
를 들어주곤 했어."

그녀가 노래하듯 말했다. 순간 '나비 효과'라는 단어가 떠올랐다.
내가 고해 신관으로 살겠다고 방향을 트는 바람에, 결국 이런 전개
가 된 건가?

"이번에는 네게 그 일을 부탁하고 싶구나. 크리스텔이 그때까지

짝이 없다면, 가서 크리스텔의 활약을 돕는 것도 좋을 테고…"

추기경의 목소리가 조금 작아졌다. 어쩐지 진심으로 그걸 바라지는 않는 것 같았다.

"세드리크가 '화성의 혜검'을 얻는 걸 도와서, 차기 황태자와 인연을 만드는 것도 좋겠지."

"…"

나는 다시 한번 나의 자의식을 점검했다. 내 결정의 파장이 없었다고는 말 못 하지만, 이 나비 효과는 훨씬 예전부터 시작된 것이다. '경계의 신전'에 있다는 신물이 크리스텔이 아닌 나를 살리는 데 쓰인 시점부터, '퇴계공'의 초반 전개는 어긋났다.

나는 지금까지 그것이 나와 주인공에게 미친 영향만을 주로 고려하고 있었다. 그런데 이제 보니 나비의 날갯짓으로 태풍을 맞은 건 두 사람이 아니라, 세 사람이었다. 크리스텔과의 혼담이 흐지부지되면서, '사르네즈 공작가'라는 권력을 등에 업지 못하게 된 황자. 그에게도 다른 꿍꿍이가 생긴 모양이었다.

"저, 궁금한 게 있습니다."

내가 입을 열었다. 나와 부티에 추기경 둘만 남게 된 상황에 긴장하긴 했지만, 나 역시 그녀에게 할 말이 있기는 마찬가지였다. 먼저 황자의 이야기를 꺼낸 것도 추기경 쪽이니 내 부담은 적었다.

"뭐든 물어보렴."

"황자님은 황제 폐하의 유일한 자식인데, 황태자 위에 오르기 위해 달리 무언가가 필요한 겁니까?"

깊이 생각할 것도 없는 문제였다. 방계 등을 포함하면 제국의 황족도 적은 수가 아니겠지만, 황위를 이을 적통은 세드리크 황자뿐이었다. 본인이 자리를 거부하거나 엄청난 스캔들을 일으켜 황실에 먹칠을 하지 않는 한, 황태자 위와 제위가 보장된 인간이라는 뜻이다. 사르네즈 공작가와의 혼담이야, 잘 풀리면 꾸준히 정치적인 도움을 받을 수 있을 테니 적극적으로 나선 것이 이상하지 않다 쳐도…

"신물 '화성의 혜검'과 황태자 위가 무슨 관련이 있는 건지…"

"…"

그 순간, 어떤 감이 내 머릿속을 스치고 지나갔다. 불 속성의 신물, 그리고 불 속성 에테르를 쓰는 어린아이.

"설마 세이디를 위해서인가요?"

추기경의 눈동자가 커졌다. 평소 표정을 읽기 힘든 그녀의 얼굴에, 명백한 놀라움과 약간의 당혹이 깃들었다.

"…그 아이가 알려준 이름이니?"

"네, 자기소개는 그렇게 했습니다."

내 말에 그녀가 묘한 낯을 했다. 재미있어하는 것 같기도 하고 어이없어하는 것 같기도 했다. 이런 얼굴빛을 또 어디서 봤는데 누구였더라. 물론 지금 중요한 건 그게 아니었다. 황태자 위는 그저 핑계일 뿐이고, 황자가 신물을 원하는 진짜 이유는 에테르 부족으로 고통받는 아들 때문인 듯했다.

"전에 저에게 도와달라고 부탁하셨던 어린아이가 그 녀석인 겁니까?"

나는 며칠 전부터 묻고 싶었던 질문을 꺼내 들었다. 추기경은 자신의 한쪽 관자놀이를 짚더니, 작게 한숨을 내쉬었다.

"맞아."

"…"

"그리고 그 아이가 네 에테르를 고갈시킨 것도 알고 있었단다. 미안해."

나는 처음으로 그녀의 진심 어린 사과를 들었다. 에테르 고갈이라면 내가 세이디를 처음 만난 날, 녀석에게 에테르를 뭉텅이로 털리고 기절한 사건을 의미했다. 깨어났을 때는 곁에 추기경과 엘리자베트 경이 있었다.

당시만 해도 추기경은 내게 치유력을 써주기 위해, 엘리자베트 경은 내 경호 책임자로서 유감을 표하기 위해 온 거라고만 생각했는데… 돌이켜보니 둘 다 세이디를 아는 사람들이었다.

"그때 그 애에겐 잔소리를 좀 했어. 이후로는 같은 일이 없었지?"

"네, 뭐… 에테르가 필요하면 서클을 통해 받아 가더군요."

"다행이구나."

추기경은 정말로 안도한 기색이었다. 하지만 나는 여전히 물음표투성이였다.

"녀석에겐 신관 짝이 없는 겁니까?"

"…그 아이가, 왜 그런 '몸 상태'가 됐는지도 네게 말했니?"

저절로 입이 다물렸다. 세이디는 내 질문에 제대로 된 답을 내놓은 적도, 자신이 먼저 사연을 털어놓은 적도 없었다. 만약 이것이 사적인 문제라면 나는 이 이상 파고들어선 안 됐다. 내 망설임을 읽었는지, 추기경이 빙그레 웃으며 말을 이었다.

"나도 전부 말해주고 싶은 마음은 굴뚝같지만… 본인이 마음을 열 때까지 기다려 주는 게 좋겠구나."

그녀가 '벌써 많이 열린 것 같던데' 하고 덧붙였다. 그 부분은 잘 모르겠으나, 세이디의 가족이나 다름없는 사람이 이렇게까지 말한다면 더 물어보기가 어려웠다. 나는 작게 고개를 주억거렸다.

"그럼 이제 내 차례네. 조금 전부터 궁금한 게 있었거든."

"하문하십시오."

추기경이 눈을 가늘게 뜨며 입꼬리를 끌어올렸다. 그녀는 꼭 새 장난감을 선물 받은 소녀처럼 즐거워 보였다.

"세이디가 네게, 자신의 정체를 밝힌 적이 있니?"

"아뇨, 그냥 제가 추측만 하고 있습니다."

어떤 추측을 하고 있느냐는 물음은 이어지지 않았다. 추기경이 소리 내어 웃더니 남은 커피로 목을 축였다. 나는 찻잔을 붙들고 가만히 생각을 정리했다.

신물이라는 존재가 '퇴계공' 세계관에 막대한 영향력을 끼친다는 것이 두 번이나 입증된 지금, 화성의 혜검을 실물로 볼 수 있는 기회를 얻은 건 분명 청신호였다. 물론 소설은 아직 초반이고, 예서 왕자가 앞으로 벌어질 전쟁에서 죽을지 살지 모르는데 신물이 나를 집으로 보내줄 가능성은 희박하다.

하지만 뭐든 지레 포기하는 것보다는, 시도라도 해보고 나가떨어지는 게 후회 없는 길이었다. 게다가 황자가 '마수 대토벌'에서 우승해 혜검을 얻게 도우면, 그건 결국 세이디를 돕는 일이 됐다.

혜검을 뽑지도 못할 텐데 도대체 무슨 계획인가 싶고, 황자 놈이 우승하는 데 내 힘이 큰 보탬이 될 것 같지도 않지만… 그놈과 인연을 만드는 일은 절대 하고 싶지 않지만… 애가 아프다는데.

"그럼, 저도 마수 대토벌에 참가하죠."

내가 찻잔을 내려놓았다. 쥐고 있던 온기가 사라지며 손바닥이 시원해졌다. 애초에 내게 선택권이 없다는 사실은 잘 알지만, 억지로 가는 것과 능동적으로 가는 건 분명 마음가짐부터 다른 일이었다.

"황자님에게도 협조하겠습니다."

그렇게 선언하자 추기경이 활짝 웃었다. 오늘따라 그녀의 파안을 많이 보는 듯했다.

* * *

"황궁에 이런 곳이 있는지 몰랐어요!"

가나엘이 들뜬 목소리로 말했다. 나는 씩 웃으며 고개를 끄덕였다. 뱅자맹이 손으로 가리킨 언덕 너머에서, 시원한 봄바람이 불어와 야트막한 풀들을 사르르 재워놓고 멀어졌다. 근사한 풍경이었다. 은서와 형이 같이 있었으면 더 좋겠다는 생각이 들 정도로.

"뒷산이라고 해서 그냥 산인 줄만 알았는데, 이런 곳이 다 있군요."

"언제든지 오셔도 됩니다, 왕자님."

앞서 걷던 산지기 아녜스가 내 말에 시원시원하게 대답했다. 나는 허리께에 대롱대롱 매달린 데미를 어깨 위로 옮겨 주었다.

"탁 트인 데 오니까 좋지?"

-끼이

녀석이 기분 좋게 울었다. 정원 산책 때마다 데미를 데리고 나가고, 잘 시간이 아니면 늘 발코니에서 함께 바깥 공기를 쐬었지만 그것만으론 분명 부족했을 것이다. 신수라고 해도 일단은 동물이니 답답하겠지. 미안한 마음을 담아 녀석의 복슬복슬한 꼬리를 길게 쓰다듬어 주었다.

수요일 오전 열한 시. 추기경의 '그룹 과외'가 있는 시간에 우리가 쥘리에트 궁의 뒷산을 오른 까닭은 명료했다.

"현장 학습이라니, 옛날 생각나네요."

내 옆에 서서 걷던 크리스텔이 아슬아슬한 대사를 내뱉었다. 이쯤 되니 본인이 빙의한 상태라는 걸 남들에게 들켜도 괜찮은 건가 싶었다. 내 표정이 좀 이상했는지, 그녀는 대충 웃으며 부연했다.

"어릴 때 어머니와 영주성 구릉에서 소풍을 즐기곤 했습니다."

나는 턱을 한 번 까닥였다. 변명 좋네요, 자연스러웠습니다. 그런 평가는 속으로만 읊었다.

"여긴 오랜만인데, 프레데리크도 한번 데리고 와야겠어. 못 보던 나무들이 많이 자랐는걸."

추기경의 목소리에 나는 슬쩍 뒤를 돌아보았다. 내가 지금까지 본 것 중 가장 편한 복장을 한 그녀가, 일행의 후미에서 세드리크 황자에게 팔짱을 낀 채 걷고 있었다. 나는 상황이 이렇게 흘러온 배경을 다시금 상기했다.

그러니까 그제, 월요일. 내가 마수 대토벌에 참가하겠다고 선포한 날. 집무실을 빠져나온 나와 추기경은 크리스텔과 황자 놈보다 조금 늦게 실내 연무장으로 들어섰다. 그래봐야 겨우 15분 차이였는데 그 사이에 두 주인공이 일을 냈다.

도착해 보니 연무장 바닥은 홍수가 난 것처럼 물로 흥건했고, 온갖 창검이며 포탄처럼 보이는 것들이 벽과 천장까지 꽂혀있었다. 크리스텔은 자신의 힘을 조절하지 못했는지 쫄딱 젖어있었던 반면, 황자는 완벽한 헤어 세팅을 자랑하고 있던 게 좀 신기했다. 부티에 추기경은 그런 두 사람을 보고,

'누가 먼저 그랬니?'

하고 온화하게 물었다. 솔직히 나 같으면, 우리 형이 화를 터뜨리기 직전 같은 그 모습에 무조건 잘못했다며 굽히고 들어갔을 것이다. 상대방은 내 장난에 휘말린 것뿐이라고 해명하고, 당장 청소를 시작하겠다고 눈치 봐도 모자랄 상황이었다. 그런데 우리의 주인공과 메인 남주께서는,

'…'

'…'

'그렇구나.'

소리 없이 서로를 노려보기만 했다.

'크리스텔이 물을 치운다고 해도, 부서진 곳이 많아서 수리를 해야겠어. 프레데리크가 자주 사용하는 곳인데…'

추기경이 혼잣말하자, 그제야 크리스텔이 좀 당혹한 얼굴을 했다.

'송구합니다, 전하. 보수비용은 제가 부담하겠…'

'돈을 물 쓰듯 쓰는군.'

그리고 황자가 그녀의 말을 뚝 끊었다. 그게 꼭 크리스텔의 능력을 빗댄 도발 같아서 내가 웃었는데,

'…'

'죄송합니다, 작게 웃는다고 웃은 건데…'

세 사람이 나를 동시에 바라보았다. 나는 괜스레 졸아붙어서 입을 닫았다. 추기경은 우리를 찬찬히 훑더니,

'혈기 왕성한 청춘들이라 어쩔 수 없구나. 이런 데 가둬놓고 가르쳐 보려 한 내가 어리석었어.'

하고는 한숨을 쉬었다. 그리고 이어진 말이,

'다음 시간에는 현장 학습을 가볼까?'

그런 것이었다. 싱긋 웃고 있지만 추기경은 분명 골이 나 있었고, 그때쯤엔 크리스텔과 황자 놈도 그녀의 기분이 심상치 않다는 사실을 어찌어찌 알아차린 것 같았다. 그래서 누구도 그녀의 갑작스러운 제안에 반대 의사를 표하지 않았다. 현장 학습이 아니라 행군이라고 해도 묵묵히 따라야 할 분위기였다.

"이쪽에 자리를 잡으시면 되겠습니다."

뒷산의 평평한 언덕으로 우리를 안내한 아녜스가 한편을 가리켰다. 상념에서 깨어난 나는 가나엘과 뱅자맹을 도와 널찍한 피크닉 매트를 깔았다. 추기경의 시종인 나탈리와 황자의 시종인 다비드 역시, 가져온 짐을 풀고 음료와 간식을 차리느라 분주해졌다.

"꼭 소풍 온 것 같네."

추기경이 다정한 목소리로 감상을 말했다. 모두가 조용히 긍정하는 듯했다. 출발하기 직전까지만 해도 '완전군장' 따위의 끔찍한 키

워드가 머릿속을 지배했는데, 깔끔하게 꾸며놓은 숲 산책로와 푸르게 펼쳐진 언덕을 보니 절로 가슴이 평화로워졌다. 이윽고 아홉 명과 한 마리의 일행이 편하게 둘러앉았다.

"잘 먹겠습니다."

나는 물수건으로 손을 닦고, 뱅자맹에게서 따뜻한 퀸아망 한 덩이와 연하게 우린 아티초크차 한 잔을 건네받았다. 빵의 바삭바삭한 표면을 깨물자 캐러멜의 달콤한 맛이 가장 먼저 입안에 번졌다. 드문드문 박힌 아몬드 조각이 식감과 고소함을 더해주는 가운데, 쫀쫀한 속은 혀에 아주 착 감겼다.

"진짜 맛있다…"

내가 평소와 같은 시식 평을 토해내자, 뱅자맹과 가나엘은 무척 만족한 얼굴로 자신들의 커피와 딸기주스를 음미하기 시작했다. 그 광경을 지켜본 크리스텔이 맑게 소리 높여 웃었다.

"저번에도 생각한 건데, 왕자님께선 정말 복스럽게 잘 드시네요."

그녀의 말에 추기경이 '그렇지?' 하며 미소했다. 수업이 있는 날마다 내게 주전부리를 날라주는 나탈리 또한 망설임 없이 동의했다.

"…감사합니다."

원래의 몸으로 살 때도 종종 듣던 칭찬이긴 한데, 그걸 이렇게 많은 사람 앞에서 확언받은 건 또 처음이었다. 나는 괜히 면구스러워 과일 접시로 손을 뻗었다.

–꾸르르

껍질 벗긴 리치 한 알을 데미에게 쥐여주니 비로소 마음이 조금 가라앉았다.

"…"

"용건 있으십니까?"

그러다 맞은편에 앉은 세드리크 황자와 눈이 마주쳤다. 그는 어딘가 탐탁지 않다는 얼굴로 나를 보고 있었는데, 손에 쥔 에스프레소 잔은 조금도 비우지 않은 채였다. 커피가 쓰면 물과 설탕을 타면 될 것을…

"전혀 못 느끼는 건가?"

그가 불쑥 물었다. 나는 로판의 메인 남주들이 대체로 이렇게 앞뒤 말을 생략하는 건지, 아니면 이놈만 특별한 것인지 문득 궁금해졌다.

"그렇게 말씀하시면 못 알아듣습니다."

"그대의 마나 감응력엔 문제가 있어."

황자 놈이 대뜸 단언하더니 자리를 털고 일어났다. 시종 다비드가 그의 잔을 매끄러운 몸놀림으로 받아냈다. 갑자기 이게 무슨 시비인가 싶어 눈을 끔뻑거리고 있는데, 크리스텔이 그를 따라 벌떡 몸을 일으켰다. 마시던 아이스 아메리카노는 내게 맡긴 채였다.

"뭔가 오고 있어요."

"네?"

크리스텔의 말에 가나엘이 당황했다. 그녀는 황자와 나란히 언덕 너머를 바라보고 섰다. 그들과 같은 방향으로 시선을 돌렸지만, 내게는 딱히 보이는 것도 느껴지는 것도 없었다.

"대모님."

황자가 몹시 낮은 목소리로 추기경을 불렀다. 그녀의 베이지색 눈동자가 나를 보며 부드럽게 휘었다.

"소풍 온 것 같다고 했지, 소풍이라고는 안 했잖니."

-우르릉!

그 순간, 먼 곳에서 땅이 울리는 소리가 났다.

* * *

-끼이!

나보다 먼저 반응한 것은 데미였다. 녀석은 길동그란 꼬리를 반짝 세우고 피크닉 매트 밖으로 발을 옮겼다. 천천히 입을 벌렸다 다물기를 반복하는 게, 꼭 무언가를 위협하거나 경계하는 모양새였다.

"방금 무슨 소리였죠?"

내가 부티에 추기경에게 물었다. 그녀는 그림 같은 미소를 지을 뿐 답이 없었다.

-우르릉…

다시 한번, 땅에서 천둥소리 같은 것이 났다. 일행이 크게 술렁거렸다. 나는 지체 없이 성소를 개방했다. 황금빛 에테르의 원이 피크닉 매트 위를 훤히 밝히고, 주인의 의지에 따라 쭉쭉 면적을 넓혔다. 내 성소는 최대 직경이 30미터쯤 됐다.

매트 안의 일곱 명은 물론이고 매트 바깥의 황자와 크리스텔, 데미까지 충분히 보호하는 크기였다. 이보다 더 키울 수 있는 방법은, 글쎄. 있긴 하지만 당장 실현하기는 불가능했다.

　　　　　　　　　　서브 남주가 파업하면 생기는 일 1

"마수."

세드리크 황자가 나직하게 말했다. 가나엘이 깜짝 놀라 숨을 몰아쉬었다. 나는 빠르게 자리에서 일어나 데미의 곁으로 다가갔다. 눈이 아플 때까지 언덕 너머를 노려보자, 붉은 점 몇 개가 시야에 들어왔다.

"마수가 여기 왜 있습니까? 분명 황궁 주변으로는 강력한 결계가 쳐져있다고…"

나는 말을 잇다가 입을 다물었다. 그러고는 추기경을 돌아보았다. 설마.

"다들 좀이 쑤셔 하는 것 같아서, 산맥 쪽 결계를 잠깐 개방했단다. 근위대의 도움을 받아 미끼도 매달고."

"전하."

"프레데리크도 허락했어. 황제가 애용하는 연무장을 그렇게 만들어 놨잖니."

나는 마른침을 꿀꺽 삼켰다. 그러니까. 두 주인공이 실내 연무장을 작살내 놓는 바람에 열 받은 황제와 추기경이, 하나뿐인 아들과 남의 집 귀한 딸을 대상으로 산상수훈山上垂訓을 결의했다는 의미였다. 그래도 그렇지, 황궁 뒷산으로 마수를 끌어들인다고? 민간인도 있는데? 둘 다 성격 왜 그래? 두 사람을 닮아서 황자가 저 모양인가?

"사람끼리 싸워서는 '마수 대토벌'을 제대로 대비할 수 없을 테니, 마수를 준비해 봤어."

그런 걸 오늘의 점심 메뉴처럼 말하지 마!

-우두두두…

"오네요."

크리스텔이 말했다. 긴장한 그녀의 발치에서 콩알만 한 물방울들이 둥둥 떠올랐다. 지평선 끄트머리의 붉은 점들이, 순식간에 거리를 좁혀 손톱만큼 커졌다.

-두두두두…

"하나, 둘, 셋…"

넷, 다섯. 총 다섯 마리의 짐승이 이쪽을 향해 막힘없이 질주하고 있었다. 나는 서둘러 피크닉 매트 앞으로 걸어 나갔다. 황자와 크리스텔이 전방에 서고, 내가 그들의 뒤에서 추기경과 일행을 보호하는 진형이었다.

"다들 서클 밖으로 나가지 마세요."

"걱정 마십시오, 왕자님."

뱅자맹이 차분하게 대답했다. 산지기 아녜스는 후방을 살피며 엄폐할 바위나 나무의 위치를 파악하고 있었다. 마수를 난생처음 보는 나와 달리, 현지인들은 경험이 있는지 금세 침착해졌다. 가나엘 빼고.

"나는 응원만 할게."

추기경이 나긋나긋한 음성으로 약을 올렸다. 헛웃음이 절로 터졌다. 나는 고개를 저으며 의식적으로 손끝까지 에테르를 흘려보냈다. 곧 양 손바닥 안에 은은한 온기가 밀려들고, 호빵 크기의 에테르 구슬이 손 위로 모습을 드러냈다.

"사르네즈 공녀, 에테르는 걱정 말고 대응해 주십시오."

"좋습니다. 잘됐네요."

내가 주먹을 쥐었다 폈다. 금색의 에테르 구체가 형광등처럼 꺼졌다 켜지기를 반복했다. 미리 에테르 흐름을 원활하게 해둬야 지원 속도 역시 빠를 터였다. 치유력은 아직 써본 적이 없지만, 책에서 읽은 대로만 하면 평타는 가능할지도…

–두두두두두…

–음머어어…

짐승이 울부짖는 소리가 났다. 저 멀리 마수들의 모습이 보였다. 징그러울 정도로 새빨간 황소의 형태에, 피부가 뱀처럼 번들거리고 목 주변으로는 갈기가 덥수룩했다. 덩치 역시 일반적인 황소의 두 배는 돼 보였다. 새하얀 안광을 뿌리며 달려오는 것이, 다소 공포스러울 지경이었다.

"도독황소로군."

묵묵히 있던 황자가 내뱉었다. 그는 천천히 몇 걸음 앞으로 나아가더니, 오른쪽 허리에 비스듬히 찬 검을 뽑아 들었다.

'도독茶毒황소'라고?

"독을 뿜는 황소 형태의 마수, 맞습니까?"

"그래."

머릿속이 순식간에 차분해졌다. 황궁에 레서판다들이 나타났을 때 마수 관련 서적을 뒤지다가 본 적이 있었다. 도독황소는 초식 마수지만, 먹은 식물의 독을 모조리 몸 밖으로 배출해 인간을 공격하는 녀석들이었다. 독이라면 불 속성이 훨씬 유리하겠으나 우리 쪽 전력은 물과 칼잡이뿐이었다.

"접근하게 해선 안 됩니다. 숨결에도 독이 스며들게 하는 놈들이에요."

–끼이

내 말에 데미가 작게 울었다. 발밑을 맴도는 녀석에게 민원이 있는 것 같아, 나는 한쪽 무릎을 굽혀 자세를 낮추었다.

"무서워서 그래? 안아줄까?"

–끼우으

데미는 그게 아니라는 듯 고개를 한 번 좌우로 휘젓더니, 뒷다리로 땅을 짚고 벌떡 일어났다. 그러자,

–꾸릇!

–싸아아…

데미 앞의 풀들이 눕기 시작했다. 아니, 정확히는…

–싸르르, 싸르르…

"매듭이잖아."

풀과 풀이 엮여 단단한 마디를 이루고 있었다. 손을 뻗어 당겨보았으나 꼬인 부분은 조금도 약해지지 않았다. 마수들이 가까이 오지 못하게 붙들어 놓고 처리할 방법. 불현듯 어떤 생각이 뇌리를 스쳤다.

"황자님, 사르네즈 공녀. 이렇게 하시죠."

내가 제안했다. 청명한 물색의 눈동자와 불타는 듯한 주황색 눈동자가, 동시에 나를 돌아보았다.

* * *

-우두두두···!

-음머어어어!

-크르렁···!

이제 거리는 100미터도 되지 않았다. 도독황소 다섯 마리가 침을 흘리며 우리에게 달려오고 있었다. 녀석들의 혀에서 떨어진 분비물이 들꽃 몇 송이를 태웠다. 나는 품에 안은 데미에게 에테르를 꾹꾹 밀어넣어 주었다.

"데미, 할 수 있겠어?"

-끼응!

"괜찮아, 실패해도 저 누나랑 형이 해결해 줄 거야. 둘, 셋···"

레서판다가 두 앞발을 번쩍 들어올렸다.

"지금!"

-쩌적!

거대한 수박이 쪼개지는 듯한 소음과 함께, 언덕길이 움푹 꺼졌다.

-음메에에에!

-크릉! 크어어엉!

소 우는 소리와 괴수 우짖는 소리가 뒤섞이고, 균형감각을 잃은 도독황소들이 우르르 싱크홀로 빠졌다. 데미의 위치 선정은 정확했으나 구멍이 대단히 깊진 않았다.

-크르르릉!

쓰러진 다섯 마리가 육중한 몸을 일으키기 위해 발버둥 쳤다. 황자는 내가 신호를 주지 않아도 알아서 움직였다. 눈에 보이지도 않는 속도로 튀어 나간 그가, 검을 쥔 왼팔을 우아하게 휘둘렀다. 희

미한 빛살이 번쩍이고,

　-콰아아앙-!

　-음머어어어!

　엄청난 파공음과 함께 황자의 검기가 마수들의 급소를 갈랐다. 그야말로 저세상 검술이었다. 그가 아직 소드마스터가 아니라는 사실을 믿기 어려웠다. 하지만 벙쪄있을 때가 아니었다. 아슬아슬하게 명자리를 건사한 도독황소 두 마리가, 비틀거리며 싱크홀을 기어오르고 있었다.

　-크어어어…!

　"사르네즈 공녀!"

　아직 서클 안에 서있는 그녀에게, 나는 조금 전부터 순환하던 수중의 에테르를 모조리 쏟아부었다. 주인공이 별처럼 환하게 웃는 것이 보였다. 크리스텔은 숨을 한 번 크게 들이켜더니,

　"맡겨 두세요!"

　-탓!

　경쾌한 발소리와 함께 뛰어나가 순식간에 멀어졌다. 나는 책에서나 보던 성기사의 특성에 감탄했다. 일반인은 꿈도 꾸지 못할, 어마어마한 체능體能이었다. 아마 원작의 그녀라면 각성하지 못했을 재능이기도 했다.

　-찰랑, 찰랑…!

　싱크홀에 접근한 그녀의 부츠 근처에서, 급격히 물이 차올랐다. 곧 넓적한 개울이 싱크홀로 이어지는 경사를 따라 콸콸 흐르기 시작했다.

-쿠웅!

-음메에에!

마른 흙이 진흙이 되자, 미끄러워진 싱크홀의 내벽에 마수들이 발을 헛디뎌 넘어졌다. 이어 거대한 물줄기가 사정없이 쏟아져 구덩이를 채웠다. 그렇지 않아도 물과 불에 약한 마수들은, 본격적으로 몸이 젖자 빠르게 힘을 잃어갔다.

-꾸어어어…

얼마간의 시간이 흐른 뒤, 숨이 붙어있는 놈은 한 마리뿐이었다.

-음머어어…

-치이이익…!

마수들의 피와 침이, 물에 녹아 독액을 만들어 내고 있었다. 한군데에 고이게 할 수 있어 천만다행이었다. 크리스텔이 혼자 상대했다면 독극물이 사방으로 퍼지는 것을 막기 어려웠을 테고, 황자만 나섰다면 놈들이 뿔뿔이 흩어져 공격의 집중도가 떨어졌을지 몰랐다.

-푸릉…

거친 콧김을 끝으로, 마지막 마수가 눈을 감았다. 몸에 힘이 탁 풀리며 안도의 한숨이 터져 나왔다.

"왕자님…"

가장 가까운 바위 뒤편에서, 숨죽이고 있던 가나엘이 중얼거리는 소리가 들렸다. 돌아보니 뱅자맹과 나탈리, 다비드, 아녜스가 하늘을 올려다보며 기도하고 있었다. 나는 맥 빠진 웃음을 흘렸다.

"아, 미친."

그때 크리스텔의 목소리가 귓가에 꽂혔다. 퍼뜩 놀라 시선을 돌리니, 넘어지기 직전의 어정쩡한 자세로 서있는 그녀가 보였다. 혹시 마수들이 싱크홀 밖으로 빠져나올까 봐 데미가 주변의 풀을 묶어놓았는데, 거기에 발이 걸린 모양이었다.

"…괜찮으십니까?"

"네, 괜찮습니다. 이걸 깜빡했네요."

그녀가 씩 웃었다. 나는 예의상 미소를 돌려준 뒤 황자를 돌아보았다. 그럴 리는 없겠지만, 역시나 털끝만큼도 다치지 않은 그가 나와 눈을 마주했다.

"…"

"…"

또 시비를 걸고 싶은 건가 했으나 그는 별말이 없었다. 그저 동강난 검을 바닥에 툭, 던지고 걸음을 옮겼을 뿐이었다. 이제 보니 쓰는 검마다 약해서 그의 검기를 버텨내지 못하는 모양이었다. 황자씩이나 되는 놈이 명검 하나도 없나?

"모두 수고했어. 몸풀기로는 썩 괜찮았지?"

추기경의 부드러운 목소리가 피크닉 매트 위에 사뿐히 내려앉았다. 그녀는 도둑황소 떼가 몰려오기 전과 똑같은 자세로 커피를 음미하고 있었다. 크리스텔이 맑은 웃음과 함께 고개를 주억거렸다. 나는 가슴팍을 파고드는 데미를 쓰다듬으며 속삭였다.

"잘했어, 데미. 오늘의 MVP는 너야. 당신이 평창입니다."

-끼이이잇

레서판다가 용맹한 울음을 터뜨렸다. 나의 서클도 천천히 사라졌다.

* * *

단숨에 자두 주스 잔을 절반 이상 비운 엘리자베트 경은, 이제야
속이 좀 시원하다는 얼굴이었다.

"웬일로 추기경 전하께서 근위대원들을 차출해 가신다 했습니다."

요 며칠 궁금했던 게 풀렸다며 그녀가 상쾌하게 웃었다. 쥘리에
트 궁의 정원으로 불어오는 춘풍에, 올리브색 머리칼이 산들거렸
다. 뒷산에서 도둑황소를 때려잡고 내려온 지 하루가 지났다. 오늘
의 오전 티타임은, 땡땡이치러 온 손님 엘리자베트 무테 경과 함께
였다.

"전하께선 기사들이나 군대의 일에는 관심이 없으시거든요. 얽
힐 일도 없지만 말입니다."

그녀가 설명했다.

"그런데 어쩐 일로 마수 토벌 경력이 있는 정예 대원 몇을 찾으셨
습니다. 소몰이할 줄 아냐고 물으시기도 했다더군요. 그때는 이게
무슨 농담인가 싶었는데, 유익한 현장 학습을 위해서였다니… 감
동입니다."

엘리자베트 경의 화려한 회색 눈동자가 또랑또랑했다. 어느덧
내 안에서 폭거의 아이콘이 되어가는 부티에 추기경을 진심으로
존경하는 눈빛을 보니, 제국의 앞날이… 미세먼지 정도는 낀 것
같았다.

"앞으로는 그런 소풍이 있으면 저도 끼워주십시오."

"소풍은 아니었습니다."

"풍경 좋은 데서 쥘리에트 궁 음식 한입 먹고, 마수 잡기 한 판 뛰면 그게 소풍이죠."

그녀는 진심이었다. 나는 쓴웃음을 지으며 우엉차로 입을 적셨다. 어제의 경험은 분명 건설적이었지만, 그것보다 훨씬 스케일이 크고 격렬할 마수 대토벌을 떠올리면 가슴 한편이 써늘해졌다. 아무렴 주인공 두 사람이 곁에 있는데 큰일이 날까 싶으면서도…

–바스락

"예서 왕자님."

잔디가 눕는 소리와 함께, 정원 한쪽에서 뱅자맹이 모습을 드러냈다. 그는 한 손에 은제 뚜껑을 덮은 접시를 들고 있었다. 나와 엘리자베트 경을 위한 간식을 가져온 듯싶었다.

"좋은 소식과 나쁜 소식이 있는데, 먼저 좋은 소식부터 전해드리겠습니다."

"아, 네."

보통은 둘 중에 뭘 먼저 듣겠냐고 묻지 않나?

"좋은 소식은, 오늘의 코코넛 케이크가 최고의 맛을 자랑한다는 겁니다."

그가 접시의 내용물을 공개했다. 우유 빙수의 얼음같이 곱게 갈린 코코넛 가루가, 함박눈처럼 소복이 쌓인 디저트였다. 가운데에는 다크초콜릿으로 만든 주신교의 상징이 꽂혀있었다. 엘리자베트 경이 '절경이네요, 장관이고요' 하며 탄성을 발했다. 정말로 좋은 소식에 내 입꼬리도 귀에 걸렸다.

"그리고 나쁜 소식은··· 인터뷰 요청이 들어왔습니다, 왕자님."

"인터뷰라니, 무슨…"

"설마 〈격주간 리에스테르〉입니까?"

당황한 나 대신 엘리자베트 경이 질문을 꺼내 들었다. 뱅자맹의 심각한 얼굴이 그녀에게도 조금 번지는 모양새였다. 〈격주간 리에스테르〉라면, 내가 이곳에 온 뒤로 제일 열심히 읽은 사교계 잡지였다. 제국의 귀족 절반이 정기 구독을 하고, 나머지 절반은 정기 구독하는 친구와 함께 읽는다는 그 출판물.

"그렇습니다. 편집장인 사라 벨리아르 경이 정식으로 폐하께 예서 왕자님의 인터뷰를 요청했고, 폐하께서 이를 승인하셨다고 합니다."

뱅자맹이 차분하게 설명하며 티 테이블 위로 코코넛 케이크를 서빙했다. 나는 포크를 집어 들면서도 머릿속을 채우는 여러 의문을 떨칠 수가 없었다.

"갑자기 웬일인지 모르겠군요. 지금까지 조용했잖습니까."

"실은, 조용하진 않았습니다."

내 말에 뱅자맹이 신중하게 말문을 열었다. 나는 푹신한 케이크를 한 입 떠먹다 말고 그를 바라보았다.

"잘 아시겠지만, 왕자님께 오는 귀족들의 사적인 서신은 황제궁에서 전부 걸러내고 있습니다. 선물 역시 어떤 의도일지 몰라 황실 금고에 보관해 두고 있지요."

"네, 그렇죠."

"언론의 접근 또한 마찬가지입니다. 특히 〈격주간 리에스테르〉는 왕자님께서 입궁하신 날부터 줄곧 단독 인터뷰를 청해왔습니다. 최근까진 폐하께서 모두 물리셨지요."

역시 그랬군. 뭐, 나야 관심에서 멀어질수록 좋으니 고마운 일이었다.

"태도를 바꾸신 이유가 궁금하네요."

내가 대답했다. 좀 당황스럽긴 하지만 인터뷰라면 못 할 것도 없었다. 물론 살면서 한 번도 해본 적 없는 노동이긴 하나, 시키는 대로 대답 잘하고 곤란한 건 모르쇠로 일관하면 될 성싶었다.

황제궁에서 내게 원하는 바가 있다면, 무리한 게 아닌 이상 나는 고분고분 따를 준비가 되어있었다. 삼시 세끼 밥 잘 나오고 등 따수운 곳에서 돈 받으며 지내는데, 내 목숨줄을 쥐고 있는 사람이 까라면 까야 하는 것 아니겠는가. 다만 갑작스레 인터뷰를 하게 된 배경이 궁금했다.

"결론부터 말씀드리면, 프랑수아 뒤엠 후작 때문입니다."

뱅자맹이 한숨을 섞어 답변했다. 가만히 듣고 있던 엘리자베트 경이 '그렇게 된 거군요' 하며 고개를 주억거렸다. 나는 그녀와 뱅자맹을 차례로 돌아보았다. 프랑수아 뒤엠 후작이라면, 뒤엠 근위대장의 형이자 '마수 대토벌'의 주최자였다. 신물 '화성의 혜검'을 이번 대회의 우승 상품으로 내걸겠다고 선언해서 추기경의 속을 뒤집어 놓은… 아.

"혹시 화성의 혜검 관련 보도를 미루는 대신, 제 인터뷰를 허락하신 겁니까?"

"맞습니다."

곧장 돌아온 답에 나는 고개를 끄덕였다. 이와 관련해선 추기경의 설명을 들은 적이 있었다. 잡지책의 증보판을 발행해서라도 뒤엠 후작의 발표를 알리고 싶어 했다던 사라 벨리아르 경이 떠올랐다. 후작이 이미 우승 상품을 떠들어 댔다고 해도, 그것이 제국 최고의 영향력을 지닌 언론에 오르내리는 것과 그냥 소문으로 도는 것은 천지 차이일 터였다.

"평소 폐하께서는 귀족들을 느슨히 풀어두시는 편입니다. 그편이 덜 성가시다고 생각하시기 때문이지요. 귀족들도 어지간하면 폐하의 심기를 거스르지 않는 한에서 자유를 누립니다."

"이번 언론 통제가 특별한 경우라는 말씀이시군요."

"예. 이런 적이 거의 없으니, 보상을 주는 쪽이 깔끔하다고 판단하신 듯합니다."

그리고 그 보상이 나였다. 여지를 남겼다가 자꾸 귀찮게 구는 꼴을 보느니, 원하는 떡밥 하나 던져주고 벨리아르 경을 조용하게 만들겠다는 의지였다.

서브 남주가 파업하면 생기는 일 1

"인터뷰 날짜는 언제인가요?"

내가 물었다.

"내일 오후 두 시에 황제궁에서 진행된다고 합니다."

빠르네. 나는 속이 노랗고 달콤한 케이크를 입안에서 부지런히 녹였다. 하긴, 백수인 볼모를 이럴 때 아니면 언제 써먹겠나 싶었다. 마수 대토벌은 내가 가겠다고 나선 것이기도 하니 애써 머릿속에서 제외했다.

"왕자님, 벨리아르 경을 조심하십시오."

맞은편에 앉은 엘리자베트 경이 의미심장하게 말했다. 나는 케이크를 공격하던 손을 멈추고 그녀와 시선을 마주했다.

"저도 몇 달 전에 그분에게 크게 털릴 뻔했습니다."

그렇게 말하며 부근위대장이 자신의 왼손을 들어 보였다. 네 번째 손가락에 끼워진 반지가 다사로운 햇살을 받아 반짝반짝 빛났다. 엘리자베트 경을 처음 만나던 날에도 봤던 장신구였는데, 가운데에는 화려한 보석이 박혀있었다.

"옐로 다이아몬드입니다."

"신기하네요."

진짜 예서 왕자라면 살면서 자주 접했을지 모르는 보옥이지만, 나는 처음이었다. 내 반응에 그녀가 작게 소리 내어 웃었다.

"약혼은 어디까지나 사생활인데도, 제가 무테 백작가의 후계자라는 이유로 어떻게든 파헤치고 싶어 하더군요. 상대하기 편한 분은 결코 아닙니다."

역시 약혼반지였구나. 상대가 누구인지 궁금하긴 했지만, 엘리자베트 경이 먼저 말하지 않는 걸 캐묻기도 조금 그랬다. 아무튼 내가 살던 곳이나 여기나 유명인을 좇는 언론의 태도는 크게 다르지 않은 모양이었다. 애초 '퇴계공'의 작가가 한국인이니 당연한 건가 싶기도 했다. 나는 며칠 전 신전 고해소에서, 날카로운 눈매로 내게 말대꾸하던 세이디를 떠올렸다.

'다른 사람의 고해 성사를 함부로 들어선 안 돼. 그건 비밀로 하는 거야.'

'사라 벨리아르는 그런 배려를 받을 자격이 없어.'

그건 무슨 의미였을까. 꼬마의 세찬 반응도 그렇고, 인터뷰가 '나쁜 소식'이라고 전하는 뱅자맹도 그렇고, 엘리자베트 경이 시달렸다는 말도 그렇고. 그냥 벨리아르 경이 흔한 '기레기'라는 뜻인가?

'…감사합니다.'

여인의 나이든 목소리가 아직 귓가에 생생했다. 그녀는 아픈 손자가 있고, 그것 때문에 딸 내외와도 사이가 멀어졌다는 사람이었다. 물론 사연이 있다는 이유만으로 다른 허물이 덮여서는 안 되지만… 그래, 마음을 어느 한쪽으로 기울인 채 누군가를 만나선 안 된다. 나는 그 사실을 잊지 않고자 케이크를 꼭꼭 씹었다.

"어려운 질문은 모른다고 잡아떼고, 쉬운 질문도 최대한 단답으로 응하겠습니다. 그럼 되겠죠."

내가 씩 웃으며 말했다. 엘리자베트 경이 '바로 그런 자세입니다' 하며 나를 추켜세웠다. 뱅자맹은 묵묵히 고개를 끄덕거리면서도 다소 심려하는 낯빛이었다.

–끼이

그때쯤, 정원의 관목 사이에서 데미가 뽈록 솟아났다. 신나게 뛰어놀다 허기를 느낀 모양이었다. 나는 녀석에게 잘게 썬 망고 조각을 내밀며 머리를 비웠다. 어제 마수를 다섯 마리나 잡았고 궁에 돌아와서는 또 내내 공부만 했는데, 내일의 일 정도는 내일의 내가 해결하게 두고 싶었다.

* * *

어제의 나는 진짜 안일한 놈이었다. 넌 왜 네 생각만 하냐?

"딱히 화장이 필요하신 얼굴은 아닙니다. 화려한 색상도 잘 소화하시는 편이고."

"그렇군요, 피부가 워낙 깨끗하셔서."

커다란 붓 같은 걸 손에 쥔 황궁 분장실 실장님과, 봄 무도회 때 만난 적이 있는 의상실 실장님이 나를 높은 의자에 앉혀놓고 이러쿵저러쿵 토론을 시작했다. 황제궁의 수많은 빈방 중 하나가 내 시중을 드는 이들로 그득했다. 진짜 부담스럽다…

아침 댓바람부터 쥘리에트 궁으로 우르르 몰려온 황제궁 사람들은, 나를 욕조에 넣고 빨래하려고 눈에 불을 켰다. 사라 벨리아르라는 언론계 명사가 황실 군식구의 인터뷰를 따냈다는 소식이, 아무래도 내 생각보다 훨씬 큰 파장을 일으킨 모양이었다.

나는 '혼자 씻게 해주지 않으면 오늘 종일 굶겠다'라고 말하고 나서야 모든 시종이 내게서 떨어져 나가는 기적을 경험했다. 당연히 배곯을 생각은 없었지만 그 으름장이 먹혀 천만다행이었다.

"예서 왕자님 피부는 그거죠. 여름 쿨톤."

소파에 앉아 난리통을 구경하던 크리스텔이 누구도 알아들을 수 없는 소리를 했다. 이거 분명히 은서도 몇 번 언급한 적이 있는 단어 같은데, 무슨 의미였는지는 기억이 잘 안 났다. 대충 '여름에도 시원한 피부' 아니면 '여름에 더 괜찮아 보이는 피부'인 듯했다. 어쨌든 지구에서나 통하는 말일 테니 나는 모른 척 화제를 돌렸다.

"댁에 안 가보셔도 됩니까?"

왜 여기서 시간 죽이고 있습니까, 집에 가세요. 그런 의미로 꺼낸 말이었으나 크리스텔은 조금도 밀려나지 않았다.

"원래 수업 빼고 하는 거면 뭐든 재밌잖아요."

맞는 말이라 반박할 수가 없었다. 그녀는 입을 다문 나를 보고 쌕 웃더니, 의상실에서 골라 온 내 옷들을 흥미롭게 구경했다. 오후 두 시 인터뷰면 당연히 점심 먹고 시작하는 건 줄 알았다.

오전부터 다들 유난을 부릴 거라곤 상상도 하지 못했고, 이번만큼은 뱅자맹과 가나엘도 꽤 놀란 눈치였다. 앞으로는 황제가 개입하는 일이면 무조건 야단이 날 걸 상정해야 할 듯했다. 추기경과의 금요일 수업은 취소되었는데, 그럼에도 불구하고 크리스텔이 놀러온 게 오늘의 사소한 불행 중 하나였다.

"제가 저택에만 있으면 어머니께서 걱정이 많으시거든요."

"…"

주인공이 불쑥 내뱉었다. 나는 할 말을 찾지 못했다.

"저한테 잘해주시는 분이 마음 아파하는 걸 보는 게 쉽지 않습니다. 어머니에 관한 기억이 별로 없는데도요."

서브 남주가 파업하면 생기는 일 1

'그러니까 나올 수 있으면 나와있는 겁니다' 하고 그녀가 말을 맺었다. 이자벨 드 사르네즈 공작 부인은, 여전히 딸에 대한 근심을 내려놓지 못한 모양이었다. 어떤 부모가 그걸 해낼 수 있겠느냐만…

그 말에서 크리스텔의 성격도 조금은 엿볼 수 있었다. 그녀는 은서에게 들은 대로 잔정이 많고, '언니 같은' 인물에게 약한 모양이었다. 빙의한 사람이 20대 회사원이라고 치면 30대의 공작 부인을 언니처럼 느끼는 것도 무리는 아니었다.

"말 잘 듣는 생머리라서, 그냥 빗기만 하면 되겠습니다."

조용히 생각에 잠겨있는데, 내 머리를 조심스럽게 넘겨보던 분장실 실장님이 대단한 발견을 한 양 선언했다. 아니, 무슨 아이돌도 아니고… 됐다, 화장 안 하는 게 어디냐. 그거 지우는 것도 일이라고 은서가 엄청 귀찮아했는데.

* * *

"이쪽으로는 처음 와보는데, 진짜 화려하네요."

크리스텔이 천장 벽화를 올려다보며 감탄하듯 말했다. 어쩌다 보니 황제궁에서 나와 함께 점심을 먹고, 인터뷰 장소까지 동행하게 된 그녀는 몹시 즐거운 기색이었다. 어머니 얘기를 하며 어두운 안색을 하는데 도저히 더는 축객할 수가 없었다…

"그렇군요."

나 역시 추기경 집무실과 식당 외에는 드나들지 않아, 황제 집무실 근처까지 와본 건 오늘이 처음이었다. 우리는 길을 안내하는 황제궁 시종 하나를 앞세우고, 뒤에는 뱅자맹과 가나엘을 대동한 채 황제궁의 널찍한 복도를 천천히 걸었다.

"이분은…"

크리스텔이 벽지의 문양을 유심히 관찰하는 사이, 나는 황제 집무실 정면의 거대한 초상화와 눈이 마주쳤다. 모르는 사람이었지만 못 알아볼 수가 없는 얼굴이었다.

"알렉상드르 국서 전하이십니다."

뱅자맹이 내 의문에 답했다. 알렉상드르 리에스테르. 공작 위를 버리고 사랑을 택했다는 남자. 세상을 떠난 황제의 남편은 이제 배우자의 방 앞에 그림으로만 남아있었다. 전체적으로 세드리크 황자와 꼭 닮은 외모였으나, 검은 머리칼이 허리까지 내려오고 눈은 심해처럼 짙푸른 색이라는 점이 달랐다.

'전율의 대마법사'…

"전하."

그때, 가나엘의 황급한 목소리가 들렸다. 나는 부티에 추기경이 나타났나 싶어 뒤를 돌았다. 인터뷰를 참관하겠다는 말은 없었는데.

"…"

"…"

그러나, 눈앞에 나타난 것은 추기경이 아니었다.

"황자 전하를 뵙습니다."

내 옆에 선 크리스텔이 먼저 인사를 올렸다. 잠시 당황해 있던 시종들도 서둘러 예를 차렸다. 고요히 우리를 바라보는 초상화와 달리, 천천히 걸어오는 그의 눈은 선명한 노을빛이었다. 나는 세드리크 황자와, 그보다 한 걸음 뒤에서 발소리를 내고 있는 여인에게 침착히 인사를 건넸다.

"안녕하세요, 황자님. 벨리아르 경."

* * *

황제가 제공한 인터뷰 장소는 쥘리에트 궁의 내 방보다 넓었다. 나는 황제궁 시종의 안내를 받아 상석으로 보이는 소파에 착석했다. 몸이 푹 묻히며 즉시 편안해지는 게, 과연 최고급품이었다. 사라 벨리아르 경은 내 맞은편 자리에 앉았다.

"크리스텔 드 사르네즈 공녀와 가까운 사이이신가 봅니다."

"아뇨, 전혀요."

그녀가 대뜸 큰일 날 소리를 했다. 나는 즉각 부정했다. 조금 전. 황제 집무실 앞에서 마주친 나와 크리스텔, 황자, 벨리아르 경은 서로 어색한 인사를 나누었다. 곧 크리스텔은 내게 '놀아주셔서 감사하다'라고 말한 뒤 자리를 떴고, 황자는 당연하다는 듯 우리를 무시한 채 황제가 있는 방으로 들어갔다.

저놈이 또 어떻게 엮일까 살짝 긴장했는데 우연한 만남이었나 싶었다. 그래서 예정대로 방에는 벨리아르 경과 나, 세 명의 시종만이 입장하게 됐다. 그런데 벨리아르 경이 크리스텔의 대사를 마음대로 해석한 듯했다.

"공녀의 중간 이름은 아직 모르신다는 거군요."

"앞으로도 모를 겁니다."

내가 딱 잘라 대꾸했다. 이미 안다고, 첫 만남에 들었다고는 절대 말할 수 없었다. 벨리아르 경은 여유롭게 웃으며 다른 소리를 꺼냈다.

"그나저나… 대륙 최고의 미인과 제국 최고의 미인, 신국 최고의 미인을 한자리에서 보게 될 줄은 몰랐습니다. 제가 운이 좋군요."

이건 뭐, 속사포 랩인가. 어려운 단어가 섞여있는 것 같지도 않은데 문장을 재깍 이해하기가 힘들었다. 내 낯빛을 읽었는지 그녀가 설명을 덧붙였다.

"알렉상드르 국서 전하께서는 살아계실 때 대륙 최고의 미인이라 불리시곤 했습니다. 그리고 세드리크 황자 전하께선, 명실공히 제국 최고의 미인으로 꼽히시는 분이지요."

아까 복도에서 세드리크 황자와 나, 그리고 알렉상드르 국서의 초상화를 본 것을 이르는 말이었다. 무슨 F4도 아니고… 손발이 좀 오글거렸지만 그러려니 했다. 황자는 죽은 국서와 거의 똑같이 생겼으니, 두 사람이 미인이다 어떻다 소리를 듣는 게 이상한 일은 아니었다. '세레기, 세레기' 하며 노래를 부르던 은서도 황자의 삽화만 보면 넋을 놓곤 했다.

"그렇군요."

"왕자님께서는, 왜 황제 폐하께서 굳이 황제궁을 인터뷰 장소로 선정하셨는지 아십니까?"

벨리아르 경의 말투가 조금 날카롭게 바뀌었다. 나는 반사적으로 자세를 바로 했다. 인터뷰는 황제가 일하는 곳과 제법 가까운 응접실에서 진행되고 있었다. 혹시 이게 첫 질문인가?

"아마 경의 기를 눌러 놓고자 하셨겠죠. 이곳은 폐하께서 근처에 계신다는 걸 끊임없이 상기할 수 있는 공간이니까요."

내가 대답하자 벨리아르 경이 입꼬리를 끌어올렸다. 답변이 마음에 드는 기색이었다. 나는 그 모습이 꼭, 형이 좋아하던 영화에 나오는 깐깐한 편집장 같다고 생각했다. 〈악마는 프라다를 입는다〉였나.

"뛰어난 분석력이시군요. 하지만 하나 더 있습니다. 쥘리에트 궁이 지난달 보수 공사에 들어갔다지요."

"…"

"그 현장을 제게 보여주기도 싫으셨을 겁니다."

노인이 총기 어린 녹색 눈을 빛내며 말했다. 당연하지만, 그녀는 고해소 문틈으로 내다보았을 때보다 훨씬 기운찬 인상이었다. 부드럽게 물결치는 하얀 커트 머리와 붉은 공단 드레스, 얼굴 주름 하나하나엔 상대를 압도하는 카리스마가 있었다.

"공사는 모두 마무리됐습니다. 생각보다 정보가 느리네요, 벨리아르 경."

내가 답했다. 겨우 이틀 전에 끝났다는 말은 일부러 쏙 뺐다. 그러자 벨리아르 경이 의외라는 얼굴로 웃었다. 쥘리에트 궁이 일부 리모델링을 하게 된 건, 내가 지난달 쌍둥이 암살자들을 상대하다가 침실 내부와 유리창을 싹 날려 먹었기 때문이었다.

황제는 그 흔적조차 벨리아르 경에게 보이고 싶지 않았던 모양이었다. 목격담이 새어나가는 것 또한 경계했을 터다. 그래서 내가 머무는 쥘리에트 궁이 아닌 황제궁에 벨리아르 경을 초대한 거고.

"다정하신 분이라고만 생각했는데, 제법 가시를 세울 줄도 아시는군요."

그녀가 대놓고 나를 평가했다.

솔직히 욱했지만, 29년을 유교에 찌들어 살아온 가락이 있어서 인지 어른에게 바로 말대꾸를 하기가 쉽지 않았다. 도발에 넘어가 줄 마음 또한 없었으므로 나는 싱긋 웃으며 화제를 돌렸다.

"사실을 말씀드린 것뿐입니다. 시간제한이 있다고 들었는데, 서 두르시는 편이 좋겠습니다."

황제가 벨리아르 경에게 준 여유는 30분. 길다면 길고 짧다면 짧 은 시간이었다.

"그럼, 저희 독자들이 가장 궁금해할 만한 질문부터 해보지요."

〈격주간 리에스테르〉의 편집장이, 들고 있던 수첩을 펼치며 작은 안경을 코 위에 얹었다. 나는 오늘의 방침을 다시 한번 점검했다. 곤란한 건 모르쇠, 아는 것도 단답으로.

"'신국의 난봉꾼'이라는 별명에 관해 어떻게 생각하십니까?"

"벨리아르 경, 고귀하신 분께 무례하군요."

그녀의 거침없는 물음에, 내 뒤에 서있던 뱅자맹이 점잖게 역정 을 냈다. 나는 고개를 돌려 그에게 괜찮다는 입 모양을 해 보였다. 아무렴 제국에서 가장 잘 팔리는 출간물을 엮는 사람인데, 이런 찌 르기야 예상 못 한 것도 아니었다.

"글쎄요, 난봉꾼이라."

나는 말꼬리를 조금 늘렸다. 이건 오히려 내가 더 궁금했다. 실은 빙의 첫날부터 맘에 걸렸다. 도대체 진짜 '예서 왕자'는 어떤 삶을 살았기에 공개적으로 난봉꾼이라 불린단 말인가?

서브 남주가 파업하면 생기는 일 1

신국에서 염문을 뿌리고 다녔다느니, 숱한 귀족 여성의 마음을 훔쳤다느니 하는 글은 종종 봤는데 그게 진짜인지를 알 수 없었다. 은서는 예서 왕자의 과거에 관해 말하지 않았고, 주로 그가 크리스텔에게 얼마나 다정하며 일편단심인지를 이야기하곤 했다.

"별생각 없습니다."

그래서 내가 내놓은 답은 이런 것이었다. 어차피 내 얘기도 아닌데.

"후후후, 변명을 하실 수 있는 기회일 텐데요."

벨리아르 경이 낮게 웃으며 말했다. 변명? 뭘 알아야 변명을 하지.

"정확히 어떤 일에 대한 변명을 원하십니까?"

"제게 질문을 하시는군요. 흠, 가장 먼저 생각나는 건 왕자님이 두 명의 기혼 여성 사이에서 양다리를 걸치셨다는 소문입니다. 한 명은 당시 만삭이었고, 다른 한 명은 신혼의 사제였다고 들었습니다. 신국에서는 이를 모르는 자가 없다고 하더군요."

나는 입을 쩍 벌렸다. 뒤에 선 가나엘이 숨넘어가는 소리가 났다. 지금 뭐에 더 놀라야 하는 거지? 예서 왕자가 미친 불륜을 저질렀다는 거? 심지어 그게 양다리라는 거? 아니면 정은서가 이런 놈을 좋아했다는 거? 잠깐, 이게 작중에 언급되는 설정이긴 한가?

"왕자님."

뱅자맹이 차분하게 부르며 내 어깨에 손을 얹었다가 뗐다. 그제야 나는 속으로 머리를 마구 흔들었다. 이게 진실인지 아닌지도 확인하기 어려운 상황이었다. 침착하자, 정예서. 가이드라인대로 행동해.

"…저는 모르는 일입니다."

"모르시는 일이라."

난감한 질문에는 무조건 잡아뗀다. 심지어 모른다는 내 말은 진심이었다. 그러자 그녀가 깃펜으로 수첩에 무언가를 짧게 써넣었다.

"모함이라고 생각하십니까?"

벨리아르 경이 고개를 조금 숙이고 안경 너머로 나를 바라보았다. 나는 여전히 '유부녀 불륜 삼각'이라는 엄청난 공격에 뒤통수가 얼얼한 상태였다.

"신국의 베르너르 국서가 왕자님의 명예를 실추시키기 위해 물심양면으로 노력했다는 이야기는, 제국에서도 유명합니다. 혹시 이런 추문 역시 국서의 계략이라고 보시는지요?"

순간, 내 눈동자가 커졌다. 머릿속이 민트 초코를 들이부은 것처럼 시원해졌다. 그녀의 말에 일리가 있었다. 베르너르 페네티안. 페네티안 신국의 국서, 국왕 크리스타너의 남편. 그는 국왕과의 사이에서 얻은 딸 엘리서 왕세녀의 입지를 지키기 위해, 왕의 사생아인 예서 페네티안을 제국에 볼모로 보낸 것도 모자라 암살까지 시도했다. 엘리서가 첫째이자 적녀로서 충분한 정당성을 지녔는데도, 예서 왕자의 심상찮은 인기를 경계했기 때문이었다.

그 인간이 왕자의 이름을 더럽히고자 추잡한 루머를 뿌리고 있던 거라면, 대충 앞뒤가 맞아떨어졌다.

은서가 예서 왕자를 안타깝고 불쌍하게 여겼던 것도 이해가 됐다. 아무 잘못도 없이 온갖 멸시와 추문에 시달리고, 그러다 만난 크리스텔을 사랑하게 됐지만 마음은 얻지 못하고, 결국 그녀를 위해 죽은 남자.

"…국서 전하께선 신국의 미래를 끔찍이 위하시는 분입니다. 그분의 깊은 속을 제가 어떻게 알겠습니까."

나는 한참 만에 입을 열었다. 심란한 설정에 목소리가 절로 낮아졌는데, 벨리아르 경은 아무래도 그걸 내 진심이라고 받아들인 듯했다.

"신국의 미래… 국서가 엘리서 왕세녀를 위해 왕자님을 끌어내렸다는 말씀으로 들립니다만."

"왕자님께서는 이미 대답하셨습니다. 다음 질문을 해주세요."

나 대신 입을 연 건 가나엘이었다. 나는 살짝 웃으며 소년을 올려다보았다. 가나엘은 조금 분한 낯을 하고 있었는데, 내 시선을 느끼고는 애써 표정 관리를 하기 시작했다. 애가 참 착했다.

"그럼, 조금 민감한 부분을 여쭤도 되겠습니까?"

벨리아르 경이 안경을 벗어 테이블 위에 올려놓으며 물었다. 언뜻 보이는 수첩엔 어느새 글씨가 빼곡했다.

"지금까지 나온 질문들도 충분히 민감했는데요."

내 말에 그녀가 소리 내어 웃었다. 나는 지지 않고 입꼬리를 끌어올렸다. 이건 결국 내가 이기는 싸움이었다. 분명 누가 들어도 거북한 대화였지만, 나는 조금 전의 문답으로 새로운 정보를 얻었다. 초반엔 긴장해서 그녀가 '신국 전문가'라고 불린다는 사실을 깜빡했다.

오늘의 인터뷰를 잘만 이용하면, 나는 사라 벨리아르에게서 다양한 지식을 잔뜩 뽑아낼 수 있을 터였다. 세계관에 대한 무지로 무장한 나는 잃을 게 없었다.

"이번에는 정치적인 질문입니다."

"흥미롭네요."

"왕자님께서 볼모로 오신 이유는, 신국이 단교 조약을 어기고 북부의 국경을 침범했기 때문이지요."

"그렇습니다."

"그 물리적 충돌이, 엘리서 왕세녀의 단독 행동에서 비롯되었다는 소문이 있습니다."

…응?

* * *

황제의 집무실을 빠져나온 세드리크 리에스테르가 잠시 걸음을 멈추었다. 그는 고개를 돌려 복도 너머를 응시했다. 남부의 들판처럼 널따랗고, 꽃바람같이 부드러운 에테르의 흐름이 선명하게 느껴졌다. 오렐리 부터에 추기경을 포함해 수없이 많은 신관의 에테르를 느껴본 그였으나, 이런 감각을 주는 것은 오직 한 명뿐이었다.

"…왕자의 일정이 끝나지 않았나 보군."

"그렇습니다."

그의 말에 시종 다비드가 긍정했다. 황자는 조용히 자신의 왼손을 내려다보며 주먹을 쥐었다 폈다. 오늘의 몸 상태는 나쁘지 않았다. 아니, 왕자가 입궁한 뒤로 그의 건강은 늘 괜찮았다. 어린아이가 된 건 그가 힘을 과하게 개방했을 때 정도였다. 하지만 근처에

서브 남주가 파업하면 생기는 일 1

우물이 있다면 수통을 꽉 채워두는 것이 현명했다. 설령 그 통에 작은 실금이 가있을지라도.

"잠시 쉬었다 가지."

"응접실 옆방이 비어있습니다. 예서 왕자님이 오전에 준비실로 쓴 곳입니다."

눈치 빠른 다비드가 가장 좋은 조건을 제시했다. 황자는 고개를 한 번 끄덕이고 걸음을 옮겼다. 왕자의 에테르를 직접 받는 것에는 미치지 못하지만, 그의 근처에 머무르기만 해도 몸속의 불꽃은 또렷하게 잠잠해졌다. 신전 고해소의 에테르 따위와는 비교도 되지 않는 힘이었다. 황자와 시종은 금세 응접실 곁방에 다다랐다. 다비드는 황자의 커피를 준비해야겠다고 생각하며 부드럽게 문을 열었다. 그러나 방 안에는 선객이 있었다.

"…"

"…사르네즈 공녀께서 계셨군요."

"황자 전하를 다시 뵙습니다."

탐스러운 분홍색 머리칼을 높이 틀어 올린 크리스텔 드 사르네즈가, 자리에서 일어나 우아하게 인사했다. 황자는 순식간에 답답함이 밀려오는 것을 느꼈다. 그녀가 오늘 황제궁에 손님으로 방문했다는 이야기는 들었으나 아직도 돌아가지 않았을 줄은 몰랐다. 그는 자리를 떠나고 싶다는 유치한 충동에 휩싸였다.

"다비드, 커피."

"예. 공녀께서는 무엇으로 하시겠습니까?"

"아, 저는 얼음을 넣은 연한 커피로 부탁드립니다. 고맙습니다."

그녀의 물 속성 에테르는 언제나 황자의 심기를 거슬렀다. 같은 공간, 특히 실내에 함께 있으면 신경이 바짝 곤두서고 본능적인 불쾌함이 그를 덮쳤다. 모르긴 몰라도 그녀 역시 자신의 불 속성 에테르에 비슷한 감정을 느끼고 있을 터였다.

"이 방이 경치가 좋네요."

두 사람을 남기고 떠나는 다비드를 보며, 크리스텔이 다감하게 말을 붙였다. 두 쌍의 시선이 마주쳤다. 그녀의 눈동자는 얼음처럼 차가웠다. 역시, 상성이 맞지 않았다.

* * *

"…"

"…"

시종 다비드 카퓌송은, 잠깐이나마 불충한 생각을 했다. 모시는 주인을 두고 당장 이곳을 벗어나고 싶다는 마음이 들었던 것이다. 그는 황자를 곁에서 가장 오래 보필한 사람이자 로메로 궁의 시종 총괄로서, 어떠한 상황에도 평정심을 잃지 않고 대처하는 능력을 지니고 있었다.

하지만 오늘 같은 일은 그로서도 처음이었다. 세드리크 황자는 분명히 크리스텔 드 사르네즈 공녀를 불편해하고 있었는데, 그 이유를 알 수가 없었다. 문제는 상대방 역시 황자를 무척 불쾌하게 여기는 듯하다는 점이었다. 숨 막히는 공기가 응접실 곁방을 한차례 훑고 지나갔다.

서브 남주가 파업하면 생기는 일 1

"황자 전하의 커피와, 공녀님의 커피입니다."

"감사합니다."

사르네즈 공녀가 시종에게 예의 바르게 인사했다. 황자 역시 눈짓으로 그에게 인사를 건넸다. 이후에는 다시 침묵뿐이었다. 다비드는 자신이 자리를 비켜주어야 하나 고민했다. 두 사람이 사이가 나쁠 까닭이라면 역시 파혼밖에 떠오르지 않았다.

하지만 감정이 있어 혼담을 주고받았던 것도 아니고, 사르네즈 공작가와는 이야기가 제법 잘 풀렸다고 들었다. 서로를 처음 만난 봄 무도회에서는 함께 춤도 추지 않았던가. 물론 황자는 황족으로서의 연기에 능숙한 편이나…

-달그락

사르네즈 공녀의 커피잔 안에서 얼음이 움직이는 소리가 났다. 다비드는 상념에서 깨어나 습관적으로 자신의 주인을 바라보았다. 황자의 안색은 어느새 더욱 딱딱해져 있었다.

"다비드."

"예, 전하."

"가서 쉬도록."

자리를 비켜달라는 뜻이었다. 순간 두 사람이 실내 연무장을 끔찍한 꼴로 만들어 놓았던 날이 떠올랐으나, 이곳은 황제궁이었다. 심지어 바로 옆에 붙은 응접실에는 사라 벨리아르 경이 있었다. 설마 또 그런 말썽을 부릴 리는 없었다. 시종은 허리를 깊게 숙여 절하고 물러났다.

"…"

"…"

실내는 다시 질식할 듯 고요해졌다. 크리스텔 드 사르네즈, 그러니까 '함가인'은 저절로 찌푸려지는 안면 근육을 간신히 붙들었다. 그녀가 만 31년을 살면서, 특히 오랫동안 직장 생활을 하면서 익힌 표정 관리법은 이곳에서도 제법 쓸모가 많았다. 그녀는 상석에 앉은 남자가 몹시 언짢았으나 겉으로는 웃는 낯을 유지했다. '빙의' 이후에는 누구를 만나도 초면이었고 새로웠지만, 이렇게 이유 없이 거슬리는 경우는 또 처음이었다.

"후우."

크리스텔이 작게 숨을 들이마셨다. 그녀는 황자를 의식하지 않기 위해 노력했다. 예서 왕자와 헤어진 뒤 곧장 황도의 사르네즈 저택으로 돌아가지 않은 건, 저 남자와 불필요한 신경전을 벌이기 위해서가 아니었다.

크게 집중하지 않아도 옆방에 있는 왕자의 에테르가 선명하게 느껴졌다. 아직 정식으로 성기사 서임을 받지 않은 그녀가 능력을 쓸 일은 '수업' 때뿐이었고, 그녀는 에테르 부족을 겪어본 적이 없었다. 그러니 이것은 일종의 아로마 세러피에 가까웠다. 소리로 치자면 ASMR 같은 것.

왕자의 에테르에 노출되면, 마음이 편안해지고 몸속의 파도가 잔잔해지는 느낌이었다. 그녀가 만나본 다른 신관들은 에테르 조절이 칼 같고, 에테르 자체도 이렇게 청순하지 않았다. 오히려 황자처럼… 잠깐. 황자?

"…"

서브 남주가 파업하면 생기는 일 1

"용건이 있나?"

그녀가 커다란 눈동자로 빤히 바라보자, 세드리크 황자는 못마땅한 기색을 드러냈다. 대놓고 인상을 쓰지는 않았지만 잘난 얼굴에 호의라곤 조금도 찾아볼 수 없었다. 그녀가 느끼는 아니꼬움의 원인이 희미한 윤곽을 드러냈다. 크리스텔은 기묘한 승리감에 젖으며 입을 열었다.

"황자 전하께서는 신관이 아니시죠."

"…"

"그런데 꼭 에테르를 지니고 계신 것처럼 느껴집니다."

날카로운 지적에 세드리크 리에스테르가 침묵했다. 지금껏 제국에는 성기사가 없었다. 따라서 그의 불 속성 에테르에 딱히 감응하는 사람도 없었다. 치유 신관들조차 그의 상태를 확인하기 위해서는 특별한 서클을 열고 에테르를 풀어야 했다. 그런데 크리스텔 드 사르네즈는 달랐다. 예상대로, 그녀는 그의 불꽃에 민감하게 반응했다. 성가시게 됐다.

* * *

"국경에서의 무력 충돌이, 엘리서 왕세녀 전하의 단독 행동이라고요?"

"제게 소식을 전해주는 100마리의 새가 있습니다."

내 질문에, 벨리아르 경이 빙긋 웃으며 딴소리를 했다. 나는 황제궁 시종이 가져다준 말린 라임 차를 마시며 얼굴빛을 정리했다. 새

콤달콤한 맛에 정신이 조금 나는 것도 같았다.

"그중 스무 마리 정도가 그리 재잘대더군요. 그 소동은 베르너르 국서와는 전혀 논의되지 않은, 왕세녀의 독단이었다고요."

"설령 말씀하신 정보가 진실이고, 그 사건이 왕세녀 전하의 책임이라고 해도 변하는 건 없습니다."

내가 대답했다. 사실이 그랬다. 국서가 시켜서 행동한 게 아니라 하더라도, 어쨌든 왕세녀가 조약을 어겼기 때문에 나는 볼모로 끌려왔다. 그럼 결과적으로 두 부녀는 같은 목표를 가지고 행동한 셈이었다. 한 번 손발이 안 맞았기로서니 그게 뭐?

"그렇겠지요. 하지만 다섯 마리의 새는… 달리 말했습니다. 아니, 여섯 마리였던가요."

그녀는 '나이를 먹으니 숫자가 가물가물하다'라며 목소리를 낮췄다. 이어지는 말은 거의 들릴락 말락 했다.

"왕세녀가 국서와 뜻을 함께하지 않는다고 말입니다."

"위험한 말씀을 하시는군요."

나는 약간의 짜릿함을 느끼면서도 부러 뚝뚝하게 대답했다. 이것도 새로운 정보였다. 그저 떠도는 낭설이겠지만, 그래도 '이런 말이 돈다'라고 아는 것과 아무것도 모르는 것은 달랐다.

엘리서 왕세녀는 예서 왕자보다 두 살이 많았다. 그녀와 왕자가 정확히 어떤 사이였는지는 모른다. 하지만 은서가 예서 왕자네 집안을 막장 드라마처럼 묘사했던 만큼, 나는 신국의 세 남매가 친했을 거라고는 생각하지 않았다. 궁중 암투극에 나오는 이부형제들이 흔히 그러하듯, 겉으로만 하하 호호하는 관계였지 싶었다. 적어도

서브 남주가 파업하면 생기는 일 1

형이 보던 중국 드라마에선 다 그랬다.

"국서 전하께서는 왕세녀 전하를 목숨보다 소중히 여기십니다."

내가 누구나 아는 얘기를 늘어놓았다.

"하지만 왕세녀도 국서를 그렇게 생각할까요?"

사라 벨리아르 경이 의미심장하게 물었다. 그녀의 초록색 눈동자는 사람을 꿰뚫어 보는 듯했다. 그러나 내게선 건져낼 게 없을 것이다.

"저는 모릅니다."

아는 게 없으니까. 나는 덤덤하게 말하며 찻잔에 입술을 댔다. 아니, 대려고 했다.

-찰랑⋯

찻잔 속 수면이 기이하게 움직였다. 나는 깜짝 놀랐지만 이를 악물어 소리를 참았다.

"⋯"

"그 부분도 모르시는군요."

"벨리아르 경, 신국의 정세에 관한 질문은 그만하시는 게 좋겠습니다. 양국의 관계가 영향을 받을 수 있으니까요."

뱅자맹이 근엄하게 끼어들었다. 벨리아르 경은 가벼운 감탄사를 뱉으며 어깨를 으쓱였다. 나는 그 순간에도 잔에서 눈을 떼지 못하고 있었다. 벨리아르 경은 인터뷰 중 무엇도 마시지 않는다고 음료를 거절했기에, 이상 현상을 목격한 건 나뿐이었다.

방금 그건 내 몸이나 바닥이 흔들려서가 아니었다. 찻물은 분명히 내 눈앞에서 불쑥 솟았다가, 밑으로 푹 꺼지며 일순 바닥을 드러냈다. 지금이야 아무 일도 없었던 것처럼 잠잠하지만, 조금 전엔 무슨 영화에나 나올 법한…

-쨍그랑!

벽 너머에서 유리 깨지는 소리가 났다. 나는 고개를 반짝 들었다. 수첩을 넘기던 벨리아르 경도, 뒤에 서있던 뱅자맹과 가나엘도 의외의 소음에 놀란 눈치였다.

"곁방의 정리가 끝나지 않았나 봅니다. 시종들이 실수를 한 듯싶 군요."

뱅자맹이 차분하게 말했다. 나는 의아한 얼굴로 그를 올려다보았 다. 그러자 가나엘이 친절하게 설명했다.

"오전에 왕자님께서 준비실로 쓰셨던 곳이, 바로 옆방입니다. 하 나의 벽난로를 이 응접실과 저 방이 공유하는 형태입니다."

나는 벨리아르 경이 등지고 앉은 벽난로를 흘끔 살폈다. 벽난로 너머가 막혀있지 않고 옆방까지 뻥 뚫려있어서, 건너편의 소리가 잘 들린 모양이었다. 하긴 황제궁의 방음이 이렇게 형편없을 리가 없었다.

"우리 아침에는 훨씬 멀리 있지 않았어? 폐하의 집무실이 지금처 럼 가깝지 않았던 것 같은데."

"그때는 동쪽 계단을 통해 이동해서 그렇습니다. 조금 전처럼 중 앙 계단으로 올라오시면 확실히 가깝고, 규모도 달라 보이지요."

"아예 다른 층인 줄 알았어."

"으음, 왕자님…"

가나엘이 정말 안타깝다는 얼굴로 나를 바라보았다. 뱅자맹은 작게 한숨을 내쉬었다.

"아니, 내가 길을 잘 못 외우긴 하는데…"

"이건 또 흥미로운 얘기군요."

내 말에 벨리아르 경이 눈을 빛냈다. 나는 뒤늦게 입을 일자로 다물었다.

"신국의 달이라고 불리시는 분이 길치라니. 아니, 방향치이신 건가요?"

그녀가 벗어두었던 안경을 다시 코허리에 얹고 깃펜을 움직였다. 젠장, 이게 아닌데.

"…남들하고 비슷한 수준입니다."

지도 앱 켜면 무서울 게 없는 사람이라고, 혼자서도 잘만 다닌다고 해명하고 싶었다. 빙의한 죄로 무엇도 말할 수 없는 신세가 새삼 억울했다. 새 정보 뜯어내려다가 내 약점까지 털리게 생겼다.

－화르륵!

그때, 벨리아르 경의 어깨 너머로 벽난로의 불길이 크게 타오르는 것이 보였다.

"어…"

이번에는 가나엘도 현장을 목격한 모양이었다. 불꽃은 금세 차분해져 원래의 크기로 돌아왔지만, 나는 묘한 기분을 떨칠 수가 없었다. 우리의 표정이 굳어지자 벨리아르 경이 뒤를 확인하려고 몸을 비틀었다.

"그, 신수에 관한 이야기는 들으셨습니까?"

내가 불쑥 떡밥을 던졌다. 그러자 〈격주간 리에스테르〉의 편집장이 즐거운 눈빛으로 나를 다시 돌아보았다.

"신수라면, 뒤엠 후작가에 보내지 않고 왕자님께서 거두셨다는 짐승을 말씀하시는 겁니까?"

"그렇습니다."

말도 안 되는 거 아는데, 어쩐지 그녀에게 수상한 벽난로나 귀신 들린 찻잔을 들키면 안 될 것 같다는 강력한 예감이 들었다. 리에스테르 황궁은 연무장을 제외한 어느 곳에서도 마법을 쓸 수 없도록 바닥과 벽이 항마석抗魔石으로 도배되어 있었다. 신전은 교황의 영토이므로 제외. 즉, 방금 벌어진 일들은 누군가의 마법에 의한 결과물이 아니라는 소리였다.

"이름은 '데미'라고 합니다. 황제궁에 올 때는 정원에서 놀게 두는데…"

나는 묻지도 않은 썰을 풀어가며 벨리아르 경의 시선을 내게 묶어두는 데 성공했다. 건넛방에서 벽난로에 기름을 부었는지, 술을 부었는지는 알 바 아니었다. 다만 찻물이 혼자 쇼를 한 건 명백한 용의자가 있었다. 그리고 내가 알기로, 아직 그녀의 능력은 공표되어선 안 됐다. 왜 아직도 집에 안 갔어?

"아주 귀엽겠군요."

"네, 귀엽습니다. 요즘은 제가 먹는 고기에도 관심을 보여서…"

나는 턱에 힘이 들어가는 것을 눌러 참으며 벨리아르 경과 대화를 이어갔다. 신선한 정보를 뜯어내면서, 최대한 내 사생활을 노출하지 않으면서, 동시에 크리스텔 드 사르네즈의 비밀까지 지켜주려니 혀가 절로 씹혔다. 나중에 밥이라도 한 끼 사라고 해야 속이 시

360   서브 남주가 파업하면 생기는 일 1

원할 텐데, 친해질까 봐 말도 못 하고. 세상 진짜…

* * *

그렇게 벽난로가 불타는 금요일이 지나고, 금세 월요일이 됐다. 창밖에는 푸슬푸슬 봄비가 내리고 있었다.

"어서 오렴, 왕자님."

"고매하신 추기경 전하를 뵙습니다."

오전 열한 시. 나는 부티에 추기경의 따뜻한 환영을 받으며 집무실로 들어섰다. 먼저 도착한 손님 두 사람이 소파에 앉아있었다. 한 놈은 나를 보고도 말이 없었고, 한 명은 자리에서 일어나 내게 정중한 인사를 올렸다.

"예서 왕자님을 뵙습니다."

"안녕하세요, 사르네즈 공녀. 황자님."

"…"

어른스럽게 행동하는 크리스텔과 달리 세드리크 황자는 기분이 상당히 저조해 보였다. 평소처럼 시비를 걸지 않으니 좋긴 한데.

"비가 와서, 내 대자의 상태가 나쁘단다."

비가 와서? 이 자식 봄 타나? 나는 해괴해지려는 표정을 애써 가다듬으며 두 주인공과 멀리 떨어진 곳에 착석했다. 로판의 메인 남주가 봄을 타기 시작했다니 희소식이다. 이제 빨리 연애해라.

"거기에 근신 처분까지 받아서 더 우울할 거고."

"전하."

황자의 무뚝뚝한 목소리에 추기경이 낮게 웃었다. 나는 여기 온 뒤로 처음 듣는 단어에 눈을 끔뻑였다. 황자가 근신? 왜?

"저도 같이 받았습니다."

크리스텔이 테이블 가까이 허리를 숙이며 속삭였다. 생글생글하는 얼굴이 참 예쁘고 불길했다.

"어쩌다가… 두 분 사고 치셨습니까?"

내 말에 황자가 미간을 와락 구겼다. 주인공이 맑게 웃는 소리가 방 안을 울렸다.

"응, 큰 사고를 쳤지. 프레데리크가 단단히 뿔이 났어."

내 말에 대답한 건, 당사자들이 아니라 부티에 추기경이었다. 이제 보니 그녀 역시 기분이 썩 좋은 것 같지 않았다. 짚이는 바가 있었기에 나는 크리스텔을 똑바로 바라보았다.

"제가 사라 벨리아르 경과 인터뷰를 하고 있을 때, 옆방에 사르네즈 공녀가 있었습니다. 혹시…"

"황자 전하께서도 계셨죠."

크리스텔이 아주 유쾌한 일을 회상하는 투로 답했다. 반성의 기미가 보이지 않았다. 나는 어이가 없어져서 황자 놈을 돌아보았다. 그가 주황색 눈동자로 나를 태워버릴 것처럼 응시했다. 뭘 잘했다고…

그러니까, 두 사람은 저번에 실내 연무장에서 그 난리를 피운 걸로 모자라 이젠 황제궁에서까지 사랑싸움을 벌인 모양이었다. 아무리 크리스텔이 성기사로 각성했다지만, 주인공 커플인데 너무 폭력적인 것 아닌가 싶었다.

이걸 읽는 청소년들이 보고 뭘 배울까 하는 걱정도 들었다. 감정이 격해져도 유분수지, 근처에 어머니가 계시는데 서로 물건을 집어 던져? 크리스텔은 에테르까지 쓰고?

"이번에는 두 분께서 확실히 잘못하셨습니다. 사이좋게 지내셔야죠."

내가 단호하게 말했다. 그러자 황자가 작게 혀를 찼다. 크리스텔은 조금 곤란한 낯을 했다. 벨리아르 경에게 옆방의 상황을 들킬까봐 미친 듯이 데미 이야기, 먹는 이야기, 데미가 먹는 이야기만 해댔는데 그러길 천만다행이었다.

황제의 거처에서 황자와 귀공녀가 다툰 게 알려지면 기사가 어떻게 나갔을지, 로맨스는 또 어떻게 틀어졌을지 상상도 하고 싶지 않았다. 제발 정석대로 사귀면 안 되겠냐.

"왕자님의 말이 맞아. 크리스텔은 이제 겨우 열아홉이니 혈기를 참지 못했다 쳐도, 세드리크 너는 8월이면 스물다섯이잖니."

열아홉… 나는 새삼스러운 주인공의 나이에 식겁해서 크리스텔을 흘끔거렸다. 계산해 보면 그게 당연한데 여태 숫자를 깊이 생각한 적이 없었다. 만으로 열아홉이면 은서와 동갑이었다. 설령 빙의한 이가 내 또래의 회사원이라고 해도, 저렇게 어린 모습을 한 사람을 만남의 대상으로 여기기란 불가능했다. 물론 나는 처음부터 그녀와의 연애에 어떤 의욕도 없었지만.

"앞으로 일주일간, 세드리크는 정무에 참여할 수 없어. 크리스텔역시 견습 성기사로서의 수업을 받지 못할 거란다."

추기경이 내게 설명했다. 황자가 몹시 불만스러운 낯빛으로 허공을 노려보았다. 아직 황태자 위에 오르지는 않았으나 조금씩 국정을 돌보긴 하는 듯했다. 그럼 지금 만으로 스물넷인 거군. 호적에 잉크도 안 마른 놈이 네 살이나 많은 형님한테 반말을 찍찍 하고…

"거기서 끝이 아니야."

단안경 아래의 베이지색 눈동자가 위험하게 반짝거렸다.

"황제궁 집기를 부수고 시종들의 일을 늘렸으니, 그 벌로 두 사람은 지하 포털 청소를 해야 해. 누구의 도움도 받지 않고 말이야."

"대모님."

"아…"

황자의 목소리가 음산할 정도로 낮게 깔렸다. 크리스텔이 침음을 내뱉었다. 지하 포털이 어디인지, 어떻게 생긴 곳인지는 모르겠지만 합동 청소라니 꼭 고등학생들 같았다. 대놓고 싫은 티를 내는 두 남녀를 보자 실실 웃음이 비져나왔다.

"왕자님이 감독관을 맡으면 되겠구나."

"예?"

내 입가에서 미소가 증발했다. 예고 없이 치고 들어오는 공격에 뒷골이 서늘해졌다.

"제가 왜…"

"또 싸우지 않게 감시할 사람이 필요한데, 이왕이면 둘을 잘 아는 쪽이 좋지 않겠니? 지위가 낮은 자를 보내면 말을 듣지 않을 가능성이 크고."

'다들 제 일 때문에 바쁘기도 할 테니까' 하고 그녀가 덧붙였다.

백수인 네가 가서 애들 단속 좀 하라는 소리를 우아하게 돌려 말한 것이었다. 하지만 나에게도 이럴 때 써먹을 카드는 있었다.

"저는 고해 성사를 하러 가야 합니다."

"두 아이는 제국의 황제에게 잘못을 저질렀어. 이들이 죄를 씻는 모습부터 지켜봐 주렴."

"…"

카드 한도 초과였다. 울컥했다. 이것들이 싸울 거면 멀리 나가서 싸우고 올 것이지, 집에서 난리를 치니까 가만히 있던 나한테까지 불똥이 튀고…

"…"

"…"

구시렁거림이 튀어나오지 않게 애쓰며 고개를 드는데, 크리스텔의 청회색 홍채와 눈이 마주쳤다. 어느새 즐거움이 들어찬 눈빛에 저절로 이가 갈렸다. 이번에는 크리스텔과 3미터쯤 떨어져 앉아있는 황자에게 눈길을 돌렸다. 그가 내 시선을 무시하며 장갑 낀 손으로 입가를 가리는 것이 보였다. 야, 이…

"신국의 달님께서 친히 고생해 주신다니, 점심은 황제궁에서 제공할게. 인원 제한 없이 풀코스로."

"…오늘 제대로 모시겠습니다."

내가 대답했다. 빌어먹을. 기왕 이렇게 된 거 빡세게 노동하고, 가나엘, 뱅자맹, 데미까지 데려와서 포식해야겠다.

* * *

　　　　　　　　　　　　　서브 남주가 파업하면 생기는 일 1

나와 세드리크 황자, 크리스텔은 그길로 추기경 집무실에서 쫓겨났다. 이미 추기경이 다 이야기를 해놓은 건지, 문밖에는 열 명 안팎의 근위대원이 대기 중이었다. 그들은 깍듯하게 인사를 올리고는 곧장 우리를 호위하며 움직이기 시작했다. 나는 뱅자맹과 가나엘에게 대강의 사정을 설명하고, 이따 배 터지게 먹을 준비나 하라는 말을 남겼다.

"황제궁에 포털이 있는 줄은 몰랐습니다."

내 목소리가 지하로 통하는 계단을 웅웅 울렸다. 어느 틈에 우리는 황제궁의 가장 어두운 곳으로 이동하고 있었다. 앞서가는 근위대원 몇이 빠른 손놀림으로 곳곳에 횃불을 켰다.

"전쟁 시대 이후로는 쓰인 적이 없으니까."

대답을 바라고 한 소리는 아니었는데, 황자가 나지막하게 답했다. 나는 그동안 훑어본 역사서의 내용을 되짚으며 고개를 주억거렸다. 그런 일이 있었는데 황궁 포털을 닫을 만도 하지. 하지만 다른 궁도 아니고 황제가 머무는 곳에 포털을 만든 건, 엄청난 자신감이라고밖에 말할 수 없었다.

-뚜벅, 뚜벅…

-또각, 또각…

다시 발소리뿐이었다. 근위대원들은 로봇처럼 앞만 보고 걸었고, 실랑이를 할 줄 알았던 크리스텔과 황자는 의외로 입도 벙긋하지 않았다. 나는 옆에 선 황자를 한 번 올려보고, 한 걸음 뒤에서 따라오고 있는 크리스텔을 돌아보았다. 진짜 내가 있어서 안 다투는 건가?

"조용하시네요."

"싸우길 바라나?"

"아뇨, 잘 지내셨으면 합니다."

내 대답에 황자가 작게 미간을 찌푸렸다. 크리스텔 역시 호응하지 않았다. 도대체 뭐가 문제인지 알 수가 없었다. 원작에서도 앙숙처럼 지내다가 정들었다고 했는데, 이번에는 크리스텔이 무력을 얻으면서 초반 갈등이 심해진 것 같기도 했다.

"잘 지내고 있습니다."

한참을 아래로 향하고 있을 무렵, 크리스텔이 불쑥 입을 열었다. 대박.

"그거 좋은 소식이군요."

"황자 전하의 비밀도 하나 알게 됐고요."

당황한 근위대원 몇이 걸음을 삐끗했다. 반면 내 안색은 절로 밝아졌다.

"정말 잘됐습니다."

"잘됐다고?"

황자가 날카롭게 물었다. 어린놈이 살기가 등등했다. 아니, 원래 비밀 만들고 그러면서 가까워지는 거 아니냐? 무슨 말을 못 해.

"비밀을 터놓을 수 있는 친구가 생기면 좋잖습니까."

"다 왔습니다. 이쪽입니다, 전하."

황자는 내게 더 쏘아붙이려는 것 같았지만, 그보다 근위대원의 보고가 빨랐다. 우리는 어느덧 시야를 가득 채운 거대한 돌문을 올려다보았다. 카라라 대리석으로 바닥을 감싸고 근사한 자재로 벽을 덧댄 지상층과 달리, 지하는 꼭 게임 속 던전 같은 모양새였다. 전체적으로 어둡고 푸르스름하며, 천장이 높고 공기는 꿉꿉했다. 그래도 황궁 내부여서인지 쥐나 벌레 따위는 보이지 않았다.

"문을 열겠습니다."

황자가 고개를 한 번 끄덕이자, 근위대원들이 일사불란하게 모여 돌문을 밀어젖혔다.

-쿠르르르…

문이 큰 저항 없이 부드럽게 길을 텄다. 잠겨있던 것은 아닌 듯했다. 빙의하고 나서 이런 데는 또 처음 와보는지라 모든 게 신기했다. 어쩌면 은서도 읽어본 적 없는 곳일지 몰랐다. 곧 널찍한 건너편의 광경이 펼쳐졌다.

"콜록, 콜록!"

"쿨럭쿨럭!"

"에취!"

먼저 들어가 횃불을 켜고 안전을 확인한 근위대원들이, 연신 손사래 치며 기침과 재채기를 뱉어냈다. 비염이 심한지 그새 눈물 콧물을 쏙 빼는 사람도 보였다. 큰 보폭으로 앞장서는 황자를 따라, 나와 크리스텔이 걸음을 옮겼다.

"…이걸 다 언제 청소해."

내가 중얼거렸다. 복도는 좀 오싹하긴 해도 대체로 깨끗하다는 느낌이 있었는데, 포털이 있는 방은 오랜 세월 아무도 출입하지 않은 곳 같았다. 천장에서부터 길게 내려온 거미줄이 이곳저곳에 해먹처럼 걸려있고, 바닥은 원래 무슨 색이었는지 보이지 않을 정도로 먼지가 쌓여있었다.

황제가 정말 엄청 화나긴 했나 보다. 하긴 황제궁에서 그런 짓을 벌였으니, 두 사람은 어디 유배 가거나 감옥에 갇히지 않은 걸 다행으로 여겨야 할지도 몰랐다. 사르네즈 공작 부부는 지금쯤 무슨 생각을 하고 있을까.

"그, 빗자루와 물통은 이쪽에 준비되어 있습니다. 걸레도…"

"전하, 행여 힘드시면 일부는 저희가…"

"일단 앉으실 자리를 마련할까요?"

여기 올 때까지만 해도 프로다운 무표정을 유지하던 근위대원들은, 상황이 이렇게 되니 우리를 두고 가기가 몹시 난처한 모양이었다. 물론 아예 떠나진 않을 것이고, 복도부터 계단 입구까지 보초를 설 것이라는 설명을 듣기는 했다. 하지만 훗날 황위에 오를 인간과 옆 나라의 왕자, 명문가의 공녀에게 험한 일을 맡기고 자리를 뜨는 것이 영 마음에 걸리는 듯싶었다.

"괜찮습니다. 가서 일 보세요."

결국 내가 나서서 그들을 달랬다. 황자는 조각 같은 얼굴로 진짜 조각처럼 서있기만 하고, 크리스텔은 아까부터 빙글빙글 까부니 수습할 사람은 나뿐이었다.

"예서 왕자님, 그래도…"

"저 두 분은 황제 폐하께 큰 실례를 범하고 벌을 받으러 온 겁니다. 혹 그걸 덮어주시려는 건 아니겠죠?"

"그, 그건 아닙니다!"

근위대원들이 빠릿빠릿하게 소리쳤다. 이제야 정신이 좀 드나

서브 남주가 파업하면 생기는 일 1

보다.

"네, 그러니까 가셔도 됩니다. 걱정 마십시오. 제가 지켜볼 테니까요."

내가 씩 웃으며 그들을 문밖으로 내보냈다. 대원들은 주뻣거리고 망설이면서도 착실히 발을 놀렸다. 나는 그들의 등에 손을 흔들어 주고 천천히 뒤돌아섰다. 후…

"두 분이서 다 하실 수 있겠습니까?"

"못 할 것도 없겠지."

황자가 내 물음에 대꾸했다. 안 돼도 되게 하겠다는 정신, 아주 좋다. 본 교관은 여러분에게 많은 걸 바라진 않고…

"저 혼자 하죠."

크리스텔이 끼어들었다. 나는 조금 놀라서 그녀를 내려다보았다. 이어 우리의 주인공께서 손바닥을 쫙 펼치자, 농구공만 한 물방울이 '찰랑!' 하며 모습을 드러냈다. 와, 설마 했는데.

"도움을 받지 말라고 하셨지, 능력을 쓰지 말라는 말씀은 없으셨잖아요."

그녀가 짓궂은 아이처럼 씩 웃었다. 기어코 헛웃음이 터졌다.

* * *

-철썩, 철썩!

-쏴아아아…

천장까지 닿는 거대한 파도가, 동그란 방 안을 휘몰아치며 사방의 벽을 마구 때렸다. 물밑에서는 새끼손가락보다 얇은 물줄기들이 뱀처럼 바닥을 쓸어댔다. 묵은 때와 티끌을 모은 물은 개울처럼 부지런히 흘러 문밖의 배수로로 쏟아졌다. 그 과정이, 대충 20분째 반복되고 있었다. 나는 입구의 오른쪽에 서서 큰 소리로 입을 열었다.

"공녀, 괜찮으십니까?"

"네, 아직 어지럽진 않습니다!"

방 안에서 크리스텔의 씩씩한 목소리가 들렸다. 책에서 읽기로, 성기사들은 신력을 쓰는 행위를 무척 좋아한다고 했다. 특수 에테르의 발현으로 해방감과 고양감을 느낀다는 설이 진짜인 듯했다. 나는 입구의 왼쪽에 등을 기대고 선 황자를 바라보았다. 심각한 옆얼굴에 떠오르는 사람이 있었다. 생각보다 말이 먼저 튀어 나갔다.

"저기, 괜찮을 겁니다."

"…"

그는 내 문장을 이해하지 못한 표정이었다. 내가 헛기침을 했다.

"세이디 말이에요."

황자의 눈동자가 커졌다.

"그게 무슨,"

"이제 들어오셔도 됩니다!"

크리스텔이 낭랑하게 소리쳤다. 바닥의 땟국물은 어언간 흔적도 보이지 않았다. 흘낏 들여다본 방 안은, 우리가 30분 전에 목도한 공간과는 완전히 다른 곳이 되어있었다. 〈러브하우스〉 음악을 틀어야 할 것 같았다. 세상에…

"와…"

"너무 예쁘네요, 그쵸?"

내 입에서 나오는 것은 그저 탄성뿐이었다. 크리스텔이 밝게 웃으며 나를 돌아보았다. 나는 그녀의 물음에 멍하니 고개를 끄덕였다. 햇볕 한 점 들지 않는 지하의 방이, 스스로 환하게 빛나고 있었다. 꼭 별을 깎아 만들어 놓은 공간 같았다.

"백금인가? 아닌 것 같은데…"

내가 중얼거리며 천천히 방 안으로 발을 옮겼다. 둥근 방의 바닥과 벽, 천장이 전부 같은 금속재로 통일되어 있었다. 먼지 한 톨 없이 깨끗하게 씻어낸 곳곳에서, 하얗고 푸르스름한 빛이 뿜어져 나와 맞은편에 반사됐다. 내려다본 바닥에는 나와 세드리크 황자, 크리스텔의 윤곽이 희미하게 비쳤다. 언뜻 SF 영화의 배경 같기도 했다.

"아이고, 어지럽네."

그제야 크리스텔이 비틀거렸다. 나는 재빨리 다가가 그녀의 팔꿈치를 잡아주었다. 다량의 물을 여러 형태로 끊임없이 구현해 냈으니, 황자와 대련했을 때나 도독황소를 잡았을 때보다 훨씬 많은 에테르가 소모됐을 터였다.

"제 서클 안에 계십시오."

"고맙습니다."

내 말에 크리스텔이 씩 미소했다. 나는 그녀의 팔을 놓고 차분하게 성소를 전개했다. 동그랗게 세 사람을 감싼 황금색의 광채는, 희푸른 공간과 어우러져 어느 때보다도 신비로운 분위기를 자아냈다. 내가 에테르를 쑥쑥 풀어내자 다소 질려있던 크리스텔의 얼굴에 혈색이 돌기 시작했다. 황자는 그 모습을 묵묵히 바라보았다.

"이게 포털인가 봅니다."

가만히 에테르를 흡수하던 크리스텔이 중앙의 바닥을 가리켰다. 나는 고개를 빼고 그녀의 손끝으로 시선을 돌렸다. 방 한가운데에, 거대한 서클 같은 것이 새겨져 있었다. 다만 모양은 '서클'이 아니었다. 정사각형 두 개를 위아래로 비스듬히 겹쳐놓은 형태였는데, 가까이서 보니 바닥에 정성스레 홈을 파서 제작한 것이었다.

"엄청 화려해요."

"에테르 서클과 마법식은 완전히 다르다고 들었는데, 사실이네요."

크리스텔과 나는 그 복잡한 모양새에 연신 감탄을 뱉어냈다. 이것과 비교하면 내가 전개하고 있는 성소의 문양은 꼭 네 살배기의 낙서 같았다. 그러나 마법식 또한 완전하지는 않았다. 가운데가 쩍 갈라져 있는 것이, 누군가 창이나 도끼로 크게 내리찍은 듯했다.

"이래서 포털이 닫혔다고 하는 거군요."

황자가 내 말에 고개를 한 번 까닥였다. 오래전 마법식의 일부가 파괴되면서, 포털은 무용지물이 된 것이다. 99퍼센트는 내가 독해할 수 없는 문자와 그림투성이였는데, 그중 유일하게 눈에 들어오는 부분이 있었다.

"…'사랑하는 쥘리에트를 위하여.'"

내가 그것을 소리 내어 읽었다.

"쥘리에트라면, 왕자님이 지내시는 궁 이름이네요."

크리스텔이 말했다. 나는 고개를 주억거렸다. 한 달 전쯤, 뱅자

서브 남주가 파업하면 생기는 일 1

맹이 티타임에서 해준 이야기가 떠올랐다. 역사서에서도 여러 번 접한 내용이었다. 현 황제인 프레데리크의 조부 로메로 선황에게는, 결혼을 약속한 애인 '율리터'가 있었다.

그녀는 페네티안 신국의 귀족 신관이었는데, 당시 리에스테르와 페네티안의 국교엔 아무런 문제가 없었으므로 국혼은 불가능한 일이 아니었다. 율리터는 자신의 이름을 리에스테르식으로 발음한 '쥘리에트'를 무척 듣기 좋아했고, 로메로 선황은 그런 연인을 위하여 황궁에 새로운 건물을 두 채나 올렸다.

그게 바로 로메로 궁과 쥘리에트 궁이었다. 로메로 궁이 쥘리에트 궁의 전방을 막고 있는 것은, 영원히 그녀의 방패가 되고자 했던 선황의 의지라고 들었던 것 같다. 하지만…

"율리터는 로메로 선황 폐하를 배신한 사람입니다. 쥘리에트 궁이 '냉궁' 소리를 듣는 것도 그래서고요."

내가 설명했다. 크리스텔은 살짝 고개를 기울이고 입을 열었다.

"집에 가서 가정교사를 또 쥐어 짜내야겠네요. 제가 오래 아픈 뒤로 기억을 많이 잃었거든요."

나는 피식 웃으며 긍정했다. 빙의 이후의 삶에 적응하기도 바쁜데, 크리스텔이 역사 공부까지 할 겨를은 없었을 터다. 나야 방치당하는 볼모 처지이니 남아도는 게 시간이었고, '시한부 서브 남주'로 살아남기 위해선 정보를 모아야 한다는 압박이 있었지만 그녀는 달랐다.

아무튼, 다른 사람도 아닌 율리터를 위해 만든 것이었다면 포털이 황제궁에 있는 것도 이해가 갔다. 로메로 선황은 그녀가 언제든 자신에게 편히 올 수 있기를 바랐을 것이다. 막상 그가 포털 너머로 마주한 건, 신국의 성기사들이었지만. 아마 마법식을 이렇게 부숴 놓은 것도 로메로 본인이지 싶었다.

"그럼, 여기에 마나를 불어넣어도 아무 기능을 못 하는 겁니까?"

내가 황자를 돌아보며 물었다. 그는 당연하다는 듯 '그래' 하고 대답했다. 음…

"한번 보고 싶긴 한데."

나와 똑같은 생각을 한 크리스텔이 소리를 입 밖으로 내뱉었다. 나는 슬쩍 황자의 눈치를 살폈다. 크리스텔 역시 놈을 빤히 올려다 보았다. 사내의 주황색 눈동자가 설핏 가늘어졌다.

"뭐지?"

"불 들어오는 모습이 궁금해서 말입니다."

"어차피 작동도 안 된다고 하니까요."

그의 물음에 나와 크리스텔이 후딱 변명을 주워섬겼다. 우리와 달리 그는 마법사이자 검사였다. 마음만 먹으면 부서진 마법식에 마나를 주입할 수 있다는 뜻이다. 포털이 우리를 어딘가로 데려갈 가능성이 없어 안전한 데다, 이건 전쟁 시대 전에 만들어진 사적史 跡을 제대로 구경할 기회였다. 호기심이 동하는 건 당연했다.

"하."

"제가 혼자 청소를 끝냈으니, 전하께서 이 정도는 서비스해 주시죠."

크리스텔이 특유의 똑 부러지는 어투로 말을 꺼냈다. 저번에 내 게 '에테르 샘플'을 요청할 때도 이런 느낌이었다. 황자는 잠시 말이 없더니, 코끝으로 긴 숨을 내쉬었다. 그러고는 왼손을 마법식 위로 뻗었다. 마침 크리스텔의 상태도 안정된 것 같았으므로 나는 후딱 성소를 해제했다. 내 서클에 가려진 것이 아닌, 온전한 마법식을 보고 싶었다.

"…"

―사아아…

황자의 검은 장갑 끝에서 붉은 기운이 흘러나왔다. 마법의 원천인 '마나'였다. 그가 마력으로 금속을 조종하는 건 봤지만 순수한 마나를 끌어내는 모습은 또 처음이었다. 마나는 물감이 번지듯 부드럽게 바닥으로 내려앉더니, 안개처럼 여기저기로 퍼지며 마법식을 감싸기 시작했다. 나와 크리스텔은 숨소리도 내지 않고 그 광경을 바라보았다.

―우웅…

마법식에서 기묘한 소리가 났다. 이건 진짜 SF 영화에나 나올 법한 효과음이었다. 붉고 뿌연 마나는 금세 액체의 형태가 되어, 정교하게 조각된 마법식을 따라 거침없이 질주했다. 텅 비어있던 홈이 적색의 잉크로 빠르게 채워지고 있었다. 이윽고 한 치의 빈틈도 없이 들어찬 포털이,

―지이잉!

땅울림을 내며 피처럼 빨간 광채를 쏟아냈다. 날카로운 금속성의 빛이 섬찟했다.

"허어…"

"미쳤다…"

입이 저절로 벌어졌다. 크리스텔이 격한 반응을 보였다. 나는 그녀의 말에 동의하며 발치를 내려다보았다. 마법식은 화려함과 세밀함 그 자체였다. 중간에 커다란 금이 가있어 포털은 꿈쩍도 하지 않았지만, 꼭 방향제 냄새가 심한 승용차를 탄 것처럼 속이…

"우욱."

헛구역질이 나왔다. 나는 다급히 손으로 입을 틀어막았다. 뭐지?

"왕자님, 괜찮으세요?"

깜짝 놀란 크리스텔이 내 얼굴을 들여다보았다. 황자도 당황했는지 마나를 흘려내던 손을 거두었다. 나는 얼굴의 핏기가 사라지는 것을 느끼며 허청댔다.

"그냥 속이 좀 안 좋은…"

다리에 힘이 탁 풀렸다. 갑자기 이마가 차가워지며 식은땀이 배어 나왔다. 나는 그대로 고꾸라졌-

"컥!"

황자 놈이 내 뒷덜미를 잡아챘다. 미친놈아, 숨 막혀!

"정신을 못 차리는군."

"놔주세요, 전하!"

크리스텔이 목소리를 높였다. 황자가 손을 놓자마자 나는 급히 자세를 바로 하고 산소를 들이켰다.

"허억."

눈앞이 다시금 또렷해졌지만 울렁대는 속은 여전했다. 에테르 고갈과는 완전히 다른 증상이었다. 아니, 이건 진짜로…

"멀미하는 것 같, 우욱…"

내가 구역질을 참으며 끙끙거렸다. 시큼해지는 입안에 절로 인상이 찡그려졌다. 그러자 순식간에 바닥의 붉은 빛이 사라졌다. 방안은 거짓말처럼 다시 고아한 청백색으로 변했다. 빨간색이 사람을 불안하게 했던 건지 뭔지 모르겠으나, 마법식이 꺼지니 가슴이 좀 진정되는 것도 같았다. 나는 느릿느릿 고개를 들었다. 정면에서 나를 내려다보는 오렌지색 눈동자가 보였다. 황자가 마나를 완전히 흩어낸 모양이었다.

"포털 울렁증인가."

"뭐요?"

나직한 중저음이 귓가를 울렸다. 나는 그의 말을 제대로 들어놓고도 어안이 벙벙했다. 포털 뭐?

"마나 감응력의 문제야. 태의에게 보이도록."

"잠깐만요, 무슨 그런 울렁증이…"

나는 혀 밑에 고인 침을 힘들게 삼키며 문장을 만들어 냈다. 속은 확실히 괜찮아졌지만, 약간의 어지럼이 멀미 후유증처럼 남아있었다. 비척거리는 내 허리를 크리스텔이 손으로 받쳐주었다. 황자 놈은 긴 다리를 움직여 어느새 입구를 벗어나고 있었다.

"아니, 누가 포털 탔다고 멀미를 해…"

심지어 마법식은 작동되지도 않았다. 내가 웅얼거리자 크리스텔이 작게 대답했다.

"왕자님이요."

"…"

* * *

"포털 울렁증입니다."

하…

"마나 감응력이 지극히 낮은 사람에게서 나타나는 증세입니다. 포털의 마법식에 깃든 마나를 몸이 감당하지 못하는 것이지요."

황궁의 태의가 침착하게 설명했다. 나는 침대 헤드에 기대앉은 채, 배 위에 데미를 올려놓고 그의 이야기를 들었다. 뱅자맹과 가나엘이 몹시 걱정스러운 기색으로 내 곁에 서있었다. 태의의 옆에는 부티에 추기경과, 오늘 처음 보는 손님이 함께였다.

풀코스 점심? 물 건너갔다. 내가 지하 포털에서 멀미를 했다고 황자 놈이 추기경에게 고자질한 바람에, 나는 부드러운 콩소메 두 그릇으로 끼니를 때워야만 했다. 은서 말이 맞았다. 그놈이 무조건 잘못했다…

"마법사가 아니더라도, 사람은 보통 어느 정도의 마나 감응력을 타고납니다. 근처에 있는 동물이 평범한 짐승인지 마수인지 정도는 알아볼 수 있는 것이지요. 그런데 간혹, 마수가 와서 마력을 써야만 마수인지를 아는 사람도 있습니다."

의사 선생님이 조곤조곤 뼈를 때렸다. 나는 쥘리에트 궁의 뒷산에서, 도독황소의 능력을 확인하고 나서야 상대가 마수임을 실감했던 자신을 떠올렸다. 똥인지 된장인지 찍어 먹어봐야 아는 놈이 바로 나였다. 젠장…

"이렇듯 마나 감응력이 선천적으로 태부족한 이들은, 일반적인

서브 남주가 파업하면 생기는 일 1

방식으로는 포털을 사용하기 어렵습니다."

태의가 무겁게 선언했다. 나는 조용히 탄식했다. 빙의하면서 운 좋게 어마어마한 에테르를 손에 넣었다 싶었는데, 이제 보니 마법 쪽으로는 눈곱만큼의 재능도 없는 모양이었다. 스탯이 신관에 몰빵이었다.

"포털을 타기 어렵다면, '마수 대토벌'에도 마차로 가야 하는 건지 우려스럽구나. 길이 험하다고 들었는데…"

진지하게 듣고 있던 부티에 추기경이 입을 열었다. 그녀의 베이지색 눈에 근심이 비쳤다. 나 역시 그 부분이 고민이었다. 원래대로라면 불모인 내가 황궁 밖에서 포털을 이용하는 일은 없었겠지만, 나는 당장 다음 달에 뒤엠 후작가의 영지로 떠나야 하는 일정이었다.

"마차를 타고, 하루씩 묵어가면서 천천히 이동하는 게 좋겠습니다."

내가 의견을 냈다. 마차를 이용하면 여정이 길어지고 드는 비용도 커지겠으나, 도저히 포털에 다시 도전할 용기는 나지 않았다. 그 시뻘건 광택을 떠올리는 것만으로도 속이 메슥거리고 불쾌한 기분이었다. 차라리 쉬엄쉬엄 제국의 경치나 유람하며 가는 게 백배 나을 것 같았다.

"아닙니다. 제게 맡겨주십시오, 에서 왕자님."

그때, 지금까지 잠잠히 있던 낯선 남자가 처음으로 발언했다. 나는 추기경의 오른쪽에 선 호리호리한 손님을 바라보았다. 그는 까만 피부에 연분홍색 눈동자가 인상적인 미남으로, 동생인 뒤엠 근위대장과는 조금도 닮지 않은 분위기를 자랑했다.

"뒤엠 후작께서는 더 좋은 생각이 있으십니까?"

내가 묻자, 그가 씨익 입꼬리를 올리며 자신의 가방을 열었다. 추기경이 벌써부터 한숨을 토하는 소리가 들렸다. 프랑수아 뒤엠 후작은 순간 이동에 특화한 마법사였는데, 자신의 특기를 살려 포털 연구와 개발에도 엄청난 투자를 하고 있다고 했다.

포털 울렁증으로 진료받게 된 내 얘기를 듣고, 추기경이 마침 황도에 와있던 후작을 급히 불러들인 것이었다. 비록 지금의 그녀는 좀 후회하는 얼굴이었지만…

"바로 이겁니다!"

얼마 지나지 않아, 후작이 드라마틱한 움직임으로 팔을 번쩍 들어올렸다. 그의 손에는 동글납작한 정체불명의 살구색 천조각들이 쥐어져 있었다.

"귀밑에 붙이기만 하면, 포털 울렁증이 감쪽같이 사라지는!"

이 사람아, 그거 상표권 침해야!

* * *

프랑수아 뒤엠 후작이 옆에 커다란 트렁크를 세워놓고, 한 손에는 천조각을 든 채 이야기를 시작했다. 후작의 원맨쇼가 시작되자 태의는 조용히 짐을 쌌다. 이거 지하철에서 자주 본 풍경인데.

"천조각 뒷면에는 아주 특수한 풀을 붙였습니다. 궁금해하시는 것 같으니 단서를 드릴까요? '마수'와 '아교阿膠'를 함께 떠올려 보시면 됩니다. 후후후. 이 부분을 귀밑에 붙이기만 하면, 아교와 천에

서브 남주가 파업하면 생기는 일 1

깃든 마나가 결합해 특별한 반응을 일으킵니다. 제가 직접 연구에 참여한 물건이기도 한데…"

그는 정말 말이 많고, 듣던 대로 대단한 관종 같았다. 모든 제스처가 크고 빨라서, 입을 닫고 몸으로만 얘기해도 시끄러울 듯했다. 부티에 추기경은 노골적으로 설명을 흘려들으며 후작의 손에서 키미, 아니 포털 멀미약을 빼앗았다.

"아! 역시 관심이 있으시군요, 오렐리 전하."

"프랑수아, 조용히 좀 해주겠니? 왕자님은 환자야."

그녀의 목소리에 짜증이 깃들었다. 추기경이 누군가를 그렇게 대하는 건 처음 보는지라 신기했다. 그러나 뒤엠 후작은 조금도 기죽지 않았다.

"과연, 제가 실례를 범했습니다. 하지만 곧 털고 일어나실 증세이니 너무 걱정 마십시오. 예서 왕자님, 여기 더 있습니다."

그가 화려하게 웃으며 다른 가방을 뒤지기 시작했다. 후작씩이나 되는 사람이 참 무게감 없다고 생각하다가도, 내 얘기를 듣고 와준 사람인데 고맙게 여기기로 했다. 머리가 좋고 영지민들의 복지에도 관심이 많다는 건, 그가 제법 괜찮은 권력자라는 뜻이었다. 언행이 한없이 가벼운 대신 얼굴과 재력을 겸비했으니 플러스마이너스를 해도 남는 장사 같긴 했다.

"자, 받으시지요."

후작이 절뚝이며 다가와 내게 멀미약을 내밀었다. 나는 그제야 내가 태의의 말을 듣느라 그의 상태를 확인하지 못했음을 알았다.

"다리는 어쩌다 다치셨습니까?"

내가 물었다. 그러자 후작은 기다렸다는 듯 몹시 극적인 동작을 취하며, 부목을 댄 자신의 왼다리를 어루만졌다. 연분홍색 눈동자가 가늘게 떨렸다. 진짜 무슨 연극 보는 것 같다…

"친애하는 황제 폐하께서, 주신을 대신해 제게 뜨거운 지상의 고통을 내리셨습니다."

조인트를 까였구나.

"영지에 있는 신물 '화성의 혜검'을, '마수 대토벌'의 우승 상품으로 내거신다고 들었습니다."

내가 말을 꺼냈다. 황제가 그를 불러서 친히 걷어찰 이유라면 혜검밖에 없었다. 후작이 떠벌린 걸 수습한다고 추기경은 내 수업을 뺐고, 황제는 사라 벨리아르 경과 나의 인터뷰를 거래했다. 무려 후작에게, 무려 황제가 폭력을 가한 게 좀 놀랍긴 하지만 그동안 들은 프레데리크 황제의 성정을 생각하면 놀라운 일도 아니었다.

"그렇습니다. 모두 저와 가문의 충심에서 비롯된 결정이었음에도, 폐하의 용안에는 북풍이 불고…"

"네 다리가 아직 붙어있는 걸 다행으로 여기렴."

추기경이 날카롭게 말을 끊었다. 후작은 육성으로 '흑흑' 하는 소리를 냈다. 꼭 콩트를 보는 것 같아서 웃음이 터졌다. 뒤엠 후작가가 황제의 최측근이라더니, 어떤 의미에선 정말 가족처럼 보이기도 했다.

"일단, 멀미약은 고맙습니다."

나는 웃음집을 갈무리하며 후작이 건넨 약을 받았다. 그가 엄청나게 드라마틱한 움직임으로 우아하게 절을 올렸다. 저렇게 운동량이 많아서 몸이 늘씬한가 싶었다.

"그럼 신국에서 올 때도 내내 마차를 이용했겠구나. 고생이 많았 겠는걸."

추기경이 유감스러운 목소리로 말하며 나를 들여다보았다. 나는 예상치 못한 말에 조금 굳었다. 그러고 보니 그랬다. 페네티안 신 국에도 포털이 있는지는 모르겠지만, 이런 몸이라면 예서 왕자는 포털을 타지 못했을 터였다. 탔더라도 반쯤 기절한 상태로 국경을 넘었겠지.

"뭐, 다 지난 일이니까요."

내가 대충 얼버무렸다. 나를 보는 베이지색 눈에 측은지심이 비 쳤다. 노리진 않았는데 동정표를 얻은 모양이었다.

"약효만 확실하다면, 포털을 다시 시도해 볼 순 있을 거야."

그녀가 조용히 말했다. 나는 떨떠름하게 고개를 끄덕였다. 약이 있다는데 싫다고 빽빽댈 수는 없었다. 어떤 방식으로 길을 떠나든 집 나가면 개고생인 게 당연했다. 이번 외출이 처음이자 마지막일 테니, 나는 좋게 좋게 생각하기로 했다.

-끼이

어느덧 잠에서 깨어난 데미가, 내 명치 위에서 작게 울었다. 나는 녀석의 따뜻한 머리를 쓰다듬으며 날짜를 헤아렸다. 마수 대토벌이 5월 8일이고 오늘은 4월 27일이다. 황도에서 뒤엠 후작가의 영지 까지는, 길게 잡으면 나흘 정도 말을 달려야 한다고 했다. 약이 통 하지 않아 마차를 타게 된다면 나흘보다 더 걸릴 게 뻔했다. 음, 별 로 여유가 있지는 않은데?

"언제 오시든, 저희 뒤엠 후작가는 예서 왕자님을 성심성의껏 받들겠습니다."

후작이 공작새처럼 몸을 펴고 말했다. 나는 애매하게 웃어 보였다.

* * *

그 뒤로는 아주 평화로운 사흘이 흘렀다. 사흘 동안 크리스텔이나 세드리크 황자를 만나지 않았다는 뜻이다. 근신 너무 좋다.

"파티에서 입으실 옷들은 어디에 넣을까요?"

"저기 구석에 있는 가방에 넣거라. 신발은 오후에 새것이 오기로 했으니 나중에 정리하고."

"네, 뱅자맹 님!"

"뱅자맹 님, 주교관이 세 개인데…"

"가나엘 님, 왕자님의 간식을 새벽에 따로 준비해야 해서…"

아침부터 수많은 사람이 내 방과 복도, 실내와 야외를 쉴 새 없이 오갔다. 뱅자맹과 가나엘뿐만이 아니었다. 쥘리에트 궁의 모든 시종, 하인이 동원돼 정신이 하나도 없었다. 내가 내일 뒤엠 후작가의 영지로 출발하게 됐기 때문이었다.

나는 '가만히 있는 게 도와주시는 것'이라는 뱅자맹의 압박에 따라, 푹신한 안락의자에 앉아서 존재감을 죽이고 있었다. 조금 전에는 잠옷이라도 개서 넣으려다가 몇몇 시종의 매서운 눈총을 받았다. 누가 갑인지 모르겠다…

"데미, 이리 와."

-꾸르르

카펫 위에서 팔자 좋게 뒹구는 레서판다를 불러 무릎에 앉히고, 나는 시종에게 얻은 고급지 위에 깃펜을 슥슥 그었다.

-끼!

"쉿, 다들 일하시는데 조용히 해야지."

움직일 때마다 잉크가 배어 나오는 펜이 신기한지, 데미가 내 손을 따라 까만 앞발을 열심히 휘저었다. 종이가 안 보여서 서클을 그릴 수가 없었다. 막간을 이용해 공부 좀 하려는데 반려 신수가 영 비협조적이었다.

-똑똑똑

"안녕하십니까, 예서 왕자님."

그때, 누군가가 열린 문에 노크를 했다. 귀에 익은 음성이었다. 나는 고개를 들어 그녀에게 인사했다.

"안녕하세요, 엘리자베트 경."

오늘도 상쾌한 낯의 엘리자베트 경이, 가나엘의 팔짱을 끼고 내 방으로 들어왔다. 가나엘은 얼굴을 조금 붉힌 채 주전부리를 내오고 있었다. 전부터 생각한 건데 둘이 정말 친하긴 친한 듯했다.

"가나엘, 너도 잠깐 쉬었다 가."

"그렇지만…"

내 말에 소년이 낯빛을 흐렸다. 모두 바쁜데 혼자 놀기가 미안한 기색이었다.

"나랑 마시려고 주스도 두 잔 가져왔으면서."

엘리자베트 경이 장난스럽게 말하자, 가나엘의 얼굴이 새빨갛게 불타올랐다.

"그, 그게!"

"가나엘, 토마토 같다."

"마침 주스도 토마토 주스네."

나와 부근위대장이 한마디씩 보탰다. 소년은 거의 울상이 됐다. 너무 놀리면 삐질 것 같아서, 나는 그쯤 웃고 가나엘을 앉힌 뒤 말을 돌렸다.

"내일 출발이라 일이 많으시겠습니다."

"저야 놀러가는 거니까 기쁘게 임하고 있습니다. 외근이 최고입니다."

엘리자베트 경이 싱긋 웃으며 토마토 주스 잔을 건배하듯 들어올렸다. 그녀가 올해 마수 대토벌에 참가하고 싶어 하던 모습이 겹쳐 보였다. 가나엘이 내 잔에 뜨거운 엘더베리차를 따라주는 사이, 부근위대장은 목을 축이고 본론을 꺼냈다.

"그럼, 일정 보고해 드리겠습니다. 내일 오전 열한 시, 황궁에서 가장 가까운 포털을 통해 황도 남부로 이동하실 겁니다. 포털은 황도의 중심지인 르고 지구에 있습니다."

나는 고개를 끄덕이며 데미의 입에 바나나를 물려주었다. 내가 껍질을 까서 들고 있으면, 데미는 내 손목을 잡고 한 입씩 먹는 분업 체계였다.

"포털은 한 번만 이용하시기로 했으니, 가는 길엔 그게 처음이자 마지막이 될 겁니다."

"알겠습니다."

서브 남주가 파업하면 생기는 일 1

내가 대답했다. 지난 사흘간, 나는 태의와 추기경, 뒤엠 후작을 대동하고 여러 차례 멀미약 테스트를 거쳤다. 아직 시중에 나오지도 않은 약의 임상 시험 대상자가 된 것이다. 이쯤 되면 볼모로서 상당히 알차게 써먹히고 있는 듯싶었다. 귀밑에 약을 붙이고 황제궁 지하 포털 위에 직접 올라가 본 결과, 하루 한 번 정도의 포털 이용은 문제가 없다는 결론이 났다. 두 번째부터는 약을 써도 꽤 힘들었다.

'그럼 사흘 안에 오시겠군요. 아침에 하나 붙이고, 포털 타고, 쉬고. 다음 날 또 하나 붙이고, 포털 타고, 쉬고. 반복하시는 겁니다!'

뒤엠 후작이 미친 과학자처럼 좋아했고,

'부작용이 있을 수 있으니, 여정 내내 사용하시는 것은 권하지 않습니다.'

태의가 대단히 이성적인 말로 브레이크를 걸었다.

'프랑수아, 네 등은 때리는 맛이 없으니 적당히 하렴. 첫날만 약을 쓰고 둘째 날부터는 마차를 타는 것이 좋겠구나.'

상황을 정리한 것은 부티에 추기경이었다. 포털이라는 게, 어느 한 군데에서 어디든지 이동할 수 있는 것이 아니라 일종의 지하철역 같은 개념이었다. 황도에 있다는 르고 포털에서 후작령까지 바로 이동할 수 있다면 참 좋겠지만, 르고에서 다른 동네의 포털로 이동한 뒤 거기서 또 다음 포털로 이동해야 했다. 그마저도 삯이 비싸서 평민이나 가난한 귀족은 이용할 엄두도 내지 못한다고 했다.

"황도의 남부에서부터 뒤엠 후작령까지는 최소 나흘이 걸릴 것으로 예상합니다. 날씨나 길의 사정에 따라 바뀔 수는 있겠습니다."

"네."

나흘이나 길을 달려야 한다고 하는데도, 어쩐지 수학여행 전날처럼 설렜다. 어제까지만 해도 솔직히 별생각이 들지 않았다. 그런데 이른 시간부터 바쁘게 돌아다니며 짐을 싸는 쥘리에트 궁 사람들을 보니, 괜히 가슴이 싱숭생숭해지면서 바깥세상이 궁금해졌다.

황궁의 지하에도 내려가 보고 뒷산에도 올라 봤다. 여러 건물을 드나들었고 신전은 내 마음대로 약간 수리까지 했다. 그러나 지금까지 내 동선은 줄곧 황궁 안에 머물러 있었다. 그에 별 불만이 있는 건 아니었으나, 더 큰 '퇴계공' 세계관을 접할 수 있게 된 건 분명 긍정적인 일이었다.

"기분 좋아 보이십니다."

"첫 나들이라 기쁘신가 봐요."

엘리자베트 경과 가나엘이 흐뭇하게 웃었다. 나는 머쓱해져서 데미의 까만 배를 문질렀다. 그렇게 티가 났나?

"마차는 총 열 대가 이동합니다. 그중 여덟 대에는 시종들과 호위, 짐을 싣고…"

"열 대요?"

어안이 벙벙해졌다. 끽해야 서너 대일 줄 알았는데 너무 많은 것 같았다. 볼모한테 돈을 과하게 쓰는 거 아닌가? 아니, 볼모라서 더 신경 쓰는 건가?

"저 안 도망갑니다."

"하하하하."

당황한 내 말에 엘리자베트 경이 큰 소리로 웃었다. 하지만 나는

　　　　　　　　　　　서브 남주가 파업하면 생기는 일 1

진심이었다. 어차피 갈 데도 없고, 혼자서는 위험하기만 할 텐데 5성급 호텔 뺨치는 곳을 두고 뭐 하러 달아난단 말인가. 내게 가장 중요한 건 생존이었다.

"그 말씀은, 나중에 '꼬마'에게 해주십시오."

"꼬마라면…"

내가 말끝을 흐렸다. 엘리자베트 경이 회색 눈동자를 고양이처럼 느른하게 뜨며 미소했다. 그러니까, 세이디를 말하는 거였다. 나는 슬쩍 가나엘의 눈치를 살폈다. 소년은 데미에게 정신이 팔려 우리의 대화를 듣지 못한 것 같았다.

"이어서 일정 보고해 주시죠."

내가 화제를 바꿨다. 아무래도 사람들의 출입이 많은 곳에서는 세이디의 이야기를 꺼내는 게 꺼려졌다. 엘리자베트 경은 그런 나를 보며 씩 웃더니, 품에서 제국 지도를 꺼내 펼쳤다.

* * *

5월의 시작. 쥘리에트 궁과 로메로 궁 사이로, 긴 마차 행렬이 늘어섰다. 몸집이 좋고 아름다운 준마들이 얌전히 출발을 기다리고 있었다. 흑색의 마차 옆면에 박힌 거대한 황실 문장은, 500미터 밖에서도 보일 듯 번쩍거렸다.

내 것으로 배정된 여섯 번째 마차에 뱅자맹과 가나엘이 먼저 올랐다. 나는 정원에서 아직 돌아오지 않은 데미를 기다리는 중이었다. 녀석이 풀숲에서 나오면 곧장 품에 납치할 심산으로, 나는 가만히 서서 서클을 열고 에테르를 풀어냈다.

"데미, 이제 나와. 네 친구들 보러 가야지."

내가 문장에 음정을 넣어 크게 말했다. 후작령에 먼저 가있을 레서판다들을 떠올리자 절로 입꼬리가 올라갔다. 그때였다.

-달칵

내 마차의 앞에 서있던, 다섯 번째 마차의 문이 열렸다. 나는 반사적으로 소리가 난 곳을 돌아보았다.

"…늦는군."

성우가 시를 읊는 듯한 중저음에 이어, 너무나도 익숙한 얼굴의 남자가 모습을 드러냈다. 맥이 탁 풀리며 내 성소가 쑤욱 늘어났다. 포털도 없는데 속이 벌써 울렁거렸다.

마차가 부드럽게 흔들리며 나아갔다. 가나엘의 목소리도 따라서 흔들흔들했다.

"죽을죄를 지었습니다, 왕자님. 용서해 주세요."

"괜찮아, 가나엘. 바쁘면 깜빡할 수도 있지."

"그래도…"

"진짜야. 난 아무렇지도 않아."

나는 웃으며 가나엘을 달랬다. 잔뜩 위축되어 있던 소년의 금색 눈동자가 그제야 조금 밝아졌다. 더 잘못을 빌까 싶어 후딱 마카롱 세 개를 쥐여주었다. 모든 상황을 지켜본 뱅자맹이 작게 한숨을 내쉬었다.

조금 전 정원에서 데미를 기다리다가, 옆 마차에서 내린 세드리크 황자와 마주쳤다. 놈은 나 때문에 출발이 늦어진다는 식으로 말했는데, 나는 황자와 내가 함께 떠나게 된 걸 그때 처음 알았다.

어쩐지 출발하는 마차가 열 대나 되더라. 어쩐지 부근위대장이 따라가더라. 비로소 끼워 맞춰지는 조각들이 여럿이었다. 젠장… 의외의 얼굴을 보고 놀라긴 했지만, 솔직히 이젠 충격이 오래가지도 않았다. 황자께서 비용을 절약하고 백성들의 삶에 공감하고자 마차를 이용하시겠다는데, 볼모가 무슨 힘이 있어 저항을 하겠는가.

"분명 황자 전하께서 동행하신다는 걸 말씀드리려고 했는데, 제가 어제 정신이 팔리는 바람에…"

가나엘의 목소리가 작아졌다. 어저께 소년이 엘리자베트 경과 함께 나를 만나러 왔던 일이 떠올랐다. 가나엘은 분명…

"맞아, 너 데미 구경하느라 주스도 남겼더라."

내가 선선하게 말했다. 그러자 가나엘이 조금 멍한 얼굴을 하더니, 한 박자 늦게 마구 고개를 끄덕였다. 데미가 좀 심각하게 귀엽긴 했다. 모르긴 몰라도, 엘리자베트 경 역시 나를 놀래주려고 일부러 황자의 이야기를 쏙 빼놓은 것 같았다.

"어차피 타는 마차도 다르고, 황자님 때문에 내 일정이 바뀌는 것도 아니니 상관없어."

나는 사실을 못 박으며 씩 웃었다. 안색이 훨씬 나아진 가나엘이 따끈따끈한 오늘 자 〈격주간 리에스테르〉를 내게 내밀었다. 표지에는 '벨리아르가 묻고, 페네티안이 답하다'라는 문장이 커다랗게 박혀있었다. 사라 벨리아르 경이 나를 인터뷰한 내용이 머리기사로 걸린 모양이었다. 미리 듣기는 했지만 이렇게 보니까 엄청 민망했다.

"'마수 대토벌' 우승 상품 얘기도 같이 실렸네."

나는 애써 타이틀을 무시하고 표지 하단의 작은 글씨를 언급했다. '마수 대토벌과 화성의 혜검-신물은 주인을 원한다'. 드라마틱한 문구였다. 지난달 15일에 싣지 못한 기사가 황제의 승인을 얻어 이제야 나온 것이었다.

나는 앞서가는 마차에 타고 있을 황자를 떠올렸다. 제국 최고의 무위를 자랑한다는 놈이니 우승까진 쉬울 수 있겠지만, 혜검은 도대체 어떻게 뽑을 심산인지 아리송했다. 땅을 통째로 파갈 건가?

"왕자님, 이쪽은 아마 처음이실 겁니다."

뱅자맹이 내게 부드럽게 말을 걸었다. 나는 그의 손짓을 따라 창밖으로 고개를 돌렸다. 마차가 황제궁의 다음 건물을 통과하고 있었다. 입이 저절로 벌어졌다.

"와, 여기는 진짜 다 크네요."

내 감탄에 두 시종이 낮게 웃었다. 아직 황궁을 벗어나지도 않았는데 처음 보는 게 너무 많았다. 내가 오가는 궁들은 대부분 황궁의 후방에 배치되어 있어, 이렇게까지 앞으로 나와 볼 일이 없었다.

과장 좀 보태 쥘리에트 궁만큼 커다란 분수와, 황제궁 면적의 세 배는 될 것 같은 정원이 보였다. 쓰임새는 알 수 없지만 화려하기 짝이 없는 궁들 또한 여럿이었다. 프레데리크 황제의 어머니인 셀린 선황의 동상도 서있었는데, 높이가 최소 5미터는 됨직했다.

"이제 정문을 통과하는군요."

뱅자맹의 설명이 이어졌다. 넋을 놓고 구경하는 사이 벌써 대문에 도착했다. 이게 뭐라고 괜히 긴장이 됐다. 마차가 천천히 속도를 늦추는 것 같더니, 희미한 발굽 소리와 함께 다시 전진하기 시작했다.

나는 창에 이마를 대고 유심히 바깥을 살폈다. 새카맣고 거대한 정문이 활짝 열려있었다. 은빛 갑옷으로 무장한 기사들이 한쪽 무릎을 꿇고 앉아 행렬을 배웅했다. 정확히는 황자를 전송(餞送)하는 것이었다.

"좀 멋있다. 데미, 저기 봐."

내가 무릎 위에 치즈처럼 늘어져 있는 레서판다를 불렀다. 정원에서 실컷 놀고 온 녀석은 졸린지 큰 반응을 보이지 않았다. 나는 데미의 등을 살살 쓸며, 서서히 눈앞에 펼쳐지는 황궁 밖의 세상을 바라보았다.

* * *

"아니, 근데 진짜 사람 많다."

"왕자님, 그 말씀만 벌써 네 번째예요."

가나엘이 소리 내 웃으며 대답했다. 나는 아까부터 자꾸 '아니', '근데', '진짜'로 시작되는 문장만 쏟아내고 있었다. 황궁의 새로운 구석을 본 것만으로도 눈이 돌아갔는데 황궁 밖의 도시, 황도는 그 야말로 신세계였다.

화려한 의상을 걸친 귀족들과 수수한 옷을 입은 평민들이 한데 섞여 걸어 다녔다. 깔끔하게 조경된 거리 곳곳엔 길거리 음식과 꽃을 파는 노점상들이 보였다. 동화책에 나올 것처럼 생긴 집들 또한 다양한 색깔과 모양을 자랑했다. 사람들의 표정은 대체로 밝았고, 또 바빠 보였다. 과연 제국 인구의 10퍼센트가 밀집되어 있다는 황

서브 남주가 파업하면 생기는 일 1

도다웠다.

　"왕자님, 밖에서 보일지 모르니 표정에 주의하십시오."

　뱅자맹의 조언에 나는 퍼뜩 창가에서 몸을 물렸다. 그 많은 사람이, 어느새 우리의 마차 행렬에 절을 하고 있었다. 한 명쯤은 얼굴을 들 법도 한데 누구도 움직이지 않았다. 건물 창밖을 내다보던 이들은 전부 모자를 벗거나 고개를 숙여 예를 표했다. 약간 소름이 돋았다.

　"황실에 대한 제국 사람들의 존경이 대단하군요."

　"이 정도로 놀라시긴 이릅니다."

　뱅자맹이 입꼬리를 올리며 인자하게 말했다. 그는 내가 계속 신기해하는 것이 퍽 즐거운 듯했다.

　"곧 르고 포털에 당도하실 겁니다, 왕자님."

　가나엘이 손가방에서 포털 멀미약을 꺼내 건넸다. 나는 뒤엠 후 작표 멀미약을 귀밑에 붙이며 마차가 느려지기를 기다렸다. 황도의 중심지이자 최대 번화가인 르고 지구는 유동 인구가 많아, 제국에서 포털이 가장 먼저 생긴 곳 중 하나라고 했다. 나는 르고 포털을 타고 황도 남부로 이동한 뒤 거기서부터 쭉 마차로 움직일 예정이었다.

　"다 온 것 같습니다."

　"벌써요?"

　"황자 전하를 위해 도로를 통제한 결과지요."

　그건가. 대통령이 차 타고 어디 가면 무조건 파란불만 뜨고, 광화문 앞은 뻥 뚫려있는 그런 건가.

"왕자님, 마차에서 내리시면 말을 거는 이들이 있을지도 모릅니다. 일일이 받아주지 않으셔도 됩니다."

"실제로 황자 전하께선 한마디도 안 하신대요."

그놈이야 원래 그러잖아. 나는 혀끝까지 올라온 말을 꿀꺽 삼키며 미소로 긍정했다. 행렬이 지나가는 길마다 사람들이 더할 나위 없이 정중한 자세로 인사를 올렸다. 이윽고 황실 마차들은 번쩍번쩍 빛나는 어느 건물 앞에 일렬로 늘어섰다. 황궁만큼 호화롭지는 않지만, 딱 봐도 아무나 드나들기 힘든 분위기의 건축물이었다.

-똑똑

마부가 마차 문을 두드리고, 잠시 후 문이 열렸다. 나는 마지막으로 복장을 점검했다. 가나엘과 뱅자맹에게 이마에 눌린 자국이 났냐고 묻는 것도 잊지 않았다. 사람이 많은 곳도, 다수의 시선을 받는 일도 좋아하지 않지만 이제는 정말로 내려야 할 시간이었다.

* * *

결론부터 말하겠다. '르고 종합 무역소'는, 한국으로 치자면 삼성역 코엑스 같은 곳이었다. 나는 질린 낯빛을 하지 않으려고 무던히 노력했다. 내 품에 안긴 데미는 팔자 좋게 새근새근 잠들어 있었다. 부러웠다.

"왕자님, 앞만 보고 걸으십시오."

"네, 뱅자맹."

건물 전체가 온갖 매장으로 꽉 차있는데 길은 미로처럼 복잡하고,

로비는 포털 입구로 이어지고, 가끔 연예인이 오면 구경꾼으로 실내가 미어터진다. 정말 코엑스와 똑같았다. 예컨대 지금처럼.

"황자 전하, 만수무강하소서!"

"태양처럼 빛나실 세드리크 전하를 뵙습니다."

"황자 전하 만세!"

"반드시 우승하십시오!"

나는 빙의하고 나서 처음으로, 세드리크 황자가 있어서 다행이라는 생각을 했다.

"인기 장난 아니다."

"네, 전하께서는 마수 토벌도 여러 차례 나가셨거든요."

가나엘이 내 중얼거림을 귀신같이 알아채고 속닥거렸다. 나는 티나지 않게 고개를 주억거리며 앞서 걷는 황자를 흘끗했다. 그의 곁에선 엘리자베트 경이 평소와 달리 웃음기 없는 얼굴로 길을 트고 있었다.

근위대원들은 우리와 인파 사이에서 인간 띠를 이루었다. 홍해처럼 갈라진 사람들이 무역소 로비를 빈틈없이 채운 채 야단법석이었다. 황자가 받는 압도적인 관심 덕분에, 나는 조금이나마 스포트라이트에서 멀어질 수 있었다.

"황자 전하!"

"죽어도 여한이 없습니다…"

그를 보며 눈물을 찍어 내는 여성들도 눈에 들어왔다. 도대체 무엇이 그렇게 감동인가 싶은데, 황자의 얼굴만 놓고 보면 또 이해 못할 감성은 아니었다. 그의 발치에 꽃을 내려놓는 이들도 보였다.

거리에서 꽃을 팔던 상인들이 이걸 노렸구나.

"매년 이곳 대합실에, 황자 전하의 탄신일 축하 광고가 걸립니다."

"응?"

열심히 구경하며 걷던 나는 귀를 의심했다.

"대외 활동이 적으시지만, 워낙 사랑을 많이 받으시니까요."

가나엘이 신나서 설명했다. 나는 당황스러워서 질문을 멈출 수가 없었다. 이거 장르 현대 판타지야?

"뭐. '네가 내 별이다', 이렇게 걸어?"

"왕자님도 참. 어찌 감히 그런 문구를 쓰겠습니까. '8월 13일의 기적, 전하께서는 저희의 별이십니다' 이렇게 걸죠."

안면 근육이 말을 듣지 않았다. 쏟아지는 TMI와, 고전풍 로판에 등장한 생일 광고 중 무엇을 더 황당하게 여겨야 하는지 헷갈렸다. 여기 진짜 그냥 코엑스잖아.

"예서 왕자님, 자비에 감사드립니다!"

그때, 한 남자의 목소리가 귓전을 울렸다. 나는 반사적으로 소리가 난 곳을 돌아보았다. 최대한 좋은 옷을 골라 입은 듯한 중년인이 나를 보며 울먹이고 있었다. 차마 무시하기 어려운 광경이었다.

"자비라니 무슨 말씀이십니까?"

내가 그의 근처로 다가가 물었다. 그러자 주변의 웅성거림이 파도처럼 퍼졌다. 내 눈을 조심스레 살피는 시선들이 느껴져 나는 쓴웃음을 지었다. '정말로 보라색이야' 하는 속삭임이 이어졌다.

"베, 베랑 남작님께 큰돈을 보내주셨다고 들었습니다. 덕분에 저희 영지에 좋은 일이 많이 생겼습니다. 운하 공사도 시작하게 되었고, 영주님께서 보육원도 크게 짓고 있습니다. 전부, 전부 왕자님의 은덕입니다."

남자가 몹시 황공하다는 얼굴로 빠르게 내뱉었다. 음성이 벌벌 떨려 알아듣기 힘들었지만, 그는 내가 죽은 쌍둥이의 부모에게 돈을 보낸 이야기를 하고 있었다. 그러니까 베랑 남작령의 영지민인 모양이었다.

"아뇨, 그건 남작 부부의 은덕입니다. 저는 그저 장례비를 보냈을 뿐입니다."

내 말에 남자가 허리를 크게 꺾으며 절했다.

"주, 주신의 영원한 축복을 받으소서."

"고맙습니다. 그럼 조심해서 내려가십시오."

나는 그에게 인사를 건넨 후 다시 걸음을 돌렸다. 앞을 보니, 어느새 로비를 가로질러 포털 입구에 도착한 황자가 나를 응시하고 있었다. 자신에게 말 한마디 붙여보고자 새벽부터 기다린 사람들을 전부 무시했으니 발이 빠를 수밖에 없었다. 그는 또 '늦는군' 하는 눈빛이었다.

"간다, 가."

내가 중얼거렸다. 너무 서두르는 것처럼 보이지 않으면서, 동시에 반듯한 걸음걸이를 유지하려고 하니 손과 발이 같이 나갈 것 같았다. 나는 그제야 바닥에 떨어진 꽃의 3분의 1이 보라색임을 눈치챘다. 설마 하는 생각에 주변을 살피니, 나를 열렬하게 바라보는 눈길들이 꽂혀 들었다. 삽시간에 귀 끝이 뜨거워졌다. 와, 모르는 게 나았는데.

"이제 문을 열겠습니다, 전하."

내가 삐걱거리며 포털 입구에 다다르자, 직원으로 보이는 사람이 공손한 태도로 안내했다. 황자는 턱을 한 번 까닥여 답을 대신했다.

-쿠르르…

이내 구릿빛의 거대한 문이 양옆으로 느릿느릿 입을 벌렸다. 포털은 황명에 따라 오전 내내 누구도 이용하지 않았다고 했다. 공간은 황제궁 지하 포털과 여러 면에서 닮아있었다. 먼저 원형이라는 점, 바닥에 화려한 마법식이 새겨져 있다는 점,

"이제 오시는군요. 황자 전하와 예서 왕자님을 뵙습니다."

그리고 한 손에 채찍을 쥔 크리스텔 드 사르네즈가 미리 들어가 있다는 점.

…응?

* * *

-쿠르르…

포털을 이용할 사람들이 전부 실내로 들어오자, 육중한 문이 다시 닫혔다. 나와 세드리크 황자는 일행의 맨 앞에서 크리스텔을 마주하고 있었다.

"…"

황자 놈은 크리스텔을 보고도 무표정이었는데, 묘하게 기분이 나빠 보였다. 놀란 기색이 없는 걸 보니 그녀가 포털에 오는 건 미리 알고 있었던 모양이었다. 또 나만 몰랐지, 또.

서브 남주가 파업하면 생기는 일 1

"사르네즈 공녀. 여긴 어떻게…"

아니, 이런 질문은 이제 의미가 없다. 로판의 주인공과 메인 남주가 엮이는 건 당연하다고 스스로를 타이른 게 몇 번이던가. 크리스텔도 '마수 대토벌'에 참가한다고 했으니 포털에 온 용건이야 뻔했다. 어차피 두 남녀는 어떻게든 만나게 되어있다. 나는 잠투정하는 데미를 품에서 어르며 문장을 고쳤다.

"그 채찍은 뭡니까?"

반질반질한 남빛의 가죽이 섬뜩했다.

"아, 위층에서 하나 질렀습니다."

크리스텔이 채찍 쥔 손을 흔들며 시원시원하게 대답했다. 여기서 '질렀다'라는 단어를 이해했다는 티를 내도 괜찮을까 고민하는데, 내 옆에 서있던 사람이 말을 받았다.

"간만에 뵙습니다, 크리스텔 공녀. 채찍은 무기로 쓰시려는 겁니까?"

우리와 여정을 함께하게 된 엘리자베트 경이었다. 그녀가 회색 눈동자를 반짝거리며 크리스텔에게 다가갔다. 두 사람은 지난번 야외 연무장에서 만난 적이 있었지만, 그때는 자리가 갑자기 파하는 바람에 제대로 된 대화를 나누지는 못했을 터였다.

"안녕하세요, 엘리자베트 경."

"실례가 안 된다면, 채찍을 살펴봐도 되겠습니까?"

"네, 얼마든지요. 제가 평생 근육을 써본 일이 없어서 검이나 창을 갑자기 다루기가 힘들었거든요. 공작령의 기사들을 달달 볶아서 저 같은 사람도 쓸 만한 걸 찾아내도록 했더니, 채찍을 추천하더군요."

"팔만 잘 관리하신다면 나쁜 선택은 아닙니다. 이 물건도 아주 좋네요."

"고맙습니다. 다행히 손목 스냅은 괜찮은 편이에요."

크리스텔이 환한 미소와 함께 채찍을 돌려받았다. 그녀는 새로운 대화 상대가 꽤 마음에 드는 눈치였다. 엘리자베트 경 역시 웃으며 고개를 끄덕였다. 대련 상대가 필요하면 언제든 불러달라는 대답도 이어졌다. 둘이 잘 지낼 것 같긴 했는데 이렇게 보니 정말 좋은 친구가 될 수 있을 듯싶었다.

"잡담은 그만두고 출발하지."

오순도순한 분위기에 찬물을 끼얹은 건 황자였다. 나는 조금 안타까운 눈길로 놈을 올려다보았다. 엘리자베트 경 말고는 친구가 없다더니 새삼 그 이유를 알 것 같았다. 너도 크리스텔하고 말 좀 섞어봐라. 치고받기만 하지 말고.

"죄송합니다, 전하. 모두 주목! 호위 절반은 이곳에 남아 마지막으로 이동한다. 나머지 절반은 이쪽으로…"

엘리자베트 경은 빠르게 표정을 수습하더니, 황자에게 깍듯이 존대하며 근위대원들을 지휘하기 시작했다. 동행한 시종들과 하인들도 정해진 자리에 줄을 서서 대기했다.

크리스텔은 조금 아쉬운 표정으로 부근위대장을 보내준 뒤 내 곁에 다가와 섰다. 의도치 않게 주인공들을 양옆에 끼고 서니 벌써 속이 답답한 느낌이었다. 나는 애니멀 세러피의 일환으로 잠든 데미의 등을 가만가만 쓰다듬었다.

-사아아…!

이윽고 선발대가 포털을 타고 황도의 남부로 사라졌다. 붉은 금속성 빛으로 사람들을 삼키는 마법식과, 먼지처럼 사라지는 이들을 보며 나는 여전한 공포와 경이로움을 느꼈다. 우리 차례가 되었을 때는, 마나 감응력이 아닌 정신력의 문제로 살짝 긴장할 정도였다.

"얘기는 들었습니다. 멀미약 붙이셨어요?"

크리스텔이 내게 자상히 말을 붙였다.

"아, 네."

"그럼 괜찮겠네요."

"그럴 겁니다. 임상 시험은 해봤으니까요."

내가 대답하자, 그녀는 소리 내 웃으며 잘됐다고 격려했다. 우리와 함께 거대한 마법식 위로 올라온 엘리자베트 경, 가나엘, 뱅자맹, 그리고 황자의 시종인 다비드 역시 걱정 마시라며 한마디씩 얹었다. 그러자 마음이 조금 놓이는 것도 같았다.

"마법사는 필요 없다."

작게 미소 짓고 있는데, 냉랭한 중저음의 목소리가 울렸다. 나는 무슨 일인가 싶어 고개를 돌렸다. 난감한 얼굴의 르고 포털 전담 마법사와, 그에게 벽을 세우고 있는 황자가 보였다.

"무슨 일입니까?"

"말 그대로. 내 마나를 쓸 테니 다른 마법사는 불필요해."

주황색 눈동자가 경계심에 젖어있었다. 남의 마나가 몸에 닿는 게 싫은 듯싶었다. 키는 멀대같이 커 가지고, 스물넷이 아니라 24개월

유아인가 싶어 한숨이 절로 나왔다. 부티에 추기경이 없으니 상황을 수습할 만한 사람은 나뿐인 듯했다.

"…그렇게 하시죠. 죄송합니다, 마법사님. 마나 아낀다고 생각해주십시오."

내 사과에 황자 놈이 살포시 미간을 찌푸렸다. 포털 마법사가 절을 올리고 빠르게 뒤로 물러났다. 나는 황자에게 당부했다.

"대신 저 마법사님처럼 친절하게 해주셔야 합니다. 셋까지 숫자세고 마나 주입,"

"지금."

-지잉!

황자가 예고 없이 붉은 마나를 마법식 위로 흩뿌렸다. 황제궁 지하 포털에서 보여준 건 티저에 불과했는지, 그의 마나는 막 분출된 용암처럼 사정없이 마법식을 집어삼켰다. 크리스텔이 어처구니없다는 듯 웃었다. 엘리자베트 경은 고개를 가로젓고 있었다.

-우우우웅!

"이…"

내가 잇새로 나쁜 말을 뱉는 것보다 포털 작동이 더 빨랐다. 마침 잠에서 깬 데미가 칭얼거렸다. 나는 레서판다를 꼭 끌어안은 채, 새빨간 마나 속으로 불티처럼 사라지는 황자의 눈을 노려보았다.

이어 발밑이 푹 꺼지는 느낌과 함께, 그의 마나가 내 멱살을 잡아챘다. 문득 시선을 내려 보니 내 손끝과 발끝, 그리고 데미의 꼬리 끝이 가루처럼 바스러지고 있었다.

-사아아아…!

서브 남주가 파업하면 생기는 일 1

마법사 씨, 저 속이 안 좋아요…

* * *

다행히 속은 멀쩡했다. 뒤엠 후작의 멀미약 효과는 굉장했다! 나는 약간의 어지럼증도 없이 황도 남부에 도착할 수 있었고, 다시 마차에 올라서도 좋은 컨디션을 유지했다. 다만, 이 포털 여행 때문에 다른 의미로 속을 끓인 분이 계셨다는 게 한 가지 마이너스였다.

-끼이!

"어, 놀랐어. 속상했어."

-끼이이이!

"어, 형이 미리 안 깨우고 갑자기 포털 태워서 화났어."

-꾸르르르르!

"어, 형이 진짜 잘못했다. 착한 데미가 한 번만 봐주자. 데미는 신수님이고 형은 한낱 인간이잖아."

"왕자님."

뱅자맹이 그건 좀 아니라는 듯한 얼굴로 나를 불렀다. 나는 그제야 조금 머쓱해져서 데미를 무릎 위로 내려놓았다. 레서판다는 아직 분이 풀리지 않았다는 듯 내 손바닥에 박치기를 했다. 따뜻하고 부드러웠다.

"뒤엠 후작이 괜찮을 거라고 해서 저도 그렇게 생각했는데, 역시 못 자게 해야 했나 봅니다."

내가 말했다. 며칠 전 프랑수아 뒤엠 후작이, 신수는 마나 감응력이 높으니 포털 이용에 아무런 문제가 없을 거라고 호언장담을 했다. 나는 솔직히 반신반의했다. 먼저 후작령으로 떠난 신수들은 혹여 문제가 생길까 봐 포털을 이용하지 않았기 때문이었다. 그제야 후작이 내게 솔직하게 털어놓았다.

'사실 제가 신수들을 양팔에 끼고 순간 이동을 해봤습니다. 잘 되더군요. 그러니 걱정 마십시오.'

진짜 미친 사람⋯

"아니에요, 왕자님. 데미 님은 그렇게 시끄러운 무역소에서도 쿨쿨 주무셨으니, 왕자님께서 깨우시긴 어려웠을 겁니다."

가나엘이 내 편을 들었다. 생각해 보니 맞는 말이라, 나는 웃으며 데미에게 라즈베리 세 알을 내밀었다. 녀석은 조금 뾰로통해 보였지만 결국 풋풋하고 달콤한 향을 거부하지 못했다.

-참참참참⋯

"잘 먹네."

아무튼, 포털이란 큰 고비는 무사히 넘겼다. 이제 남은 건 마수 대토벌에서 나와 데미를 무사히 건사하는 것뿐이었다. 주인공들이야 알아서 잘할 테고.

* * *

"왕자님, 숙소에 도착했습니다."

"쓰읍⋯"

나는 입가에 흐르는 침을 빠르게 수습하며 잠에서 깼다. 마차에서 점심으로 염장 건조 소고기와 쿨로미에, 샐러드, 다양한 필링으로 꽉 찬 키슈를 네 개쯤 먹고 그대로 곯아떨어진 것이다. 어렴풋이 창밖 구경을 했던 기억이 있지만, 고속도로 풍경이 5분 지나면 다 똑같아지는 것처럼 제국의 숲길 풍경 역시 갈수록 비슷비슷해졌다. 정신을 차렸을 때는 벌써 노을이 지고 있었다.

"황궁에 비하면 아주 누추한 곳입니다. 하지만 황족과 귀족들이 왕왕 머무는 곳이니 기본은 할 겁니다."

뱅자맹이 이어 설명했다. 나는 고개를 주억거렸다. 우리가 하룻밤 묵게 될 곳은 여느 귀족의 성이 아니라 '여관'이었다. 황자가 있는데 이게 말이 되나 싶지만, 제국 남부인 뒤엠 후작가로 내려가는 길은 꽤 험했다.

도중에 쉬어갈 만한 영주성이 없고, 반드시 그러고 싶다면 방향을 틀어 한참을 옆으로 들어가야 했다. 5성급 호텔 찾다가 시간을 더 버리게 된다는 뜻이었다. 이에 우리는 '뤼카'라는 마을에서 첫날 밤을 보내게 됐다.

-다각, 다각, 다각

마차가 속력을 늦추더니, 이내 완전히 정지했다. 나는 어느덧 팔팔해진 데미를 어깨 위에 얹어주고 마부의 에스코트를 받아 마차에서 내렸다. 그러고는 사방을 둘러보았다.

"와…"

분주히 움직이는 황궁의 시종과 하인 사이로, 깨끗한 숙소 건물이 눈에 들어왔다. 여관이라고 하기에는 규모가 컸고, 꼭 유럽 시

14. 황궁 탈출 넘버원

골의 작은 호텔 사진을 보는 것 같았다. 이곳저곳에 마법 조명이 켜져있어 어둡거나 위험한 느낌도 없었다. 숙소 전방에는 '르 시프르 여관'이라는 팻말이 박혀있었다.

"왕자님."

뱅자맹이 작게 나를 불렀다. 나는 반짝 정신이 들어 뒤를 돌아보았다.

"헉."

작게 숨이 넘어갔다. 1,000명 남짓한 뤼카 마을 주민들이, 여관 앞으로 우르르 몰려와 납죽 엎드려 있었다. 황도에서도 비슷한 광경을 보긴 했지만 느낌은 전혀 달랐다. 그곳 사람들의 인사가 황실에 대한 애정과 존경을 표하는 듯했다면, 지금 이들에게서 느껴지는 감정은 경외에 가까웠다. 다수의 등이 덜덜 떨리는 것이 보였다.

"화, 황자 전하를, 뵙, 습니다… 해님, 처럼 빛나실…"

이어 울먹울먹하는 어린아이의 목소리가 들렸다. 고개를 돌리니, 세드리크 황자의 앞으로 꽃다발을 들고 나선 소녀가 보였다. 이제 겨우 열 살이나 됐을까 싶은데 마을 대표로 황족에게 환영 인사를 하게 된 모양이었다. 애한테 저런 일을 시킨 어른이 제일 나쁘지만, 나는 일단 지체 없이 황자에게 다가갔다. 혹시 그가 아이를 매몰차게 대할까 걱정이었다. 그런데,

-바스락

황자가 간단한 동작으로 꽃다발을 받아주었다. 아이는 깜짝 놀라 그 자리에 무릎을 꿇고 머리를 조아렸다. 나 역시 의외의 전개에 눈

을 끔뻑였다.

"…짐을 풀어 나누어 주도록."

"예, 전하."

황자의 말에 시종들의 움직임이 더욱 부산해졌다. 나는 비로소 그의 짐이 왜 그렇게 많았는지를 깨달았다. 열 대나 되는 마차를 전부 포털로 옮긴 이유도 알 수 있었다. 그건 처음부터 자신이 쓰려고 가져온 물건이 아니었던 것이다.

"5열 종대로 서십시오! 황자 전하의 하사품을 전달하겠습니다."

"여기에 이름을 쓰고, 여기에는…"

"황은, 황은이 망극합니다…"

…'세레기' 소리까지 들을 인간은 아닌 것 같은데. 나는 연신 허리를 숙이는 주민들을 한 번 바라보고, 빠른 걸음으로 황자를 따라 숙소 안으로 이동했다. 어느새 곁으로 다가온 크리스텔이 황자의 뒷모습을 보며 '이열…' 하는 감탄사를 내뱉었다. 사람 다시 봤다는 말투였다.

"고귀하신 황자 전하를 뵙습니다."

"최선을 다해 모시겠습니다."

여관 로비로 들어서자, 깔끔하게 차려입은 직원들과 주인으로 보이는 사람이 일제히 절을 했다. 황궁 밖으로 나오니 이런 점이 조금 부담스러웠다. 다행히 여관을 통째로 빌린 덕에 실내에서만큼은 편히 지낼 수 있을 것 같았,

-부스럭

"어?"

황자가 내 품으로 꽃다발을 아무렇게나 떠밀었다. 그러고는 뒤도 돌아보지 않고 여관 주인의 안내를 받아 계단을 올랐다. 이건 또 뭔?

"죄송합니다, 예서 왕자님. 전하께서는 손이 번거로운 것을 좋아하지 않으셔서… 제게 주시면 처리하겠습니다."

황자의 시종인 다비드가 재빨리 내게 다가와 사과했다. 요컨대 저놈이 나한테 꽃다발을 버렸다는 소리였다. 야, 이러니까 정은서가 널 세레기라고 하지…

"점수를 혼자 쌓고 혼자 깎아먹는 성격이네요. 참 인생 힘들게 사신다."

크리스텔이 옆에서 팩트리어트 미사일을 발사했다. 다비드는 분명 들은 눈치였는데도 차마 반박하지 못했다. 뒤따라온 엘리자베트 경이 가나엘의 팔을 잡고 흐느껴 웃는 소리가 들렸다. 절로 한숨이 나왔다.

"꽃은 제 방에 꽂아놓겠습니다. 이대로 버리긴 미안하고 아까우니까요."

"그럼 물은 제가 제공하죠."

내 말에 크리스텔이 빙글빙글 대답했다. 놀리는 건지 응원하는 건지 알 수 없었다. 빨리 저녁 먹고 잠이나 자야겠다는 생각이 들었다.

"아이들이 없으니 황궁이 허전한 것 같아."

오렐리 부티에가 나긋하게 말했다. 그녀는 한 손에 커피잔을 든 채 가만히 향을 음미하고 있었다. 맞은편 소파에 대충 걸터앉아 국정을 돌보던 황제, 프레데리크가 추기경의 말에 코웃음을 쳤다.

"겨우 둘이 잠깐 나갔다고 허전하긴."

"앞으로 열흘 이상 못 보는걸."

"우리가 '마수 대토벌'에 갔어도 마찬가지야."

"음, 그건 그러네."

추기경이 부드럽게 웃으며 잔에 입술을 묻었다. 황제의 집무실엔 다시 편안한 침묵이 맴돌았다. 그녀는 서류를 살피다 이따금 혀를 차거나 작게 욕설을 내뱉었고, 추기경은 그런 황제의 말에 간간이 대꾸하며 사락사락 책장을 넘겼다.

커다란 창밖으로, 그들이 사랑하는 아이의 눈동자를 닮은 노을이 펼쳐지고 있었다. 평화로운 5월이었다. 매년 이맘때면 포털을 타고 뒤엠 후작령으로 가느라 정신이 없었는데, 간만에 조용한 봄을 보낼 수 있게 된 것은 퍽 기쁜 일이었다.

"지금쯤이면 그 작은 마을에 도착했겠어."

다시 입을 연 것은 추기경이었다. 황제는 종이에서 눈을 떼지 않은 채 한 박자 늦게 답했다.

"무슨 마을?"

"여관 주인이 도박을 좋아하고, 마을 주민들이 상냥한 마을 말이야."

프레데리크가 살짝 미간을 찌푸렸다. 이럴 때의 그녀는 세드리크 황자를 떠올리게 했다. 정확히는 세드리크가 어머니의 성정을 닮은 것이었지만.

"그런 마을이 한둘인가?"

"예전에, 어느 포털에 금이 가서 며칠을 마차로 이동했던 적이 있었잖아. 폭풍우 치던 날 우리가 묵었던 곳."

추기경이 미소와 함께 부연했다. 황제는 그제야 체리색 눈동자를 들어 자신의 계약자를 바라보았다. 얇아진 눈꼬리가 과거의 어느 시점을 더듬는 듯했다.

"내가 생각하는 그곳을 말하는 거라면, 여관 주인은 영주성 감옥으로 끌려갔을 텐데."

"아, 그랬지. 오래전 일이라 깜빡했어."

'벌써 10년 전인가?' 하며 오렐리 부티에가 다시 커피를 홀짝거렸다.

싱거운 화제였으므로 프레데리크는 다시 손에 든 문서로 시선을 내렸다. 방 안에는 또 한 차례 고요가 내려앉았다. 잠시간 옷깃과 종이 스치는 소리만이 두 사람 사이를 가득 채웠다.

"저녁에 새 와인을 따려고 하는데."

"그럼 지금 그 여관은 누가 운영하지?"

그러다 두 사람이 동시에 입을 열었다. 시종장을 불러 와인 리스트와 테이스팅 노트를 가져오게 하려던 프레데리크는, 영 마음에 들지 않는다는 표정으로 오렐리를 쳐다보았다. 추기경은 베이지색 눈동자를 휘며 달래듯 입을 열었다.

"아이들이 묵을 곳이잖아. 신경 쓰여."

"그때 끌려간 자의 가족이 운영하고 있겠지. 지금까지 별말이 올라오지 않은 걸 보면, 이후로는 문제가 없었을 거고."

"그렇긴 해."

"세이디와 엘리자베트는 곧 소드마스터가 될 녀석들이야. 왕자는 주교급 신관이고 사르네즈 꼬마는 견습 성기사지. 쓸데없는 걱정을 하는군."

"알았어. 나는 오늘 생선 요리가 당기네."

황제가 그제야 고개를 까닥이며 시종장을 호출했다. 마침 서부에서 괜찮은 화이트와인을 진상했다는 소식이 이어졌다. 추기경은 황제가 아이들을 생각하지 않아서가 아니라, 오히려 믿고 있기에 저런 반응을 보인다는 것을 잘 알았다.

그녀는 황제와 비슷하게 생각해 보고자 노력했다. 두 아이, 아니 엘리자베트와 크리스텔을 포함한 네 아이라면 분명 잘 지내다 돌아올 것이었다. 설령 중간에 무슨 일이 생기더라도 깨끗하게 해결할 수 있을 터였다. 그중 맏이인 예서 왕자는 아주 어린 나이도 아니었다.

천방지축 꾸러기들을 가정교사 한 명에게 맡긴 귀족 학부모의 죄책감을 느끼며, 추기경은 커피잔의 마지막 한 모금을 들이켰다.

* * *

"와, 진짜 맛있었다."

"네, 맛있었어요!"

"저도 나쁘지 않았습니다."

-끼이!

나와 가나엘, 뱅자맹과 데미가 만족스러운 저녁 식사를 마치고 한마디씩 내뱉었다. 사실 데미는 황자가 내게 떠넘긴 꽃다발의 송이를 따 먹은 게 전부였는데, 그래도 맛있었다고 하니 다행이었다. 룸서비스를 요청한 건 오늘의 가장 잘한 일 중 하나였다. 편한 사람들끼리 둘러앉아 밥을 먹으니, 황궁 밖으로 멀리 나와 있어도 마음이 잔잔했다.

-똑똑

"들어오게."

나 대신 뱅자맹이 노크에 응답했다. 나는 덩치 좋은 여관 직원이 들어와 접시를 치우는 것을 구경했다. 남자는 20대 중반쯤 돼 보였고 인상이 순했다. 내 짐을 3층까지 날라주고, 끼니를 가져다준 것도 이 사람이었다. 그의 뒤로는 딱딱한 낮의 근위대원 둘이 들어와 우리를 경호했다.

"잘 먹었습니다."

"화, 황공합니다, 왕자님."

말없이 앉아있기도 좀 그래서, 잘 먹었다고 인사를 건넸더니 직원이 흠칫 놀라 고개를 숙였다. 당황한 기색을 숨기지 못하면서도, 빠르고 정확하게 테이블을 정리하는 모습이 꽤 숙련자 같았다. 이어 식탁 위로 후식이 올라왔다. 새콤달콤한 오렌지 향을 담은 크레프 쉬제트였다.

"보기만 했는데 벌써 맛있어."

내 말에 가나엘이 웃음을 터뜨렸다.

"10년 전에 왔을 때도 여기서 크레프 쉬제트를 먹었지요. 왕자님께서도 좋아하실 겁니다."

뱅자맹이 인자하게 대답했다. 그는 과거에 황제와 추기경을 보필해 이곳을 거친 적이 있다고 했다. 나는 새 나이프를 들며 그의 말에 귀를 기울였다.

"그때 조금 불미스러운 일이 있었던 것으로 기억을 합니다만,"

─쨍그랑!

모두 흠칫 놀라 시선을 돌렸다. 커다란 접시를 깨뜨린 직원이 어쩔 줄 몰라 하며 서있었다. 근위대원들이 몇 발짝 다가오자, 그는 감전된 사람처럼 몸을 떨더니 재빨리 바닥에 주저앉았다. 맨손으로 접시를 치울 생각인 듯했다.

"괜찮으십니까?"

"예, 괜찮, 괜찮습니다. 정말 죄송합니다, 왕자님."

"다치실 수 있으니까 일단 빗자루를,"

"앗!"

붉은 피가 바닥에 뚝뚝 떨어졌다. 나는 말을 멈추고 그에게 다가갔다. 뱅자맹과 가나엘도 자리에서 일어나 나를 따랐다. 근위대원들이 유리 조각들을 발로 밀어 멀리 치웠다. 혹 불미스러운 상황이 생길까 대비하는 모양새였다. 남자의 오른손 손바닥이 길게 베여있었다.

"상처가 깊어 보입니다. 다른 직원을 불러드릴까요?"

"아뇨, 괜찮습니다. 제가 지혈하면 됩니다."

"그럼 객실에 약을 가져다 달라고 하죠."

"아, 아닙니다, 왕자님. 약이 비싸서…"

나는 고개를 기울였다.

"약값은 제가 지불하겠습니다."

"그게…"

남자가 우물쭈물했다. 이런 이야기를 해도 되나 고민하는 눈치였다. 나는 차분히 그의 설명을 기다렸다.

"제가 쓴 약값은, 제가 직접 여관에 갚아야 합니다. 그게 '르 시프르'의 규칙입니다."

"…일하다 다쳤는데 직원이 돈 내고 약을 써야 한다고요?"

"그, 그렇습니다."

나는 어처구니가 없어 뱅자맹과 가나엘을 돌아보았다. 이게 리에스테르의 사회 통념이냐고 묻는 내 눈빛에 두 사람이 즉각 고개를 내저었다. 여관 주인이 이상한 사람이라는 뜻이었다.

서브 남주가 파업하면 생기는 일 1

"그럼 약 없이 나으면 되겠군요."

"예, 예?"

"손바닥 펼쳐보십시오. 제가 치유력을 쓰겠습니다."

내 제안에 남자가 앉은 자리에서 펄쩍 뛰었다.

"저, 저 같은 게 어찌 감히…!"

"저도 배우기만 했지 쓰는 건 처음입니다. 실험 대상이 된다는 마음으로 편하게 받으시면 됩니다."

나는 침착히 그를 달랬다. 말은 사실이기도 했다. 신관이 치유력을 쓸 때는 특수한 치유 서클을 개방해야 하는데, 그것은 무조건 서클의 모양을 외워야만 열 수 있었다. 신관의 성품과 신력을 반영해 자의적인 무늬를 그리는 '성소'와는 전혀 달랐다. 대륙에 치유 신관이 괜히 따로 있는 게 아니었다.

역시 이 세상이나 저 세상이나 의사 되기는 너무 어려웠다. 그래서 나는, 얼마 전부터 부티에 추기경의 조언을 받아 종이에 서클을 그리며 외우고 있었다. 이것도 종류가 상당히 많은데, 내가 암기한 건 가벼운 자상과 벤상처를 치료하는 기초 서클 중 하나였다.

"너무 부담 갖지 마세요. 오히려 저를 도와주시는 겁니다."

내가 덧붙였다. 남자는 고개를 들어 가나엘과 뱅자맹, 근위대원들을 한 번 바라보더니 천천히 고개를 끄덕였다. 이어 조심스럽게 피투성이 손바닥을 내밀었다.

"그럼 시작하겠습니다."

나는 곧장 눈을 감았다. 무릎을 꿇고 앉아 크게 숨을 한 번 들이켜고, 에테르를 머리끝부터 발끝까지 순환한 뒤, 한 치의 오차도 없이 정확한 치유 서클을 머릿속으로 그렸다. 시동어始動語를 읊는 것도 잊지 않았다.

[주신의 눈물로써 당신의 피를 거두겠습니다.]

그렇게 말하며 눈꺼풀을 들자,

-우우웅…

하늘빛 원이 바닥 위로 부드럽게 떠올라 직원과 나를 감쌌다. 책에서 읽은 것처럼 청아한 색이었다. 치유 서클은 제자리에서 시계 방향으로 느리게 돌며 무언가를 탐색하는 듯하더니,

-사아아…

남자의 다친 손바닥 위에 작은 기적을 일으켰다. 제법 길어 보이던 상처로 파란 에테르 알갱이가 스며드는 모습은, 마치 TV 광고 속의 한 장면 같았다. 줄줄 흐르던 피가 순식간에 멎고, 벌어진 살이 서서히 다물렸다. 치유력을 쓴 나조차도 입을 벌릴 수밖에 없는 광경이었다.

"아…"

직원이 눈을 끔뻑끔뻑했다. 그는 자신의 손에 일어난 일이 믿기지 않는다는 듯 주먹을 쥐었다 폈다 하더니, 이내 후다닥 내 앞에 엎드려 절을 했다.

"저, 정말 감사합니다, 왕자님! 저 같은 평민에게 축복을 내려주시고… 정말 감사합니다!"

"저야말로 협조해 주셔서 고맙습니다."

내가 쓴웃음을 지었다. 그는 내 방에 들어온 뒤 처음으로 환한 낯을 하며, 크레프 쉬제트를 새것으로 다시 가져오겠다고 말했다.

밤 아홉 시가 되자, 방에는 나와 데미뿐이었다. 가나엘과 뱅자맹
은 2인실인 바로 옆방을 쓰고 있었다.

–끼이이으…

"하루가 좀 길긴 했지? 원래 여행이 이런 거야."

데미가 내 배 위에 길게 엎드려 탄식했다. 적어도 내 눈에는 그래
보였다. 나는 침대에 비스듬히 누운 채, 녀석을 위로해 주며 종이
위에 서클을 그렸다. 저녁 식사 때 여관 직원인 '모리스'의 상처를
돌봐주며 절감한 건데, 확실히 치유 서클은 많이 외워두는 게 좋을
듯했다.

"돌아가서도 이런 능력이 있으면 얼마나 좋겠냐."

내 중얼거림에 레서판다가 꼬리를 반짝 들었다. 그 반응을 보니
피식 웃음이 새어 나왔다. 말도 안 되는 소리라는 건 안다. 설령 내
가 현실에서 치유력을 쓸 수 있다고 해도, 복잡한 서클을 외우지 못
해 발동조차 실패할 확률이 높았다. 서클은 병세가 중할수록 암기
하기 어렵고 그리기도 까다로웠다. 차근차근, 가장 쉬운 것부터 손
으로 익히는 게 왕도王道였다.

"씻고 일찍 잘까?"

–똑똑

그때 누군가가 방문을 두드렸다. 내가 머무는 3층을 비롯해, 현
재 르 시프르 여관의 모든 복도에는 황실 근위대가 깔려있었다. 늦
은 시각이어도 손님을 경계할 필요는 없을 터였다. 나는 데미의 몸

을 닦아주려던 물수건을 내려놓고, 일어나 문을 열었다.

"안녕하세요, 왕자님."

"…사르네즈 공녀."

그리고 제세동기의 필요성을 느꼈다. 심장이 철렁했다. 혼자 크리스텔을 만나는 건, 황궁 고해소에서의 첫 만남 이후로 처음이었다. 그때는 중간에 나무창이라도 있었는데 지금의 나는 단추를 두 개쯤 풀어헤친 셔츠 차림이었다.

"식사는 하셨어요?"

"그럼요. 공녀도 식사하셨습니까?"

나는 최대한 자연스럽게 오른손을 앞으로 가져와 왼쪽 목덜미를 덮었다. 이러면 대충 덜 보일 것 같았다. 자의식 과잉인 건 알지만, 그래도 주인공과 이 시간에 '편한 차림으로 단둘이' 있는 건 분명 무서운 일이었다.

"네, 안 그래도 배가 불러서 산책이나 나갈까 하고요. 오늘 뤼카마을에 야시장이 열린다고 합니다."

크리스텔이 싱긋 웃었다. 세상이 밝아지는 것 같은 미소에 내 마음이 컴컴해졌다. 또 나가겠다니, 성기사 체력 무슨 일이냐…

"엘리자베트 경과 함께 가보시는 건 어떻습니까? 저는 좀 피곤해서요."

나는 문가에서 한 걸음도 물러서지 않은 채 에둘러 거절했다. 입꼬리에 경련이 올 것 같았다.

"안 그래도 엘리자베트 경에게 가장 먼저 물어봤는데, 역시 근무 때문에 여관을 떠날 수가 없다고 합니다. 황자 전하나 왕자님이 나가시지 않는 한은 어려울 것 같다고요."

엘리자베트 경!

"그럼 황자님을 모시고 가면 되겠군요."

내가 생긋했다. 그러자 크리스텔의 눈이 가늘어졌다.

"전하와 제가 편한 사이 아닌 거 아시면서. 혹시 어깃장 놓으시는 겁니까?"

"아뇨, 그럴 리가요. 황자님이 가신다고 하면 저도 가겠습니다."

"흐음."

실수했나? 크리스텔의 청회색 눈동자가 위험하게 반짝거렸다. 그녀는 자신의 턱을 쥐고 잠깐 무언가를 생각하더니, 내게 더없이 정중한 인사를 올리고는 씩 웃었다. 그러고는 몸을 돌려 계단 쪽으로 멀어졌다. 나는 문을 닫고 화다닥 데미를 끌어안았다.

"아, 너무 무섭다…"

설마 진짜로 황자 놈을 데려오는 건 아니겠지. 설마 그놈이 오겠어.

설마. 아니지?

* * *

그런데 그것이 실제로 일어났습니다.

"인원이… 많이 늘었네요."

나는 방문을 열고 서서 복도에 늘어선 철부지들을 바라보았다. 신난 표정의 크리스텔, 침착함을 가장하고 있지만 들뜬 게 분명한 엘리자베트 경, 여기에 왜 끼게 됐는지 알 수 없는 가나엘, 그리고.

"…황자님은 안 피곤하십니까?"

놈이 자연스럽게 내 질문을 무시했다. 도대체 무슨 말로 설득을 했는지 모르겠으나, 크리스텔은 정말로 황자를 끌고 오는 데 성공했다. 그는 길고 까만 로브를 입고 우뚝 서서 나를 쏘아보고 있었다. 이게 어떻게 가능하냐? 너희 안 친한 거 아니었어? 협박이라도 했나 싶었지만, 일이 이렇게 된 이상 나는 빠져나갈 구멍이 없었다.

"이대로 나가면 너무 눈에 띌 겁니다. 다들… 평범한 외모는 아니니까요."

그래도 최후의 반항 정도는 해봤다.

"그래서 준비했습니다. 짜잔!"

크리스텔이 환하게 웃으며 작은 바구니를 내밀었다. 슬쩍 들여다보니, 몹시 수상쩍어 보이는 물약과 안경 따위가 잔뜩 들어 있었다. 나는 마른침을 꿀꺽 삼켰다. 팔자 늘어진 데미가 침대에서 다르랑하는 소리를 냈다.

* * *

"이런 데는 처음 와본다, 그치?"

"네, 그러네요."

암녹색 머리에서 갈색 머리가 된 엘리자베트 경과, 역시 하늘색 머리에서 갈색 머리가 된 가나엘이 사이좋게 앞서 걸었다. 크리스텔이 '르고 종합 무역소'에서 구입한 건 채찍뿐만이 아니었다. 그녀

서브 남주가 파업하면 생기는 일 1

는 일찍이 이런 이벤트를 예상했는지, 변장과 위장을 돕는 각종 마도구를 잔뜩 쟁여놓았다.

그 밖에 다른 것도 많이 샀다는데 차마 물어볼 엄두가 안 났다. 나는 왼쪽에 황자 놈, 오른쪽에 주인공을 세우고 야시장을 거닐었다. 혼자 천천히 뒤로 빠지려 했으나 그때마다 크리스텔이 귀신같이 알아채고 나를 쳐다봐서 어쩔 수가 없었다.

작고 저렴한 마법 조명으로 최대한 불을 밝힌 거리는, 뤼카 마을의 주민이 다 나온 것처럼 북적거렸다. 온갖 물건, 음식, 술을 파는 노점들이 자그마한 분수를 가운데 두고 사방으로 빽빽이 서있었다. 좁은 통로를 대형견과 함께 뛰어다니는 아이들도 보였다. 황궁이나 황도와는 180도 다른 분위기였다.

"왕자님, 저거 해보실래요?"

입가에 미소를 걸고 있는데, 크리스텔이 말을 붙였다. 안약을 넣어 다갈색이 된 눈동자가 나를 바라보고 있었다. 나는 그녀가 가리킨 곳으로 시선을 돌렸다.

'단검 던지기 대회!'

"…위험해 보이는데요."

"날이 무뎌서 괜찮대요. 보자, '과녁을 맞히기만 해도 상품을 드립니다. 정중앙에 맞히시는 분께는 주인장 특제 파스트라미 샌드위치와 용과 주스!' 아, 먹을 거네요. 돈이 좋은데."

"해봅시다."

내가 대답했다.

"네?"

"야시장에 왔는데 우승 상품 정도는 노려야 하지 않겠습니까?"

"갑자기 진심이 되셨네요."

"가시죠, 황자님."

내 말에 황자가 낮게 헛숨을 뱉었다. 그는 몸에 물약이 닿는 걸 싫어해서 결국 변장용 안경을 썼는데, 이미 그의 정체를 아는 우리 눈엔 그저 평범한 황자로만 보였다. 그래도 비싼 거라고 효과가 있는지 행인들은 그에게 조금도 신경 쓰지 않았다.

"어서 오세요, 세 분? 3회 도전에 10프랑이에요!"

"네, 제가 낼게요."

인심 좋아 보이는 주인장이 앞치마를 두르고 우릴 맞았다. 크리스텔은 씩씩하게 대답하며 그녀에게 30프랑을 지불했다. 엘리자베트 경과 가나엘이 어느새 닭꼬치를 물고 흥미진진한 눈으로 상황을 관전하고 있었다.

"고맙습니다, 사르네즈 공녀."

내가 작게 인사했다.

"별말씀을요. 그럼 저부터 던지죠."

"행운을 빌어요."

그렇게 말한 주인장이 낡은 단검 하나를 건넸다. 크리스텔은 머리에 뒤집어쓴 로브를 살짝 걷고 팔을 올려붙였다. 다갈색으로 변한 머리칼을 꼭꼭 땋아 내린 채였다. 그녀는 검을 쥔 오른팔을 뻗었다 당겼다 하며 과녁을 조준하더니,

-탁!

"오오!"

서브 남주가 파업하면 생기는 일 1

단번에 과녁을 맞혔다! 관객 두 사람이 열렬한 반응을 쏟아냈다. 비록 정중앙은 아니었지만, 처음인데 목표를 곧장 맞혔다는 것 자체가 소질 있어 보였다.

"그럼 이번엔 제가 던지겠습니다."

내가 주인장에게서 단검을 받아들었다. 파스트라미 샌드위치와 용과 주스라니 절대 포기할 수 없는 조합이었다. 얼굴이 왜 그렇게 비장하냐며 크리스텔이 웃음을 터뜨렸지만, 나는 함께 웃지 못했다. 그러고 보니 대학 때 술집 가서도 다트를 제대로 맞혀본 적이 없는데, 여기서는 어떨까.

* * *

…몸도 마음도 너덜너덜해졌다. 세 사람이 내 주변으로 모여 쉴 새 없이 속닥거렸다.

"왕자님은 진짜 에테르만 넘치시나 봐요."

"공녀, 조용히 해주십시오…"

"왕자님, 힘내세요! 후작령에 도착하면 주방장에게 파스트라미 주문을 넣겠습니다."

"고맙다…"

"왕자님, 던지기는 손목이 중요합니다. 팔로 하시면 안 됩니다."

"이미 늦었습니다…"

주인장까지 다섯 명이 지켜보는 가운데, 내 손에 들렸던 세 개의 단검이 모두 장렬히 전사했다. 나는 작가가 원망스럽고 쪽도 팔려

이가 갈릴 지경이었다. 무슨 놈의 '서브 남주'가 마나 감응력도 없고 운동 신경까지 바닥이란 말인가? 크리스텔이 세 개의 단검을 모두 과녁에 맞히는 동안, 나는 공개적으로 주인장의 비웃음만 샀다…

"거기 할아버지는 안 던지세요?"

여인의 목소리가 나를 늪에서 끌어냈다. 고개를 돌려보니, 주인장이 황자에게 말을 건네고 있었다. 다른 이들에겐 안경을 쓴 그가 할아버지로 보이는 모양이었다. 엘리자베트 경이 손으로 입을 가리고 웃기 시작했다.

"…"

황자는 조금 언짢은 기색이었으나, 의외로 순순히 단검을 건네받았다. 손잡이를 잡고 검신을 들여다보는 주황색 눈동자에 이채가 스쳤다. 잠깐만, 저놈 저거…

* * *

—퉁!

크리스텔이 절반 가까이 비운 맥주잔을 내려놓았다. 크고 동그란 눈동자에 불만이 가득했다.

"마법을 쓴 건 반칙이죠."

"공녀, 진정하시고 이거 한 입 드셔보세요."

내가 크리스텔에게 테이블 위의 파스트라미 샌드위치를 내밀었다. 주인장이 직접 구운 호밀빵 사이에, 직접 만든 파스트라미와 콜슬로를 두둑이 끼운 샌드위치가 무려 세 개였다. 그중 하나는 내가, 다른 하나는 엘리자베트 경과 가나엘이 우애 좋게 반씩 나눠 먹는 중이었다. 열한 시가 다 됐는데도 노상 주점에는 사람이 줄지 않았다.

"저도 단검 물에 담갔다 빼면 정중앙에 맞힐 수 있거든요. 완전 가능인데."

"행동으로 옮기지 않은 이유는?"

황자가 크리스텔의 말을 받아쳤다. 조금 전 '단검 던지기 대회!'에서 3연속 정중앙을 맞히고 샌드위치 세트를 세 개나 뜯어낸 그는, 정작 음식엔 손도 대지 않았다. 나야 덕을 봐서 좋지만 둘이 이렇게 또 시비가 붙게 될 줄은 몰랐다.

"황자님, 샌드위치는 감사하지만 공녀를 너무 놀리지는 마십시오."

"역시 방금 놀리신 거 맞죠? 술 들어가니까 진심으로 물어보신 건가 헷갈렸습니다."

내 말에 크리스텔이 끼어들었다. 벌써 취했나 싶어 잔을 확인하니, 500밀리는 훌쩍 넘어 보였던 맥주가 순식간에 바닥을 드러내고 있었다. 이분 말술이네.

"아뇨, 놀리신 건 아니라고 합니다."

내가 즉각 말을 번복했다. 황자 놈이 한쪽 눈썹 끝을 올렸으나 꿋꿋이 무시했다. 며칠 전부터 생각한 건데, 나도 이제 슬슬 전략을 수정해야 할 것 같았다. 계속 이런 식으로 두 사람을 피할 수 없다면 차라리 둘을 붙여놓기라도 해야 마음이 편할 듯했다. 그게 내 맘대로 되진 않겠지만 노력이라도 해보자 하는 심정이었다.

"그리고 공녀께서 받으신 상품도 있으니까요."

"네, 예쁘죠. 샌드위치는 먹으면 없어지는데 이건 오래 간직할 수 있으니까 괜찮습니다."

그녀가 정신 승리하며 실을 땋아 만든 장식을 꺼냈다. 각각 신물 '창해의 축복', '화성의 혜검'과 '비렴의 방주'를 본떠 제작한 것으로, 주인장이 과녁을 맞힌 크리스텔에게 준 선물이었다. 듣자 하니 제국에는 네 개의 신물을 주제로 한 기념품이 흔하다고 했다. 파리에서 에펠탑 열쇠고리를 팔고, 경주에서 첨성대 초콜릿을 파는 것과 비슷한 느낌인 듯싶었다.

"이건 제가 갖고, 이건 왕자님 드릴게요. 이건…"

크리스텔이 망설이더니, 조금 불퉁한 낯빛으로 황자에게 혜검 모양의 고리를 내밀었다. 나는 입꼬리가 절로 올라가는 것을 간신히 붙들었다.

"황자 전하께 바치겠습니다."

"고맙습니다, 공녀."

황자 놈이 거절할까 봐, 나는 잽싸게 선수 쳐 선물을 받아야 할 것 같은 분위기를 조성했다. 크리스텔이 먹지 않는 샌드위치와 주스는 맞은편의 엘리자베트 경과 가나엘에게 밀어주었다. 조용히 담소를 나누던 두 사람이 웃으며 좋아했다.

"…"

황자는 말없이 테이블 위의 혜검 고리를 바라보더니, 손을 뻗어 그것을 로브 주머니 안에 넣었다. 순간 짜릿한 쾌감이 번졌다. 와, 진작 이럴걸! 조금만 밀어줘도 둘이 살짝궁 친해지는 것 같았다!

"다들 같이 나와주셔서 고맙습니다."

새로운 희망을 본 내가 속으로 정은서를 부르짖는데, 크리스텔이 불쑥 말을 꺼냈다. 손에는 주점 주인이 그새 리필해 준 맥주잔이 들려있었다.

"하고 싶은 게 많았거든요. 그런데 집에서 데려온 시종은 저를 싸고돌기만 해서 조금 답답했습니다. 이해는 하지만…"

그러고는 맥주를 벌컥벌컥 들이켰다. 엘리자베트 경은 근무 중이라 술을 거절했고, 가나엘은 용과 주스를 흡입하고 있었다. 나는 원래 금주였고 황자 또한 음료를 주문하지 않아, 우리 테이블에서 술을 마시는 건 크리스텔뿐이었다.

"두 번째 인생이라고 생각하니까, 후회 없이 살고 싶다는 마음이 커지더군요. 그래서 늦은 시간에 귀한 분들께 실례를 저질렀습니다."

"괜찮습니다, 크리스텔 공녀. 이해합니다."

엘리자베트 경이 다정히 대답하며, 자신의 주스 잔을 크리스텔의 맥주잔에 가볍게 부딪혔다. 크리스텔이 술주정을 하나 싶으면서도, 한편으로는 그녀의 이야기가 와닿아 쓴웃음이 나왔다. 다른 세 사람의 귀엔, 그녀의 말이 오랫동안 병석에 있다 일어난 사람의 소회로 들릴 터였다. 하지만 나는 크리스텔의 사정을 알고 있었다.

'하고 싶은 게 많다', '두 번째 삶은 후회 없이 살고 싶다'. 사직서를 던지고 나와 이계로 빙의된 그녀라면 충분히 하고도 남을 법한 생각이었다. 그런 '모티브'로 움직이지 않을까 어렴풋이 추측했는데 주인공에게는 그것이 현실이었다. 나는 여기가 소설 속임을 알고 있지만, 크리스텔에게 이곳은 새로운 기회였다.

"여름에는 북부로 올라가면 시원하고 좋습니다. 나중에 함께,"

"거참, 수수료 오늘 자정까지라니까!"

흠칫. 걸걸한 남자의 목소리가 엘리자베트 경의 속삭임을 뚫고 나왔다. 우리의 고개가 자연히 한쪽으로 돌아갔다. 왁자지껄하던 노상 주점이 삽시간에 조용해졌다.

"그게, 다른 곳에 먼저 빚을 갚느라…"

"빚? 그럼 여관에 진 건 빚 아니야? '르 시프르'가 호구인 줄 알아?"

누가 봐도 깡패로 보이는 남자가 나무 테이블을 걷어찼다.

-쿠당탕!

-쨍그렁!

유리가 깨지고, 손님들이 남기고 간 음식이 바닥에 마구 쏟아졌다. 나는 인상을 찌푸렸다. 저 인간이 방금 우리가 묵는 여관을 언급했는데.

"펠릭스 씨, 손님들도 있는데 왜 이러세요."

그때 누군가가 주점 주인 앞을 막아섰다. 나는 그를 보고 눈을 크게 떴다. 내가 몇 시간 전에 치유력을 써준 여관 직원, 모리스였다. 깡패 역시 그를 알아보고 기세를 조금 죽였다.

"비켜. 이놈 지난달에도 이딴 식으로 빠져나갔어."

"이모님께는 제가 잘 말씀드릴게요."

"너…"

깡패가 무척 답답하다는 얼굴로 모리스를 노려보았다. 나는 모리스의 '이모님'이 누구일지를 생각하기 시작했다. 설마…

"너 그렇게 물러 터져서 여관 물려받겠냐? 마을 휘어잡겠어?"

"그런 생각 안 해요."

"한심하기는. 시골 바닥에서 영주 노릇 할 기회도 몰라보고."

깡패는 바닥에 침을 퉤 뱉더니, 모리스의 뒤에 선 주점 주인을 향해 삿대질하고는 다른 노점으로 멀어졌다. 일종의 경고를 남긴 모양이었다. 상황이 종료되자 주점은 조금씩 활기를 되찾기 시작했다. 나는 다시 눈을 돌려 일행을 바라보았다.

"세상에…"

가나엘은 험한 광경을 보고 충격받은 얼굴이었다. 엘리자베트 경 또한 딱딱하게 굳은 낯으로 황자를 쳐다보고 있었다.

"전하, 어떻게 하시겠습니까?"

"…"

황자의 눈이 생각에 잠겨 어두워졌다. 나는 조심스럽게 운을 뗐다.

"제가 모리스를 압니다. 아까 중재한 사람이요. 여관 직원입니다."

그러자 옆자리의 크리스텔이 자리에서 일어났다. 나는 심각한 얼굴빛의 그녀를 올려다보았다. 아니, 잠깐… 작가님, 주인공 웃는데요?

* * *

인생이란 알 수 없는 것이다. 바로 어제까지만 해도 가나엘, 뱅자맹, 데미와 넷이서 식사할 수 있어 좋다고 생각했는데, 오늘 아침은 이렇게 자발적으로 조식을 위해 내려왔으니까. 물론 현대에 흔히 볼 수 있는 뷔페식은 아니었다. 나는 크리스텔, 엘리자베트 경,

세드리크 황자와 함께 둥근 테이블에 둘러앉아 있었다.

식사는 대체로 차분히 이루어졌다. 다른 때였다면 꽤 소란스러웠을 조합이지만, 우리 넷은 어젯밤 여관으로 돌아오기 전 모종의 협의를 한 상태였다. 어느덧 테이블 위의 접시들이 바닥을 드러내고 황자가 나이프를 내려놓았다. 나는 입가심으로, 따끈따끈한 크루아상에 생크림과 블랙커런트 잼을 올려 한입 크게 베어 물었다.

"진짜 맛있다."

분명 작게 말했는데, 크리스텔이 나를 보며 웃었다. 그때 누군가가 식당 문을 두드렸다.

-똑똑똑

"들어오게."

엘리자베트 경의 대답에 모습을 드러낸 것은 한 여인이었다. 뒤로는 근위대원 다섯이 붙었다. 황자가 여관 주인을 호출한 것이었다.

"고귀하신 황자 전하와 페네티안의 왕자님, 무테 소백작님과 사르네즈 공녀님을 뵙습니다."

식당 안으로 들어온 여관 주인, 클로딘 그린이 몸을 깊이 숙여 절했다. 나는 조심스럽게 그녀의 얼굴을 살폈다. 어저께 황자를 직접 객실까지 안내한 그녀는 30대 중반 정도로 보였는데, 과연 여관 직원 모리스를 닮아 순한 인상이었다. '그런 짓'을 하리라고는 언뜻 상상하기 어려웠다.

"뤼카 마을과 르 시프르 여관의 환대에 고마움을 표하고 싶군."

"황공합니다. 저희가 입는 황은에 비하면 보잘것없는 노력이었습니다, 전하."

황자의 치하에 클로딘이 고개를 더욱 내리며 겸손하게 답했다. 평민이라고 들었는데, 귀족과 황족을 응대한 경험이 있어서인지 태도나 말투가 우아했다. 황자가 주황색 눈동자를 조금 가늘게 뜨며 준비된 말을 내뱉었다.

"그래서 하루 더 묵을까 하는데."

"…예?"

클로딘이 조금 당황한 목소리로 얼굴을 들었다가, 이내 상대방이 누구인지를 깨닫고 황급히 눈을 내리깔았다.

"사르네즈 공녀가 병석에서 일어난 지 얼마 되지 않아 피로하다고 하니, 조금 쉬었다 가는 것도 좋겠지."

암기한 대사를 읊는 중저음은 차갑다 못해 시렸으나, 클로딘은 황자의 말에 무척 일리가 있다고 생각했는지 연신 고개를 주억거렸다. 크리스텔이 3년이나 잠들어 있었다는 건 제국에 모르는 이가 없는 이야기였다. 우리의 어젯밤 외출은 뱅자맹과 다비드만 아는 비밀이기도 했다.

"황자 전하의 믿음에 보답하기 위해 더욱 정성을 다하겠습니다!"

클로딘이 한층 높고 밝아진 목소리로 말했다. 황자는 말없이 그녀로부터 시선을 뗐다. 그것이 신호였는지, 근위대원들이 그녀를 데리고 식당을 빠져나갔다. 이어 여관의 직원들이 줄지어 들어왔다. 그릇을 치우고 후식을 서빙하기 위해서였다. 크리스텔이 '아, 이놈의 철 결핍 빈혈' 하며 병약한 연기를 하는 동안, 나는 직원들의 낯을 샅샅이 훑었다.

찾았다.

"안녕하세요, 모리스."

"에서 왕자님, 안녕히 주무셨습니까."

내 부름에 모리스가 화들짝 놀라 어깨를 구부렸다.

나는 씩 웃으며 그가 서벗 얹은 튤립 과자를 내려놓는 것을 지켜보았다. 이어 직원들이 절을 올리고 식당을 빠져나갈 무렵에는,

"모리스, 어제 있었던 일에 관해 할 말이 있습니다."

하고 그를 불러 세웠다. 오른손 손바닥을 들어 흔드는 것도 잊지 않았다. 그러자 그가 크게 고개를 끄덕이며 내 앞으로 다가왔다. 떠나는 직원들은 내가 모리스를 혼내는 거라 생각했는지, 후다닥 눈을 내리뜨고 식당 문을 닫았다.

-철컥!

줄곧 조용히 서있던 가나엘이, 빠르게 문고리를 걸어 잠갔다. 모리스가 겁먹은 듯 송아지 같은 눈을 끔벅였다.

"손은 괜찮으시죠?"

"예? 예, 예. 모두 왕자님 덕분입니다. 성은에 감사드립니다."

"다행이네요. 그럼 다른 것도 좀 묻겠습니다."

"예, 얼마든지 하문하십시오."

그가 공손히 두 손을 모았다. 나는 그를 똑바로 바라보며 입을 열었다.

"지난밤 야시장에서 펠릭스라는 사람이 주점 주인을 겁박한 일. 설명을 듣고 싶습니다."

청년이 급히 숨을 들이켰다. 그는 조심스럽게 눈을 들었다가, 우리 모두가 자신을 보고 있다는 사실을 알아차리곤 삽시간에 창백해

졌다.

* * *

"그러니까, 여관 주인인 클로딘 그린 씨가 모리스의 이모님인 거군요."

"그렇습니다. 나이 차이는 많이 나지 않지만… 고아가 된 저를 할아버님과 이모님이 거두어 주었습니다."

모리스가 설명했다. 그는 작은 의자에 큰 몸을 구기고 앉아, 우리에게 취조 아닌 취조를 당하는 중이었다. 그가 말하는 '할아버님'은, 클로딘이 여관을 물려받기 전 이곳을 운영하던 사람이었다.

뱅자맹의 설명에 따르면 그는 마을 주민들의 돈을 못된 방법으로 갈취하다, 마침 이곳에 묵던 부티에 추기경에게 현장을 들켰다고 했다. 함께 있던 프레데리크 황제는 그를 즉시 영주성 감옥으로 보내버렸는데, 그게 10여 년 전의 일이었다. 이후 여관을 책임진 것은 죄인의 딸인 클로딘이었다.

"'수수료'는… 르 시프르 여관이 마을 주민들에게서 받는 돈입니다. 매번 황족분들이나 대귀족 나리들께서 오시면, 이모님이 야시장과 상점에 사람을 풀어 걷습니다."

엘리자베트 경의 얼굴에 경악이 스쳤다.

"설마, 전하께서 주민들에게 내리신 하사품의 일부를 떼어간 건가?"

"그렇습니다, 소백작님."

모리스가 슬픈 얼굴로 대답했다. 죄책감 어린 목소리는 점점 무거워졌다.

"귀하신 분들께서는, 마을 사람들의 환영에 보답하는 의미로 늘 값진 물건을 내려주고 가십니다. 이모님은 그것이 르 시프르 여관이 있기에 가능한 행운이라고 생각합니다. 여관이 없으면 그분들이 여기 오실 일도 없고, 주민들이 하사품을 받을 일도 없다고 말이지요."

그의 설명을 들은 우리 네 사람이 동시에 미간을 찌푸렸다. 클로딘의 말은 아주 틀리지 않았다. 오랜 세월 황족과 대귀족이 이따금 묵어갔다는 곳이니, 그때마다 하사품이 내려진 것을 여관 덕이라고 생각하는 게 무리는 아니었다. 하지만 그건 절대 사람들의 금품을 빼앗을 명분이 되지 못했다.

게다가 주민들이라고 놀고만 있었던 건 아니었다. 우리의 일정이 통보되었을 때부터, 그들은 새벽마다 나와 거리를 청소하고 마을 곳곳을 아름답게 단장했다고 들었다. 누구도 보수를 주지 않는데 길을 정비하고 근위대원들을 위한 빵을 구웠다. 하다못해 어제 황자가 받은 꽃다발도, 주민들이 직접 키운 꽃을 고르고 골라 바친 것이었다.

"죽을죄를 지었습니다, 황자 전하. 이모님을 여러 번 말려봤지만… 소용이 없었습니다. 저부터, 저부터 벌해주십시오."

모리스가 허리를 푹 숙이며 온몸을 덜덜 떨었다. 그의 할아버지가 감옥에 갔을 때 그는 열세 살이었다고 했다. 핏줄이라고는 이모밖에 없는 데다, 미성년이기도 했으니 상황을 바꾸기란 쉽지 않았

서브 남주가 파업하면 생기는 일 1

을 터였다. 여관의 약조차 돈을 내고 쓰는 처지라면, 그가 클로딘에게 조카로서 어떤 취급을 받고 있을지도 대강 짐작이 갔다.

"네 이야기만 들어서는 확실히 알 수 없겠군."

내내 묵묵히 듣고 있던 황자가 입을 열었다. 모리스의 등이 흠칫거렸다. 나는 노을빛 홍채가 고요한 분노로 타오르고 있다는 것을 눈치챘다.

"오찬을 열겠다. 마을 대표들을 소집하도록."

그가 선언했다. 작전 2단계가 시작되는 순간이었다.

* * *

세드리크 황자가 클로딘 그린을 불러 노고를 치하하고 1박 추가를 선포한 데 이어, 마을 대표 두 사람을 초대해 오찬을 베풀었다. 누가 봐도 마을과 여관의 봉사에 몹시 만족한 황족의 태도였다. 덕분에 황자와 동행한 로메로 궁 주방장은 온종일 바쁘게 일하고 있었다. 여기까지는 참 좋았는데.

"…"

"…"

여관 식당에 자리 잡은 마을 대표 두 사람이, 공포에 질려 한마디도 하지 못하고 있다는 게 문제였다. 나는 쓰게 웃으며 그들을 바라보았다. 내 맞은편의 크리스텔은 무언가를 곰곰이 고민하고 있었다.

두 중년인이 눈치 보는 상대가 황자뿐이었다면 상황은 달랐을 것이다. 내가 황자에게 위압감 좀 줄여보라고 언질이라도 했을 테니까. 그러나 지금 그들이 의식하는 것은 명백히…

"마지막 주요리인 코코뱅입니다. 맛있게 드십시오."

저 사람이었다. 클로딘 그린이 푸근하게 웃으며 우리의 시중을 들고 있었다. 특별한 자리인 만큼, 처음에는 그저 여관 주인이 직접 나서서 대접을 하는 것이라고 여겼다. 그러나 전채 요리가 나오고 5분도 지나지 않아, 나는 그녀의 목적이 다른 데 있음을 알았다.

중년인들은 그녀와 어쩌다 눈이 마주치기만 하면 접시에 코를 박았고, 클로딘은 그들을 볼 때마다 길게 시선을 두었다. 누구보다 인정 넘치는 얼굴을 한 채, 마을 대표들에게 무언의 협박을 가하고 있는 것이었다. 혹여 허튼소리 할 생각은 말라는 으름장이었다.

황자는 조용히 테이블을 관조했다. 일단은 클로딘을 내보내야 마을 대표들의 이야기를 들어볼 수 있을 터였다. 내가 머리를 굴리고 있는데, 크리스텔이 옆자리의 엘리자베트 경에게 입을 벙긋거리는 것이 보였다.

'아픈 척.'

쉽고 또렷한 입 모양이었다. 못 알아볼 수 없는 말에 엘리자베트 경이 회색 눈동자를 큼직하게 떴다. 그녀가 검지로 자신을 가리키며 입을 움직였다.

'저요?'

'네, 아픈 척.'

크리스텔이 왼눈과 오른눈을 번갈아 윙크했다. 대단했다. 난 양쪽 다 못 하는데.

"흠."

엘리자베트 경이 낮게 헛기침을 했다. 입술을 슬쩍 깨무는 것이, 갑자기 연기를 하려니 민망하고 우스운 모양이었다. 나는 덩달아 긴장해서 그녀를 바라보았다.

"오. 갑.자.기. 복.통.이…"

큭. 나는 웃지 않기 위해 재빨리 냅킨으로 입을 닦는 척했다. 갑작스러운 발 연기에 황자가 나이프를 고쳐 잡는 것이 보였다. 괜찮아요? 너도 많이 놀랐죠?

"저런, 소백작님. 괜찮으십니까?"

음식 설명을 늘어놓던 클로딘이 말을 뚝 멈추고 엘리자베트 경에게 물었다. 때맞춰 우리의 주인공이 MC 크리스텔로 변신했다. 그녀는 소백작의 머리칼과 뺨을 연신 쓰다듬더니, 비통한 얼굴로 비트를 타기 시작했다.

"아아! 부근위대장으로서 황자 전하를 보필하는 것으로 모자라, 허약한 저를 물심양면으로 돕느라 무테 소백작이 그간 고생을 많이 했습니다. 그러고 보니 조식 때부터 안색이 좋지 않았지요. 제가 무심하기 이를 데 없습니다. 지금이라도 소백작을 객실로 올려 보내고 시중들 사람을 붙여 편안한 휴식을 취하게 해야 합니다, 전하!"

와… 그게 애드리브로 나온다고? 내가 멍하니 턱을 벌리고 있는데, 대충 돌아가는 정황을 파악한 황자가 클로딘을 보며 고개를 까닥였다.

"소백작은 내 벗이니 자네가 직접 살피도록."

"예? 예, 전하. 성심을 다하겠습니다."

그녀는 잠깐 당황한 것 같았지만 감히 황자의 명에 토를 달지 못했다. 모르는 사람이 보기에는, 입술을 앙다문 엘리자베트 경의 빨간 얼굴이 심상치 않게 느껴졌을 것이다. 클로딘이 즉시 그녀를 부축해 식당을 나섰다. 곧 실내에는 나와 크리스텔, 황자, 뱅자맹, 가나엘, 다비드 그리고 두 명의 마을 대표만이 남았다. 뒤에 서있던 가나엘이 다급한 목소리로 내게 속삭였다.

"왕자님, 방금 조르주가 정말로 아파서…"

돌아본 소년의 낯빛이 전에 없이 희게 질려있었다. 조르주? 엘리자베트 경을 말하는 건가?

"엘리자베트 경은 괜찮아. 꾀병이니 걱정하지 마, 가나엘."

내가 서둘러 가나엘을 달랬다. 그러자 금색 눈동자가 느리게 깜빡깜빡하더니 차분히 가라앉았다. 이어 하늘처럼 맑은 미소가 떠올랐다. 그 연기를 믿는 사람이 또 있네. 나는 마주 웃어주고 크리스텔에게 시선을 돌렸다.

"…정리 고맙습니다, 사르네즈 공녀."

"별말씀을요. 나중에 엘리자베트 경에게 크게 한턱내주십시오. 시간 끄느라 힘들 거예요."

청회색 눈동자가 눈부시게 빛났다. 나는 미소를 지우지 않은 채로 오늘의 손님들을 바라보았다. 두 중년인이 거의 넋 나간 낯빛으로 우리를 보고 있었다. 음, 놀라긴 했겠다.

"사정은 모리스에게 대강 들어 알고 있습니다."

내가 망설임 없이 입을 뗐다. 지금부터는 속도전이었다.

* * *

"부친이 감옥에 끌려간 뒤로, 클로딘은 독을 품은 것 같았습니다."

"사람이 완전히 바뀌었습죠. 어릴 때는 순했습니다."

두 마을 대표, '테디'와 '마리'가 덜덜 떨리는 목소리로 이야기를 시작했다. 나는 중년인들의 접시를 흘끔 살폈다. 확실히 불편한 자리인지, 손도 대지 않은 주요리가 식어가고 있었다.

"클로딘의 아버지는… 도박을 즐겼습니다. 처음에는 지인만 불러다 작게 판을 벌였는데, 언제부턴가 마을 사람들을 여관으로 초대하기 시작하더군요."

"그 얘기는 들었습니다. 마을 사람들이 황족이나 귀족에게 받은 하사품을 판돈으로 걸게끔 유도하고, 도박 중 속임수를 써서 전부 빼앗았다고요."

"예, 예. 맞습니다요, 왕자님."

마리가 크게 한숨을 내쉬며 고개를 떨궜다. 10년 전, 부티에 추기경이 이곳에서 잡은 것은 사기도박 현장이었다. 당시 죄인이 끌려가며 주민들에게 침을 뱉고, '너희도 똑같이 더러운 놈들이다!' 하며 악을 쓰던 모습을 뱅자맹은 똑똑히 기억한다고 했다.

"그때 제 아비가 잡혀가고 나서, 클로딘은 한동안 여관 재단장에만 힘썼습니다."

"마을 주민들도 조용히 지냈지요. 그러다 몇 달 지나서 어느 대귀족 나리가 왔는데, 그때부터 클로딘이 하사품의 일부를 수수료로 내라고 강요했습니다."

"혹시 뤼카 마을 사람들이 단체로 저항해 본 적은 없나요?"

크리스텔이 테디에게 물었다. 나 역시 이 부분이 궁금했다. 제아무리 뤼카의 명물인 르 시프르 여관이라고 해도, 온 마을이 하나로 뭉쳐 거부했다면 어쩔 도리가 없었을 터였다. 주민은 1,000명쯤 돼 보였고 여관 직원들 또한 이곳 사람이었다. 반면 20대였던 클로딘은 사실상 혼자였다.

"그게, 저희도 처음에는 이게 무슨 씻나락 까먹는 소리인가 했습니다요."

"대부분은 클로딘의 말을 무시했고, 대귀족 나리가 하사품을 내리고 떠날 때까지 아무도 수수료를 내지 않았습니다."

"그런데 어쩌다가…"

"클로딘이, 사람들을 모아놓고 여관에 불을 질렀습니다."

"네?"

"르 시프르 여관에요?"

나와 크리스텔이 동시에 목소리를 높였다. 세드리크 황자의 보석 같은 눈동자가 일순 용암처럼 일렁거렸다.

"예. 그냥 다 같이 죽자고, 여관이 없어도 지금처럼 살 수 있을지 보자고… 현관에 기름을 부으면서 꼭 제 아비처럼 소리를 지르는데, 그제야 일이 잘못됐다는 걸 알았지요."

마리가 주먹을 들어 제 가슴을 탁탁 쳤다. 그래도 답답한 속이 뚫리지 않는지 그녀는 심호흡을 반복했다.

"그때 나서서 불을 끈 것이 저희였습니다."

"…"

"여관이 3분의 1 가까이 타는데, 맨몸으로 불길에 뛰어들고 물을 퍼다 나른 것이 저희였습니다. 클로딘은 한 발짝도 움직이지 않았습니다. 무서워서, 높으신 분들이 더는 마을에 오지 않을까 봐 두려워서 여관을 살린 게⋯ 저희였습니다."

"구경만 했습죠, 클로딘은. 꼭 저희를 감독하는 것처럼요."

두 목소리가 점점 작아졌다. 그들은 패배감에 우는 것 같기도 했고 자괴감에 웃는 것 같기도 했다. 나는 길게 숨을 내쉬었다. 그날, 마을 사람들은 클로딘에게 주도권을 완전히 뺏긴 것이나 마찬가지였다.

방금 들은 사연과, 마음씨 좋아 보이던 클로딘의 얼굴을 동시에 떠올리면 소름이 돋았다. 인상과 인성이 늘 비례하진 않는다는 걸 잘 알지만, 이렇게까지 차이가 큰 경우도 드물 듯했다.

"상황의 절반은, 저희가 만든 것이나 다름없습니다."

기어코 테디가 자책했다. 나는 빠르게 고개를 내저었다.

"처음에 클로딘의 아버지가 도박으로 멋모르는 사람들을 꾀어낼 때, 그를 남 일처럼 여긴 주민이 많았습니다. 그러게 왜 도박장에 갔냐고 손가락질하는 이도 간혹 있었지요. 그러니까 클로딘이 여관을 물려받고 나서 이렇게 된 것도⋯"

"그런 말씀은 하지 마십시오."

내가 그를 막았다. 가해자는 당당한데 주민들이 마음을 옹송그리는 건 안 될 말이었다. 중년인은 얕게 떨며 나를 올려다보았다.

"으레 주어지던 것이 갑자기 사라진다고 생각하면, 사람은 누구나 방어적으로 행동하기 마련입니다. 하물며 그게 먹고사는 일에 영향을 준다면 반응은 더 볼 것도 없죠. 그때 불을 끈 건 여러분이 생계를 위해 하신 행동이고, 부끄러운 게 아닙니다. 부끄러워해야 하는 건 클로딘이에요. 여러분의 삶을 두고 협박을 했으니까요."

어느새 얼굴을 든 마리까지 나를 멍하니 바라보았다. 네 쌍의 시선이 나를 향하자 순식간에 양볼이 뜨거워졌다. 그래도 하고 싶은 얘기는 마저 해야 할 것 같았다.

"사기도박도 마찬가집니다. 명백한 죄인이 감옥에 있는데, 그 사람을 두고 스스로를 탓하진 않으셨으면 합니다."

나는 거기까지 말하고 입을 다물었다. 평소에는 이렇게까지 말을 많이 하지 않는데, 한번 욱하면 터진 만두처럼 속이 줄줄 비져나왔다. 테디와 마리는 한참을 묵묵히 있더니, 느릿느릿 고개를 끄덕이며 두 뺨을 슥슥 닦았다. 한동안 식당에는 코 훌쩍이는 소리와 '감사합니다' 하는 중얼거림만이 가득했다.

"…계획대로 가지."

나를 빤히 바라보던 황자가 입을 열었다. 미려한 얼굴에는 약간의 표정도 없었다. '계획'이란, 황자의 직권으로 클로딘을 체포해 영주성 감옥에 보내는 것을 뜻했다. 가장 간단하고 확실한 방법이자, 10년 전의 프레데리크 황제가 곧장 실천에 옮겼던 방안이기도 했다.

어젯밤 황자는 어머니가 해결했던 일이 다시금 자행되고 있다는 사실에 불쾌함을 감추지 못했다. 나는 그의 말에 작게 주억거렸다. 상황은 어느 정도 파악이 됐으니, 이제 수습을 하고 다시 떠날 준비를 해야 했다.

"나가보도록."

황자가 마을 대표들을 향해 말했다. 어찌 보면 '세레기'다운 축객이었지만, 나는 이번에야말로 그가 두 사람을 생각해서 그렇게 명했다는 걸 알았다. 체하지나 않으면 다행인 자리에서, 그들은 어려운 사정을 털어놓고 울기까지 한 탓에 거의 탈진한 모양새였다. 게다가 이런 모습을 클로딘이 보게 된다면 무언가를 눈치챌 가능성도 있었다. 이내 중년인들이 의자에서 일어나 크게 절을 했다.

"하나 여쭤볼게요."

그때, 크리스텔이 또박또박 입을 열었다.

"만약 그날, 여관에 불이 난 날로 돌아갈 수 있다면요. 똑같이 하시겠어요?"

"아뇨, 아니지요. 아닙니다, 공녀님."

마리가 양손을 저으며 부정했다. 테디 또한 허리를 숙이고 말을 받았다.

"그때는 가뭄도 들어서 저희가 많이 절박했습니다. 하지만 지금은… 하사품이 없더라도, 저희끼리 어깨를 겯으면 굶는 사람 없이 지낼 정도는 됩니다."

"…그렇군요. 알겠습니다."

무언가를 골똘히 고민하던 크리스텔이 대답했다. 곧 두 대표가 식당을 떠났다. 나는 문이 닫히는 것을 확인한 뒤 나직이 입을 열었다.

"공녀, 설마…"

"마을 사람들에게 두 번째 기회가 필요하다고 생각합니다."

그녀가 티 없이 맑은 청회색 눈동자로 나를 마주했다. 한순간 말문이 막힐 정도로 선명한 결의였다.

"왕자님 말씀대로, 살고자 한 행동이었잖아요. 그런데 그것 때문에 발이 묶여서 10년 동안 어제 같은 일을 당한 겁니다. 이대로 여관 주인이 잡혀가면 당장의 고생이야 해결되겠지만…"

그녀가 드물게 말끝을 흐렸다. 물잔을 쥔 손끝에 하얗게 힘이 들어갔다.

"클로딘을 꺾는다고 해도, 저분들의 꺾인 마음까지 알아서 펴지진 않으니까요."

그렇게 말하는 크리스텔은, 밤하늘에 유일하게 뜬 별처럼 빛나고 있었다. 나는 조금 멍해져서 그녀를 바라보았다. 그녀가 《퇴사했더니 이계 공녀》의 주인공이며 은서가 사랑하는 캐릭터라는 사실은, 귀에 못이 박히도록 들어 알고 있었다. 처음 만났을 때도 그녀를 보고 주인공다운 태도와 외모라고 느꼈었다. 그런데…

"저는 제가 얻은 새 인생을, 뤼카 마을 분들도 얻게 해주고 싶습니다. 이왕이면 스스로 일어나는 방식으로요."

지금에서야 나는, 그녀가 '주인공'임을 실감하게 되는 것이다. 부정을 참지 못하는 천성과, 양보하지 않는 선의를 보면서.

"전하, 이렇게 하시는 건 어떻습니까?"

크리스텔이 시선을 돌려 황자를 올려보았다. 남자의 진한 눈썹이 살짝 움직였다.

* * *

다음 날 아침.

뤼카 마을의 르 시프르 여관은 새벽부터 정신없이 바빴다. 황자 일행이 숙소를 떠나는 날이기 때문이었다. 직원들은 이번 달 급여가 없다는 사실을 알면서도, 값비싼 짐을 내리고 실내를 정돈하느라 쉴 새 없이 돌아다녔다.

높으신 분들이 손님으로 오는 날이면, 여관 주인인 클로딘 그린은 그들의 하사품이 곧 월급이라고 통보하곤 했다. 심지어 그것은 클로딘의 조카인 모리스에게도 해당하는 사항이었다. 가족에게까지 그토록 냉정한 사람이니, 생판 남인 자신들이 불만을 토로해봤자 달라지는 것은 없을 터였다.

그래서 직원들은 오늘도 그저 열심히 움직였다. 여관의 포로로 사는 것은 괴롭고 슬픈 일이었으나, 함께 버티는 이웃과 가족을 떠올리면 조금은 견딜 만했다.

"융단에 먼지가 너무 많잖아. 황자 전하께서 어떻게 이런 걸 밟으시겠어? 새것으로 가져와서 다시 깔아!"

"네, 클로딘 씨."

클로딘 그린은 자연스레 구겨지는 미간을 꾹꾹 눌러 폈다. 귀하신 분들을 만족시키려면 하나부터 열까지 완벽해야 하는데, 미련하고 어리숙한 마을 주민들은 모든 면에서 덜떨어졌다.

그래도 아버지와 자신이 10년 이상 꼼꼼히 가르치고 단속한 덕분에, 요즘은 대체로 사람 구실을 하는 편이었다. 매달 교육비를 받아도 모자란 마당에 하사품의 4할을 가지고 떼쓰는 것을 보면 한숨이 절로 나왔다. 르 시프르가 없으면 굶을세라 발발 떨면서도,

막상 여관에 기여하기는 죽도록 싫어하는 꼴이라니. 한심하고 초라했다.

"화, 황자 전하께서 오십니다."

여관 직원 하나가 급히 계단을 내려오며 말했다. 클로딘은 재빨리 자신의 머리와 옷매무새를 확인한 뒤, 손짓과 눈짓을 동원해 직원들을 두 줄로 세웠다. 모두의 옷차림을 빠르게 훑는 것도 잊지 않았다. 별문제는 없어 보였다. 곧 묵직한 발소리와 가벼운 발소리가 동시에 층계를 울렸다.

-뚜벅, 뚜벅, 뚜벅

-또각, 또각, 또각

황홀하리만치 아름다운 한 쌍의 남녀가 새 카펫 위로 모습을 드러냈다. 두 사람을 본 클로딘 그린은, 순식간에 인정 많고 푸근한 여관 주인의 낯을 했다. 목소리도 상냥하게 바꾸었다.

"황자 전하, 공녀님. 부디 가시는 길이 내내 평탄하기를 바랍니다. 저희 르 시프르 여관을 이용해 주셔서 감사합니다."

그러고는 허리를 깊이 숙여 절했다. 두 사람으로부터는 별 대답이 돌아오지 않았지만, 황족이나 대귀족이 평민과 말을 섞지 않는 것은 놀랄 일도 아니었다. 그녀는 자신을 무시하고 정문을 나서는 둘의 뒷모습을 빤히 응시했다. 다행히, 우려했던 사태는 벌어지지 않았다.

어제 황자가 마을 대표들을 불러 오찬을 열겠다는 이야기를 했을 때, 그녀는 내심 긴장했다. 테디와 마리는 멍청한 주민들 사이에서 존경 비슷한 것을 받는 자들이기 때문이었다. 자신이 아픈 소백작을 돌보는 동안, 그치들이 황자에게 쓸데없는 소리를 할까 경계했는데 생각보다 경고가 잘 통한 모양이었다.

오찬 이후 황자와 공녀는 단둘이서 여관의 뒤뜰을 거닐었고, 오늘도 저렇게 팔짱을 낀 채 건물을 빠져나갔다. 보아하니 연애질에 빠져 다른 것은 눈에 들어오지도 않는 듯싶었다. 그녀로서는 잘된 일이었다.

"좋을 때지."

"뭐가 좋은가요?"

클로딘이 퍼뜩 놀라 고개를 틀었다. 눈부시게 찬란한 보라색 눈동자가 자신을 내려다보고 있었다. 그녀는 혼잣말을 자책하며 황급히 시선을 내렸다.

"예, 예서 왕자님."

"그동안 고마웠습니다."

"황공합니다. 저야말로 신국의 왕자님을 모실 수 있어 영광,"

"아뇨, 저는 모리스에게 말한 겁니다."

왕자가 부드럽게 말허리를 잘랐다. 클로딘은 당황해서 혀를 깨물 뻔한 것을 간신히 참아냈다. 맞은편에 선 모리스가 허겁지겁 왕자에게 예를 올리고 있었다. 저 애물단지는 지난 이틀간 왕자의 객실을 맡았는데, 개인적으로 불려가 혼난 적도 여러 번이라고 했다.

그간 독하게 훈육한 보람이 전혀 없었다. 그녀가 모리스를 한번 호되게 잡아야겠다고 결심하는 사이, 왕자는 시종 둘을 이끌고 문밖으로 사라졌다. 이번 분기의 가장 중요한 일정이, 무사히 끝나가고 있었다.

"황자 전하 만세! 황자 전하 만세!"

"황은에 감사드립니다!"

르 시프르 여관의 모든 직원과 뤼카 마을 주민들이 광장으로 나와 목청을 높였다. 바닥에 엎드린 사람도 수두룩했다. 열 대나 되는 황실 마차 행렬이, 어느새 손님들을 싣고 느릿느릿 모퉁이를 돌고 있었다. 클로딘은 마지막 마차가 사라지는 것을 만족스러운 눈길로 지켜보았다. 그때였다.

-콰콰쾅-!

"끄아아아!"

가공할 폭음과 함께, 르 시프르 여관이 불타오르기 시작했다.

-화르르륵!

"이게 대체…"

클로딘 그린이 멍하니 중얼거렸다. 그녀가 가족처럼 아끼고 피붙이처럼 사랑하던 여관이, 활활 불타고 있었다. 너무나 갑작스럽고 황당한 일에 머리가 뚝 멈춰 버린 것 같았다.

"안에, 안에 남은 사람 정말 없어요?"

"모리스, 진정해! 황자 전하를 배웅하느라 다 나와있었어. 괜찮아!"

그러다 익숙한 목소리에 정신을 차렸다. 클로딘은 빠르게 고개를 돌렸다. 당장이라도 여관 안으로 뛰어들려는 모리스를 붙잡은 여관 직원들과, 넋을 놓고 있는 마을 주민들이 보였다. 어느새 광장의 반대편으로 피신한 아이들과 보호자들도 눈에 들어왔다. 그제야 가슴속이 꿈틀거리며 불꽃 같은 감정이 타올랐다.

"뭣들 하고 있어! 빨리 물 길어 와서 불 끄지 못해!"

클로딘이 바락바락 소리를 질렀다. 벼락같은 호통에 사람들이 어깨를 움츠리며 눈치를 보기 시작했다. 뒤로 몇 걸음 물러나는 이들과, 앞으로 몇 걸음 나오는 이들이 한데 섞여 우왕좌왕했다.

"여관 없어지는 꼴 보고 싶어? 하사품이며 봉사료며 다 날릴 거야? 빠릿빠릿하게 움직여!"

여인의 둥근 눈꼬리에 바싹 독기가 들어찼다. 구구절절 맞는 말이었다. 그런데 이상하게 누구도 나서서 움직이질 않았다. 10년 전 겨울과는 묘하게 다른 분위기였다. 절로 갑갑해지는 마음에 그녀가 발을 굴렀다.

"모리스! 멍청히 서있지 말고 물 길어 와!"

"이모님…"

"네 조카 좀 그만 괴롭혀."

그때 누군가가 청년의 앞으로 나섰다. 클로딘은 그녀를 알아보았다. 마을 대표라는 인간 중 하나였다.

"마리."

"모리스도, 우리도 이제 네 말 안 듣는다. 진심이야."

달달 떨리는 음성과 달리, 마리의 눈빛에는 흔들림이 없었다. 클로딘은 이를 박박 갈았다.

"당신들 미쳤어? 르 시프르가 없으면 뤼카 마을도 끝이야, 끝!"

"안 끝나. 원예 농사도 잘되고 있고 저장해 둔 곡물도 있어."

마리가 침착하게 대답했다. 클로딘은 크게 뒤통수를 맞은 듯한 표정으로 그녀를 바라보았다. 분노가 차오르다 못해 입안에서 신물이 나왔다. 이자들이었다. 바로 이놈들이 여관에 불을 지른 것이 분명했다.

"은혜도 모르는… 먹이고 입혀준 은혜도 모르는 것들! 너희가 그러고도 사람이야!"

그녀가 비명을 내질렀다. 이어 성큼성큼 직접 우물로 향하기 시작했다. 그녀의 발길이 닿는 곳마다 사람들이 썰물처럼 몸을 물렸다. 그새 물어뜯은 입술에서 피가 흐르고, 격분한 눈동자에는 어렴풋한 광기가 비쳤다.

"짐승만도 못한 것들! 동네 개도 당신들보단 양심이 있어!"

클로딘이 물을 길어 올리며 악담을 퍼부었다. 한껏 차려입은 드레스에 물이 튀고 구두가 더러워졌지만, 그녀는 조금도 신경 쓰지 않고 들통을 날랐다. 사람들은 앞날에 대한 공포와 클로딘에 대한 두려움으로 전율했다. 그러나 이를 악물고 눈을 질끈 감은 채 버텼다. 모두가 함께 있으니 괜찮았고, 내일도 분명 괜찮을 터였다.

"내가 여관만 살려내면, 두고 봐! 이다음부터는 하사품의 8할을,"

-촤악!

클로딘이 여관 1층에 물을 부었다. 그러자 믿을 수 없는 일이 벌어졌다.

"어…?"

그녀가 떠온 물이, 불길에 닿기도 전에 점점이 흩어졌다. 허공에 떠오른 물방울들은, 고향을 찾아가듯 다시 우물 쪽으로 둥실둥실 움직였다. 기적을 목격한 아이들이 감탄을 쏟아냈다.

"우와…!"

서브 남주가 파업하면 생기는 일 1

"뭐, 뭐야? 이거 왜 이래!"

찢어지는 음성이 광장을 가득 메웠다. 클로딘은 씩씩거리며 다시 들통을 들고 우물로 뛰었다.

"클로딘, 그만해."

누군가의 만류에 그녀가 홱 고개를 돌렸다. 눈엣가시 마을 대표, 테디가 광장의 노약자들을 보호하듯 막고 서있었다.

"닥쳐."

"네 아버지도, 너도 오랜 세월 나름대로 고생했겠지. 하지만 너희 부녀가 은혜를 베푼 상대는 우리가 아니야."

"닥치라고!"

"여관이지. 우리 돈을 빼앗아서 저 여관을 아껴주었잖니."

"당신이 뭘 알아!"

이마에 혈관이 불거진 클로딘이 악악거렸다. 그녀는 빠르게 채운 두 번째 들통을 안고 여관으로 달렸다. 그러고는 가슴께까지 들어올려 힘차게 부었다.

-촤아아!

동실, 동실… 큼직한 방울꽃들이 공중을 수놓았다. 여전히 화염에는 닿지 않은 채였다. 클로딘은 멍한 낯으로 비척댔다. 도대체 무슨 수를 썼는지는 모르겠으나, 요사스럽고 못된 주민들이 아예 여관을 죽이려고 작정한 게 분명했다. 이대로는 불을 끌 수가 없었다. 그녀는 여관 앞에 털썩 주저앉았다.

"너희가 뭔데 우리 아버지 공로를 무시해! 네깟 것들이 뭔데!"

그리고 노성을 토했다. 목에 핏대가 서고, 눈에는 핏발이 돋았다. 시뻘건 얼굴이 당장이라도 터질 듯 경련했다.

"아버지랑 내가 이 여관을 어떻게 키웠는데!"

"남의 자식 괴롭혀 가며 키운 자식은, 키운 게 아니에요. 망친 거지."

그 순간, 낭랑하고 또렷한 음성이 울렸다. 클로딘과 마을 주민들이 동시에 소리가 난 곳을 돌아보았다. 푸른 재킷의 공녀, 크리스텔 드 사르네즈가 광장에 서있었다.

* * *

-화르르르…

"와…"

이럴 거라고 미리 듣긴 했는데, 실제로 보니 더 신기했다. 나는 데미를 꼭 끌어안은 채 눈앞의 장관을 구경했다. 레서판다가 두 앞발을 뻗더니 꽃불을 향해 죄암질했다.

"세상에, 어떻게…"

"주신의 뜻이야, 주신의 뜻…"

마을 주민들이 쉴 새 없이 웅성거렸다. 크리스텔이 주인공처럼 등장해 주인공 같은 대사를 날리자마자, 르 시프르 여관의 불길은 순식간에 모습을 감추었다. 그건 불이 꺼진다기보다 '사라지는' 형상에 가까웠다. 마치 신기루처럼 흩어진 화마는…

"맙소사!"

"허어!"

서브 남주가 파업하면 생기는 일 1

심지어 조금의 피해도 남기지 않았다! 사람들 사이에서 연이은 탄성이 쏟아졌다. 새카맣게 타서 뼈만 남았어야 할 여관이, 조금 그을린 것 외엔 멀쩡했다. 심지어 화단조차 불탄 부분이 없었다. 크리스텔과 동행한 나 역시 놀라긴 마찬가지였다.

"공녀, 저런 마도구는 왜 사신 겁니까?"

'폭발 없이 폭음 내는 마도구'까진 그렇다 쳐도, '공갈 불꽃 마도구'라니. 판매 목적과 구매 목적 모두 다분히 불순해 보였다. '르고 종합 무역소'를 그대로 둬도 되는 건가 진지하게 걱정이 됐다. 크리스텔이 두 번째 인생에선 혁명이라도 일으키려는 것인가 싶어 우려스러웠다. 깨물면 점점 녹아든다는 빨간 맛…

"에구구, 갑자기 에테르를 썼더니 어지럽네요."

그녀가 딴소리를 했다. 참, 그게 있었다.

"팔 주십시오."

크리스텔이 씩 웃으며 잽싸게 오른팔을 내밀었다. 그녀는 클로딘이 여관에 끼얹은 물을 막기 위해, 에테르를 멀리서 세밀하게 조정하는 데 힘을 쓴 상태였다. 나는 한 팔로 그녀의 팔꿈치를 잡고 접촉을 통해 에테르를 전달하기 시작했다. 낯빛만 봐선 그렇게 심각한 결핍 같지 않은데, 겉으로 티가 잘 안 나는 타입인가?

"수고하셨습니다. 어?"

별안간 발밑이 옴폭 꺼지는 기분이 들었다. 나는 몸에서 에테르가 쑥 빠져나가는, 묘하게 익숙한 감각을 느끼며 비틀거렸다. 동시에 누군가가 내 목덜미를 움켜잡았다. 아니, 목이 잡힌 다음 에테르가 빠져나간 건가? 당황해서 뒤를 돌아보았다.

"황자님."

"..."

이놈은 왜 이렇게 창백해. 크리스텔이 진짜 여관 날려 먹을까 봐 무서웠나?

"좀 놔주십시오. 왜 사람이 허우적거리면 목부터 잡고 보십니까."

황자가 내 목을 밀 듯이 손에서 놓았다. 뒤이어 크리스텔이 빠르게 사과했다.

"죄송합니다, 왕자님. 제가 힘들어서 에테르를 너무 많이 흡수했나 봐요."

"괜찮습니다, 다음부터는 조심해 주십시오."

내가 말했다. 속전속결이 중요한 상황이기에, 신체 접촉으로 에테르를 공급하는 건 이미 합의한 일이었다. 크리스텔은 이런 방법이 처음이라 조절이 쉽지도 않았을 터였다. 잠깐, 나 방금 너무 당연하게 '다음'을 기약해 버렸나?

"안 됩니다! 소백작님-!"

불쑥 큰 소리가 났다. 우리는 고개를 돌려 목소리의 주인을 찾았다. 마을 사람들의 시선은 진작 그곳을 향해 있었다.

"클로딘 그린. 너는 황실을 모욕하고 뤼카 마을 주민의 금품을 갈취한 죄로, 프레데리크 황제 폐하의 죄인이 될 것이다."

"아닙니다, 소백작님! 억울합니다!"

몰골이 엉망이 된 클로딘이, 병사에게 붙들려 몸을 일으키고 있었다. 어제 오찬 이후 황자는 영주성에 연통을 넣어 인력을 충원했다. 새벽부터 마을 외곽에 몸을 숨기고 있던 병사들이, 호송용 마차를 끌고 와 클로딘을 밧줄로 묶었다.

"증거, 증거도 없지 않습니까!"

"증거라면 있지. 여기, 네 조카인 모리스가 그간 지니고 있던 수수료 불입 장부."

"…뭐라고요?"

클로딘이 눈을 부릅떴다. 엘리자베트 경은 조금의 웃음기도 없는 얼굴로, 품에서 낡은 종이 더미를 꺼냈다. 회색 눈동자가 그녀의 검 끝처럼 서느렸다.

"지난 10년간의 기록이다. 필적은 감정을 받아봐야 확실하겠지만 네 것일 테고."

"그게, 그게 왜…"

클로딘의 입술이 파르르 떨렸다. 늘 친절하게 웃던 낯은 삽시간에 붉으락푸르락해졌다. 섬뜩했다.

"모리스! 바로바로 태워서 없애라고 했잖아!"

"이모님, 이건 옳은 일이 아니었어요. 아시잖아요…"

"끼니만 축내던 놈이, 끝까지 내 발목을 붙잡아? 네가 그러고도 가족이야!?"

클로딘이 모리스에게 침을 퉤 뱉었다. 그러나 침이 모리스의 얼굴에 닿는 것보다,

-촤아악!

커다란 물방울이 클로딘의 얼굴을 덮치는 것이 빨랐다. 순식간에 자신의 침과 찬물을 뒤집어쓴 클로딘은, 멍한 낯으로 정면을 응시했다.

"언니, 왜 그렇게 아버지랑 똑같이 살려고 해요."

어느새 둘 사이에 끼어든 크리스텔이 안타깝다는 듯 내뱉었다. 여관 주인은 머리에서 물을 뚝뚝 떨어뜨리며 그녀를 바라보았다.

"아버지가 만든 손바닥만 한 세상이 소중한 건 알겠어요. 익숙한 것도 이해하고요. 근데 거기서 벗어나질 못하는 건 좀 슬프잖아요. 서른둘이라며."

"나는, 난…"

클로딘의 목소리가 바들바들 떨렸다. 아마 저런 말은, 태어나서 처음 들어봤을 것이다.

"그제 야시장에서 언니가 한다는 짓을 듣고 웃음이 나오더라니까. 사람 사는 데 다 똑같구나 싶어서. 더구나 그게 대물림이야. 한 번뿐인 인생을 왜 그렇게 쓰고 있어요."

"우리 아버지는…"

"언니도 이번이 두 번째 기회라고 생각해요. 감옥에서 나올 때는 새사람 되시라고."

"…"

그렇게 말한 크리스텔이 미련 없이 돌아섰다. 엘리자베트 경은 퍼뜩 정신을 차리고 병사들에게 턱짓했다. 호송용 마차가 여관 앞에 서자, 병사들이 클로딘을 태우고 영주성으로 떠날 준비를 했다. 한때 여관 주인이었던 사람의 얼굴은, 모든 것을 잃은 심정을 보여주듯 백지처럼 질려있었다. 근위대는 인파를 물리고 황실 마차를 다시 정렬했다. 크리스텔이 이쪽으로 다가왔다. 그녀는 우두커니 서있는 나와 황자를 향해 밝게 웃어 보였다.

서브 남주가 파업하면 생기는 일 1

*　*　*

"같이 황자님께 가달라고요?"

"뭐, 굳이 말씀드리자면… 네. 부탁드립니다."

나는 잠시 눈을 깜빡였다. 내가 탄 마차 앞에 선 크리스텔이, 엄청난 말을 하고 있었다. 클로딘은 붙잡혀 갔고, 마을 주민들은 울면서 우리에게 절을 올렸다. 여관 운영 문제나 정치적인 문제가 남아있었지만 그건 내가 어찌할 수 있는 게 아니었다. 어쨌든 큰 건은 무사히 해결했고, 이제 뒤엠 후작령으로 떠나기만 하면 되는 줄 알았는데 무려 주인공께서 세드리크 황자에게 할 말이 있단다.

"…알겠습니다."

나는 뱅자맹과 가나엘에게 괜찮다는 눈짓을 한 뒤, 데미를 목에 두르고 마차에서 내렸다. 예전 같으면 혼자 가라고 거절했겠지만, 뤼카 마을에 온 뒤로 크리스텔과 황자는 꽤 가까워진 듯싶었다.

조금만 도와주면 커플이 될 것도 같으니 내게 나쁠 건 없었다. 두 사람은 어저께 여관 뒤뜰을 걸으며 오늘의 작전을 논의했는데, 나만 쏙 빼고 움직이는 모습이 정말 보기 좋았다. 별이 다섯 개였다.

-똑똑

"전하, 예서 왕자님과 크리스텔 공녀가 뵙기를 청합니다."

멀리 갈 것도 없이, 황자의 마차는 내 마차 바로 앞이었다. 문이 열리자 기다렸다는 듯 주황색 눈동자가 나를 쏘아보았다. 진정해라, 나 말고.

"전하."

크리스텔이 우아하게 절했다. 그제야 황자는 그녀에게 시선을 돌렸다.

"용건은?"

"그, 흠. 제 얘기를…"

크리스텔이 어렵사리 입을 뗐다. 나는 긴장된 눈빛으로 그녀를 바라보았다. 소개팅 주선자가 되면 이런 심정일까 싶었다.

"제 얘기를 들어주셔서 감사합니다. 여관 주인을 곧바로 감옥에 보내실 수도 있었는데, 그러지 않고 마을 주민들에게 기회를 주셔서요."

"폐하의 백성을 돌보는 것은 내 의무이기도 하지."

그가 무감정한 중저음으로 대답했다.

"그리고 오늘… 여러모로 힘써주신 것도 감사드립니다."

크리스텔이 '힘'이라는 글자에 강세를 넣어 덧붙였다. 그러자 황자가 눈길을 돌려 나를 노려보았다. 아니, 왜 그러는데?

《서브 남주가 파업하면 생기는 일》 2권에 계속

서브 남주가 파업하면 생기는 일 1

초판 1쇄 인쇄 2025년 3월 10일
초판 1쇄 발행 2025년 3월 31일

지은이 | 숙임
발행인 | 강봉자, 김은경

펴낸곳 | (주)문학수첩
주소 | 경기도 파주시 회동길 503-1(문발동633-4) 출판문화단지
전화 | 031-955-9088(대표번호), 9534(편집부)
팩스 | 031-955-9066
등록 | 1991년 11월 27일 제16-482호

ISBN 979-11-93790-93-9 04810
(세트) 979-11-93790-92-2